斎宮女御集と源氏物語

西丸妙子 著

青簡舎

斎宮女御集と源氏物語　目次

一　『斎宮女御集』伝本系統に関する考察

一　四系統の伝本の概略

村上天皇の女御で斎宮女御と称された徽子女王の家集は、『斎宮女御集』または『斎宮集』と記されており、現在三十数本の伝本が知られている。それらは歌数や歌の配列等によって四系統に分けられている。[1] 即ち①群書類従本などの一〇二首の系統、②西本願寺三十六人集本などの二六三首と連歌四句の本、④小島切と呼ばれている断簡で、現在九五首が知られている本である。以下においては島田良二氏の分類に従って、①を一類本、②を二類本、③を三類本、④を四類本と称しておく。[2]

本章においては、一・二・三・四類本に加えて、[3]『斎宮女御集』と密接な関係にある『村上御集』[4]も対象として、それらの諸系統本間の異同の意味を考えるとともに、各系統の成立の経緯や、さらにこれらの原初形態についても多少とも明らかにすることを意図している。

次ページの〔表1〕配列対照表は、二類本の歌の配列を基準とした場合、他の系統本では同じ歌が何番目に位置しているかを一覧にしたものである。A〜Lの十二群は、群と認められるような同一性格のまとまり、あるいは特徴があるのにしたがって私意で分けたもので、各群の意義については以下の論の中で述べることになるが、このようにあ

〔表1〕配列対照表

D	C	B	A	群＼本
25 24 23 22 21 20 19 18	17 16 15 14 13 12 11	10 … 7 6 5	4 … 1	二類本
58 57 56 55 54 53	87 86 83/84 82 80	7 … 4 2 1	79 … 76	三類本
18 16 15 14	13 10 9 8 7 6		4 … 1	一類本
78 73 72 67 66	102 23 52 57	12 … 9 8 7		村上御集

（注　点線は、その間の歌が連続してあることを示している）

F	E	D
… 68 67 66 65 … 59 58 57 56 … 43 42 41	40 39 38 37 36 35/123 34 33	32 31 30 29 28 27 26
… 123 118 117 114 … 108 107 106 104 … 91 89 88	68 75	74 64 63 62 61 60 59
… 65 60 59 56 … 50 48 … 35 33 32	31 30 29 28 27 17 26 25	24 23 22 21
	68	75 74 65 64

H	G	F
35/123 122 121 120	119 118 117 116 115 114 113 112 111 … 101 100 … 88 87 … 83 82 81 … 78	77 76 75 74
68 67 66 52	51 50 49 48 47 46 45 44 41 … 31 30 … 18 17 … 13 12 11 … 8	134 133 132 129
17 20	89	76 75 74 71
68 63 62 62	60 59 58 56 55 54 53 50 47 … 37 37 … 25 21 … 17 16 16 … 13	

	K	J	I	H
195 … 150	149 148 147 146 145 144	143 142 141 140 139 138 137 13/136 135 134	133 132 131 130 129 128 127	126 125 124
	90 148 81	160 73/155 154 152 151 150 149 84 83 147	146 142 141 140 139 138 137	71 70 69
	34 12 92 11 5	97 102 101 100 99 98 93 7/91 90 88	87 83 82 81 80 79	19
	104 103	80 81/109 106 85 84 105 52 51 24		71 70 69

L
265 264 263 262 261 260 259 … … 224 223 222 221 220 219 218 217 216 215 … 205 204 203 202 … 198 197 196
136 116 115 135 143 131 130 105 122 121 144 119
78 58 57 77 84 73 72 49 64 63 85 61

る程度群に分けることができて、しかもその群としては系統間でも共通する性格があるということは、この家集の成立に重要な手掛かりが与えられているものと考えられる。

二　原初形態に近い二類本

現在おおきく四系統に分かれているこの家集の原初形態はどのようなものであったのだろうか。かつて久曾神昇氏[5]は、三類本が初稿本であり、二類本は再稿本であろうとの見解を出され、その後島田良二氏[6]も原初形態について考察を加えられながらも、解決は保留しておられるようである。私は二類本と三類本の歌の配列や詞書について比較検討をし、両系統本で異同が大きい部分について考察した結果、三類本よりはむしろ二類本の方に原初形態が多く残っているのではないかと考えるに至った。しかし二類本も一四三番辺りを境として、その前と後では編集段階が異なるようで、その前半部分が第一次編集の原初形態をもっともよく留めているのではないかと考えるに至っている。以下二類本と三類本の異同で問題となる個所の検討をしながら、それぞれの部分の原初形態も考えてみたい。

まず二類本と三類本の歌の配列についてその概略を比べてみる。二類本についていえば、B・C・D・G・H群は徽子と村上天皇との贈答歌群であり、その他の人々と徽子との贈答歌群であるA・E・F・I群とは入り乱れている（J・K・L群については成立段階上別の問題があるので同列には扱えない。後述する）。ところが三類本では巻頭より八七番歌までに天皇と女御の贈答歌（B・G・H・A・C群）が連続して纏まっており[7]、その後に天皇以外の人々との贈答歌（F・I群）が位置させられている。このように二類本と三類本の配列の異同はほぼ群単位であるということから、両系統本の配列異同は、どちらかの系統本の錯簡などで生じたのではなく、一方の、あるいは両方の系統本の編纂者のそれぞれの意図によって、すでにある程度群単位となっている段階での、主として群の並べ変えによって生じているということは間違いない。そこで配列について二類本と三類本とを比べると、そのもっとも大きな違いは、三類本は徽子と天皇の贈答歌を纏めるという編纂意図があることを認めなくてはなるまい。だが二類本では群単位以上に贈答相手を纏めることはしていない。このことからまず配列の点からは三類本の方が一段階整理が進んだ本であろうということが見えてくる。

ではそのことをもすこし細かく検証していこう。

〔表2〕は各系統本において、D群とH群の歌がどのように配列されているかを比較したものである。D・H群は共に天皇と徽子との贈答歌を集めた歌群であるが、二類本ではD群とH群との間に天皇以外の人々との贈答歌群（E・F・G群）が挟まっている。ところが三類本では、H群の初めに位置する一二〇番の詞書と歌、続いてD群の歌十二首、H群の歌六首、D群の歌一首の順で並べられている。また一類本ではD群の歌が主としてあり、その間にH群に属する一二三・一二五・一二一番の歌三首が組み込まれている。村上御集ではH群が中心となり、その間にD群の歌九首が入れられている。このように二類本以外はD・Hの二群を絡み合わせた配列となり、しかもその絡み合わせ方は各系統本によってそれぞれ異なっている。群を単位として見た場合、このように複雑な様相を示している所は集中他にはない。

なぜこの二類本のD・H群は他系統本では絡み合わされ、しかも各系統で異なった配列になったのだろうか。そもそも各歌群には群として纏められる性格がある。このD・H群は共に天皇と女御の贈答歌群であり、しかも歌に詠まれている季節が秋であることも同じであるので、二群が絡み合わされても一応不都合はない。しかしこの二群が組み合せられるに至った積極的要因は〔表3〕上段の二類本一八番と一二〇番の詞書の類似にあるのではないかと考える。

〔表2〕

二類本

二類本番号	群
18	D
19	
20	
21	
22	
23	
24	
25	
26	
27	
28	
29	
30	
31	
32	

二類本番号	群
120	H
121	
122	
123	
124	
125	
126	

三類本

三類本番号	群	二類本番号にあてはめた場合
52	H	120
53	D	18
54		19
55		20
56		21
57		24
58		25
59		26
60		27
61		28
62		29
63		30
64		31
65		△
66	H	121
67		122
68		123
69		124
70		125
71		126
72		△
73	J	142
74	D	32

一類本

一類本番号	群	二類本番号にあてはめた場合
14	D	18
15		19
16		21
17	H	123
18	D	23
19	H	125
20		121
21	D	26
22		28
23		30
24		32

村上御集

村上御集番号	群	二類本番号にあてはめた場合
62	H	120
62		121
63		122
64	D	26
65		27
66		19
67		20
68	H	123
69		124
70		125
71		126
72	D	23
73		24
74		30
75		31
76		△
77		△
78		25

注　△印は二類本にない歌を記している。

〔表3〕（傍線は二類本との異同部分）

	二類本詞書		一類本および三類本詞書
D群 一八	ぶくにおはしけるに、内よりまどをなりける御かへりに、日ごろおぼしあつめたりけるを、御てならひのやうにてたてまつらせたまひける	一類本 一四	ぶくにおはしましけるに、さとにて内よりまどをなる御ふみに、日ごろおぼしあつめたることを、てならひのやうにてたてまつらせ給へりける
H群 一二〇	古宮うせ給て、さとにひさしうおはしければ、などかくのみまいり給はぬとありける御かへりに、物ヽ心ぼそくおぼえたまひて、かきあつめたまへりけるを、とりあやまちたるやうにて、まいらせ給へりける、御かへりごともさりげなくて、御ふみの中にあり、内の御かへり	三類本 五二	こ宮うけ（ママ）給てのち、さとにひさしくおはしければ、などかくのみまいり給はぬとありければ、御返に、つれぐ＼ともの心ぼそくおぼえ給て、かきあつめ給へりけることを、とりあやまちたるやうにてまいらせ給へりける、御返どもさりげなくて御ふみのうちにあり

この二類本の二つの詞書はD・H群のそれぞれの群頭の歌に記されているもので、どちらもその歌群の詠歌事情を総括して述べている文章であると思われる。この二つの詞書内容はどちらも父の喪に関連すること、数首をまとめて天皇へ贈っていること、贈り方が「てならひのやうにて」（一八）であったり「とりあやまちたるやうにて」（一二〇）であったりして、普通ではないことなどよく似ている。この二群の歌は近接した時期に詠まれたものだと思われるが、しかし二類本によれば同一時の歌ではなさそうである。ところが一類本・三類本・村上御集のこの部分の編纂者は、D・H両群一二〇番は同一時に詠まれた歌とみなしていたに違いない。なぜなら一類本はD群一八番の方の詞書を、三類本と村上御集はH群の方の詞書を、それぞれ一方だけ選択して、D・H群の歌を混合させた配列の冒頭に置いているからである。しかも一類本や三類本・村上御集のその詞書は、二類本の詞書と同一本文を基にしているらしいこ

とは、〔表3〕の上段と下段をそれぞれ対照させてみると明らかである（村上御集六二番の詞書の文章は三類本五二番のとほぼ同じであるので〔表3〕には省略した）。このことは、各系統本間の配列異同において、群単位では最も複雑な様相を示しているこのD・H群についても、基本となっている群は同一のものであろうと考えられる。つまりこの部分でも同一祖群ともいうべき資料から現在の各系統本に分化していること、それは各系統本の詞書の本文のひじょうに近い類似と、収められている歌が配列や選択の違いはあっても全て二類本のD・H群の歌であることから分かることである。

ではこの部分の原初形態を最もよく残しているのは四系統本の形態のうちいずれであろうか。それは一類本と三類本・村上御集の全系統の詞書を有し、しかもその三系統本のどの系統をも生じ得る形態の二類本でしかあり得ないだろう。おそらくこのD・H群の原初形態は二類本のように二つに分かれた資料として存在していたもので、二類本はそれぞれの詠歌事情をそのまま詞書とし、二類本以外はその二群を同一時期の詠歌と見做したためか、原初形態を崩して統合させ、詞書も一方のみを選んだということではなかろうか。このD・H群からも二類本は他系統本よりは一段階早い編集であるとかんがえられよう。

また二類本と三類本の配列が異なる一箇所として〔表4〕に掲げた部分がある。これは僅か三首の配列の違いでしかないが、この所も三類本が二類本を整理した跡を知る手懸りは残されているようである。即ち三類本で一四四・一四六番と近い所に位置している二首は、二類本では一九七番および一三三番と離れている。ところで二類本一九七番と三類本一四四番は同一歌でありながら詞書はかなり異なっており、しかも二類本一三三番の詞書と三類本一四四番の詞書とは類似している。もっとも二類本一九七番と三類本一四四番の歌については、後述するように、両系統本が別々に採録した資料に拠っているようで、そのために二類本のみが一九七番の返歌一九八番を載せているのであろう。

〔表4〕

二類本		三類本	
番号	詞書	番号	詞書
一九七	女三宮は、みやの御思になり給へりけるを、九月つごもりに御ぶくぬぎ給をき、たまひて	一四四	女三の宮の御ぶくぬぎ給ころ、一品宮に、いせより
一九八	御かへり	×	
×		一四五	伊勢より、れいけい殿、さい宮にとて
一三三	宮の御ぶくぬがせ給ころ一品宮に、いせより	一四六	御返し

この二種類の詞書を史実に照合してみると、女三の宮の母が亡くなったのは徽子が伊勢へ再下向する十年前であるので(8)、三類本の詞書には誤りがある。二類本一九七番は詞書の詳しさや返歌を添えていることからも、資料としては三類本一四四番よりは信憑性があると思われる。ゆえに推測するに、二類本一九七番と一三三番の二首は除服の時の歌であったので、三類本の編者がそれら二首を同一時の歌と解したのか、あるいは三類本一四四番の詞書の資料が不備であったのか、いずれにしても二類本一九七番と一三三番の詞書を混成して、三類本は一四四番の詞書を作成したのではないだろうか。三類本では二首の位置がごく近い所であることもこの推測の裏付けになろう。そうであればこの部分についても二類本の方が原初形態で、しかも正しい詞書であるだろう。

〔表5〕は、上句が同じで下句が異なる歌として、二類本一三番と一三六番、一類本七番と九一番、また下句が重複する歌が一類本七番と九〇番で、さらに二類本一三五番と村上御集五一番の歌は下句が他系統本とは異なってそれ

〔表5〕

下句＼上句	なれぬれはうきめかれはや すまのあまの	ぬきをあらみまとほなれとも あまころも	もしほやくけふりになるる あまころも
しほやくころも まとほおなるらん	一類本・六 二類本・一二 三類本・八二		
いくそたひかは そてのぬれける		一類本・九〇 三類本・八三	一類本・七 二類本・一三
かけておもはぬ ときのまそなき		二類本・一三五	
かけておもへは そてもかはかす		村上御集・五一	
うきめをつつむ そてにやあるらん			一類本・九一 二類本・一三六 三類本・八四 村上御集・五二

ぞれ独自である。

なぜこのような錯綜した歌が生じたのかということを二類本と三類本を中心に考えてみたい。これらの歌の位置を見ると、二類本は一二・一三番と一三五・一三六番の二ヵ所に分かれて置かれているが、三類本は八二・八三・八四番と連続している。しかも三類本では句の重複がない点においても四系統中一番すっきりしている。ゆえにこの部分についても、今までに考察したのと同様に、三類本が原初形態を整理改変した系統の本であることを表しているのではなかろうか。即ち二類本のように二ヵ所に分かれて似たような内容の歌が二首ずつあり、しかもその中には上句までが同じ歌があるような資料を三類本の編者が整理しようとしたらどのようにするであろうか。一ヵ所に纏めるにしても上句が同じ歌が並んでしまう。そこで二類本一三番と一三六番の「もしほやくけぶりになるるあまごろも」という重複上句の一方を消滅させるべく、二類本一三五番の上句と一三番の下句をくっつけて三類本の八三番の歌を作成してしまい、二類本一三番の上句と一三五番の下句は切り捨ててしまったというような事情が三類本のこの所について考えられるようである。逆に、三首しかない三類本のような形態であったものから、二類本の四首が生み出されなければならない必然性はないだろう。やはりここでもこれらの歌の配列については、二類本の方が三類本より原初形態か、あるいはそれに近い古さを示していて、三類本の方は整理された段階にあると考えたほうがよいようである。

そこで二類本には、同じ上句を持った歌がなぜ二首存在しているのかということについて考えてみる。二類本一三五番は「ひさしうまいり給はざりければ」という詞書を持つ天皇の歌であり、一三六番はその返歌となっている。ところが一二番の方は、「上よりまどをにあれやとある御返に」という詞書によれば、この歌は徽子のであり、一三番も「又女御」なので、この一二・一三番は徽子の歌のみで、天皇の歌は記されていない。しかし一二・一三・一三五・一三六番の四首が同一詠歌事情の歌であろうことは、用語の類似や重複などからもほぼ疑えない。ところがその四首の中天皇の歌は一首しかない。そこで推測するに一三五番の歌が天皇から贈られた時に女御は一二・一三・一三六番の三首を詠み、その中の一首の一三六番を天皇への返歌とした。ゆえに、一三六番は天皇の一三五番歌と対にして記され、一二・一三番歌は歌稿として別に書き留められていたのではなかろうか。徽子の一二番の詞書「まどをにあれやとある御返りに」は、天皇の一三五番歌の中の「ぬきをあらみまどほなれども」を受けているとみてよいのであろう。

以上は主に歌の配列の面から二類本と三類本のどちらが原初形態に近いかということを考えてきたが、次に詞書の方からそれを見てみる。

〔表6〕は二類本と三類本とでは多少の違いがある詞書である。その主な異同部分を三類本の方に傍線を引いておいた。その異同の性格は、両本ほぼ同じ詞書本文に、三類本では傍線部が付加されたような構文といってよいだろう。その中の三類本四七番と一四二番に「…なるべし」という推量の語を用いているところがある。これらは二類本のような詞書を基にして、三類本の編者が私見を差しはさんだ所ではなかろうか。また三類本四五番の詞書の傍線部分「なり給て心ほそくおぼされければ」は、その四五番歌の「かれはつるあさぢがうへのしもよりもけぬべきほどをいまかとぞまつ」から推測される徽子の心境についての説明を補ったとみてよいのではなかろうか。これらの三首の歌の位置は、初めの二首はG群に、後の一首はI群である。そのG群は二・三類本と村上御集の配列がほとんど同じで、I群では一・二・三類本の配列もほとんど同じである（〔表1〕参照）。しかもこの三首の内、初めの二首の詞書の傍

〔表6〕

	二類本詞書		三類本詞書
一一三	たゞにもあらでまかでたまひけるころ、いかゞと御とぶらひありける、十月にほどちかくて	四五	たゞにもあらでまかで給けるころ、いかゞと御とぶらひありけるに、十月ばかりにほどちかうなり給て、心ほそくおほされければ
一一五	また、しはすのつごもりに、いとあはれなるところになどかくのみはながめたまふと、きこえたまふ御返に	四七	又、しはすのつごもりに、などかあれたる所にかくながゐし給と、きこえ給ける御返に、こ宮もおはせでのちなるべし
一三二	御かへり、いせより	一四二	くだり給心ばへなるべし、御返、いせより

線部以外はかなり複雑な内容であるのに、両系統本の異同はほとんどない。ということは、両系統の詞書の基となった資料は同一のものであったことは疑えない。このように両系統本の歌の配列も、基となった詞書も同じである部分は、現存本でもほぼ原初形態が残されていると考えてよいであろう。その原初形態との隔たりがあまりない部分の本文異同の生じ方として、原初の詞書に、三類本の方が付加した文章を持っているらしいということは、その他の場合でも、同じ歌でありながら両系統本で異なる詞書は、二類本の方に原初形態か、それに近いものがあり、三類本の方はそれを改変している場合が多いであろうと推測される。掲出したのは三例でしかないが、このような三類本が二類本に付加・改変した詞書とみられる本文異同個所は他にも多少ある。

以上五つの面から考察をしてきたが、そのいずれの場合においても、配列や詞書について二類本よりは三類本の方が原初形態を整理・改変した段階を示しているようであった。つまり二類本は三類本よりは原初形態が多く残っていると考えられよう。

ただしその原初形態が第一次編集形態の祖本であるとの断定はできない。というのは二類本と三類本で異なった配列をしている歌や、詞書が全く異なる場合などは、両系統は別々に資料を入手していると考えざるをえない。ゆえに原初形態というのは群単位程度の段階であるかもしれない。しかしそうではあってもすでにある程度の整理はされ、詞書もつけられていたことは間違いない。

三　原初形態の歌数

この斎宮女御集についての次の問題点は、現存の諸系統本の歌数の違いはなぜ生じたのか、原初形態（第一次編集の祖本か）は何首位であったのだろうかということである。具体的にいえば、二類本の後半部L群の約百首は祖本にはなくて、後で増補されたのか、また三類本は第二次編集の本かと私としてはこれまでに考えてきたが、ではL歌群の歌は二類本でも当初から持たなかったのかという問題である。以下これらのことについて考察する。

二類本L群の中で、三類本にも存在するのは十二首である。三類本ではそれら十二首はF群とI群に位置している。そこでF群とI群について、二類本と三類本との配列関係を見ると、F・I群に三類本のその十二首が入らない配列であれば、両系統本は全く同じ配列順序となる。ゆえに二類本と三類本におけるF・I群の基となった配列は同じであったとみてよいであろう。とすれば原初形態（祖本）は、F・I群にその十二首が元は入っていたかどうかという問題となる。

では原初形態におけるF・I群は三類本のような歌の配列であったものから、二類本が十二首を取り出してL群に移したのであろうか。ところが三類本で一一九・一二〇番の贈答歌は、二類本L群では一一九番のみが存在する。二類本がたとえばある編纂意図でF群にあった歌をL群に置き換えたとしても、贈答歌の一方を切り離して捨ててしまう理由は考え難い。逆に三類本が二類本L群一一五首の中から、何らかの意図で十二首だけを取り出してF・I群の中に挿入したのであろうか。ところがこの場合も二類本では贈答歌となっている一四五・一九七・二一六・二二四番の相手方の歌が、三類本では入れられていない。ゆえに三類本のこの十二首は二類本のL群から抜き出してF・I群へ配列変えしたのではないと考えたほうがよいだろう。ということは三類本ではF・I群に入り、二類本ではL群に位置するこれら十二首の両系統本の歌の資料収集経路はそれぞれに別々であると考えられる。

両系統本には別ルートで資料を手に入れた部分もあることを詞書の方からも検証してみる。〔表7〕はその十二首の中で二類本と三類本で異同が大きい詞書三つを比較したものである。同一歌についてこのように異なった詞書であ

〔表7〕

	二類本詞書		三類本詞書
二一六	十一月許もみぢのたゞ一葉のこりたる、みくしげ殿ゝ君ちかくおはしておとづれたまはぬに、たてまつり給	一〇五	野ゝ宮におはしける比、三条の宮に、まゆみの紅葉のひとはありけるにさして
二六〇	世中そむく人のおほかるころ、女御	一三五	女三宮の御さうしかゝせたてまつらせ給けるに、あしでながうたなど、かゝせ給て、おなじ心
二六五	大殿みそぎにとかや	一三六	伊勢に、おほよどのうらといふ所に、松いとおほかりけるを、御はらへに

る場合には、原初詞書が同一の資料を基にして、編集者の私意で一方がもう一方の詞書の文章を改変したのではあるまい。十二首の中〔表7〕に上げた他に、二類本番号でいえば、一九六・一九七・二二三・二六三番の詞書も文章の異同が大きい。配列の面からだけでなく詞書の方からもこの十二首は、おそらく二類本と三類本とでは別々に入手した資料によっていると考えられる。

二類本L群の中のあるまとまった個所ではなく、一九六番から末尾の二六五番までに点々と位置している十二首が、二類本と三類本とでは資料的には無関係に収集された歌であるとすれば、二類本L群の全ても、三類本とは関係なく編集された部分と考えられそうである。ということは二類本と三類本の共通の原初形態の段階では、L群はまだ存在していなかったということではなかろうか。つまり二類本L群は第一次の祖本（原初形態）の段階では成立していなくて、その段階で三類本は、二類本でいえばL群に属する歌十二首と独自歌を収集したが、それは二十首足らずの歌でしかなかったので、編集者が配列上必然性があると考えた所に挿入させたのであろう。二類本の方でもある時期に増補すべきL群資料を三類本とは別ルートで手に入れたが、それは百首以上もあったので原初形態の配列の間に組み込むことは困難であったからか、原初形態の後部にその増補歌を纏めて書き加えてL群としたと考えられる。

ではそのL群はなぜ原初形態には入っていなかったのであろうか。L群に属する歌には天皇との贈答歌は二組しかなく、徽子四十九歳以後に住んだ伊勢に於ける歌がかなり多いこと、また老境の作らしい歌もあることなどから、L群は宮中を退下した後の、いわば後半生の歌が主になっているようである。しかしL群より前の所にも多少伊勢再下向後の歌があり、そのことははっきりと限定はできない。二類本L群は歌数が多いだけに、編集者があちこちから一首・二首ずつかき集めたものであるとは思えない。全部とはいえなくてもかなりはまとまって保管されていた歌稿のようである。とすればその保管者は、徽子生前は徽子自身かあるいはその指示を受けたお付きの女房であったろうし、徽子の死後は娘の規子内親王もその翌年亡くなっているので、やはり女房の誰かであっただろう。女御の家集編纂を女房の誰かが企画し、着手した時なぜこのL群の歌が入手できなかったのか、いろいろの場合が想定できるものの、やはり疑問は残る。

原初形態（祖本）にはまだL群は存在しなかったとしたら、原初形態では歌群としてはどれだけ存在し、収録歌数はどれくらいのものであっただろうか。

そこで二類本L群のすぐ前に位置するK群について検証する。K群は二類本で僅か六首でしかないのに一つの群としてその前のJ群と分けた理由として、J群では一・二・三類本の歌の基本的な配列が同じであることが上げられる。それに対しK群は一・二・三類本に入っている歌数も違うと同時に、その歌の配列も各系統間で何ら関係がなさそうである（〔表8〕参照）。つまり一・三類本でK群の歌番号を見ると、各系統本ともに番号は離れればなれであり、二類本以外ではK群として一つの群を成り立たせることはできない。以上のようなことからK群の歌の配列の基となった

〔表8〕

二類本	一四四	一四五	一四六	一四七	一四八	一四九
三類本		八一		一四八		九〇
一類本		五	一一	九二	一二	三四
四類本		二				
村上御集			一〇三	一〇四		

形は存在しなかったのではないかと考えられる。そのことを詞書の方からも確かめてみたものが後掲〔表9〕である。

このように二類本と三類本とが配列においても全く異なり、詞書も無関係な文章であるというK群の特徴は、後のL群の特徴と一致する。しかしだからといってK群とL群を一まとめにしてしまうわけにはゆかない。即ちL群においては二類本一一五首に対し、一・三類本には僅か十二首しか同一歌がなかった。だがK群では二類本六首に対し、三類本三首、[9]一類本五首と、一・三類本に入っている同一歌の割合がずっと多い。さらにJ群と同じ性格を持つ村上御集の歌が二首もK群にあるということは、K群にJ群と同じ成立事情が認められるということもある。このようにK群はその前のJ群と後のL群の特徴を合わせ持つので、やはりL群に入れてしまうことはできない。

ではそのK群の性格からすれば、斎宮女御集の成立過程ではどのようなことになるのか。各系統本に共通して取り入れられた部分（系統によって整理や手直しはされていても）を原初形態資料から入ったものとし、二類本L群をその後の増補部分とすれば、試案としてこのK群はその中間の段階であろうかと考える。つまりJ群までの原初資料がある程度整理されていた（これを原初形態と称してきた）。その原初資料の末尾に、そこからは増補歌であることが分かるような書き方でK群の歌が書かれていたのではなかろうか。そこで整理本である一・三類本は、その増補歌を末尾に置いたままにせず、L群十二首の場合と同じように原初形態の間の適当な所に組み込んだというような経緯を推測している。

次にJ群についてその性格をみてみる。J群は原初資料（祖本）の段階で存在したのかということであるが、一・二・三類本と村上御集の各系統が共にJ群に属する歌を持っており、また一・二・三類本の歌の基本的配列も同じであるので、これらの四系統本は密接な関係にあるということであり、そのことは、すでに第一次の原初形態の段階で存在していたことを示しているとみてよい。二類本と三類本との違いは、三類本では二類本の一三五・一三六番歌が場所を変えられている。また三類本では二類本にない一五三・一五六・一五七・一五八・一五九番（三類本番号）の歌が入っている。しかし二類本のみの独自歌はなく、やはりJ群の配列の原初形態は二類本のようなものであったはずである。J群における各系統本の共通歌の詞書に大きな異同がないことも、すでに作成されていた一つの詞書（原初資料＝祖本か）を基にして各系統本のJ群の詞書が形成されたと考えられる。

しかしJ群もその前のI群と比べてみると、両者の性格には異なったものがある。I群やそれと同じ性格のF群では、一・二・三類本は配列順序のみならず詞書もほとんど一致していて、その一致度はJ群よりはるかに高く、共通の原初形態にひじょうに近いことは疑えない。ところがJ群がその前に位置するI群よりも配列や詞書に異同が大きいのは一・三類本がJ群で終わっていることが示唆することがある。J群は天皇との贈答歌であるにもかかわらず、三類本が原初形態を改変して天皇との贈答歌を纏めてB・D・G・H群を前半に連続する配列としたにもかかわらず、天皇との贈答歌であるJ群の歌は、その前半には持ってこずに巻末に置いたままであるのはなぜだろうか。B・D・G・H群は、それぞれ一つの群としての性格を持っているのに対し、J群は天皇との贈答歌の拾遺であるらしく、詠歌事情などのまとまりはない。そのようなことで巻末に位置させられているのであろうか。つまりJ群の歌はB・D・G・H群より遅い段階で収集された資料によっていると思われる。なお村上御集ではJ群の歌の一部がG群に挿入されているが、それは村上御集の編者が天皇との贈答歌であることによって、巻末から移動させたのであろう。

これまでの考察から『斎宮女御集』の第一次の原初形態についてまとめてみる。原初形態はA～Jまでの群の歌を持つものであったと思われる。これは現存の一・三類本の巻末と一致する。その原初形態はJ群までは入集歌数・配列順序・詞書において、二類本がかなり忠実に残しているのではないかと考えてきた。二類本はその後K群を、さらにその後大量の資料を入手し、原初形態の後に増補した。三類本は原初形態資料と、別に独自に入手した資料をより整然と配列させたとみているが、その時期は二類本L群が原初形態に増補される以前であったのではなかろうか。

その原初形態のものを〈資料〉と称したり〈祖本〉とも称したりしてきたが、それは〈本〉とよぶことができるほどの形態になっていたのだろうか。各系統本の配列異同が群を単位として行われていることからすれば、各系統本が第一次原初形態に手を加え、整理をする段階でも、まだ歌群を意識させられる何らかの手掛かりがあったと考えるべきである。

即ちA・B・F・G・I群などは各系統によって群単位の位置は異なるが、その歌群の中の歌の配列は大体系統毎の乱れはない。一方D・H群は二類本が原初形態を伝えているであろうと考えるが、一・三・四類本のみならず村上御集までが原初形態を改変して、両群を組合せて、それぞれに異なった独自の配列にしている（表2）の説明参照）。このことはこの二群にまだ流動的要素があったこと、しかしそれでもD群とH群として群単位であったことも示唆しているようである。このようなことから原初の形態を想定してみると、まだ群ごとに書いたものが重ねるか綴じてあったか、あるいはすでに一冊に綴じられていたなら群頭か群末に何か印となる語でも記されていたのか、そのような形態のものであったのだろう。それがすでに綴じた一冊の本にされていたのなら〈祖本〉と呼んでよいのだが、もしまだ群ごとの綴りなどであったら〈本〉と表現することは適当でない。そのいずれであるかの判断は難しいが、四系統が手に入れたのは群ごとになっている程度の資料であった可能性が強いと考える。

四　一類本について

次に一類本について考察する。一類本系統には百二首しか収められておらず、諸系統本中最も歌数が少ないが、これも落丁などではなく、この系統としての成立の仕方によるものと思われる。

一類本の特徴は、前半では二類本に近い面を持ち、後半では三類本にかなり似た性格を持っている。その二類本的性格とは、一類本の歌の配列を群単位でいえば、H群を除いて二類本と一致する。三類本はかなり群の順序が異なる。〔表9〕はD・H群における一類本の詞書を全て上げて二類本・三類本と比較したものである。この所の一類本の詞書は引歌的詞書とでもいうような独特の文で統一されている。二類本ではD群の一九・二三・二六・二八・三〇（一類本の「れいの山ふところ」は意味をなさない。二類本の「れいのやうにやりて」の後ろ五文字の誤写であろう）番の詞書に同じ文章が記されているが、三類本ではこの引歌的詞書は一つもない。このことは先ずは一類本が三類本から分かれた系統ではないことが知られる。しかし一類本では一六・一九・二〇番の詞書も二類本とは異なって引歌的詞書となっているのは、この部分は一類本がD群を基にして、それにH群の歌を挿入する形になっていることからも、おそらく原初形態では二類本のようにD群の方に引歌的詞書がつけられていたので、整理する時にそれと似たような詞書を一類本の編集者が付けたのではなかろうか。〔表5〕で述べたように、諸系統本が一首の上句と下句との組合せをさまざまにしている歌では、一類本六・七番歌は、二類本一二・一三番歌と一致する。

このように一類本は二類本に近い性格を有する一方三類本に近い諸点も持つ。それは、一類本後半の三二番より八

〔表9〕

	一類本詞書		二類本詞書		三類本詞書
一五	つゆもひさしき	一九	つゆもひさしと	五四	(詞書なし)
一六	たれにいへとか	二一	又の日御	五六	(詞書なし)
一八	いはんかたなのよやめのみさめつゝ	二三	又女御いはむかゐなのよやめのさめつゝ		(歌・詞書なし)
一九	たくひあらしかし	二五	ひさしうとあるに、たひ〳〵になりにけるほとに	七〇	ひさしとあるにたひ〳〵になれは女御殿
二〇	あらしわか身を	二二	女御	六六	又
二一	あはれのさまや	二六	また女御あはれのさまやと	五九	又
二二	かきりなりけり	二八	又女御かきりなりける	六一	又
二三	見くるしのさまやれいの山ふところ	三〇	また女御れいのやうにやりて	六三	又

八番まで、群でいえばF・I群の歌の配列および詞書までが三類本とほぼ一致する。つまり二類本ではL群に位置する十二首が一・三類本ではF・I群に点々と入っている。この部分は三類本と密接な関係にあることは疑えない。また一類本六二・八六番歌は二類本には存在しないが[10]、三類本にはある。さらに一類本五番を中心とした配列は三類本とほぼ同じであるが、二類本ではそれらの歌はK群に属している。

以上のように一類本には、二類本と三類本の二系統の性格が混在している。これらのことから一類本の成立をどのように考えたらいいのか。その前に一類本の最も大きな特色を見ておかなければならない。それは一類本は天皇との贈答歌を集めたB・G群の歌を入れていないということである。しかし女御が天皇へ贈った歌のみを纏めたC群は採られている。そのようなことから、一類本では村上天皇の歌は入れないということが編纂者の基本方針ではなかったかと思われる。そのことをさらに細かくみてみると、二・三類本では天皇と女御の贈答歌として組になっている歌が、一類本では天皇の歌の方は除いて女御の歌のみを採録したと思われる場合が次のようにある。

[一九]＝二〇、[二一]＝二二、[二三]＝二四、[二六]＝二七、[二八]＝二九、[三〇]＝三一、[一二一]＝一二二、[一二三]＝一二四、[一二五]＝一二六

これらはD・H群の歌である。番号は便宜上二類本の歌番号で示した。＝印の前後が贈答歌の組である。枠で囲んだ歌のみが一類本には採られており、それ以外は除かれている。その除かれた歌は全て天皇の歌である。

一類本中天皇の歌は僅か四首である。その四首は九〇・九四・九九・一〇〇番歌で、番号が示すように、巻末J群に属する歌である。このJ群の成立については、その他の天皇との贈答歌群とは異なった段階を考えなくてはならないのではないかということを前述したが、そのようなことから、一類本へJ群が加えられたのも、そこより前の部分の編纂者とは別の人の手に拠ったのかもしれない。そうであれば一類本の最初の編纂者が天皇の歌を除くという方針を持っていたとしても、J群を増補した人にはその方針は受け継がれなかったというようなことでその四首が入ってしまったとも考えられる。

ではなぜ一類本の編纂者は、そのような二・三類本とは異なった編纂方針をとったのであろうか。純粋に斎宮女御一人の歌を集めた家集を作成するのが目的であったと考えるには、E・F・I群では贈答歌の場合は相手である女御以外の人の歌が入っていることからも、女御の歌だけの家集を編もうとしたとはいえない。ところで各系統配列表

（〔表1〕参照）を見ると、おおよそ一類本に採られている歌は村上御集には入らず、逆に村上御集にある歌は一類本にはないということが知られる。もっとも二三首の一類本と村上御集との同一歌があるが、その中七首は前述した問題個所のD・H群の歌である。D・H群の歌は数首ずつ両本に入ってはいるが、しかし一類本はD群が歌の配列の基本となっており、村上御集の方はH群の方を基本としていた（〔表2〕参照）。ゆえに群としてはD群とH群が両本に分けられていたとみることができる。その他の同一歌はC・J群などのものであるが、これらは村上御集の方で増補した歌ではないかと思われる。

以上のようなことから、一類本の成立と村上御集の成立には何らかの関係があったと考えざるをえない。そこで一類本の成立について憶測をたくましゅうするならば、二類本前半と三類本の二系統本がある程度形を成していたある時点で、村上御集作成のための資料として、斎宮女御方に収録されている村上天皇関係の歌の提示を村上御集編纂者から要請された。そこで天皇と女御の贈答歌群であるB・G・H群を二類本から外して村上御集の方に提出し、その残りに三類本も参照しながら、D・H・J・K群などを整理・増補してできたのが一類本であるというようなことが考えられないだろうか。斎宮女御集にとって、最も重要な村上天皇との贈答歌を除いてしまい、歌数も少ない家集を敢えて一系列として成した理由は、村上天皇御集の存在に抵触しない家集を成すことであったとしか考えようがない。

五　村上御集

村上御集については、斎宮女御集に関係ある部分についてのみ考察する。村上御集の総歌数一三八首中、勅撰集からの二次増補部を除くと一一二首が第一次編集部である。その中斎宮女御集に関係ある歌が八四首もあるので、村上御集の名で存在するこの家集は、斎宮女御集の一系統本といってもよいほどに密接な関係にある。

村上御集中の斎宮女御関係の歌は、次の三つの性格が異なる群に分けられる。
①村上御集七番から六〇番までは斎宮女御集のB・G群の配列とほぼその同一である（〔表1〕参照）。異なるところは村上御集二二・二三・二四番が二類本番号でいえば八七と八八番の間に、村上御集五一・五二番が一一二と一一三番の間に、村上御集五七番が二類本一一六と一一七番の間に組み込まれている三ヵ所である。この三ヵ所に挿入した配列は村上御集独自であるので、村上御集の編纂者の意図によるものであろう。
②村上御集六二番から七八番までは斎宮女御集のD・H群の歌が〔表2〕のような順序で並べられており、その配列はH群を基本とした御集独自のものであるので、①の場合同様に御集の編纂者の意図によるものであろう。
③七九番以後では八〇・八一・八四・八五・一〇二・一〇三・一〇四・一〇五・一〇六・一〇九番の歌が斎宮女御のものである(11)。しかしこれらの十首は斎宮女御集とは無関係に、別途に採録された歌であろう。その理由としては、
i・村上御集八四番の詞書は「いづれのにか……（以下女御集本文とほぼ同じ）」と書かれていて、どの皇妃の歌であるのか分からないとされている。しかしこの歌は斎宮女御集の三系統本ともに入っている歌であるので、村上御集の該当歌が、斎宮女御集のどの系統本かに拠っていれば、斎宮女御の歌であることは分かるはずである。ゆえにこの八四番歌は斎宮女御集との直接の資料関係はないと思われる。

ii・一〇二・一〇九番歌の記名は、「民部卿の宮の女御」「しげあきらのみこの女御」とされている。しかし斎宮女御集B・G群の形態とほぼ同一である部分や、配列の違いはあるものの斎宮女御集との資料的関係があると認められるD・H群などの村上御集の記名の仕方には、「女御」と書くか、あるいは無記名である。これらの箇所の場合には歌の作者の記名にも意を用いず、斎宮女御集に書かれたままを村上御集の方に書き写していったのであろう。そうでな

くては、村上天皇には斎宮女御の他に四人の女御があったのだから「女御」だけでは誰であるのか区別がつかないし、ましで無記名では誰の歌なのか分からないはずである。ゆえに逆に斎宮女御の歌であることを明記した書き方は直接には斎宮女御集から採った歌ではないことを示していると考えられる。

iii. 村上御集では、詠者名の書き方や贈った相手の名を記すのに一つの共通する書式がある。即ちその人が直前に出された人と同一の場合、「おなじ……」と記している。これは三・六一・八〇・八一・九二・九七・一〇三・一〇五番の詞書にみられる。この書式は斎宮女御集に拠ると思われる部分にはみられない。またその番号の内、三・九二・九七番は斎宮女御の歌ではなく、六一番は斎宮女御の歌だが、現存のどの系統の斎宮女御集にもみられないことなどから、「おなじ……」との書き方がされている歌は、斎宮女御集との直接の資料関係はないと思われる。それに該当する斎宮女御の歌が六一・八〇・八一・一〇三・一〇五番である。

iv. 村上御集一〇二番の歌には詠者名しか記されていないが、斎宮女御集の同一歌では三系統本ともに、同一原文に拠ったと思われる長文の詞書が記されている。村上御集で斎宮女御集を直接資料としている部分では、ほとんどの詞書に両集で違いはないことからして、この一〇二番歌も斎宮女御集との直接の資料関係はないのだろう。

以上の諸点から村上御集八〇番以後にある斎宮女御の歌は、斎宮女御集との直接の資料関係はなく、村上御集の編纂者が別途に採集した歌であると考えられる。それらの歌は斎宮女御集でいえばC・J・K群の歌であるので、村上御集に斎宮女御方から渡されたのはそのC・J・K群を除いた歌であって、村上御集でいえば七番から七九番までであったと思われる。

六　斎宮女御集の系統成立私案

今までに考察してきた諸問題についても、またここには触れ得なかった細部の問題点についてもまだ不明な部分が多いが、試案として諸系統本の成立についての系統図を作ってみたのが〔表10〕である。今までに述べなかった点な

〔表10〕

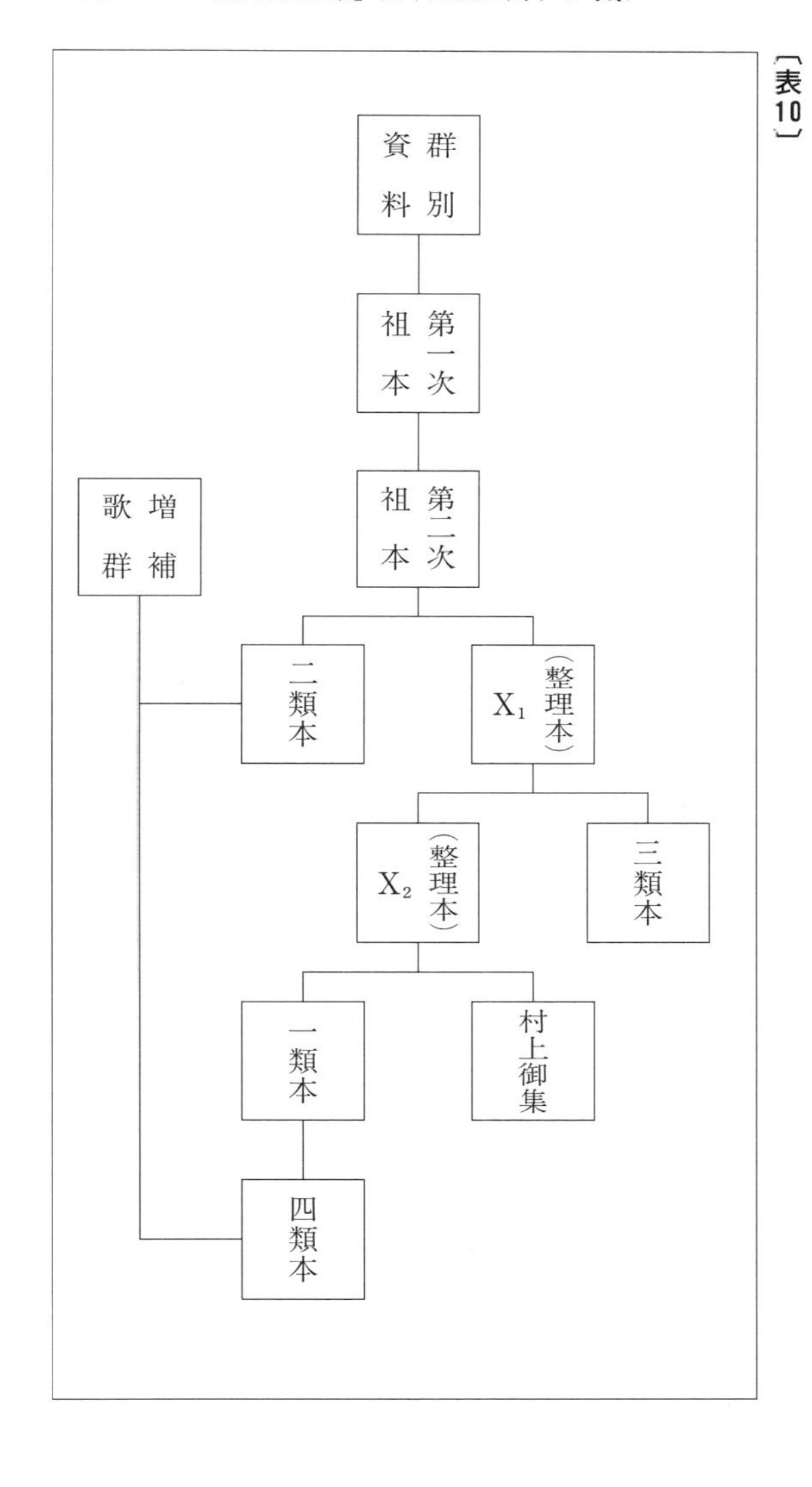

ど、簡単な説明を加えておく。

i．第一次祖本と称している段階は、歌群別の草稿が一応家集の形態をとって書かれた形態であって、二類本のA～J群までにほぼ同じであろう。あるいはその前の原初形態と重なるかもしれない。

ii．第二次祖本とは、K群が第一次祖本に増補された段階で、第一次祖本との時間的隔たりはあまりないと考えられる。

iii．整理本X_1で、二類本と現存しない整理本X_1との二つの系統に分けたのは、三類本は天皇の歌を一続きにするなど、二類本よりは整理された段階にあり、その三類本はC・F・I・J群に、二類本L群の中の一二首と、二類本にはない二首およびK群の歌を挿入し、またD・H群が混合されている一つの系統を認めるからである。しかし一類本と三類本とではC・J群に配列の異同があり、また一類本の方が二類本に近い性格を残している。ゆえに両本のどちらが親本という関係でもあり得ないので、その両本が生まれ得るような整理本X_1の存在を考えてみた。

iv．第整理本X_2も現存しない推定の本である。一類本と村上御集に差し出す歌がまだ一緒になっていた本があったのではないかと推定したが、あるいは整理本X_1と重なるかもしれない。

v．第四類本の考察は省いたが、前半は一類本に近い性格を持ち、その後半に二類本のL群の歌を持っている本であるらしいが、断簡であるので確かなことはいえない。

この系統図が正しいのかどうかはさらに今後詰めていかなければならない。しかし斎宮女御集の四系統本の成立が複雑な段階を経ていることは間違いない。

注

(1) 戸谷三都江「斎宮女御の歌」(学苑　昭33・1)。久曾神昇『三十六人集』(塙書房、昭35)二〇四頁。橋本不美男『桂宮本叢書　私家集一』(養徳社、昭37)三一頁。
(2) 島田良二『私家集の研究』(桜楓社、昭43)五六一頁。
(3) 四類本については、池田亀鑑『前田本斎宮女御集』(尊経閣叢刊、昭17)で六九首明らかにされ、その後久曾神昇氏により二七首の存在の報告がされている。しかし四類本については全容を知ることができないので、今回は比較の対象から省いた。
(4) 書陵部蔵『代々御集』の中。
(5) 久曾神昇　前掲(1)書二〇四頁。
(6) 島田良二　前掲(2)書五六五頁。
(7) A群は四首の内一首のみが天皇の歌であるので、厳密にいえばA群は例外とした方がよい。
(8) このことについては戸谷三都江　前掲(1)論文七七頁に詳しい。
(9) 三類本には、二類本一四六・一四八番は存在しない。しかしこの二首は三類本が独自に脱落させてしまったものではないかと思われる。それはもしこの二首が三類本に入っていたと仮定した場合、その位置は一類本を参考にすると、三類本八七番の後、八八番の前であるに違いない。現存の三類本の八七番の後、写本でいえば十六丁表はなぜか白紙のまま残されている。しかも八八番の歌には、「あめふる日、三条の宮にて」という詞書が元々は付けられていたであろうことが、一・二類本共にその詞書を有していることで推定できる。ゆえに三類本八七番の後、そして現行八八番の詞書までを何らかの事情で脱落させたのであろう。その脱落させた歌は、二類本番号でいえば、一六・一七・一四六・一四八番の配列になっていたところの歌か、さらに三四・三五・三六・三七・三八・三九・四〇番の部分の歌をも初めは持っていたのかもしれない。
(10) 一類本でいえば九四・九五・九六番歌も現存の二類本には存在しないが、これは脱落によるものではないかと思われる。

というのは、元々は存在したとすれば、その配列は三類本と同じはずの部分であるから（〔表1〕参照）、三類本にその本文を対照してみると、三類本では一五六番に付けられている詞書が、二類本では一四三番に付いている。ゆえに二類本は、三類本の一五六番の詞書の後の歌から一六〇番の詞書まで（歌四首）を脱落させているものと思われる。

（11）久曾神昇編『八代列聖御集』（文明社、昭15）の解題で述べているように、村上御集一一三番以後は勅撰集による後人の増補部であるので、ここでは一一二番までを対象とする。

〈付記〉以下の『斎宮女御集』『村上御集』の本文は、『私家集大成　中古Ⅰ』（明治書院、昭48）による。

二　『斎宮女御集』の成立年代について

『斎宮女御集』の成立時期については、森本元子氏が「現存二類本にみられる五七・五八から一四四以後の部分まで、拾遺抄撰者の前に存在していた」(『私家集と新古今集』)と述べている以外は、特に検討されてはいないようである。本章においては、『斎宮女御集』の成立時期について、『拾遺抄』や『拾遺和歌集』、および『村上天皇御集』との関係、また他の歌人との関係などから、その上限と下限を検討してみたものである。

一

『斎宮女御集』(以下斎宮集と略する)の伝本は、現在四系統に分けられる。その各系統の成立は複雑であるが、そのいずれの系統本の詞書にも斎宮女御徽子に対しては、原則として敬語でもって書かれているので、四系統それぞれ成立の最終段階の文章は、徽子自らが記したものではない。つまり現存形態の斎宮集は他撰によって成った集であることは間違いない。では斎宮集の編集をした人とはどのような人であったのだろうか。

採録されている歌数は、もっとも多い西本願寺本系統では二六五首もあり、それに含まれない歌が、他系統本に一二首ほどある。それらの数多くの歌の詞書には、それぞれの歌が詠まれた事情について述べられているものが半数以上もあり、その中には、かなり立ち入った詠歌事情を付けているものもある。

こ宮うせ給て、さとにひさしうおはしければ、などかくのみまいり給はぬとありける御かへりに、物ゝ心ぼそくおぼえたまひてかきあつめたまへりけるを、とりあやまちたるやうにてまいらせ給へりける、御かへりどもさりげなくて御ふみの中にあり、内の御かへり

かきたへていくよへぬらむさゝがにのいとみじかくもおもふべきかな（一二〇、以下断らない場合西本願寺本による）

右の場合は、先に天皇から「などかくのみまいり給はぬ」という意味の文か歌があり、それに対して、女御が「とりあやまちたるやうにして」とは、どのような書き方か、または渡し方かこの場合具体的には判らないが、当時の「心ぼそくおぼえたま」うた心の内を歌にして返した。そこへさらに天皇からの返歌があった、という複雑な内容を一二〇番の詞書は示している。このようなことから、編者としての条件は女御の身辺の事情に通じていた人でなくてはならないだろう。しかし女御の唯一人の子で、終生女御と共に過ごしたと思われる規子内親王も、女御薨去の翌年、独身のまま歿しており、他に女御には兄弟姉妹はあるとはいえ、それらの人々は伊勢斎宮時代から女御の宮廷生活、再下向と女御と生活を共にしているはずはなく、そのような点からも、やはり編纂は女御付きの女房の手によったものである可能性が最も強い。

しかも、家集に収められている歌の詠歌年代は、女御が二十歳で入内して以来五十七歳で亡くなるまでのものに、さらに女御薨去翌年の娘の規子内親王の歌もまぎれこんでいる。このように三十八年にもわたる年月の歌が集められているので、その編者が一人であるかどうかも疑わしい。

ところで四系統本の成立過程については、最初に家集の形態をとった祖本は、西本願寺本の一四三番までのようなものであっただろうと第一章で推定した。さらにその祖本の一部を整理し、多少の増補をして、歌仙家集本系や書陵

部本がそれぞれ成り、西本願寺本は祖本の後半に大量の歌を別に増補してできたものではないかと考えた(1)。
その各系統本ができていく場合、祖本をほぼそのままに配列や詞書にしている所も多いと思われるが、一部には、確かにそれぞれの編者自身の考えによる配列替えや、詞書の作成が行われているとみられる。たとえば〔表1〕の上欄と下欄は同じ歌の詞書である。この場合、西本願本寺が書陵部本を写したか、またはその逆であるとは、本文の異同の大きさゆえにいえないだろう。つまり資料としての前後関係はない。しかし両方共に長文の詞書で、しかも固有名詞までも入れているということは、それぞれが詞書を成すに当っての根拠となる資料か、または記憶を持っていたということであろう。もし詠歌事情が編者にとって不明であれば、詞書を付けないか、または「いかなる時にか」の詞書も同集中にある以上、そのようなものになったであろう。ゆえに、両系統本のどちらが事実を伝えているかは別として、少なくとも上欄と下欄とは別の人の手によって成された文章であるといえる。

〔表1〕

番号	西本願寺本詞書	番号	書陵部本詞書
一九六	とほくなり給なむのちのかたみとて、内よりゑかきてとて、つぎがみをたてまつり給へりけるを、こと物にたゞいささかゝきつけ給て、くものすかきたるところには	二一九	一品宮より、かみをつぎて、これにものかゝせ給てときこえ給へれば、ことかみをつぎてかゝせ給て、宮（歌仙本六一番もほぼこれに同じ）
二一六	十一月許もみぢのたゞ一葉のこりたる、みくしげ殿、君ちかくおはしておとづれたまはぬに、たてまつり給	一〇五	野ゝ宮におはしける比、三条の宮に、まゆみの紅葉のひとばありけるにさして（歌仙本四九番もほぼこれに同じ）

以上のようなことから、祖本の編者の他に、西本願寺系統本後半、それに書陵部本の編者としても、それぞれ斎宮女御を知る女房が関係し、さらに先に述べたようにその前の段階として想定した祖本も、一人ないし複数の女房によって編纂されたとすれば、斎宮集の成立年代の下限は、斎宮女御に仕えていた女房達の生存期間ということにならざるをえない。女御の薨去が寛和元年（九八五）であるので、その後約三十年程の一〇二〇年位までには、祖本のみならず、それぞれの系統の本が一応できていたのではないかと考えられる。しかし、このことは、更に資料によって検討したい。

二

では、斎宮女御に仕えた女房のうち、現在斎宮集の編者に擬することができる人があるだろうか。斎宮女御の女房として名が知られる人は、馬内侍、本院侍従、但馬、少納言の他に、天禄三年（九七二）八月に催された、規子内親王前栽歌合に名を連ねている女達、すなわち、侍従御許（或いは侍従）、帥君、兵衛君（兵部君）、弁君、左衛門君、日向君、輔御（すけの君、佐御許）、こもき（もとき）、小隼人（こはひと）などである。斎宮女御は村上天皇の歿後、伊勢に再下向するまでの十年間は、父の屋敷であった三条宮で娘の規子と共に暮らしていたと思われるが、これはその時期の歌合であるので、この歌合に名が出ている女達は、斎宮女御家の女房であると思われる。この十名の女房達は、歌合において、男性方とそれぞれに歌を番えられる程度に歌が作れる人々であった。しかしこの女房達については但馬の他には知ることはできない。

先に名をあげた本院侍従については、『拾遺集』巻十九の詞書に「一条摂政下らふに侍りける時、承香殿の女御に侍りける女にしのびて物いひ侍りけるに……（略）」というのがあり、その歌の作者が本院侍従である。（斎宮女御の後宮に於ける殿舎は承香殿であった。）『拾遺抄』の貞和本には、詞書中の「下らふ」が「少将」となっている。一条摂政伊尹が少将であったのは天暦二年（九四八）から九年までであるので、これに従えば、本院侍従は斎宮女御入内（天暦二年）の頃より仕えていることになる。そうしていつまで斎宮女御の女房であったかは判らないが、本院侍従は侍従の君とも呼ばれていたことが『一条摂政御集』で知られるので、先述の規子内親王前栽歌合に、侍従御許と記されている人が或いは本院侍従であるかもしれない。もともと本院侍従の名は、本院女御に仕えていたからそう呼ばれていたのであって、斎宮女御に仕えてからは、本院の部分は付けないで呼んだことが考えられる。もしそうであれば、本院侍従は、斎宮女御入内から、宮中を退下した頃までも斎宮女御と行動を共にしていることになり、しかもその頃五十歳に近い年齢ではないかと推定されるので、その頃宮仕えをやめていなければ出仕場所は替えなかった可能性が強い。ちなみに、『安法法師集』に次のような詞書がある。

前斎宮の寮頭もちきの朝臣法師になりて東山にありけるに、侍従のおもとのもろともにありて、かく心ぼそきすまゐをなむし侍とておくに

ここにある「もちき」は、『和歌文学大辞典』の安法法師の項に坂上望城とされているが、いろいろの点からそうではない。とすればこの「もちき」なる人は、先の規子内親王前栽歌合に名を連ねていた橘もちきであることも考えられる。そうして「前斎宮」は規子であっても、安法は天元二年（九七九）には生存していたことが家集で知られ、規子の斎宮退下はそれから七年後であるので、安法の生存の可能性はあろう。安法法師は、その交友関係からも、また母方の血筋からいっても斎宮女御方との親交はあってもおかしくない。そのようなことから、詞書中に出る「侍従のおもと」が、規子内親王前栽歌合に出ていた侍従御許と同一人であることも考えられないことではない。さらに、先

に述べたように、これが本院侍従と同一人であると仮定すれば、本院侍従は、斎宮女御の伊勢への再下向にも従い、女御、規子亡き後も、斎宮女御ゆかりの人々と親交を結んでいたということが、『安法法師集』の詞書との関係でいえようか。本院侍従ほどの歌人が、やはり歌への志深かった斎宮女御に長い年月仕えていたとしたら、女御の家集の編纂には、何らかの形で加わっているに相違ないが、この程度の資料では可能性の一つとして考えることしかできないであろう。

さらに、斎宮女御の女房としては「但馬」がある。この但馬は、『仲文集』に「たえてのころ、承香殿の但馬」(書陵部本)として歌が出ているほか、同集によって歌人、藤原仲文と一時深い仲であって、子まで成していることが知られる。当時、但馬が何歳位であったかはわからないが、他の男との恋愛関係も記されているので、斎宮女御の承香殿時代には、但馬はまだ若かったに違いない。さらに但馬は、『続古今和歌集』巻四に「天禄三年八月野宮の歌合の歌」として一首載せられているが、これは先述した規子内親王前栽歌合の時のもので、このことは、女御が村上天皇後宮から退下した後も斎宮女御にまだ仕えていたということになろう。また、斎宮集に一首(西本願寺本、二三三)、女御との贈答歌が出ている。この歌がいつ詠まれたものであるかはっきりとはわからないが、西本願寺本の後半にあり、しかも「堀川中宮うせ給てのころ……(略)」(天元二年)の贈答に続く所に位置させられている歌であるので、伊勢再下向後の歌であろうと思われる。ところで、斎宮女御の入内後の生涯を辿ってみると三つの時期に分けられる。まず村上天皇の後宮時代、天皇歿後の東三条宮時代、そして娘の斎宮規子と共に伊勢に再下向していた時である。但馬の上述した三つの資料は、斎宮女御のその三つの時期のそれぞれに当っているようである。このようなことから但馬は、斎宮女御の終生に仕えていたのではないかと考えられる。この人も歌人としての素養もうかがわれるようであるし、斎宮集の成立に一役買っている人のように思われる。斎宮集中に女房の名が出るのは馬内侍と、ただ一回きりのこの但馬である。そのことは、この人が斎宮集編纂に関与していることを暗示しているかもしれない。

次に「少納言」という女房については次の資料があるのみである。

斎宮の女御、うちにおはせしむかし、あるたちはきのをさ、承香殿のにしのつまどに立よれり、少納言とい
ふ人、いとくちとくものをかしくわかよむ、このきみたちも人に物いひかけよ、といひよりて、まづいかゞ
いはんとおもふとて、そでとりかはしたり、たれにとゝへば、みなもとのこたへず、おなじきなのらずとい
ふ、いろにおもふをとこ

こゆるぎのいそのなのりそなのらねどそこばかりをぞさぐりしりたる

をんな、さればよといひて、きゝもはてぬに

いそなつむあまならばこそわたつうみのそこのものめくこともゆるさめ

といひつゝぞとしへける　（『重之集』）

これによれば、斎宮女御の後宮時代に仕えていた人で、歌を作ることの素早さで名をとっていた女房らしいが、斎宮女御にいつまで仕えたかについては全く不明である。

馬内侍については次節でも扱うが、この女房は斎宮女御が村上天皇の崩御後宮中を去ってからは出仕先を替えているので、斎宮女御との生活は余り長かったとはいえないようである。ゆえに斎宮集編纂に直接かかわってはいないのかもしれない。

以上は斎宮集の編纂に当る可能性があった女房達を、現存の資料から追ってみたものである。その中でいえば、本院侍従や但馬が或いは編纂者の一人であるかもしれないが、それ以上の断言は控えなければならない。

三

ここで本筋に戻って、この節では斎宮集成立の上限の年代について考察してみる。
斎宮集の中で、そのための手懸りとなる資料としては、「馬内侍」という人物の呼称が最も年代の下るもののようである。集中の馬内侍なる女房は、すでに村上天皇の生前に女御に仕えていたということが次の歌でわかる。

せんだいの御そう分に、か、せたまへるものをむまの内侍にみせさせたまひければ、うへのみせむとのたまひしを、かくれさせたまひにしかばくちをしかりしに、いとうれしくて

たづねてもかくてもあとはみづぐきのゆくゑもしらぬむかしなになり（四九）

即ち、馬内侍は斎宮女御の後宮時代には仕えていたのである。そうして女御もこの女房に深く親愛の情を抱いていたことは次の歌でも知られる。

むまの内侍、やまぶきにさして

やへながらあだにみゆればやまぶきのしたにぞなげくゐでのかはづは（六三）

おほんかへし

やへだにもあだにみえけるやまぶきのひとへごゝろをおもひこそやれ（六四）

ひさしうさとにおはしけるころ、おなじ内侍のもとに

夢のごとおぼめかれゆくよのなかにいつとはむとかおとづれもせぬ（六五）

六五の歌は、天皇歿後、女御が宮中を退ってからの歌であると思われるが、下句の直截な語気は、女御の馬内侍に対

する愛情であろう。

ところで馬内侍と女御との、先に挙げた二群（前の四九の歌には更に五首の贈答歌が続いている）は、各系統本共に、歌の配列順序もその群の中では一致しており、また詞書本文についても異同が少ないところである。このような部分は原初形態をほぼそのまま保っていると思われるので、その中にある「馬内侍」の呼称も、斎宮集の祖本の成立時点において書かれていたものであって、後世、馬なる女房が内侍になった時にその呼称を書き替えたものではないと考えうる。

さて、この馬内侍なる女房であるが、この人は、堀川中宮媓子に仕え、その後斎院選子内親王に仕え、更に中宮定子に仕えた馬内侍と同一人物と考えてよいと思われる。何となれば、斎宮集の成立を二節で推定した如く、十世紀のごく終りの辺りから十一世紀の初頭であるとした場合、それとちょうど同じ時期に中宮定子の馬内侍がいた。こちらの馬内侍は、内侍としてのみならず歌人としても、『拾遺抄』より早い成立といわれている『如意宝集』にも、「中宮内侍むま」として名が出ているのに続いて、勅撰集や私撰集に馬内侍や中宮内侍馬として歌がとられている。もし斎宮集中の馬内侍がこれと別人の呼称であれば、その広く名が知られている方の馬内侍と混同しないために、何らかの区別をしうる書き方をとったに違いない。以上のようなことから、斎宮集中の馬内侍と中宮定子の馬内侍とを同一人とすれば、馬が内侍になったのは、『中古三十六歌仙伝』に従えば、「一条院皇后女房、立后之時為本宮掌侍」ということである。定子は『一代要記』によれば、正暦二年（九九一）十月五日中宮となり、長保二年（一〇〇〇）二月十五日皇后となっているが、『枕草子』に「淑景舎、東宮にまゐり給ふほど……（略）」の段の中で「馬内侍のすけ」が出てくる。これは長徳元年（九九五）のことであるので、歌仙伝の中での「立后」は正暦二年十月定子が中宮となった時であると思われる。すなわち馬が内侍になったのは正暦二年からであって、斎宮女御に仕えていた時には、勿論、馬内侍とは呼ばれていない。なお、馬内侍の生年を天暦三年頃とすれば、[2]斎宮女御に仕えていたのは、馬内侍が二十歳になる前のことである。

さて、斎宮集が歌反古や草稿歌群の段階から祖本としての形態をとった時点を知るために馬内侍に関ってきたのであるが、斎宮集中の詞書の「馬内侍」がすでに祖本の段階の書き方であろうと先に考えたので、祖本の成立は馬が内侍となった正暦二年以降ではないかと考える次第である。これは斎宮女御が歿して六年目より後ということになる。[3]

四

次に斎宮集成立の下限について考えてみなくてはならない。そのためには成立年代が凡そ判っている『拾遺抄』や『拾遺和歌集』と斎宮集との関係について整理しなくてはならない。斎宮集と『拾遺抄』・『拾遺和歌集』との同一歌は五首である（その五首は『拾遺抄』および『拾遺和歌集』共に同じ歌であるので、以下両集を合わせて拾遺と略する）。次の〔表2〕は、それら五首の斎宮集と拾遺との詞書の異同を記したものである。

表が非常に煩雑なのは、斎宮集にも、拾遺の方にも本文の異同が多いからである（上欄の斎宮集の本文の傍線を施した部分は、下欄の拾遺の諸伝本のうち、その一本とでも文章が一致しているところである）。このように私家集と勅撰集や私撰集という、撰者も性格も異なる両集に一致する本文がある場合、それは偶然の一致であるよりは、両者に資料としての前後関係があることが多いであろう。

では、この斎宮集と拾遺の場合には、どちらが先行する資料となったのであろうか。まずⅣについては、斎宮集には各系統本に返歌が続いて載せられているが、拾遺の方には女御の歌の方のみが入集させられているので、返歌のな

〔表2〕

記号	各本番号 西本	各本番号 書本	各本番号 歌本	斎宮女御集各系統本文の異同（底本は西本願寺本）	拾集番号	拾抄番号	拾遺集と拾遺抄の本文異同（底本は拾遺集定家本）
I	四一	八六	三	あめ・〔の〕Bふる日〔に〕B三条の宮にて	一一〇四	四六八	東三条にまかりいて、あめのふり・・〔侍り〕FHける〔れ〕F日〔に〕H〔は〕F
II	五七	一〇六	×（なし）	・・・〔おなし〕Aの、宮にて・・・〔よるの〕Gきんに〔・〕A C風の〔・・に〕A〔まつかせに〕Cおとかよふといふたいを	四五一	五二三	・〔小〕H野宮に〔・〕F H・F〔て〕EG斎宮の〔・〕H庚申し〔の〕H侍けるに〔・〕H松風〔夜琴〕H入夜琴〔よるの〕F〔松風〕H・・・〔にいる〕Fといふ題〔こと〕E・をもて〔・・〕F Eよみ侍ける〔・・・〕る〔・〕E
III	一四六	×（脱落部）	二	御殿ゐし給へりける夜、いかなることかありけむ、御かたをすきつゝ、こと御かたにわたらせたまひけれは B〔いかなる折にかありけむ御硯に入れ給ひたりける〕 D〔おなじ女御つほねのまへをわたらせ給てこと御方にわたらせ給けれは〕	八七九	三一六	天暦〔の〕・御時承香殿のまへを〔・〕EG FH・・・〔うへの〕GH〔とを〕Hわたらせ給てこと御方に〔へ〕Fわたらせたまひけれ〔をはしましけれは奏せさせ給ひける〕FHは

Ⅳ	二六三	一二五	五七	もろともにくだり給す、かやまにて A〔伊せへのちのくたりのたひむかしをおほし B〔いて、	四九五	四五二	円融院・〔の〕E御時斎宮・〔の〕E Gくたり侍ける・〔時〕F G〔・〕F G〔・・〕E F〔・〕F Gに母の前斎宮・〔みや〕E〔にはへりけり〕H・・・・・・〔・・〕G Hもろともに・・・・・こ〔すすか山〕F H〔くだり〕E G〔・〕F〔と〕F〔ゆ〕F Eえ・侍・〔むかしを思ひいてて〕H〔けるに〕G H〔鈴鹿山にて〕G〔けるひ〕F〔よみ侍ける〕F Hて
Ⅴ	五八	一〇七	×	（詞書なし）	四五二	五三	（詞書なし）

〔註〕異同の記号、上欄―A書陵部本、B歌仙家集本、C小島切、D村上天皇御集、下欄―E拾遺集定家本系の他本、F拾遺集の異本系、G拾遺抄流布本系、H拾遺抄貞和本（なお、E・F・Gはそれぞれ何本もあるが、そのうち一本でも異同がある場合にも右の表に記入した。）

い拾遺の方を斎宮集が資料としたとは思えない。またⅣの歌は、斎宮集西本願寺本においては、祖本に後で大量増補したとみられる部分の二六三番に位置しているが、Ⅲの歌は、祖本の段階ですでに巻末に付記されていたのではないかと思われる七首のうち、即ち一四六番に入っている。西本願寺本において、ⅢとⅣの歌が異なった成立段階で増補された歌であるということは、その増補が、恐らく拾遺を見ることによって成されたものではないのであろう。もし拾遺から斎宮集へ書き写されたものであるとすれば、同じ増補段階に入るのではないかと思われるからである。なお歌仙家集本系ではⅢは一一番目に、Ⅳは五七番目にあり、書陵部本ではⅣは一一五番目に、Ⅲは現存本では、半葉余白で残されている所があるが、他本との関係からその場所、つまり八七と八八の間に置かれていたはずである。このように集の中程に位置していることは、歌仙家集本系と書陵部本とでは、それぞれの系統の成立時にはすでに整理されて配列の中に組み込まれていたものと思われる。

以上のことは、斎宮集と拾遺の両集に同一歌がある場合、拾遺から斎宮集へという資料関係ではないであろうということを見たのであるが、次に詞書本文の異同によって斎宮集と拾遺との関係を考えてみる。〔表2〕において傍線を付した文は、下欄の拾遺集・拾遺抄のどの一本かと一致している部分である。その最も長いものはⅢのDにあるが、これは次節で扱う。さらにⅢでは「こと御かたにわたらせたまひければ」という西本願寺本の文が抄の流布本系や、集の流布本系定家本と一致する。「こと御かた」の部分についてのみいえば、「御」を除けば拾遺の方の全てと一致。ところが「こと方に」の後は、抄の異本系の貞和本や拾遺集異本系は「をはしましけれは奏せさせ給ひける」と異なった文となっている。Ⅳでは西本願寺本の「すゝかやまにて」は抄の流布本系と一致。また、歌仙家集本や書陵部本にある「むかしをおぼしいてゝ」は抄の貞和本の文中にあり、集の異本系本文はその部分が貞和本に近い。

Ⅰ・Ⅱの詞書は上と下の欄ではかなり異なっているように思われるが、Ⅱについても少し検討してみる。まず大きな違いとして、拾遺の方に「庚申」の夜であったことを記すが、このことは、その歌会の出席者の源順や平兼盛、大中臣能宣の家集に書かれていたものからとったのかもしれない。また題の書き方もそれぞれ異なるが、両欄で最も近いのは「よるのきんまつかせにかよふ」の小島切(4)と、「夜琴入松風」の貞和本とであろう。ところで拾遺抄の編者は藤原公任とされるが、その人が拾遺抄よりも以前に撰んだとされる『如意宝集』にもこの歌は入れられている。その詞書は「野々みやにて庚申によるのこと松風に似たりといふことを」と書かれていて、題の書き方において、和文調の斎宮集から、漢文的な拾遺への中間的書き方といえようか。撰者公任が斎宮集を見て『如意宝集』を作り、次いで『拾遺抄』へと変化させていったとすれば、説明がつきそうである。

以上、Ⅱ・Ⅲ・Ⅳの詞書の異同関係からはっきりと結論できるほどのものはないが、それでも、斎宮集と拾遺とは、本文に資料としての関係があることがうかがえ、先述したように、拾遺の方から斎宮集の方に歌が入れられたのでなければ、やはり拾遺の方が斎宮集を資料として使ったと考えられよう。その場合、『拾遺集』より成立が早いとされる『拾遺抄』の中でも、より早くできた奏覧本に近い性質の貞和本の方には、斎宮集の中でも、整理本であると私は考える歌仙家集本や書陵部本（或いは小島切の前半も）の方がより関係が深いようであった。そうして奏覧本に改訂を加えたとみられている『拾遺抄』流布本系は、それから発展したとみられる『拾遺集』とも合わせて、西本願寺本系がさらに資料として加えられたのか、そちらとの関係がみられるようである。(5)

五

次に『村上天皇御集』の方から斎宮集の成立時期を考えてみたい。『村上天皇御集』（以下、村上集と略す）の七五%、即ち八十四首が斎宮集の歌で占められているので、(6)『村上天皇御集』という名で呼ばれている家集も、実は斎宮集にとってはその一系統本といってもよい程に重きをなすものである。そこで村上集について、斎宮集の成立と関わる点について整理しておく。

(1) 村上集の編纂目的について考えてみるに、村上集で斎宮集関係の歌を除いた二十八首について歌の作者をみると、斎宮女御以外の女御、更衣、御息所との贈答歌が二十三首で、その贈答相手は六人である。このことと、更に斎宮集の歌をそれ程多く入れていることとを合わせて考えてみるに、村上集の編者は、一応村上天皇の女御、更衣などの後宮関係の歌の集を作るという方針を持っていたのではないかと思われる。

(2) 村上集の資料収集の態度についていえば、村上天皇には、『一代要記』に記されているだけでも、女御四人、更衣五人があった。しかも斎宮女御の他にも、宣耀殿女御芳子や広幡御息所など和歌に堪能な人々もいた天暦時代の後宮の和歌隆盛期にあって、それらの女御、更衣達と村上天皇との間で交された歌はかなりの数になったものと想像できるのであるが、それにしては、斎宮女御の歌にのみ重きが置かれ、他の女御達の歌はあまりにも僅かであり、一首も載せられていない女御もある。このようなことから、村上集の編集に当って、編者は広く手を尽くして村上天皇関係の歌を集めることなどしないままに作ったのであろうと思わざるをえない。

(3)　編纂者はどのような人であろうか。このことは村上集の成立時期にも関わることであるが、現在、この集にしか見られない歌が十二首もあること、また『拾遺抄』、『拾遺集』の村上天皇の歌は殆ど載せられていないことなどからも、村上天皇在世よりずっと後の時代の編集とは考え難い。また、贈答歌である歌も、村上天皇の歌のみを記していることが多いこと、更には編集目的が後宮の女御達と村上天皇の歌を集めることにあったらしいということなどから、編者としては、村上天皇に仕えていた内の女房がその条件に適うのではないだろうか。そうであれば、その成立時期も、凡そ村上天皇の女房の生存時という見当がつけられる。村上天皇崩御が康保四年（九六七）であるから、十一世紀の初頭頃には村上集一一二番までは形を成していたのではないだろうか。

六

では、その村上集と斎宮集とでは、どちらが先に成立していたのであろうか。村上集の七番から六〇番の歌のうち、二二・二三・二四・五一・五二・五七番を除けばその配列順序は、斎宮集西本願寺本の五～一〇番と七八～一一九番に、書陵部本では一～五一番に一致する。このことは、村上集と斎宮集のどちらかが先行する資料となったということである。しかして村上集の方が、一応家集の形態をとっていた斎宮集を資料としたのだと考えうる。何となれば、村上集の編集に当っては資料を博捜する熱意は示していないのに、斎宮女御の歌のみをなぜそれ程多く集めたのか。つまり村上集の編集当時には、まだ、それぞれの女御、更衣の女房や関係者も多く生存していたと考えられるので、編者が集めようと思えば斎宮女御以外の人の歌も数多く集めうる情況にあったと思われる。また村上集の編者は内の女房であろうと先に述べたが、もし、斎宮女御方から生の資料としての歌反古などが村上集の編者に渡されたとしたら、斎宮女御の動静や心中にまで立ち入った詞書を作成することは困難であっただろうと思われる。

また、もしでき上った村上集を斎宮集が写したとすれば、六番や六一番の歌が斎宮集のどの系統本にも入れられていないことの説明がつかない。

更には六二～七五番の歌の配列についてであるが、この部分の歌は、西本願寺本では一八～三三番と一二〇～一二六番の二群に分かれて位置しているが、書陵部本では、西本願寺本の二群がほぼそのまま続けられた順序となり、歌仙家集本ではその二群の歌が混ぜられて並べられている。一方、村上集の方も、歌仙家集本とは異なった順序で、その二群の歌が混ざったようになっている。このように或る部分で斎宮集の各系統本も、また村上集においても歌の配列順が異なることは他では見られないのであるが、このような現象が起こった原因としては、恐らく斎宮集の祖本が西本願寺本のような形態であって、その二群の先頭、即ち西本願寺本の一八番と一二〇番の詞書がかなり似かよっているので、整理本である歌仙家集本と書陵部本とでは、それぞれの編者の考えのもとにまとめてしまったのだと思われる。村上集についても同様に考えられよう。そうであれば、この部分については斎宮集の西本願寺本のような形態が先行し、村上集のようなものから、斎宮集の各系統は生まれるはずはない。

以上のような諸点からみても、村上集の中の斎宮女御関係の部分は、すでに成っていた斎宮集を資料として用いたのだと考えられる。

七

次の問題としては、村上集の資料となった斎宮集はどの系統の本であったのかということである。その点に関してまとめてみると、

(1)　村上集の七～六〇番においては、配列は書陵部本とほぼ一致し、詞書においても、西本願寺本よりは書陵部本に一致する場合が多い。ゆえにこの部分では書陵部本との関係で成っているらしい。

(2)　六二～七五番は、配列においては斎宮集のどの系統本とも一致しなかった。しかし詞書においては歌仙家集本との関係が認められる。つまり、村上集六七番の詞書「たれにいへとか」と、七一番の詞書「あらじわが身を」は歌仙家集本にあるもので、西本願寺本、書陵部本にはない[7]。しかしその詞書は、歌仙家集本と同じ歌に付けられているのではない。その関係を見ると、村上集は歌仙家集本番号でいえば一五番の歌を書き、次いで一六番の詞書まで書いたところで歌は歌仙本家集にない別の歌を書いたということになる。また後のも、歌仙家集本一九番の歌を書いて、次に二〇番の詞書まで書いて次は別の歌を書き、歌仙家集本の二〇番歌は別の場所に置かれていることから、村上集のこの部分は歌仙家集本系（または小島切系）との関係がひじょうに深いことは疑えないが、しかし、歌仙家集本にない歌が間に入っていることからしても、歌仙家集本系のみによっているのではない。

(3)　西本願寺本系との関係は直接には顕著ではないが、一章において、西本願寺本系の前半部がほぼ祖本の形態を伝えていて、歌仙家集本系、書陵部本はその次の段階の成立であろうと推定しておいた。

以上の三点から、村上集の成立には斎宮集の祖本のみならず、整理本と思われる書陵部本、歌仙家集本の段階のものまで資料となっていると考えてよいであろう。

しかし、それら斎宮集の各系統本が現存形態のようにでき上った後に村上集の資料となったとはいえないようである。というのは七九番以後には斎宮集にもある歌が十首載せられているが、その十首全てが続いて位置しているのではなく、間に他の女御達の歌が入っていたり、斎宮集のどの系統本にも入っている斎宮女御の歌が、村上集八四番では「いずれのにか……(略)」と、誰の歌であるのか判らないとされていたりするからである。村上集の八〇番以後の斎宮集関係の歌は、斎宮集の方でいえば、西本願寺本では一三七番より一四九番までの、いわば第一次祖本の巻末辺り、書陵部本では一四八番より一六三番の巻末部、歌仙家集本では九二番〜一〇二番のやはり巻末部である。このように、それぞれの系統で巻末部にある歌が、村上集では斎宮集とは関係が薄いということを示しているわけで、そのことは斎宮集の巻末辺りの増補や、集として定着していく過程を解く大きな手懸りでもあるはずである。しかし斎宮集の巻末辺りの成立過程や各系統本相互の関係は複雑であり、明快な説明をなすには至っていない。また詳細に述べる余裕もないので、ここではその点について大ざっぱな推測をしておく。即ち、村上集が斎宮集を資料とした時点では、やはり斎宮集の中にはその部分の歌は入っていなかったのであろう。そうして村上集編集の間に斎宮女御関係の資料が手に入り、同じ資料を斎宮集の編者の方も見る折りがあったのであろう。その資料はまだばらばらのままで一・二首ずつ書かれているもので、詠歌事情の説明が簡単につけられているような性格のものであっただろう。そうして斎宮集の方に入った資料は斎宮集編者相互間の交流などもあって、各系統本に追加されたというような成立経過をとっているのかもしれない。或いは別の考え方としては、村上集の編者の要請で、斎宮集第一次祖本の中から、斎宮女御と村上天皇の関係の歌のみを抜き出して、いわば書陵部本前半のような、整理本草稿とでもいうべき資料を斎宮集の関係者は村上集の編者に渡した。この後斎宮集祖本と村上集に同じ資料が入り、また斎宮集の方では村上集の方に提出する時に祖本を整理したことがきっかけとなって書陵部本のような整理本ができ、一方では村上集の存在を意識して、重複するのを避けて、歌仙家集本のような系統の本もできたともいえるのかもしれない。

八

以上のように、村上集の成立時期は斎宮集とほぼ同じ頃か、遅れてもそれ程年代に隔たりはないと考えられるので、次に村上集の成立時期を他の方面から考えてみたい。

それには、斎宮集の場合と同じく『拾遺抄』が考えられるが、村上集と『拾遺抄』の同一詞書は〔表2〕のⅢのDである。それは村上集でいえば「まへをわたらせ給てこと御方にわたらせ給ければ」という長文が抄の流布本系と一致する。しかし、この詞書は書陵部本が現在脱落させているので、これとの一致で、斎宮集を間に置いてのことなのか何ともいえない。

そこで次に『拾遺集』と村上集の関係をみてみよう。『拾遺集』と村上集の同一歌は、前の〔表2〕ⅢのDの他に二首ある。〔表3〕はその二首と詞書を記したものである。

〔表3〕のAでは、村上集の方には返歌もあるので、村上集が返歌を書かない『拾遺集』の方を資料として用いたとはいえないし、詞書の書き方も異なる。またBの方も詞書の違いが大きく、村上集の方がより具体的である。村上集のこの記載内容は、史実に照し合わせても正しい(8)。このBの場合も、具体的に年月日や場所を記した記事から『拾遺集』の方ができることはあってもその逆ではありえない。ただし、A・Bの場合どちらかがもう一方の直接の資料

〔表3〕

記号	番号	村上御集	番号	拾遺集（定家本）
A	九〇 九一	もろたゞのおほんこのむすめの女御 しるらめやかきほにおふるなでしこを君によそへぬ時のまはなし かへし もゝしきを人めかきほのなでし子を我のみならずよそへてやみる	八三〇	天暦御時ひろはたの宮す所ひさしくまいらざりければ御ふみつかはしける　御製 山がつのかきほにおふるなでしこに思よそへぬ時のまぞなき （返歌なし）
B	一一〇	同九月正月四日故太后の御ために弘徽殿にて御八講おこなはせ給けるにわかなの籠につけさせ給へる いつしかに君にとおもひしわかなをば法のためにぞけふはつみける	一三三八	天暦御時故きさいの宮の御賀せさせたまはむとて侍けるを宮うせ給にければやがてそのまうけして御諷誦（異本系―八講・誦経）をこなはせ給ける時　御製 いつしかと君にと思しわかなをばのりの道にぞけふはつみつる

となったかどうかはこれだけではわからない。Bと同じ歌は、藤原公任の撰によるといわれている『金玉集』にも次の詞書で入っている。

村上の帝のおゝきさきの御賀せさせ給はむとてありけるをきさいうせ給ひにければ、其ものどもをもて御八講行はせ給ふとて若菜のうた　村上御製

いつしかと君にと思ひし若菜をば法の為にぞけふはつみつる

この詞書は『拾遺集』の方に近いが、「若菜のうた」の所は村上集の方に書かれた内容である。しかし、それだけですでに村上集の本文によっているとはいえない。『金玉集』の成立は寛弘六年（一〇〇九）から八年の間であろうかとされるので、『拾遺集』とほぼ同じ時期の成立であるが、やはり村上集の詞書はそれらの二集にはよっていないとしかいえないであろう。

ところで『拾遺集』には村上天皇の歌が他に十四首あるのだが、村上集には同一歌は三首しかない。先に村上集は女御・更衣等の歌を集めるのを目的としたのではないかと述べたが、『拾遺集』の村上天皇の歌には、女御・更衣との贈答歌が五首もある。だから村上集を編集する時に、『拾遺集』がもしすでにできていたのならば、『拾遺集』の中の村上天皇の歌すべてではなくても、村上天皇の後宮関係の歌は、『拾遺集』の方から村上集の方へ転載されたのではないかと思われる。村上集が『拾遺集』というような公的な集の歌は省くという編纂方針でなかったことは、村上集中三首が『拾遺集』と同一歌であることからもいえよう。このことと、〔表3〕の、村上集と『拾遺集』の入集歌や詞書の文とを較べてみて、『拾遺集』から村上集への資料の直接の流入はないらしいということとも合わせて考えてみるに、村上集はやはり『拾遺集』の成立前にすでに成っていた可能性が強いという程度にはいえようか。

次に、『斎宮女御集』の成立年代を知るための手懸りとして別の方法をとってみた。すなわち、斎宮集の中の歌を踏まえて作られたと思われる歌が他にないかということを調べてみた。ゆえに対象となるのは一〇〇〇年前後に作られた歌であるが、紙面の都合で主なものをのみ、しかも簡略にしか説明できない。

(1)　紫式部

(イ)　めづらしき光さしそふ盃は持ちながらこそ千代もめぐらめ　（『紫式部集』・『紫式部日記』・『後拾遺集』四三三）

もちながらちよをめぐらんさかづきのきよきひかりはさしもかけなむ　（西本願寺本一七八・小島切）

（註　傍線部は両歌に一致することば）

紫式部の歌は、日記にその詠まれた場の説明が詳しいが、後拾遺の方も簡潔にその事情を伝えている。「後一条院生れさせ給ひて七夜に人々まゐりあひて女房盃いだせと侍りければ」というのがそれである。斎宮集の方は一七七番に「前ないしといふ人、さかづきにてきれきかきてまいらせ給に、女御殿」という詞書で、「雲ゐにてさすがにみゆるさかづきのこのてぎれきはいかにせよとぞ」に続く歌で、小島切では一七七番歌の「かへし」となっている。その方が正しいであろう。斎宮集の場合の事情は前内侍が盃にてきれきを書いて女御に差し上げたので、女御は「このてきれきはいかにせよ」というのかとの尋ねの歌を返された。それに対して前内侍は「きよきひかりはさしもかけなむ」と返した。光があなたにさしますようにとの頌歌である。このようにはっきりした事情の贈答歌であるので他本の歌などの混入とは考えられない。また、両歌の先行歌としても、これ程に似た歌は見当らないようである。とすれば紫式部が斎宮集中の前内侍の歌を踏まえて作ったとは考えられないであろうか。紫式部がその歌を作った時は「女房さかづきなどあるをり、いかがはいふべきなど、くちぐち思ひこころみる」（同日記）とあるように、かなり急を要した。しかも公卿が一堂に会した中でのことであった。これは寛弘五年（一〇〇八）九月十五日で、斎宮集の歌は、斎宮女御が歿する九八五年までに詠まれたことは勿論である。ただし紫式部が斎宮集の歌に拠ったと断言してしまうには、ややためらわれる事がある。それは『後拾遺集』一五四番に「人のかめにさけ入れてさかづきにそへて出し侍りけるに」の詞書で斎宮集の「もちながら……」と全く同一歌を、藤原為頼朝臣の名で出していることである。この歌は『為頼集』には入れられていない。このことをどう考えるべきなのか。為頼は九九八年頃なくなったと思われる人で、紫式部の叔父に当る人である。歿年は斎宮女御より十年程遅く、斎宮集の成ったものを見る機会はあったとは思われる。しかも為頼の場合もとっさの間に作らなければならなかったようで、斎宮集にあった歌を借用したとも考えられないことはないが、為頼のような歌人がはたして、そっくりそのまま他人の歌を自分のもののようにして詠むことがありうるのか。逆に斎宮集の前内侍が為頼の歌を借りたのか。しかし、家集もまだ成っていないはずの為頼歌を知る可能性があるかどうか。或いは『後拾遺集』が、何かの事情で為頼歌と誤まったのか。その辺の事情はまだわからない。

(ロ)　み芳野は春のけしきにかすめども結ぼゝれたる雪の下草　（『紫式部集』・『後拾遺集』一〇）
　　わすれゆくはるのけしきにかすむとてつらきよしのゝ山もことはり　（書陵部本にのみ一五八）
（詞書「御せうとのかよひ給人にたへ給へるもとより」）

「吉野」と「霞」を共に詠みこむ歌は古今集以来数多くあるので、この場合、偶然に似たような歌ができたとも思われる。しかし「春のけしきにかすむ（め）」までが一致する歌は他に見当らない。またどちらも二、三句目にあること、さらに花の吉野を暗い内容で詠んでいることは、或いは紫式部の記憶に斎宮集の歌があったからかもしれない。なお、紫式部のこの歌は、宮仕えの翌年の新春のものであるらしいので[9]、寛弘三・四年（一〇〇六〜七）頃の詠であろうか。

(ハ)　なきよわる籬の虫もとめがたき秋の別やかなしかるらむ　（『紫式部集』・『千載集』四七八）
　　とめがたき人のゆきかふすゞか山別れぬ関といまはならなむ　（西本願寺本二四三）
（詞書「くだりたまふほどにたれがきこえ給にか」）

斎宮集の歌は、女御の伊勢再下向の折のものである。これは貞元二年（九七七）九月のことであった。この程度のことばの一致では、紫式部が斎宮集の歌を踏まえているとはいえないかもしれないが、「とめがたき」の語は他に見出せなかったし、斎宮集の歌も季節は入っていないが、斎宮女御の伊勢下向は人々を驚かせた事件であったらしいので、秋の歌であることも知っていたであろう。ただし紫式部歌は家集の二番目にあるので、若い時に詠まれたものとすれば紫式部は斎宮集を見ていないだろう。（斎宮女御歿の九八五年には紫式部は十六歳位か。）

以上三首の他に、『源氏物語』の歌の典拠となっているものについては、森本氏がすでにその主なもの四首をあげておられる。(10) 確かに『源氏物語』の中には、その他にも斎宮集の歌との関係が考えられるものがあるようである。（この点については十一章に詳述する。）『源氏物語』の中でも特異な女性である六条御息所のモデルとして明らかである斎宮女御について、紫式部が単に巷説によったのではなく、三〇〇首近い斎宮集の歌をじっくりと読んだ上で六条御息所を造形したか否かは非常に興味あることと思われる。ところで前に挙げた(イ)の歌が斎宮集によっているとすることができれば、その歌が作られた時点の一〇〇八年には、斎宮集の中でも、成立段階が遅いと思われる西本願寺本（小島切）の後半の大量の増補部もできていたということになる。

(2) 藤原公任

(イ) 藻塩やく煙になる、あまごろも霞をたちてきたるなるべし　（『大納言公任卿集』）

もしほやくけふりになる、あまご(さ)ろもうきめをつゝむ袖にやあるらん(いくそたひかはそでのぬれける)　（西本願寺本一三六ほか）

上句全てが一致しているのであるが、『拾遺集』の中務の歌で「藻塩やく煙になる、須磨の蜑は秋立つ霧もわかずやあるらん」の詞書が、「天暦の御屏風に」とあるので、斎宮女御も公任も中務の歌に拠っているかとも思われる。しかし、第三句の「あまごろも」は両首にのみ同じである。公任に斎宮集の歌が意識されていなかったともいいきれない。

(ロ) いかにぞや名告し人も枯ぬれば過にし花の折ぞ恋しき　（『公任集』）

いかにぞやなのりそれよと(か)、はむにも忘れ草(かひ)とやあまはいは(つけ)まし　（西本願寺本一四二ほか）

「いかにぞや」は歌では他に見られない。まして「なのり」までも同じであり、また両歌一・二句目にあること、また歌の内容も多少似かよったところがあるので、公任は斎宮集の歌に拠っているといってよいのではないだろうか。

㈧　我だにも帰る道には物憂きにいかで過ぬる秋にかあるらん　（『公任集』・『玉葉集』八三四）

そでにだに雨も涙もわかれぬにいかで過ゆく秋にかあるらん　（西本願寺本一五九ほか）

「いかで過ぎ云々」の句は他に見ないし、また下句がほとんど斎宮集の歌と同じであるので、この公任の歌は斎宮集に拠ってできた歌だといえそうである。公任の歌が詠まれたのは、詞書によって「ゑにう院の石山におはしますに……」、即ち円融院崩御（正暦二年、九九一）以前であって、詠歌時点で斎宮集ができてはいなかったかもしれないが、やはり何らかの関係は考えられよう。

㈧　憂世には心少しも行やらで身さへ止らぬ跡な漏しそ　（『公任集』）

そでならずみさへとまらずなりぬべしのこり少なき秋の眺めは　（西本願寺本一五八）

「身さへとまらず」の句が他にみられないので出してみたが、この程度の言葉の一致は偶然ということもありえよう。

公任の歌では以上四首が斎宮集の歌を踏まえて作られたのかと思われるものである。いずれの歌も確実にそうであるとはいいきれないが、こうして四首も出てみると、やはり公任は斎宮集を見ていた可能性の方が強くなるのではなかろうか。『拾遺抄』の撰者が公任であろうということはほぼ定説であるが、その公任の歌に斎宮女御の歌の影響があるとすれば、そのことは先に斎宮集は『拾遺抄』の資料となったであろうと推論したことの傍証になるであろう。

つまり斎宮集に『拾遺抄』の成立以前には成立していたことがやや明確化してこよう。

(3) 藤原道長

(イ) 谷の戸をとぢや果てつる鶯のまつに音せで春も過ぎぬる(『御堂関白集』・『拾遺集』一〇六四・『千載集』一〇五八)

いつしかとまつに音せぬ鶯の心のうちのねたくもあるかな (西本願寺本一四四ほか)

詞書によって、道長が公任に贈った歌であることがわかる。「鶯」と「まつ」の関連の歌は古今集にもあるが「まつに音せぬ」までの語は他に見ない。この歌がいつ作られたものであるかは詞書によっても判らないが、道長は康保三年(九六六)~万寿四年(一〇二七)の人である。しかし、この歌は『拾遺集』に入っているので斎宮集の成立時点との前後関係がはっきりしなければ、道長のこの歌が斎宮集の歌によっているとは断言はできない。

(ロ) 霞たつはるのみやにといそぎつるはなごゝろなるひとにやありけん (『御堂関白集』)

と云ほどにおはしたり、かくこそといへば

つたへけるこゝろもしらではるがすみうしろめたくもたちにけるかな

へだてけるけしきをみればやまぶきの花ごゝろともいひつべきかな (西本願寺本一ほか)

「花心」ということばは躬恒の歌が初出のようであるが、それを入れても四首ほどしか見当らない。「へだてける」は御堂関白集では「つたへける」になっている本文もあるが、一首の意からすれば「へだてける」の方がいいのではなかろうか。「隔てける」も二首ほどしか歌では見当らない。まして「隔てける」と「花心」の両語を持った歌はないようである。『御堂関白集』の先の歌は長文の詞書を持っているが、それでも詠歌年代は判らない。斎宮集では、西本願寺本と歌仙家集本共に巻頭にある歌である。『御堂関白集』の場合、先の歌で「花心」とあったので、それに答えた歌で、斎宮集の「花心」が入っていた歌の第一句の「隔てける」を使ったのではなかろうか。しかし、この場合も詠歌年代が判らないこともあって、確かに斎宮集の歌を踏まえているともいい難い。しかし道長と公任とは交友関係にもあり、もし一方が斎宮集を手に入れたならばもう一方の人にも斎宮集が伝わる可能性は十分あると思われる。そもそも斎宮集は成立後、貴族達に深い関心を抱かせたことは想像に難くない。というのは一条朝の頃になると、後宮文化華やかだった村上朝を何かにつけて憧れたが、その天暦期文化の中心である村上天皇と、片や醍醐天皇の孫という高貴な出自の斎宮女御との私生活が多くの歌によって綴られている斎宮集であるし、また斎宮女御は歌人としても優れてもいた。一般の人の家集よりは伝播の速度も早かったに違いない。

(4)　具平親王

夕暮は荻ふく風の音まさる今はたいかに寝覚せられむ　（『新古今集』三〇三）

秋の日のあやしきほどの夕暮に荻ふく風の音ぞ聞こゆる　（西本願寺本一五ほか）

「荻吹く風」は斎宮集のこの歌が初出で、それほど歌に使われてはいない。具平親王は村上天皇の子で、寛弘六年（一〇〇九）に歿した。

(5)　藤原相如

調べつゝ君が為には逢事の返しの声は聞もならさじ　（『相如集』）

あかざりしことにこゝろをどゞめしをかへしの声になに思ひけむ　（西本願寺本二〇五）

「返しの声」は歌ではこの二首以外に見当らない。しかし相如は長徳元年（九九五）に歿しているので、或いは両首に関係はないかもしれない。

(6)　良暹法師

千世をへむ君がかざせる藤の花松にかゝれる心地こそすれ　（『後拾遺集』四五七）

かくみするおりもやあると藤の花松にかゝれる心なりけり　（書陵部本一五七ほか）

藤と松との関係を詠んだ歌は多いが、この両歌では一致する文が長いし、歌の中での場所も同じであることは、斎宮集を踏まえているといえようか。良暹は一〇〇〇年代の半ば頃の人である。

(7) **源経信**

うたたねの涼しくもあるか唐衣袖のうらにや秋の立らむ　（『大納言経信卿集』・『続後拾遺集』二四二）

ながめする空にもあらでしぐるるは袖のうらにや秋は立らん　（西本願寺本一二一ほか）

両歌の下句がほとんど同じであるのは経信が斎宮集のをそのまま使ったとみてよいのではなかろうか。

九

以上各節において斎宮集の成立時期について考えてきたことをまとめてみると次のようなことになる。即ち斎宮集が家集としての形態をとった上限の年代は正暦二年（九九一）十月であろう。また下限は、長徳二年（九九六）ないし同三年の間の成立であろうとされる『如意宝集』や、長徳二年十二月ないし長保元年（九九九）十二月に成立した『拾遺抄』辺りにおくことができるのではなかろうか。また斎宮集は村上集よりは、部分的にしろやや早くできており、村上集成立の手懸りは、寛弘二年（一〇〇五）六月から同四年一月までに成ったであろうとされる『拾遺集』であって、それよりは早くできていたと考えてよいであろう。恐らく斎宮集が整備されていったと同じ時期に村上集も形を成したのではないかと考えられる。

また、斎宮集に拠って作られたらしい歌を探してみると、確かなことはいえないが、九〇〇年代の終り頃からやはりそのような歌がみつけられるようである。つまり斎宮集は九九九年、村上集は一〇〇七年辺りまでには成立していたものだと一応考えてよいのではないだろうか。

注

（1）第一章　三節
（2）鈴木一雄「平安女流歌人の作風と生涯　馬内侍」（国文学　学燈社　昭34・3）
（3）斎宮集中「后宮」という呼称の人があり、これを東三条女院詮子とみる人もあるが、もしそうであれば成立時期についての手懸りとなる。しかし、この后宮は堀川中宮媓子とした方がよい。媓子は天元二年（九七九）、斎宮女御より早く亡くなっているので斎宮集成立を考える上では役にたたない。
（4）歌仙家集本と小島切前半部は似た性格を持つ本であるので、この歌は現在の歌仙家集本には入っていないが、もとはあったものが脱落したものと思われる。詞書も小島切と同じであっただろう。
（5）島津忠夫「拾遺抄から拾遺集へ」（国語国文　昭36・2）
（6）現存本の総歌数は一三八首であるが、一一三番以後は、『拾遺集』より『続古今集』までの勅撰集入集歌を集めた後期の増補部であるので、ここでは一一二番目の歌までを対象とする。
（7）小島切には、七一番のは「ありし我身を」とある。六七番は未発見。
（8）『扶桑略記』天暦九年（九五五）正月四日条「皇帝奉為母儀故太皇大后。供養御年法花経。作者参議（略）九重之裡於弘徽殿敷八講筵。（略）」ほか。
（9）今井源衛『紫式部』（吉川弘文館）
（10）森本元子『私家集と新古今集』別稿二（明治書院）

三 『斎宮女御集』への徽子本人の関わりかた

一

村上天皇の女御徽子の家集は、『斎宮女御集』または『斎宮集』という名称がつけられている。それらは四系統に分類できるが、その中で最も歌数が多いのは、二六五首を持つ西本願寺本三十六人集本（以下西本願寺本または西本と省略する）である。収録歌の多くは贈答歌であり、その贈答歌の返歌には、「かへし」程度の簡単な詞書しか付けられていないが、その簡単な詞書は除外してみると、西本願寺本でいえばそれ以外の一六〇首ほど、割合からすれば、全歌数の五分の三ほどに、有意の詞書が付けられている。しかもその詞書には、複雑な詠歌事情が明らかにされていたり、あるいは徽子の心情が記されているものもある。

この『斎宮女御集』の詞書はどの段階で構成されたものであろうか。四系統本ともに、詞書の中の徽子に対しては、ほとんど敬語が用いられているので、現存本の段階では他撰であることに疑問の余地はないが、その詞書のすべてが、『斎宮女御集』の編纂者によって構成された文章であるのか。第一章で述べたように、『斎宮女御集』の四系統本は複雑な成立段階を経ていると考えているが、その共通の元となるものとしての「群」の存在は否定できないと思う。その群の段階、あるいはそれ以前の詠草のメモの段階に、詠者の徽子はどのように関わっていたのであろうか。本章では、徽子が生前に家集編纂の意図を持っていたのではないか、もしそうであればその意図はどのようなところにあったのであろうかということについて考察するものである。

二

『斎宮女御集』の歌には、原則として詞書を付ける意図があったといってよい。他撰の場合詠歌事情が分からないときには、詞書には何も記さないのも多いのだが、本家集には、

・いかなることかありけむ、女御[1]（三二、西本、以下書名を記さないのは同本）
・なにごとにか（三四、書陵部の詞書は異なる、以下書本と略）
・内にてなにごとのをりにかありけむ（一三四）
・いかなりけるをりにか（一四二）
・なにごとのをりにか（一九二）
・くだりたまふほどに、たれかきこえ給にか（二四三）
・なにのをりにかありけむ、宮の御（二四四）
・又いかなるおりにか（書本一六一、西本歌なし）

西本・書本・歌仙家集本（以下仙本と略）の三系統に見える詞書（ほぼ同じ場合は西本に代表させた）で、編者がその歌の詠歌時期や事情が分からなかったことをわざわざ記している。四十年程にわたる多数の歌の中で、編纂者に詠歌事情不明の歌がわずかにこれだけでしかなかったということはなぜなのか。

また詞書に詠歌事情一部不明というような記載が二カ所ある。

・まいり給けるに、わすれたまひて、いかなることかありけむ、かへりたまひて（九六、書本ほぼ同じ）

・御殿ゐし給へりける夜、いかなることかありけむ、御かたをすぎつゝ、こと御かたにわたらせたまひければ（一四六、書本歌なし）

この二つの「いかなることかありけむ」という文は、それぞれ無くても歌の内容の一応の理解には差し支えないが、編者はそれだけでは不十分と思ったのであろうか。編者に不明なことはそれと記す方針がさらに見えてくるようである。そのことは逆に、他の詞書に記されていることは、少なくともその編者には確実な根拠があることであったとも言えよう。中には詠歌事情が分からなくても歌の内容によって構成することも可能であったかもしれない詞書もあるが、それらを除いてもなお、歌の内容からだけでは導きだせない詞書がかなりある。長年月にわたる、歌数も多いこの家集の場合、たとえ編者が女御にずっと付いていた人であっても、(2) 記憶のみによって後年詞書を構成するのは無理ではなかろうか。

とすれば収録されているかなり多くの歌には、家集編纂以前において、贈答歌はその組合せなどを整理し、詠歌事情などもメモ程度か、あるいはもっと詳しく記したものがあったと考えたほうがよいのではなかろうか。

三

ではそのメモ（原初詞書と称しておく）は徽子自身の手になるものか、あるいはお付きの女房が記したものであったろうか。

詞書の多くは徽子に敬語を用いているが、わずかながらそうでないのがある。

①また、女御、れいのやうにやりて（三〇、書本「又」、仙本「見ぐるしのさまや、れいの山ふところ」）

②すけなりがむすめ、東宮にまいらんときこえて、をとこにつきたりときゝて（三三、書本同じ、仙本「きゝて」の部分「き、給て」）

③したにみちのくにがみのあるにかきつく（五一、書本・仙本大差なし）

④さい宮つくりかへたるところ、むかしみけるはやくのみやをみやれば、花さきたるを、ながめやりて（二五二、書本・仙本歌なし）

他の詞書に徴してみても、傍線部分に敬語表現があるべきものをあげた。三系統本合わせてもこれだけでしかないのだが、このような無敬語表現はなぜ生じたのか。それは家集の詞書を書いた編集者の不注意であるかもしれない。しかし編者は徽子の女房であった人という可能性が大であるから、そうであれば日常生活でも徽子にはむしろ敬語を用いつけていたであろうに、なぜ僅かにしろ敬語を外すような表現になってしまったのだろうか。その理由として、すでに付けられていた原初詞書の文体に引かれてしまったということがあるのかもしれない。つまり原初詞書がこのままではなかったとしても、これに近い文章であったとすれば、①〜④の詠草の文章には敬語がなかったのだと思われ、敬語がない文を書く原初詞書の記録者といえば徽子本人ということになる。

次に心情表現語を持つ詞書をみてみる。

⑤雪のふる日、もの、こゝろぼそきに（四五、書本「ゆきふる日の心ぼそきに」、仙本も両本にほぼ同じ）

この文章はまったく徽子本人のものとみてよいのではないか。三系統本ともに同様の文章であるから、この文は祖本にもほぼ同じ文で記されていたことは間違いない。それに編者が手を加えなかったのは不注意であろうか。

⑥こ宮うせ給て、さとにひさしうおはしければ、などかくのみまいり給はぬとありける御かへりに、物ゝ心ぼそくおぼえたまひてかきあつめたまへりけるを、とりあやまちたるやうにてまいらせ給へりける（以下略、一二〇、書本傍線部の前に「つれ〴〵と」がある、他はほぼ同じ）

⑦たゞにもあらでまかで給けるころ、いかゞと御とぶらひありけるに、十月ばかりに、ほどちかうなり給て、心ぼそくおぼされければ（書本四五、西本は傍線部なし、仙本歌なし）

この⑥⑦の傍線部は、詠草にはあるいは⑤の傍線部のように記されていたのを、編者が敬語表現に直したのであるかもしれない。詞書に直接の心情語があるのはこの三首しかなく、⑦は西本にはないこと、心情語がどれも「心ぼそし」という語であることはまだ考慮の余地もあるが、⑤の詞書の文章は、徽子自身がその歌について何かを記したものがあったのではないかということを示唆しているように思われる。

さらに家集の詞書の内容からして、それが原初詞書に徽子自身が記していたのを基にしているのではないかとみられるものを少しあげてみる。

⑧　ち、宮うせ給て、さとにおはする内侍のかみの御こゝろのおもはずなりけるを

いかにしてはるのかすみになりにしかおもはぬやまにかゝるわざせじ（一四八、書本歌なし、仙本「おなじ比」）

父重明親王の後妻登子は、夫の死後村上天皇の寵愛をうけた。この歌はその時期のものと思われるが、同年代とはいえ「まゝはゝ」（四六）であった人が、自分の夫から寵愛されるという事態は、徽子が女御であった間の最も衝撃であったであろうし、世間の耳目を集めたことでもあった。徽子は父の死による深い悲嘆を長く引きずっていたことが本集の歌からも知られる。そのような徽子の、登子への心情が表されている歌であるが、詞書には「おもはずなりける」とやや朧化されているものの、徽子にとって思いもかけなかったと、その心中が表現されている。歌から徽子の

胸奥が読み取れたにしても、編者が女房であれば、勝手にその詞書を構成するには僭越な事情ではないだろうか。登子もすでに天延三年（九七五）には亡くなっているとはいえ、尚侍で従二位を授けられていた人であるし、まして高貴な村上天皇と徽子・登子との後宮の複雑な関係が絡んでいるのである。前の⑤と同様に、「おもはずなりけるを」と敬語表現にはされていないこともあって、家集のこの詞書は徽子によって書かれていた文を基にして構成しているのではなかろうか。

⑨又、かの御かたより、ふぢの花をあさな〳〵こきとらせ給ことをうがりけるをき、給て（一四九、書本「内にて、御前のふぢをなむ、よる〳〵しのびて人こくときかせ給て」、仙本はほぼ書本に同じ）

⑧に続く歌の詞書で、藤の花をむしり取ったのは「かの御かた」の女房だろうが、しかし「こきとらせ給」には登子の指図があったことになる。この詞書は事実を知っていた女房が構成することも可能ではあろうが、⑧との関連で見れば、奥に徽子と登子との確執めいたものも感じられ、登子の指示をあからさまに表出するのは、一介の女房には憚られることであるとも考えられる。書本の詞書が少し異なるのはそのようなことを考慮しての変更であるかもしれない。

⑩　ち、宮のおはしける時に、は、うへの御かたちなどを、いまのきたのかたにかたりきこえたまひて、御ぐしのめでたかりしはまたあらむやとて、とりにたてまつりたまへりければ
　からもなくなりにしきみがたまかづらかけもやするとおきつ、もみむ
　　とて、たてまつらせ給はず（四三、書本・仙本ほぼ同じ）

父重明親王からの文か伝言を持って使いの者が来たのであろう。しかし徽子が渡さなかったのは、父や継母登子への鬱積する思いもあったことも匂ってくるようであるだけに、仕えていた女房などの構成しうる内容ではないのかもし

れない。

⑪　さとにおはしますころ、みかどをゆめにみたてまつり給て
　みしゆめにうつゝのうさもわすられておもひなぐさむほどのほどなさ（一四七、書本歌・詞書小異）

歌によって夢を詠んでいることは後人にも分かるが、その夢が帝の夢であったことは、黴子が女房に話すか、あるいは書き付けたものでもないと分からないだろうし、ましてその時期が里に帰っていた時であるということは、側に仕えていた女房でも記録がなければ、後の編集時には判断できるかどうか。歌は帝に逢えない憂さが、夢の帝によってしばし慰められたというのだから、そのような微妙な心の揺らぎを、黴子ははたして女房に語ることはあっただろうか。やはり黴子自身の書き付けがあった可能性は否定できないだろう。

⑫　つかさ、うしにすみ給けるころ、むかしのうちをおぼしいで、一品宮にきこえ給ける
　すぎにけむゝかしはちかくおもほえてありしにあらぬほどぞかなしき（一七三、他本歌なし）

詠出の場所、贈った相手を記すだけでなく、かつて女御として後宮にあった往時を思い出したという感慨も記されていることは、黴子による原初詞書の文の存在を思わせる。

⑬　むつましくちぎりきこえたまひけることのたがひにけるを、御かへり
　たまかづらかけはなれたるほどにてもこゝろがよひはたゆなとぞおもふ（一六一、他本歌なし）

歌は、后の宮娼子のもとで、娘の斎宮規子と共に伊勢に下向する頃の贈答である。黴子が以前に后の宮娼子と親交の契りを交わしていたというような事柄は、黴子本人によって記されていた感がある。

このように、無敬語表現の存在、黴子の心情の直截表現、また黴子本人でなければ構成しにくいのではないかというような内容の詞書を見てくると、原初詞書にも黴子本人によって記されていたものがあったのではないかと考えら

れそうである。

四

徽子の略歴を見てみると、

・延長七年（九二九）誕生。
・承平六年（九三六）、八歳、斎宮卜定。
・天慶元年（九三八）、十歳、伊勢へ斎宮として下向。
・天慶八年（九四五）、十七歳、帰京。

家集には、これから後の歳月の歌が収録されているのである。

・天暦二年（九四八）二十歳、村上天皇へ入内。
・康保四年（九六七）三十九歳、村上天皇崩御により退下、東三条の実家へ戻る。
・貞元元年（九七六）四十八歳、娘の斎宮規子内親王とともに初斎院、野の宮を経て翌年伊勢の斎宮へ。
・寛和元年（九八五）五十七歳、円融天皇譲位により規子内親王斎宮退出。共に帰京。まもなく卒、そして娘の規子も翌寛和二年五月十五日に亡くなっている。

集中もっとも早い年代の歌は、徽子入内翌日のもの（五）であり、最後のは徽子の死後の弔問に答えた規子の歌（四）であるので、寛和元年から、翌年規子が亡くなるまでの間ということになる。ゆえに家集には三十八年という長年月の、さらに後宮・実家・野の宮・伊勢斎宮・実家という五つの異なった生活場所や形態における歌が収められているのである。

しかもそれらの詞書にはかなり複雑な詠歌事情を記したものも少なくない。例えば、

①　はるになりてまいらむときこえ給けれどさもあらざりければ、まだとしも返らぬにやとの給はせたりける御返を、かえでのもみぢにつけて

かすむらんほどをもしらずしぐれつゝすぎにし秋のもみぢをぞみる（書本四九、西本一一七は傍線部がない）

この詞書の場合、徽子がまず春には宮中へ帰参すると伝えていた。その時期になって実行されなかったので、帝から伝言か手紙がきた。それに対して紅葉した楓に付けて贈られた歌という経緯であるが、それは歌からだけではその前段階の帝と徽子の伝言か手紙のことは出てくるはずはない。またこの詠歌時期は入内中なので、『斎宮女御集』の編集を仮に徽子の死の翌年としても二十年以上の年月が経っている。このような場合、もし編者がお側つきの女房であっても、記憶のみでこの複雑な内容の詞書を形成することは無理ではなかろうか。

②　まうのぼらせたまへとありける夜、なやましときこえてまいりたまはざりければ、御

ねられねばゆめにもみえずはるの夜をあかしかねつるみこそつらけれ（七、書本ほぼ同じ）

帝の歌であるが、それ以前に帝から召し出しがあり、徽子はそれを断っているのである。その経緯は歌からは出てはこない。

③かくてまいり給て、さるべきことありて、しはすにまかで給ければ、とくだにまいりたまへときこえ給て、そのつごもりに、内の御（歌略、八八、書本ほぼ同じ）

この詞書には、徽子の参内、師走に帰邸、帝からの文か伝言、さらに師走晦の帝の贈歌という経緯が詰め込まれている。当時のメモでもなければ分からないことではなかろうか。

④　もろともに御ことひかせたまひて、その夜まかでたまひにければ
　あかざりしことこそいまもわすられねいつしか、へるこゑをきかばや（九、書本ほぼ同じ）

帝の歌であり、徽子の返歌も続くが、歌からは合奏であったこと、また退出したのがその夜であったことも出てはこない。

以上はその歌が詠まれるまでに複雑な過程があり、しかももし編纂時に歌だけしか残されていなかった場合、おそらく現存の詞書のような内容の構築はできなかったと考えられるようなものを少しあげてみた。

五

このように原初詞書のようなものが、家集編纂時にはすでにあっただろうこと、そして文章には徽子が書いているものもあるらしいことを見てきた。しかしその原初詞書のすべてが徽子によって記されていたともいえないだろう。第一この家集には娘の規子の歌が一〇首程（徽子と区別できないものもあるので）ある。それ等の歌にも詞書はある。これは誰が記したのだろうか。また場面から、仕えていた女房が記していたとしても差し支えないものもある。

①うちにおはせし時、ひゐなあそびの神の御もとにまうでたる女、をとこまうであひて、物いひかはす（歌略、六〇、書本ほぼ同じ）

帝との贈答歌が三首あるが、このような遊びや催しなどの場合は伺候している女房が記すこともあったかもしれない。

②　うへ、ひさしうわたらせ給はぬ秋のゆふぐれに、きむをいとをかしうひき給に、（空白三字分）上、しろき御ぞのなえたるをたてまつりて、いそぎわたらせ給て、御かたわらにゐさせ給へど、人のおはするともみいれさ

せたまはぬけしきにてひき給を、きこしめせば

秋の日のあやしきほどのゆふぐれにをぎふくかぜのおとぞきこゆる

とき、つけたりしこ、ちなむせちなりし、とこそ御日記にはあなれ（以下略、一五、書本帝の御衣の一文なし、

他はほぼ同じだが歌の後の文は欠損）

集中最も長文の詞書で、歌の後の文章は次の歌の詞書と続けられているが、内容はこの一五番歌に関するものである。この突出する長さは、村上天皇の日記を取り入れているからかとも思われるが、おそらく日記の文は歌の後にあるくらいのものであったろう。この詞書の特徴は実に精細な場面描写にある。そしてその視点は、傍らに帝が居られるのも気がつかない風にして徽子は琴を弾き続けていたというのであるから明らかに第三者のものである。この詞書の長さは、その場に居た徽子の女房の感動（琴のうまさだけではない）の深さであるのだろう。この歌の原初詞書が徽子によって一応形作られていたかどうかは不明だが、その場に居た女房の形成した文章もその一部にしろあるであろうことを見た。

この他にも、かならずしも徽子本人ではなくても、その場に居合わせた女房であれば、どのような事情のもとに詠まれた歌であるかということは記せるような内容のもある。しかしそれも後年の編纂時に記憶のみでその詞書を構成するとなると可能であったろうか。

六

『斎宮女御集』の祖本の編者は、編纂を開始する時点でどのような形態の資料を持っていたのだろうか。先述して

きたように、単に歌のみというのではなく、その歌にはなにがしかの詞書も記されていたであろうし、そのためには贈答歌はその組合せもすでになされていたに違いない。多少は連続した配列もなされていたもしれない。斎宮女御徽子の女房の誰かがそのような資料を手に入れ、というよりは徽子の生存中に徽子から保管を頼まれていたのかもしれないが、この家集の編纂に着手したということであろうか。

そこで翻って、そのような資料が作られていたとすれば、それはそれぞれの歌の詠歌時期に近い頃に、贈答歌の組合せの整理とそれに詠歌事情を記す作業がなされていたということであろうが、それはどのような方法で、そうしてそこにはどのような意図があったのだろうか。まずいかに徽子の腹心の女房であっても、徽子の生存中に女房の私意によって勝手にそのような計画が始められるとは考えられない。たとえ徽子から詠草の整理や保管を任せられている女房であっても、三・四節にみた詞書のような内容を入れた原初詞書をすべて密かに記していたとは思えない。殊に家集の始発は天皇との多数の贈答歌である。女房としては畏れおおいことでもあっただろう。

やはりその作業は徽子の意思によって始められたとしか考えられない。当時の人には自分の詠草や贈られた歌などを保存しておくのは当然でもあった。しかし徽子の場合は保存だけにとどまらず、自己の詠歌事情や贈られた歌の経緯などをメモしていたということになる。それに女房達が関わることもあったかもしれない。しかしそれも徽子の命によってのことであったはずである。

そのように原初詞書のようなものまで付しての整理がされていたとすれば、それは単なる保存のためであったとは考えられないのではなかろうか。

詞書の中には読者への説明のような文もある。

①この宮は内におはします（一七四、歌略、書本なし）

この前が一品宮に贈った歌（三節⑫に既出）で、それと同時の徽子の歌である。一品宮の居場所を明らかにしなくても両首の解釈に差し支えはないのだが、歌を贈った理由を読者により詳しく分からせようとしたものか。

②　おなじ院にて、むかひたるにしのたいに、ほりかは殿、きたのかたすみ給ふより

ほと〻ぎすほどだにとほきものならばおとせぬかぜもうらみざらまし（三六、書本歌なし）

自分のための心覚えなら、「堀川殿の北の方より」程度のメモでいいはずだが、歌を鑑賞する人が二人の近さを分かるようにとのものであろう。

③　ひろはたのみやのあるまじきよをすみたまひてのち、ひさしうきこえかはしたまはで、この宮わたりの人まいりけるにつけて

よのほかのいはほのなかにすまふともわする〻ほどもあらじとぞおもふ（一六九、書本歌なし）

この広幡宮の歌は、物語的ともいえる詞書によってやっと理解できる。しかしそれは第三者のことであって、メモならこんな詳しい説明を書き残しておく必要があったろうか。ちなみに西本願寺本（二六五首）で二十字以上（二十字に特別の意味はないが、この程度になるとまとまった内容が入っている）の詞書は八十五首ある。約三分の一はやや、あるいはかなり詳しい詞書なのである。その詞書には勿論家集編纂時点での文も加わっていよう。しかしその基になっている文も、すでにある程度形をなしていたものであったのではなかろうか。つまり原初詞書において徽子のみ、あるいは徽子周辺の者だけでなく、その他の人にも読まれることを想定していたからこそ説明的な原初詞書が付されていたのではなかろうか。だとすれば徽子生存中のある時期に、家集の編纂が徽子自身の意志によって企画されていたと考えることができるかもしれない。

いままで詞書の方から、徽子自身に家集編纂の意図があったのではないかということを見てきたが、ここで外部徽

証的なことと関連づけてみると、徽子が入内してから歿するまでの三十七年間に詠んだ歌が、家集の二八〇首ほど（西本と書本合わせて）でしかなかったとは思えないが、それでも転々と住所をかえているにしては多くの歌が保存されていたのも、早くから詠草が散逸しないよう心がけていたからであろうか。

七

家集は他撰の場合でもいろいろな目的で作られるのであろう。『斎宮女御集』の場合はどうであろうか。徽子側近であっただろう編者の女房のまったく発意によるものならば、それは中古三十六歌仙の一人にも選ばれたほどの優れた歌人徽子の顕彰という意味が大きいだろう。しかし『斎宮女御集』は徽子の死後あまり年月を置かずに編纂されたと考えられ、そして第一次祖本がもし西本の一四九番までくらいであったすれば(3)、その内九三首ほどは天皇との贈答歌なのであり、その他もほぼすべてが私的交際の贈答歌である。殊に家集による天皇との多数の贈答歌の公表には、編者の女房としては躊躇するところがあったかもしれない。

ところが徽子の生前に、もし徽子自身に家集編纂の意図があったとしたら、そしてその可能性もあると思われるので、徽子の意図を考えてみなければなるまい。

百首近い帝との贈答歌の詞書を見てみると、「みかどをうらみたてまつりて」（一四五）、「（帝が）御かたをすぎつゝこと御かたにわたらせたまひければ」（一四六）、「まいり給けるに、（帝が）わすれたまひて、いかなることかありけむ、（徽子が）かへりたまひてこ」（九六）などと状況や心情が率直に記されている。また「いはむかゐなのよや、めのさめつゝ」（一一三）、「あはれのさまやと」（一一六）、「かぎりなりける」（一一八）の三つは手控えの詠草にのみ書かれていたのか、帝に贈った歌にも添えられていたのか、系統によって異同がある個所なので問題は残されているが、とにかく西本・仙本には記されている。いっぽう帝からしばしば文があったことも書かれているし、冷たく表現するのは当時の男女の情愛歌の叙述の傾向でもあるので、その歌に沿った詞書だからともいえるが、そのようなことを考慮しても、この家集から受け止められる徽子の帝に対する姿勢は、帝を拒否し、帝の冷えていく愛情を怨み嘆くものが多く、その胸奥が歌のみならず詞書にも表されているといえよう。

紫式部が『源氏物語』の六条御息所のモデルとして、徽子を明らかにそれとわかるような用い方をしているのも、徽子が娘の斎宮と共に伊勢へいった事跡からだけのことではないようである。(4) もし帝との贈答歌の詞書がすべて編者の女房の手による文章であれば、仕えていた御主人と帝との愛の姿を、実情はともあれ、もすこし暖かく描くことになったかもしれない。

『蜻蛉日記』の作者が自分の結婚生活をはかなくむなしかったとのテーマ意識で括って世に問うたように、徽子も十八年間後宮の女御として生きるには、むしろ葛藤や悲哀がつねにつきまとっていたのであろう。その基調となる心情でもって家集を結実させて、見る人には見よとの思いであったのではなかろうか。西本でみてもこの家集の祖本の整理が少なくとも二度はあったようで、その一回目は前述したように、三分の二ほどが帝との贈答歌が占めていることは、単なる年代的な区切りではなかったのではないか。

八

この家集のもう一つの特徴は、詞書が長いこともあって、ひじょうに歌物語に近いということがある。

①ふづきばかりに、よしのぶがくだりけるに、をぎのなかに御ふみをいれてありける、きさいの宮より（一八一）
②とあるを、九月ばかりに、おなじ人につけて、丁子をみのむしにつくりて、その中に御ふみ（一八二）
③しはすばかりに、おなじ人につけて、もちゐのかたをあはせたき物をつくりて、しろい物をまめて、あふみより
たてまつるやうにて、五六す許なるをとこをつくりてになはせたる、こしにさしたるけしきに（一八三）
④御かへりには、しろかねのこをつくりて、いみじうちゐさきはまぐりをいれて、かれよりまいりたるをとこに、
なはせて（一八四）
⑤かゞみの御かへり（一八五）
⑥おなじ宮より、しろかねのうぐひすにくはせたりける御ふみ（一八六）
⑦おほむかへり

これらは后の宮媓子と徽子の一連の贈答（歌略）であるが、その風雅な趣向といい、詞書にそのことを詳しく記したことといい、まさに物語的である。一例を示しただけであるが、これほど連続したものでなければこの類いの詞書は他にもある。すでに掲出した詞書のいくつかにも見られることだが、この家集の詞書は歌の作者や詠歌事情を無機的に記すものもあるが、いっぽう歌の解釈に最低必要な事柄以上に、それまでの経緯や、人物・状況の説明などが記されている。これも編者が構成したものもあろうが、前記①〜⑦などはその当時に記録しておかなければ、後年ではこのように詳しくは書けないだろう。その記録者が徽子であったか側近の女房であったかはわからないが、たとえ女房であっても、歌の作者であり、歌の受取り手である徽子の意向がそこにないはずはない。『大和物語』では生田川伝説を描いた絵を見て伊勢御息所や女房達が歌を詠みあっているが、この家集六〇〜六二番にも雛遊びの男女になって歌を詠んでいるのもある。

この家集はそのように、徽子後宮サロンの風流・風雅な暮らしぶりを見せるとともに、その詞書には物語的、文学的表現もやや意図されていたのではなかろうか。

九

『斎宮女御集』の成立についてはまだ多くの問題が未解決である。編者、成立年代、祖本の形態、系統の分化などほとんど確かなことはまだ分からない(5)。しかしそれらの問題は置いて、徽子自身がこの家集にどのように関わっていたかを推測してみた。砂上の楼閣的ともいえる。だが徽子は亡くなるまで、自分の家集が編纂されるとは夢にも思っていなかったとは、現存のこの家集を見るかぎりどうしてもいえないようである。むしろ徽子は自分の家集の編纂を意図していたのではないか。その意図のもとに、折々歌反故を整理したり、詞書的なものを書き付けたり、あるいは女房達にそのようなことをするよう指図をしたりしていたのではないか。そしてその意図を受けて歿後、徽子の女房の誰かがすぐに編纂に取り組んだのではないか。とすればこの家集は他撰家集であるが、本人の意図が加わった、半分は自撰家集的なものであろうかと考えている。

注

(1) 本文は『私家集大成　中古一』明治書院による

(2) 第二章　一節

（3）第一章
（4）第十章、第十一章　一節
（5）久曾神昇『西本願寺三十六人集精成』（風間書房、昭41）、森本元子「斎宮女御集論」（中古文学　昭47・11）、同「西本願寺斎宮女御集本文の性格」（相模女子大学紀要　昭47・11）他、平安文学輪読会『斎宮女御集注釈』（塙書房、昭56）、注（3）など

四　斎宮女御徽子の周辺 ―後宮時代考察の手がかりとして―

一

第六十二代の村上天皇の女御の一人であった徽子女王は、斎宮女御、承香殿女御、式部卿女御などの呼称がある。この徽子の歌は『斎宮女御集』として現在二七〇余首知ることができ、その中の一〇〇首ほどは、徽子と村上天皇との贈答歌および徽子が天皇へ贈った歌である。天皇とその女御という至尊の二人のこのような歌としては、現存する平安時代のものとしてはもっとも歌数が多い。しかも徽子の歌からは本音の心情の吐露がうかがえる歌も少なくない。ゆえに『斎宮女御集』は、「女御、更衣あまたさぶらひ給ひけるなか」（『源氏物語』桐壺）の一人として、実際に一夫多妻の後宮で過ごした徽子が、どのような思いで生きたかを知る貴重な作品である。

本章は、徽子の後宮時代の心情を考察する手掛かりとして、徽子に関わりある事柄を外側からできるだけ埋めようと意図するものである。徽子の歌を理解するためにはまずやらねばならない作業である。とはいえそのための資料は少ないのだが、その中では父重明親王の存在の意義を解明することが最重要であろう。実はそれに先んじて、徽子が人格形成期を過ごした伊勢の斎宮時代を極めるべきであるが、この時期の徽子についての資料は皆無で、推測するしかない。村上天皇の後宮については、章を改めて、徽子を中心に据えて検討する。

二

当時においては、臣下出身の後宮の后妃たちは、家格や一家の勢力などによってその序列が定められることが多かったし、また実家の権力にものをいわせて天皇の寵愛を勝ち取りもした。しかし皇族出身の后妃の場合は実家の政勢力とは無縁であるので、主として父の皇族内における序列や勢力が后妃としての後宮における立場にも影響したようである。そのためにも徽子の父の重明親王について知る必要がある。

徽子の父重明親王は延喜六年（九〇六）誕生、八年四月親王宣下。第六十代の醍醐天皇の第四皇子であり、徽子が入内した第十四皇子の村上天皇より二十歳年長の兄である。重明親王について、親王に授けられる位階である品位をみてみると、『本朝皇胤紹運録』と『大鏡裏書』では二品としているが、『日本紀略』・『尊卑分脈』・『一代要記』によれば三品である。『西宮記』によれば天慶六年（九四三）正月二四日に三品に叙されており、以後二品に上げられた記録は見当たらない。醍醐天皇の諸皇子の品位についての記録には異同が多いが、[2]二品になったのが確実なのは兼明親王のみである。ゆえに重明親王は醍醐天皇の十四人の皇子の中で特別に高い品位ではなかった。

次に重明親王の官職であるが、『西宮記』によれば延長六年（九二八）、二十三歳で上野太守、二年して弾正尹、承平七年（九三七）中務卿に任ぜられ、徽子が入内した天暦二年（九四八）十二月はまだその地位であった。天暦四年二月宇多天皇第八皇子敦実親王が出家した後を受けて、重明親王は式部卿となっている。醍醐天皇の皇子で式部卿になったのは重明親王一人である。このことは注目すべきであろう。[3]式部卿という官職の性格について小山敦子氏は「式部卿はこれら（親王が任ぜられる官職＝筆者注）の中で最も格が高く、東宮に亜いで重要な皇子がこの地位についた」[4]

と述べる。そうして氏は村上朝以降式部卿になった人を挙げ、それらの人々に共通する点は后腹のやんごとなき皇子であると指摘する。(5) しかし重明親王の母源貞子は更衣でしかなく、その父源昇は大納言が極官である。重明親王の前後に任ぜられた式部卿に較べてみると、重明親王の場合は母方の家格も後宮での地位もはるかに低い。では重明親王はなぜ式部卿という要職に就くことができたのであろうか。

まず考えられることは、重明親王が四十五歳で式部卿となった天暦四年(九五〇)には、彼の兄三人はすでに亡く、(6)醍醐天皇の皇子の中では最も年長であったということである。しかし皇子であっても長幼の序ということよりは、むしろ母方の家格などを重視する当時にあっては、重明親王とは年齢でも大差なく、また後宮におけるその母の地位も重明親王と同じ更衣であるか、またはより高い女御腹の弟親王たち(7)が式部卿に選ばれなかったことについてはそれなりの理由があるはずである。しかして重明親王のその外的条件の不足を補ったものは、彼の資質や教養・業績などの、彼自身への評価が大きかったのではなかろうか。

重明親王は、その逸文が知られる『吏部王記』(他にも種々の呼称がある)の著者である。『吏部王記』は現在知られる逸文によれば、(8)すでに元服前の十五歳の記事があり、それから四十九歳で亡くなる頃まで書き続けられた記録は厖大な量であったと推定される。内容は朝儀・典礼・有職故実・日記等の多方面に及ぶものであり、その記述の精細さと信憑度の高さによって、以後長く各分野で参考にされ尊重された。そのように優れた記録を長年にわたって書き続けた重明親王に、学識の深さ、着実さ、ねばり強さといった人格をみることができよう。またそのような記録を持続して為しえたということは、政治や社会への関心がなくてはできないことであろうし、その積極的な生き方が目指していたかもしれないことも考えてみるべきであろう。

また一方では風流な貴公子としての伝えも多く残っている。弾琴に堪能であったことは、公儀の宴においてもたびたび勅命によって弾じていることでもうかがえる。[9] また勇ましい鷹狩りにも興味を持っていたようである。[10] さらに風流者河原左大臣として有名な源融は母方の曾祖父であったからであろう、その別邸であった栖霞観を伝領し、その一部にであろうか栖霞寺を建立し、数寄を凝らしていたようである。その嵯峨野の名邸に訪れる朝廷人たちも多かったようで、栖霞観（寺）を詠んだ詩文が少なからず残されている。その一つに源順の「初冬於栖霞寺、同賦霜葉満林紅応李部大王教」（『本朝文粋』巻十）という詩があり、その中に「栖霞寺は本栖霞観といふ。（昔左大臣源融の遊居したところ）当時泉石の景今猶遺れり。然るに式部卿重明親王は之をうけて寺とし」、また人柄にふれて、「勁捷を好まず、神仙も求めず、独り閑中に山水をたのしみ、秋すぎて後風光を玩び給ふ」（『本朝文粋註釈 下』柿村重松訳）と述べている。華やかでもなく、奇を衒うでもなく、真に風雅を味わう姿といえようか。

邸宅は、北の方が関白太政大臣藤原忠平の次女寛子であったので、藤原氏所有の東三条第であった。[11] 当時銘木などを有する庭であったのは親王居住の以前からであったかもしれないが、それでもその邸宅は重明親王に箔を付けていたであろう。

このような雅びやかで才学の道にも優れ、意志強い重明親王の生き方と彩りは、当時の貴公子の理想像とも言えそうである。『参語集』（鎌倉時代）に「李部王容儀才学天下ニナラフタメシナシ（中略）紫式部ト云フ女人ハ此李部王ヲ念者ニシテ源氏物語ヲハ作ルナリ（中略）源氏大将ト云フハ彼李部王御事ナリ」とある。やや年月が下ってもそのような伝説があったのである。このような重明親王の教養と人柄は、当時すでに賞揚されていたと考えられる。親王は母方の出自の低さを自らの資質や努力により補って、式部卿という顕職をかちえたのではなかろうか。

重明親王が式部卿に任じられたのは、徽子入内二年目のことである。それ以前においても朝儀や諸行事の場合の記録では、皇族としては式部卿敦実親王に次いで中務卿重明親王の名が記されており、式部卿に上げられてからは当然皇族の筆頭に記される。このことはそのような場に列席した皇族たちの待遇や着座の順位でもあり、公私の場において重明親王は村上天皇・東宮に次ぐ尊貴の人としてもてなされ、人々に印象付けられたはずである。重明親王の朝廷でのそのような皇族第一の人としての尊敬される立場は、その娘である女御徽子にも反映したはずである。

徽子入内から、重明親王の生存中の五年程の間は、その存在ゆえに村上天皇も女御徽子を軽視できなかったかもしれないし、後宮の女人たちにも威圧を感じさせていたのではなかろうか。

三

女御徽子の父重明親王の名望が高かったことを、視点を変えてみてみよう。それには親王の北の方を知る必要がある。徽子はその正室の娘である。徽子の母藤原寛子は忠平の娘である。[12] 忠平は承平六年（九三六）に太政大臣となり、五年後にはさらに関白に、その地位は天暦三年（九四九）八月十四日に没するまで続く。徽子が入内した頃には、徽子の母方の祖父は人臣としては最高絶対の権力者であったのである。しかし徽子の母方の祖父の権威は、村上朝後宮における徽子の立場を特別有利にはしなかったに違いない。というのは忠平の孫、即ち徽子の母方の従姉妹が他に四人も村上天皇に入内しているからである。[13]
しかし忠平娘の寛子が北の方であったことは重明親王にとってはきわめて重要な意味がある。つまり重明親王は忠平の女婿であるから、親王の後見は関白太政大臣なのである。重明親王が寛子と結婚したのは、互いの愛情などには関わりなく、おそらく重明親王が忠平によって婿として選ばれたという経緯であったに違いない。当時藤原氏主流の人々は、娘の結婚を政治権力獲得の手段とし、決して無駄にはしなかったのが実情である。[14] 忠平の娘は二人であり、姉貴子は村上天皇の兄で、東宮のまま没した保明親王の妃となっていた。残る一人の娘が重明親王に与えられたということは、その結婚時において、重明親王が有望な人柄と見做されただけではなく、或る場合には忠平一族の権力に役に立つ人物と目されていたのではなかろうか。[15]

重明親王と寛子の結婚の正確な時期は不明だが、親王の元服が延喜二十一年（九二一）十一月であるので、寛子はその添臥しとしてその時であったのではなかろうか。二人ともに十六歳で年齢としても早すぎはしない。忠平が貴重な娘の一人をかりに醍醐天皇の息子の誰かと結婚させようとの意図があったとしても、なぜ重明親王を選んだのか。醍醐天皇の皇子は、第一皇子兵部卿克明親王（母は更衣源封子）、第二皇子は東宮、第三皇子中務卿代明親王（母は更衣藤原鮮子）、第四皇子重明親王（母は更衣源貞子）、第五皇子常明親王（母は女御和子、光孝天皇娘）、第六皇子式明親王（母は常明親王に同じ）など、年齢ははっきりしない人もいるが、式明は重明の一歳年下のようで、つまり忠平が寛子の婿として年齢的にも対象としたかもしれない親王は何人もあったのである。しかし忠平は重明親王を選んだ。

この結婚は重明親王にとっても最高の幸運を摑んだというべきである。最高権力者で氏の長者は最大財閥でもある。その人を後見に持つことになったのである。[16]あまりに多くの親王たちが存在する時代、「親王たちは、御後見からこそともかくもあなれ」（『源氏物語』宿木）ということが現実であった。重明親王は閨閥の面からも重きを置かれることになる。重明親王を関白太政大臣忠平が女婿として選んだ思惑はどこにあったか。それは藤原北家の忠平一門がより多く皇族との婚姻によって箔をつけ権威を増すことにあったのか。

もすこし推測を重ねてみよう。摂関家にとってもっとも必要とするのは皇位継承者である。忠平にそのような思惑がなかったか。しかし重明親王と寛子との婚姻が、延喜二十一年（九二一）十一月の親王の元服時からであったとすれば、その一年半後の延喜二十三年三月二十一日までは東宮保明親王は生存している。二十一歳で亡くなった東宮は病弱であったのか。寛平三年（八九一）関白藤原基経の死後四十年ほど天皇親政期、なんとしても摂関の地位を渇望したであろう藤原北家は、延喜元年（九〇一）左大臣時平は右大臣菅原道真を大宰帥に左遷し、娘の女御穏子が延喜三年（九〇三）醍醐天皇の第二子を出産すると、翌年立太子という強引さであった。藤原北家としては政権の頂点を手にいれられる瀬戸際の時期である。忠平としては皇位継承の代替者の可能性ある重明親王を婿としておくという深慮遠謀がなかったともいえない。ところが重明親王の婚姻が東宮保明親王の死の延喜二十三年三月二十一日以後であれば、重明親王の皇位継承の可能性はかなり考えられる。東宮保明親王没後、次の東宮に立てられたのはその長子で三歳の慶頼王であったが、彼もその三年後の延長三年（九二五）六月に亡くなり、四ヵ月後に東宮に立てられたのは重明親王より十七歳年下で三歳の寛明親王（朱雀天皇）であった。しかもこの幼い東宮はひじょうに病弱であったらしいし、[17]またすでに時平縁者への菅原道真の呪いの風評も流れていた。この延長初年頃の東宮の死去による交替と、東宮の幼さという危機感は藤原北家には切実であっただろう。その時期醍醐天皇の親王の中でもっとも嘱望されたのが重明親王であったはずである。忠平の密かな思惑だけでなく、人々もその可能性を見ていたのかもしれない。

『古事談』六には「彼王（注　重明親王）夢ニ東三条ノ南面ニ金鳳来テ舞ケリ。仍李部王、雖被存可即位之由不相叶」と「親王夢ニ、日輪入家中ト見給テ、無指事、過畢」という二つの話を載せている。この二つの記事が共に親王が見た「夢」としていることは、もし重明親王がそのような願望を抱いていても、それを口にすることはありえないだろうが、親王自身王座への夢がなかったとはいいきれない。若い頃から政治や社会にも目を向けた『吏部王記』なる記録を書き続けた意思の源は何であったのだろうか。米田雄介氏も『中外抄』上にも出ている『古事談』の記事について、「親王は皇位継承の可能性をもっていたと考えられるので、親王の婚姻を通じて藤原氏の配慮のほどがうかがえる」（『吏部王記』の解説）と述べている。

さて重明親王四十歳の天慶八年（九四五）一月十八日北の方寛子が死去。その母の死により斎宮徽子は伊勢より帰京し、父の住む東三条邸に同居したと思われる。それから三年経った天暦二年（九四八）十一月二十二日重明親王は、右大臣藤原師輔の二女登子と再婚する[18]。登子の年齢は娘の徽子とほぼ同じで、二十歳くらいであっただろう[19]。登子は後に村上天皇の寵愛を一身に受けることになることからしても優れた美貌でもあったと思われる。師輔長女安子は村上天皇に入内して女御となっていた。すでに一門どころか兄弟で政権獲得にしのぎを削っていたはずの時期に、有効に役立てたいはずの娘を、初老にさしかかった親王に師輔が与えたことについては、その思惑を考えざるをえない。藤原北家が政権を手中にし、関白太政大臣忠平はまだ生存していたが、政治はその長男実頼と次男師輔が動かし、親王の婚姻の前年の天暦元年四月には、二人はそれぞれ左大臣と右大臣に任じられていた。実頼の方が当然立場は上であるが、「世の中のことを実頼の左大臣仕うまつり給ふ。九条殿（注 師輔）二の人にておはすれど、なほ九条殿をぞ一くるしき二に、人思ひ聞こえさせためる」（『栄花物語』巻一）との記述は、兄実頼と弟師輔との地位と実力との関係を的確に表しているようである。師輔は官位はつねに実頼の次席であったが、その隠然たる勢力は実頼を凌ぐものであったらしい[20]。ともに娘を入内させていたが、天暦元年（九四七）十月に実頼の娘の女御述子が死去したことも、さらに師輔に幸いして、その勢力を伸張させることとなったであろう。

このように重明親王の二人の北の方は、藤原氏の最高位にある人と実権において第一の人の娘であった。このことは親王が藤原執権から尊重されていた証でもあろうが、また藤原氏にとって有益な人と目されていたことでもあろう。女御徽子は入内以後、父の親王が亡くなるまでの約五年間は、その重明親王の娘として後宮の敬意も受けたであろうし、村上天皇も軽くは扱いにくかったであろう。徽子自身も後宮で、重い立場にあるその父を心の支えとして誇り高く過ごしていたことであろう。

四

女御徽子についてもう一つ確かめておかなければならないのはその生い立ちである。徽子は承平六年（九三六）九月十二日伊勢の斎宮に卜定され、母の死によって天慶八年（九四五）七月十六日退出している。[21] その間九年であるが、これは徽子が数え年八歳から十七歳までの時であると思われる。その年齢は現在でいえば、小・中・高校の在学期間とほぼ一致する。つまり徽子は物心つくころから、おおよその自己形成が成される最も重要な時期に、両親の許を離れて、都遠い伊勢で斎宮として過ごしたのである。徽子の人柄や思念・性情を考察する場合このことは絶対に看過してはならないことであろう。しかし伊勢斎宮時代の徽子の生活や心情について伝えている資料は現在までのところ何もないので、斎宮時代の徽子については推測するしかない。

皇族の中より選ばれて、天皇の名代として神々に仕えるという重責を担った斎宮としての日々は、幼少のころから厳しく自己を律せざるをえなかったであろう。神に捧げられた者として、自分の身であって己の身ではないような立場についての自覚は、徽子を気位高くまた厳しく強靱な性格として形成されていったのではなかろうか。そのような環境は、当時の貴族の娘たちが、乳母や女房たちにかしづかれながら、気儘にのんびりと深窓に育てられたのと較べてみると大きな違いがある。しかも肉親などにもいつ会えるという期限もなく、神を祀る人としての緊張の連続と、心の奥底の孤独感が、徽子の人格形成期の基調であったのではなかろうか。ある程度年がいってから斎宮になった人であれば、その生活環境が人格形成に与える影響も少ないかもしれない。しかし徽子の場合は人間として目覚めていく年齢が、ちょうど斎宮時代と一致している。そのことは徽子の後宮時代の心情や歌を解くための大きな鍵となると考えている。

斎宮時代の徽子の心を癒したのは和歌と琴であったようである。それらは当時の貴族の子女の一般教養であり、心を入れない者はなかったであろうが、徽子にとっては、風雅のすさびというよりは、もっと深く己の内面に密着して、存在を支える拠りどころであったかもしれない。斎宮時代の徽子の歌を知ることはできないが、入内以後の二〇〇首ほどの歌によっても、また中古三十六歌仙に選ばれていることでも優れた歌人であることは充分うかがえる。

徽子のその歌才は十七歳までを過ごした伊勢において学び磨かれたものであろう。徽子の父の歌は一首知られるだけで、母の歌はまったく知られないので、両親の歌の技量のほどは分からないが、いずれにしても八歳で親元を離れた徽子は、両親から歌を学ぶには幼すぎたであろう。

和歌に較べると、父重明親王の優れた弾琴の才能は、音楽というものの性質上、徽子が親元を離れるまでにある程度は身につけていたかもしれない。『斎宮女御集』に「もろともに御ことひかせたまひて、その夜まかでたまひにければ」という詞書で、「あかざりしことこそいまもわすられねいつしかゝへるこゑをきかばや」（西本願寺本、九）という村上天皇の歌がある。「みかど箏の御琴をぞいみじうあそばしける」（『栄花物語』巻一）と記されているように、弾琴に優れていた村上天皇と合奏などの折もあった。また徽子が「きむをいとをかしうひき給」（二五）とあり、それを「きゝつけたりしこゝちなむせちなりし」と村上天皇の日記にあった（二六）ともある。さらに貞元元年（九七六）に娘の規子内親王が斎宮となって野の宮に居たとき、「のゝ宮にてきんに風のおとかよふ」という題で歌会を催した（五七・五八）ことが記されている。当時の第一線の歌人である源順・大中臣能宣・平兼盛なども参加した[22]。その歌会でそのような題が選ばれたのは、『大中臣能宣集』に「さい宮、御庚申にさぶらひて、あそびつかまつるほどに、宮の御ことのねあかぬよしをだいにて」（書陵部本、三一二）という詞書は、規子内親王を指すものであったかもしれないが、その規子に伝授した母徽子をも合わせて讃えるためであっただろう。徽子は斎宮退下後、入内するまでの三年間はおそらく父と共に東三条第に住んでいたかと思われる。その間も琴の名手である父に教えを受けたかもしれないし、音楽の遊びも邸内では催されたであろう。しかしやはり弾琴についても、徽子の習熟時代は伊勢であったのではなかろうか。

徽子はまた絵を描くことも巧みであったのかもしれない。やはり『斎宮女御集』に、「とほくなり給なむのちのかたみとて、内（書陵部本は「一品宮」）よりゑかきてとて、つぎがみたてまつり給へりけるを」（一九六）とあることによってそのようなことも考えられようか。

以上のように徽子が歌や琴・絵などに優れていたのは、斎宮時代によき指導者を得て、それに専心できたからであろう。徽子のころの伊勢斎宮にも教養高い内侍や女房が付き従っていたのであろうか。似たような環境であったと思われる紫野の斎院において斎院選子内親王を頂いて奉仕した女性たちについては、『大斎院前御集』や『大斎院御集』によって知ることができる。それらの集によれば、選子の斎院には才媛が多数集められ、情趣豊かな日々を過ごしていたことがうかがえる。『紫式部日記』には、斎院は「所のさまはいと世離れ神さびたり、またまぎるることもなし」と俗事に紛るることなく風雅の世界に浸ることができるのだと記している。斎院は京の内ではあり、また選子内親王の出自や資質によってそのように優れた女房を集めることができたという事情はあるだろう。しかし斎宮も斎院と同じく朝廷直属の神社であり、代々内親王や女王が任ぜられることからしても、斎宮にも質の高い女房が集められる可能性はあったであろう。その女房たちは、斎宮徽子の教育のためにも、また都を遠く離れて住む自分たちの淋しさを紛らすためにも、詠歌や音楽に心を尽くしたことであろう。『栄花物語』（巻一）に徽子の人柄について、「いとあてになまめかしうおはする女御」と記されているのは、家集の歌からもうかがえるが、その高貴で優雅な性格は、斎宮という立場で培われざるをえなかった面が大きいと考えられる。徽子はものはかなく頼りなげなろうたき人であったというよりは、誇り高く自己主張のできる芯の強い女人であったようである。その性格が女御時代を幸せにはしなかったのではなかろうか。

五

母寛子の死によって、伊勢斎宮を退下し帰京した徽子は、三年ほど経って村上天皇に入内するのであるが、それ以前にすでに数人の女性が村上天皇の後宮に入っていた。この節では、徽子入内前後の後宮の様相をみておきたい。

醍醐天皇の第十四皇子の成明親王は、天慶三年（九四〇）二月十五日、十五歳で元服し、四月十九日に藤原師輔の長女安子を娶った[23]。その二日前に裳着をした安子は十四歳であった。成明親王は四年後に東宮に立ち、さらに二年後の天慶九年（九四六）四月二十八日即位、第六十二代の村上天皇となる。この一年前の一月九日に東宮妃安子は従五位上を授けられているが、『貞信公記抄』の同日条には、「検先例、未有事也、然而御心愛盛所叙也」と記されている。これは東宮妃で従五位上を受けた者は今までになかったが、この度の叙位は、夫である東宮の愛情によるものであるということになろう。しかし村上天皇の母は、時の関白太政大臣藤原忠平（貞信公）の妹穏子であり、安子の父師輔は中宮（穏子）大夫や、東宮（成明）大夫を勤めているので、かならずしも東宮の自発的意思ではないのかもしれない。村上天皇即位一ヵ月後の五月二十七日に安子は女御に上げられ、六月五日には第一皇子を出産したが、その子は同じ日に死亡している（『貞信公記抄』同日条）。

ところが同年十一月二十九日に藤原実頼娘の述子が入内し[24]、弘徽殿に住み、十二月二十五日には女御とされたが、翌天暦元年十月五日に亡くなった。述子が後宮にあったその一年間は、安子にとっては、その後の後宮時代を通じてみても、最も不安を抱えていたときであったと思われる。というのは、二人の父実頼と師輔はともに忠平の息子であるが、長男の実頼はやがて父忠平を継いで氏の長者になるであろうし、また天暦元年における二人の官位は、実頼は左大臣兼左大将、師輔は右大臣兼右大将で、次男の師輔が一歩劣っていた。皇妃の中で誰が重んじられ、天皇の御寝にはべることができるかは、その皇妃の家格や父などの権力が天皇や東宮に与える圧力による面が大きかった時代であるから、安子が早くに入内しており、しかも異例の従五位をも東宮の愛情によって授けられていたとしても、それらのことでもって、同じ女御でありながら、皇妃の序列としては述子の上に見られることはありえなかった。しかも述子は「疱瘡之間産生」(『日本紀略』)とされているように、出産時であった。安子はその前年皇子を夭折させて子はなかったので、もしこのとき述子に皇子が誕生していたら、述子の父の格からしても、その皇子は東宮に立てられる可能性大であっただろう。述子が後宮にあった一年間は、安子にとって心穏やかでなかったに違いない。

六

天暦元年十月女御述子の死後一年間は、女御安子は他に肩を並べる者はなく、後宮の中心の座にあったであろう。ところが天暦二年十二月三十日に重明親王娘の徽子女王が入内した。(25)この時以来女御安子にとっては、女御述子の存在とは違った意味で、後宮における強敵が現れたことになったはずである。しかし徽子入内からの後宮の様相は五章に譲ることにして、ここでは徽子が入内した天暦初年ころに女御安子・故女御述子・女御徽子以外に村上朝後宮に入内していたであろう女御や更衣の存在から、徽子がどのような後宮の中に足を踏み入れたのかということの手がかりを摑んでおきたい（一応入内が早いであろうと思われる人から並べた）。

更衣　源計子

宇多源氏庶明の娘で、父が広幡中納言と称されたので、広幡御息所と呼ばれた。その入内時期の記録は見当たらないが、女二宮である理子内親王が天暦二年（九四八）中に生まれているので[26]、遅くとも天暦二年の春までには入内しているはずである。

更衣　藤原正妃

按察使御息所と呼ばれていたのは、その父藤原在衡が按察使であったからである。在衡は天暦二年正月三十日に中納言で按察使を兼ねた（『公卿補任』）。また正妃は天皇の第三皇女保子内親王を天暦三年（九四九）中に出産している[27]。この二つの条件からすれば、正妃の入内は天暦二年二月以降、翌三年初めころであろう。

更衣　藤原祐姫

父は大納言兼民部卿藤原元方。祐姫が第一皇子広平親王を生んだのは天暦四年（九五〇）中であって[28]、その誕生の月日は、同年五月二十四日に女御安子出産の第三皇子よりも先であったとされているので（『栄花物語』巻一）、祐姫は遅くとも天暦四年初めまでには入内している。

女御　荘（庄）子女王

麗景殿女御と呼ばれた荘子は、天暦四年十月二十日に女御に上げられている（『一代要記』ほか）。入内の月日についての記録は見つからないが、荘子の父代明親王は重明親王のすぐ上の兄であるので、荘子も徽子の場合とほぼ同じ待遇を受けたと考えられるかもしれないが、父代明親王はそれより十年も前の、承平七年（九三七）に亡くなっており、母方の祖父右大臣藤原定方も承平二年に没しているので、徽子に較べると後見の面では荘子はかなり弱い。このようなことから、荘子は入内してからもしばらく女御にはなれなかったのかもしれない。徽子は入内後四ヵ月で女御を授けられているが、それは徽子の懐妊にもよるかもしれない。荘子の入内は正確には女御とされた時点でしかないが、多分天暦四年の初めころには入内していたのではなかろうか。

女御　藤原芳子

『栄花物語』巻一によれば、祖父忠平が天暦三年（九四九）八月十四日に亡くなったので、「宣耀殿の女御（芳子）も同じく服にて出で給ひぬ」とあるので、この時にはすでに入内していたことになる。しかし芳子の父藤原師尹はこの時三十歳でしかないので、芳子は十五歳前後で入内したのであろうか。入内するにはやや早いようにも思われるがあり得ないことではない。芳子の初めての子である第六皇子昌平親王は天暦十年（九五六）生まれであり、女御とされたのは天徳二年（九五八）十月二十八日で、もし天暦三年ころ入内していたとすれば、十年近くも経っている。これは芳子の年齢が若かったからなのか、あるいは父師尹は太政大臣忠平の息子であるが、五（四とも）男で、天徳二年には正三位、中納言兼右大将で、官位がやや低かったことにもよるのかもしれない。

更衣　藤原脩子

中将更衣と称されたのは父の官職による。父藤原朝忠は天暦四年正月三十日右近中将となり、同七年正月二十九日左近中将を歴任、同九年（九五五）八月十七日に蔵人頭となっている。しかし中将更衣の呼称は父の前歴による場合もあるので、脩子の入内を天暦四年から同九年末ころまでと切ることもできない。子どももいないのでそちらからも分からない。しかし朝忠は天暦六年に公卿に列することができたので、上限はそのころで、下限は天暦末（九五六）あたりであろうか。なお天徳四年（九六〇）三月三十日の内裏歌合では名が知られるので、この時にはすでに入内していた。

更衣　藤原有序

弁更衣と呼ばれていたのは、父藤原有相[29]が天暦五年（九五一）五月三十日に右大弁となり、天徳三年（九五九）に亡くなるまで、弁官だったからである。有序の子についての記録はないが、天徳四年（九六〇）三月三十日の内裏歌合に出席しているので、有序の入内は天暦五年二月以降、天徳四年三月末までと幅をもたせざるをえない。

以上のように村上天皇は即位から数年の間に、女御五人、更衣五人を次々に入内させている。後宮のそれぞれの殿舎は女主人を迎え、それぞれの皇妃たちには多くの女房たちが従い、後宮は活気を呈したであろう。しかし『源氏物語』に「よしありとおぼえある女御更衣の御局々のおのがじしはいどましく思ひ、うはべの情をかはすべかめる」（椎本）とも、「御方々いづれとなく挑みかはし給ひて、うちわたり心にくくをかしき頃ほひなり」（真木柱）と書かれるまでもなく、この後宮の多くの皇妃たちは、村上天皇の寵愛を得るために、上辺はともかく、熾烈な戦いが陰に陽に展開されていたことは当然である。

第五章で女御徽子を中心に据えて村上朝後宮の様相を追求し、さらに第六章で女御徽子が残した貴重な村上天皇関係の歌によって、徽子の後宮生活の間の心情をできるだけ明らかにしたい。

注

（1）『斎宮女御集』としては、歌数が最も多い西本願寺本系統本が二六五首、それに含まれない歌が書陵部本に一五首ある。しかしその中には重複歌が三首あり、また系統本によって多少異なる語句の歌を同一歌とみなすかどうかによって総歌数は異なってくる。

（2）醍醐天皇の皇子で親王であった人の品位一覧（数字は品位。無は無品。空白は記載がない。一応上から出生順）

親王＼記録	一代要記	本朝皇胤紹運録	日本紀略	尊卑分脈	大鏡裏書
克明	三	二	三	三	三
代明		三	四	二	三
重明	三	二	三	三	二
常明	四	三	四	四	
式明	三	三	三	三	
有明	三	二		二	
将（時）明	無	三		三	
長明	四	四		四	
章明	二	三	二		
盛明	四	四			
兼明	二	二	一		

（3）『百寮訓要抄』（一三六八～八八、二条良基）はやや時代は下るが、式部省について、「第一の親王足に任ず（略）親王も宿老の人極官にてあるべし」とある。当時の諸記録に親王の名を列記する場合、式部卿を筆頭とする。

（4）小山敦子『源氏物語の研究』九四頁、昭50・3、武蔵野書院

（5）小山敦子氏は、前掲書で、重明親王の後を継いだ為平親王の母は皇后安子、敦明親王の母は皇后娍子、敦康親王の母は皇后定子、敦儀親王の母は皇后娍子であることを指摘する（九五頁）。さらに追加していえば、重明親王の前の式部卿敦実親王は醍醐天皇と同腹であり、その母は女御で亡くなったが、翌年皇大后宮を追贈されている。

（6）第一皇子兵部卿克明親王は延長五年（九二七）九月二十四日に死去、第二皇子保明親王は東宮に立てられていたが、延喜二十三年（九二三）三月二十一日に、第三皇子中務卿代明親王は承平七年（九三七）三月二十九日に死亡。

（7）重明親王の次の弟の常明親王もすでに天慶七年（九四四）十一月に亡くなっていたが、式明親王は一歳下でしかなく、母は光孝天皇娘の女御和子、有明親王は四歳下で母は同じく女御和子、時明親王は六歳下で母は右大弁源唱娘の更衣周子、長明親王も六歳下で母は参議藤原菅根の娘の淑姫である。それより年下の弟親王たちは、年齢が離れているのでここでは省く。

（8）米田雄介・吉岡真之両氏の蒐集校訂による『吏部王記』（続群書類従完成会、昭49・7）による。
（9）重明親王の弾琴の記事は、天暦元年（九四七）正月二十三日の内宴、同二年三月九日、同五年正月二十三日内宴、同七年十月二十八日殿上菊合などの折のものが残されている。また『古今著聞集』巻六では、延長七年（九二九）の踏歌後宴で笛と和琴を、天暦元年正月二十三日の内宴では、「春鶯囀・席田・酒清司」の三曲を弾じ、同五年正月二十三日の内宴では琴で「安名尊・春鶯囀・席田・葛城」などの曲を演奏していることが記されている。
（10）『今昔物語集』巻二九、第三四話
（11）重明親王は摂政太政大臣藤原忠平の次女寛子と結婚したことで、摂関家の東三条第に住んでいたことは間違いないであろう（「十二章「『源氏物語』六条院の史的背景」参照）。その邸宅に重明親王本人の企画や経済力がどの程度加わっていたのかは分からないが、親王が結婚したころから亡くなるまでの三十年ほど住んだようであるので、そのころは東三条第は重明親王の屋敷としての印象がつよかったであろう。式部卿重明親王の家の桜が名木であったので内裏南殿に移植したこと（『古事談』巻六、『古今著聞集』巻一九）、式部卿家の棗の木を忠平が花山院に植えた（『古今著聞集』巻一九、『帝王編年紀』では橘とする）話には、重明親王の家とされている。
（12）女御徽子の母が藤原忠平娘の寛子であることは次の記録などから疑いない。i・『日本紀略』天慶八年正月十八日条「中務卿重明親王室家藤原氏卒、伊勢斎宮母也」、ii・『吏部王記』同日条「室正五位下藤原朝臣寛子卒、年四十、太政大臣第二女也」
（13）藤原忠平の孫で村上天皇に入内した女性。i・述子（忠平長男実頼の次女、長女は朱雀院へ入内）、ii・安子（二男師輔長女）、iii・登子（師輔二女）、iv・芳子（四男師尹娘）、v・徽子（母は忠平二女）
（14）当時の摂関家の娘の人数と入内した数。括弧の中の数が入内した人。基経四人（四）、時平二人（二）、実頼二人（二）、師輔六人（三）
（15）重明親王と寛子の結婚が何時であるのか不明である。徽子は入内したのが二十歳であるので、延長七年（九二九）の生まれである。『皇胤紹運録』によれば、徽子の同腹には妹旅（悦）子の他に、男兄弟で源邦正、行正、信正が知られるが、その五人の年齢の順番はわからない。一方寛子は卒年四十歳であるので、延喜六年（九〇六）の生まれであり、重明親王と同年齢である。ゆえに徽子は両親の二十三歳の時の子である。当時貴族の女たちの結婚年齢は十四・五歳くらいからが多いので、二人の結婚は重明親王が十六歳で加冠した延喜二十一年（九二一）ではないかと一応考えられる。寛子については、初め東宮保明親王の妃であり、東宮没後重明親王と結婚したとの説があるが、これは誤りである。

（16）摂政太政大臣藤原忠平は、重明親王を婿として当然のことながら経済的面でも世話をしている。忠平自身が記した『貞信公記』逸文に、寛子が亡くなった天慶八年（九四五）八月二十二日条「中務卿宮女房葬送、其用途物従家令送」と、また同三月五日条「中務卿宮法事修法性寺、因令誦経、又七僧布施出断供養等送之」と記す。

（17）『大鏡』巻六に「朱雀院生まれ給て三年は、おはします殿の格子もまいらず、よるひる火をともして、御帳のうちにておほしたてまつらせ給」と記す。

（18）『吏部王記』（『花鳥余情』所引）同日条に「夜詣右丞相坊門家、娶公中女」（注、右丞相は藤原師輔）とある。

（19）登子の年齢についての記事は見当たらないが、延長五年（九二七）生まれの女御安子の妹であるので、それより十二歳年下として、延長七年生まれの女御徽子と同年齢くらいかと考える。

（20）藤原実頼と師輔兄弟の勢力関係についてはいくつもの論文があり、『王朝歌壇の研究　村上冷泉円融朝篇』前篇第七章（山口博、昭42、桜楓社）や、『源氏物語の研究』第二部第一章（小山敦子、昭50、武蔵野書院）において、それらの諸論文についての整理や批判がなされている。

（21）徽子の斎宮卜定と退下の年月については諸記録に異動はない。しかし徽子の年齢については、『一代要記』では、斎宮になった承平六年（九三六）を八歳、天暦二年（九四八）の入内時を二十歳とする。『大鏡裏書』では、斎宮になった年齢を十二歳、寛和元年（九八五）の死亡年齢を五十七とするが、この場合は計算が合わない。また『中古三十六歌仙伝』では、斎宮になった年齢を八歳、卒年を五十とするが、これも計算が合わない。『一代要記』は年齢算定に矛盾がないので、これを信用してよいのであろう。山中智恵子『斎宮女御徽子女王』（大和書房、昭51）、戸谷三都江「斎宮女御の歌」（学苑　昭33）、森本元子「斎宮女御の生涯」（武蔵野女子大紀要　昭48）、においても、いずれも延長七年生まれとする。

（22）源順の参加については、『源順集』に「はじめの冬かのえさるのよ、伊せのいつきの宮にさぶらひて、松のこゑよるのことにいるといふだいしてたてまつるうたの序（後略）」（書陵部蔵「歌仙集」本、一六三番、書陵部蔵「三十六人集」一二一番は文章が異なる）で始まる長文がある。平兼盛についても、「いせのさい宮のかくやにてかんしたまひしに松のこゑよるのいゑに入るといふことを」（書陵部本の異本書き入れ）とあるのによって、参加が知られる。

(23)『貞信公記抄』（大鏡裏書、巻一）他

(24)『貞信公記抄』による。『一代要記』では「十一月五日」とする。

(25)徽子の入内については、『吏部王記』（『源語秘訣』所引）には「十二月三十日」とする。『一代要記』には「二月」、『河海抄』（賢木）には「十二月」、『三十六人歌仙伝』・『大鏡裏書』には「天暦元年」とだけ書き、月日は記していない。『吏部王記』を第一資料としておきたい。

(26)理子内親王の年齢については、『日本紀略』天徳四年四月二十一日条に、「今日、第二理子内親王薨、年十三」とあることから逆算する。なお『皇胤紹運録』には「四月二十五日」とする。

(27)保子内親王の年齢については、『日本紀略』永延元年八月二十一日条に、「今日保子内親王薨、村上第三、年卅九」とあることから逆算する。

(28)広平親王の年齢は、『日本紀略』天祿二年九月条に「十日兵部卿三品広平親王薨、年廿二」とあること、また『栄花物語、巻一』によれば広平親王誕生と次の憲平親王（母は安子）誕生との間にはやや月日があったように書かれている。即ち（広平親王が生まれて）「いみしく世の中にの、しる程に、九条殿の女御、た、にもおはしまさすといふ事おのつから世に漏り聞ゆれと」とするのは、広平親王が生まれた後に安子の懐妊が目立つようになったということであろう。『栄花物語』のこの辺りの記事の年月の記載は不正確な場合も多いが、もしこの記載が信用できれば、広平親王は天暦四年も初めのころの生まれで、とすればその母の祐姫はその前年の天暦三年春ころまでには入内していたということになるであろう。

(29)更衣有序の父については、萩谷朴『平安朝歌合大成2』（昭54）の天徳四年三月三十日の「内裏歌合」の解説に詳しい。

五　斎宮女御徽子の入内後の後宮の状況

一

『斎宮女御集』として残された斎宮女御徽子女王の家集の総歌数は三系統本を整理してみると二七五首ほどである[1]が、その中に斎宮女御と村上天皇との贈答歌や、女御が天皇へ贈った歌が約一〇〇首ある。一夫多妻の平安時代、ことに多数の妻を持った天皇（村上天皇は中宮一人、女御四人、更衣五人、その他一人）に入内した皇妃たちの心中は複雑であっただろう。それらの女性たちの思いを窺える資料はとぼしいのであるが、斎宮女御のこの一〇〇首ほどの歌は、その数の多さでも、また率直に表現されている歌がかなりあることにおいても、後宮女人の心情を解きほぐすための重要な資料となる。しかも徽子は優れた歌人であった。

本章においては、そのような女御徽子の歌を解明するために、徽子の入内中の村上天皇後宮の状況や当時周辺の動向を調べておきたい。すなわち村上天皇の皇妃たちそれぞれが担っていたであろう事情や立場、その陰に絡み合っている政権と天皇の寵愛関係。徽子は後宮女人として、当然それらの渦巻きを知りながら、天皇への恋情を、怨嗟を歌にし、また諦めの寂しさを詠んだのであろう。徽子の歌が生まれる背景の事情をなるべく明らかにしておきたい。

徽子は母の死により十七歳で伊勢の斎宮の地位を退いて都へ帰り、三年後の天暦二年（九四八）十二月三十日に二十歳で入内した。時に村上天皇は二十三歳であった。

二

徽子が入内するに至った経緯はどのようなことであったのだろうか。藤原権力者の娘の場合は、己の一門の繁栄安泰の手段として、藤原氏の方から天皇へ入内の要請の圧力を掛けるか、または天皇の方が権力との結びつきの意図で入内要請をする場合であったにしても、当時の実態としてはほとんどが政略結婚であるとみてよい。しかし藤原摂関時代にあって、政権の座への望みは断たれていた皇族の場合、娘の入内を手段化する意味はほとんど考えられないので、皇族の娘の入内については種々の契機があったであろう。つまり本人の容貌や教養・人柄、または天皇とその娘の親との親しさなどの、より人間的動機が考えられる。徽子はどのような理由で入内という名誉を受けたのであろうか。

徽子の容貌について記したものは見あたらない、美醜のいずれかが極端であれば『栄花物語』などにも記載があろうが、それもないのは、まずは十人並みであったのだろうか。徽子の母寛子について『斎宮女御集』(2)四三番の詞書に「ち、宮のおはしける時には、うへの御かたちなどを、いまのきたのかたにかたりきこえたまひて、御ぐしのめでたかりしはまたあらむやとて（以下略）」と書かれているのによれば、森本元子氏(3)も述べているように、後妻との話題にするということは美貌であったのだろうか。しかも当時の美人として重要な髪が素晴らしかったと夫の重明親王の口から言われていることからすれば、娘の徽子にもその髪が遺伝していたかもしれない。しかし一方では、同腹の兄弟である邦正[4]の容貌があまりにも異様であったことが、『宇治拾遺物語』第一二四話「青常事（あをつね）」（『今昔物語集』二八巻第二一話もほとんど同じである）に詳しく書かれている。[5]それは後世伝わる間に誇張されていったのかもしれないが、『尊卑分脈』邦正の項に父の重明親王が記した『吏部王記』に「青侍従」と号した由記されている。邦正の容貌は人の口に上がるような何かがあったのだろう。しかし徽子がその邦正に似た容貌でなかっただろうということは、少なくとも徽子が入内できたことで推測してよいのではなかろうか。

容貌の面ではとにかく、徽子は当時の貴族の子女に必須の教養である歌と琴においては、他の皇妃たちから抜きんでていたのではないかと思われる。[6]歌は残されている『斎宮女御集』によって検証できるが、琴の演奏は父重明親王が名手であったことからも、その娘として注目されていたであろうし、事実入内後に音楽に堪能な村上天皇を感動させていることが天皇の日記に記されている旨『斎宮女御集』（一六詞書）によって知られる。歌の才能は伊勢の斎宮時代に磨かれたものであろうが、斎宮という公的生活を九年も続けていただけに、深窓に育った女よりはその才媛ぶりが世間に知られる機会もあったに違いない。まして徽子は村上天皇からいえば兄の娘であった。その姪の話は重明親王からも耳にしたであろう。親王は斎宮を退位してしかも二十歳にもなっている娘の身の振り方に苦慮していたであろうから、積極的に入内の働きかけをしたことも考えられる。高い才能や教養を備えており、斎宮であった神秘性は村上天皇の興味を引いたであろう。

加えて村上天皇にとって徽子の父重明親王の存在が徽子入内を促した大きな要因ではなかったろうか。重明親王は醍醐天皇の息子として（村上天皇の兄として）は当時生存していた最年長者であり、中務卿という官職にあるというだけでなく、『吏部王記』を書き続ける意欲と見識、弾琴に優れ、風流な暮らしぶり、さらには藤原権門の忠平や師輔との結びつきなど多くの面で村上朝の初めの頃には、天皇に次ぐ皇族の実力者として世に重んじられていたと思われる。[7]

村上天皇は二十歳年長のこの優れた兄重明親王への信頼と畏敬の念があったであろうし、その気持ちが娘徽子の入内という形で表されたのではなかったろうか。

徽子の入内以前に天皇から贈られた歌を『村上天皇御集』で知ることができる。詞書「しげあきらのみこの女御のまだまゐらざりけるに桜につけて」、歌「吹く風のおとにき丶つ丶さくらばなめにはみえでもちらす春かな」(8)（六）というものである。これは春の歌であるから、徽子入内の年の天暦二年春に贈られたのであろう。この歌からすれば、「おとにき丶つ丶」（噂は耳にしている）というのであるから、おそらくこの歌は村上天皇が徽子へ贈った最初のものであろう。少なくとも徽子入内の十ヵ月ほども以前には天皇から徽子への意志表示があっているのである。徽子は天皇からの入内要請を光栄とは思ったであろうが、複雑な思いもあったはずである。

それというのも、その天暦二年の時点で村上天皇の後宮には数人の皇妃たちが召されていた。すでに八年も天皇と共に過ごしている安子は二年前には女御とされており、天皇の寵愛と里方の父右大臣師輔の権勢とによって、後宮でも格別に重きをおかれていたようである。その間に、左大臣実頼の娘述子が入内、女御となったのも束の間、一年後の天暦元年十月五日にはなくなった。そのわずか後に天皇から徽子への入内意向がもたらされたのである。さらに後宮には広幡御息所源計子が天暦二年までには入内しており、また按察御息所藤原正妃も天暦二年二月から三年二月の間に、また藤原祐姫も三年半ばまでには入内している。徽子入内よりやや遅れて父方の従姉妹荘子女王が、さらには宣耀殿女御藤原芳子も入内時期は確かではないがこのころであろう(9)。このように徽子が入内した天暦二年末までに確実に村上天皇の皇妃であったのが安子と計子であり、正妃と祐姫も入内していたか、まだであっても徽子に遅れることと正妃が二ヵ月ほど、祐姫が半年足らずの内である。芳子も半年くらいしか違わなかったかもしれない。荘子が一年ほど後である。

後宮の皇妃は多いのが当たり前の時代である。少し遡れば宇多天皇は女御四人、更衣五人、醍醐天皇は女御六人、更衣十三人、朱雀天皇は女御二人という数であった。徽子はほとんど同じ頃に入内した人、または入内予定のそれらの女性の人の噂を当然耳にしたはずである。けっして少なくはない村上天皇の皇妃の一人として入内することに徽子はどのような思いを抱いていたのかはわからない。しかし彼女の家集から推測するに、繊細な感情と矜持を持っていたらしい徽子は、入内という華やかさの奥に待っている暗い部分を思わなかったはずはない。

三

徽子は入内後四ヵ月経った天暦三年四月七日に女御に上げられた（『日本紀略』他）。この五日後、もう一人の女御である安子の後宮の殿舎藤壺（飛香舎）において、盛大に藤花宴が催された。『古今著聞集』六に、「右大臣（藤原師輔）、左衛門督（源高明）、左兵衛督（藤原師尹）候給、和歌絲竹の興などはて、、女御（安子）おくりものあり」との記述があるのによっても、場所は後宮であっても、安子とその父師輔が実際の運営主催者であったに違いない。しかしその宴の規模は、「天皇出御、侍臣賦詩、奏楽」（『日本紀略』）と記されているように、天皇をはじめとして、おそらく多くの殿上人も列席しているのである。この時点に大々的にこのような宴が師輔・安子親子によって企画実施されたのは、たんなる風流の宴であったのだろうか。少し勘ぐってみるに、この宴によって女御安子への天皇の寵愛と師輔の勢力をあえて誇示しなければならないような事態が存在したのではなかろうか。そしてそれは五日前に安子と同じ女御に上げられた徽子とその父重明親王への対抗意識ではなかったろうか。

重明親王の朝廷における立場や藤原一門との関係については第四章ですでに考察した。その重明親王の重みに加えて女御徽子についても女御に上げられたというだけでなく、この時期さらに女御安子親子が不安を抱かされていたに違いないことがあった。村上天皇にはこの時までに藤原祐姫に男皇子が生まれていたようであるが、更衣腹の子は立太子の対象とはされなかったであろう。ところがこの時徽子は懐妊していた(10)。この時点では女御安子には男皇子がなかった(11)ので、まもなく生まれる徽子の子がもし男皇子であれば、女御徽子の父が皇族の重鎮の重明親王であるだけに、東宮に立てられる可能性も考えられないことではなかったはずである(12)。女御安子とその父師輔にとって、翌年七月安子腹の皇子が東宮に定まるまでが、次期天皇の外戚となることができるか否かということで、最も焦燥感を抱いていた時期であったと考えられる。このような時期の盛大な藤花宴である。安子父娘のデモンストレーションの意図が見えてくる。

なお女御安子などの不安感は同三年八月十四日の関白太政大臣藤原忠平の死去によってなお一層かきたてられたのではなかろうか。忠平は嫡男実頼の長女慶子を先帝朱雀天皇に入内させ、女御となったが子を成さず、また実頼の二女述子を村上天皇に入れたが一年してすでに亡くなっていた。そのような状況においては忠平は、二男師輔の娘女御安子が村上天皇の皇子を生み、その子を東宮につけることに一門の繁栄の望みを托していたであろう。だから忠平生存中は、女御安子の最大の後見は関白太政大臣で氏の長者でもある祖父忠平であったに違いない。しかし忠平が没してその権力の後継者が師輔の兄実頼に移った時、女御安子にとって叔父実頼は必ずしも絶対の味方であったかどうか。実頼と師輔兄弟の確執についてはすでに多くの論考があり、それらによれば忠平の死や、その翌年の女御安子腹の第二皇子の立太子によって二人の対立は表面化したと考えてよいのであろう(13)。しかしその兆しは早く天慶年間からあったようである。しかし実頼も藤原忠平一門として他氏族に対するときは師輔と結ばざるを得なかったことも考えられ、女御安子に憲平親王（後の冷泉天皇）が誕生した時のこと、「小野宮のおとど（実頼）も一のみこ（母は祐姫）よりは、これは嬉しくおぼさるべし」（『栄花物語』巻一）と書かれているのは、そのような忠平一門の微妙なニュアンスを表現しているようである。しかし後に実頼は弟の小一条左大臣師尹との接近が見られ、この師尹の娘女御芳子が『栄花物語』にいうように、忠平死去の時にすでに入内していた[14]とすれば、しかも芳子への寵愛が深かったとすれば、政権の座への執念が深かった師輔としては、あらゆる機会に安子への天皇の愛情を繋ぎ、それを廷臣たちに見せつける必要があったであろう。

一方女御徽子には、女御安子が担っていたような一門一家の権力獲得の手段としての天皇の寵愛希求はなかったであろう。父が皇族であるからそのような利得はない。それだけに徽子は天皇と純粋な愛情でむすばれることへの願望が強かったであろう。徽子の願いが叶えられたのか、入内翌年の秋か冬には、村上天皇の第四皇女規子内親王が徽子に恵まれた。『斎宮女御集』一一三番詞書に、「たゞにもあらでまかでたまひけるころ、いかゞと御とぶらひありける、十月にほどちかくて」[15]とある。森本元子氏はこれについて「斎宮女御集の構成を吟味した結果では、天暦七年の詠と推定される」と述べるが、私は戸谷三都江氏[16]や山中智恵子氏[17]の判断のように、季節としても一致するので、天暦三年（九四九）の規子出産直前に天皇から贈られた歌への返しとみる[18]。その歌の「かれはつるあさぢがうへのしもよりもけぬべきほどをいまかとぞまつ」は、出産の不安を詠んでいるのであろう。

翌天暦四年二月十九日、式部卿敦実親王が出家、その後を受けて重明親王は式部卿に就いた[19]。重明親王の威厳はますます加わったであろう。従って天皇や周囲の人々の徽子への対応も重みを増したことであろう。

入内から一年余りの女御徽子は、一子も得、皇族最高の地位の父を後見に持ち、もう一人の女御安子もまだ後宮における絶対権力者とはなっていないと思われ、徽子にはまずは幸せな後宮生活の始まりであったとみてよいのであろう。

四

天暦四年になると後宮の様相が変化する。すなわち女御安子懐妊、三月二十日および五月三日にその安産祈禱の修法が職曹司で行われた[20]。皇妃たちの安産修法が勅によって宮中で催されるのは稀なようで、やはりこれは村上天皇の女御安子への特別の待遇を示しているとみるべきであろう。それが天皇の愛情からなされたものか、あるいは女御安子側からのなんらかの圧力か要請によったものかはわからない。しかしいずれにしても宮中の一郭で行われたこの修法について、他の皇妃たちが知らないはずはなく、心穏やかならずすごしたことであろう。

またその間の三月十四日には、天皇は出産を二ヵ月後にひかえた女御安子の藤壺に渡り、「まとゐしてみれどもあかぬ藤のはなたゝまくをしきけふにもあるかな[21]」という歌を詠んでいる。見飽きないのは庭前の藤の花であり、またそこの主藤壺女御安子なのである。出産近い安子を里下がりもさせず（あるいは一時参内させたのかもしれないが）、このような情愛あふれるような歌を披露しているのをみると、天皇の安子への待遇は安子の実家に対する義理や見せかけだけではなかったのかもしれない。

やがて五月二十四日、安子は村上天皇の第二皇子憲平親王を出産（『日本紀略』ほか）、一ヵ月後の六月二十六日にはすでに立太子の日取りまで決められ、憲平は生まれて二ヵ月にして七月二十三日に東宮となった。その間の経緯については、師輔自ら記した『九暦』の逸文によっても、外孫憲平親王を東宮の座に据えるために、九条家の人々が修法と政略を駆使して、いかに周到な心配りをしたかということが窺える。師輔の政権の座への執念は、天暦八年の法華三昧院草創の願文「誓テ云ク願クハ依テ二此三昧之力一将ニ傳ムト二我一家之栄国王国母太子皇子槐疎棘位栄花昌熾継テレ踵不レ絶永衛朝家」[22]でも明らかである。

この東宮決定に際し、同年ではあるが少し早く生まれた第一皇子広平親王が皇太子になれなかったことで、その母更衣祐姫とその父中納言兼民部卿藤原元方がいかに落胆失望したかということが『栄花物語』に記されている。しかしたとえ第一皇子であっても、更衣腹のしかも外祖父がその程度の親王が東宮になり得べくもないことは明らかで、元方が本心から孫の立坊を願ったかどうかは疑わしい[23]。この哀話が語られたのには政治上の目的が隠されていたという見方さえある[24]。しかし元方怨霊譚が流布し続けた土壌は、後宮における一夫多妻の皇妃たちの、優雅な暮らしの奥に燃えている心理葛藤を世間が嗅ぎ取っていたことや、その後宮を場にして、政権への黒い欲望が渦巻いていたことにあったはずである。

徽子入内から一年半は、女御徽子と女御安子はほぼ同格の女御として天皇からも、また周囲からも見られていたであろう。しかし東宮決定のこの時をもって、すなわち安子が東宮の母となったことによって、女御安子は徽子からも、まして他の皇妃たちからも抜きんでてしまった。しかし徽子はその頃の立坊騒ぎや、祐姫方の悲嘆をどのように眺めていたであろうか。おそらくは政争に無縁な皇族の出身者として、それほど心乱されることはなかったのではなかろうか。しかし東宮決定という公のことが皇妃たちへの待遇に関わって、安子以外の皇妃たちが軽んじられ、天皇に接する機会が少なくなるであろうことは徽子にも推測されていたであろう。

五

その天暦四年十月二十日、代明親王娘の荘子女王が女御とされた（『一代要記』）。徽子とは父方の従姉妹という関係である。代明親王はすでに十三年前、承平七年（九三七）に中務卿で亡くなっている。荘子の母は右大臣藤原定方の娘であるが、定方も早く歿している。このように後見となるべき人もいない荘子と、後ろに重明親王がひかえている徽子とを比べた場合、両人ともに女御ではあっても、徽子の方がはるかに優位に立つ条件を備えている。

荘子については、「麗景殿（荘子）御方の七宮ぞ、おかしう、御心掟など小さながらおはしますを、母女御の御心ばえ推し量られけり」（『栄花物語』巻一）とあるのによって、その人柄や教養など優れていたらしいことをおぼろげにしることができよう。また詠歌についての造詣も深かったようである。[25]

醍醐天皇の第三皇子の代明親王と第四皇子の重明親王の交誼は深かった。[26] 父たちはそうであるが、その子たちである徽子と荘子の後宮時代の関係はどうであっただろうか。『斎宮女御集』書陵部本一四五・一四六番の贈答歌によれば、「伊勢より、れいけい殿さい宮にとて」と詞書して「うらとほみはるかなれどもはま千どり宮このかたをとはぬ日ぞなき」とある。これは徽子の娘規子内親王が伊勢の斎宮として赴任したとき、母徽子も同伴して伊勢へ再下向した時期の歌で、その昔斎宮であった荘子の娘で今は都にいる楽子内親王に贈ったものである。その歌に楽子は「とひくるをまつほどすぎばはま千どりなみまに猶ぞうらみらるべき」と会えない嘆きを詠んでいる。この贈答は娘同士のものである可能性が強いが、そのような親密なやりとりの前提には、徽子と荘子の母同士の親しみがあったのではなかろうか。

また徽子入内から七年ほど経った天暦十年春に、「麗景殿女御荘子女王歌合」および「斎宮女御徽子女王歌合」と称される二つの歌合が催されている。これらの歌合は萩谷朴氏[27]によれば、二月二十九日と三月二十九日に開催されたものであろうとされ、またこれらの歌合は『拾遺和歌集』や『拾遺抄』において「内裏歌合」とも呼ばれていることからして、実質上の主催者は村上天皇であっただろうとしている。徽子歌会の方が残闕資料しかないので確かなことは言えないとしても、もし村上天皇が一ヵ月おいてこの二人の女御の名称の歌合を催させたとしたら、そのことにどのような意味付けをしたらよいのだろうか。二人は同格に待遇されていたのだろうか。二人が仲良いことを天皇も知っていたのだろうか。

少ない手がかりだが、徽子は荘子と親密であったと推測できそうである。両人ともに皇族の出自であるだけに、他の皇妃たちに対するよりは互いに親しみが持てたのではなかろうか。しかしまたその等質性はある場合にはむしろ反目の直接の対象となることもあるが、徽子の心の奥底にはどのような感情が揺らいでいたのかはわからない。

『斎宮女御集』一四六番には、「御とのゐし給へりける夜、いかなることかありけむ、御かたをすぎつゝこと御かたにわたらせたまひければ」という詞書で「かつみつゝかけはなれゆくみづのおもにかくかずならぬ身をいかにせむ」[28]という徽子の歌がある。徽子の居所である承香殿の側を通って別の皇妃の所へ行ってしまう天皇、その行く先が荘子の所でなかったともいえない。「かくかずならぬ身をいかにせむ」とは、諦めの嘆きのみではないだろう。無視される屈辱と怨情、しかし多妻の中の一人でしかないのであるから、天皇への暗い情念は屈折して自分を苛むしかない。遠ざかり行く天皇たちのざわめきに耳を凝らしながら、後宮における皇妃たちの悲哀と孤独を噛みしめているようである。たとえ親しくとも夫を共有する女たちの心情は単純ではなかったはずである。

六

入内から二年目の天暦五年正月二十三日、徽子に従四位下の加階があり（『北山抄』）、その日内裏において重明親王は琴を弾じている。この時の徽子の加階にはどのような意味があったのか関係付けられる事柄は分からない。あるいは父重明親王が一年ほど前に式部卿となり、朝廷においてますます重んじられたことが、娘徽子の地位の向上となったのであろうか。

同五年十二月五日、重明親王は帯剣を許され（『西宮記』）、七年十月二十八日の殿上菊合でも弾琴の記録が見られる。その間にも朝儀の場に臨む親王の記録がいくつかある。公の晴れの場での重明親王の面目躍如たる時期であった。

しかし天暦八年九月十四日、四十九歳の重明親王は亡くなる（『一代要記』ほか）。徽子入内から六年足らずである。父の死は徽子にとって、後宮生活の間で最も衝撃を与えられた出来事であったと考えられる。『斎宮女御集』の中に、父の死を契機として詠んでいる歌が多いことからもそれは間違いない。その歌に詠まれている心理の依っているところは複雑であるが、その根幹となることは、やはり多くの皇妃とともに後宮で暮らさなければならない徽子にとっては、父の存在が最大の支えであったことを示している。『斎宮女御集』書陵部本五二番詞書の「こ宮うせ給てのち、さとにひさしくおはしければ、などかくのみまいり給はぬとありければ（後略）」や、書陵部本四七番詞書の「又、しはすのつごもりに、などかあれたる所にかくのみながゐし給と、きこえ給ける御返に、こ宮もおはせでのちなるべし」などによっても、父亡き後、徽子は里下がりがちであったことが知られる。徽子の嘆きは、親を亡くした嘆きばかりではなく、心労多い後宮で毅然として生きるその心棒を喪失してしまったという虚ろな思いであったようだ。これまでの五年間、村上天皇からもまた後宮の人々からも何よりも式部卿重明親王の娘として重んじられ、敬意を表されていたに違いない徽子である。心細さは、その反動の恐れもあったかもしれない。一一四番歌「かきくらしいつともしらずしぐれつゝあけぬよながらとしもへにけり」は父が亡くなった翌年の正月の歌と考えられるが、徽子の悲しみは当然まだ癒えていない。

徽子の後宮生活の心情は、この天暦八年九月に一本の線が引かれるに違いない。しかしその前期六年と後の十三年における、村上天皇との贈答歌や独詠歌にそれほどの違いはなく、悲哀・怨情・孤高が流れているのは、一夫多妻の一人でしかない後宮の皇妃がつねに抱え込んでいる苦衷がいかに重かったかを物語っているのであろう。

七

一方、女御安子は後宮における勢力が着々と固まっていた。天暦十年四月六日、九歳の東宮に初めての天皇謁見があり、その日女御安子は東宮母として従二位に叙せられた。

年号改まって天徳元年（九五七）四月二十二日、女御安子の父師輔の五十賀の宴が、後宮の安子の殿舎の飛香舎において行われ（『日本紀略』ほか）、天皇、王卿、侍臣が一堂に会した。女御安子が父のために宮中で開催したこの私的賀宴[29]も実質は公の宴といってよいほどの人々を集めている。その宴がいかに豪勢であったかは、「賀等事毎事尽美」（『日本紀略』）という短い文章によっても窺える。この宴の企画や遂行に当たっても、九条家の政治的意図の匂いを嗅ぎ取れるのではなかろうか。天皇の出御を仰ぐことによって九条家への天皇の厚情のほどを世人に顕示し、朝臣を多数集め得る勢力を確認させようという思惑を見て取るべきであろう。念願叶って東宮を擁することができた九条家であったが、なおその立場を固め、東宮を確実に即位にまで辿りつかせたいとの一念が九条家のこの時期の思いであったに違いない[30]。この賀のみならず、師輔は東宮の母となった女御安子を押し立てながら、より一層政治工作に励んでいたと考えられる。その工作の対象はむしろ身近な藤原権力家であっただろう。女御安子も強力に天皇を引きつける手立てを取ったであろう。九人というずば抜けた御子の多さがそれを物語っている。翌天徳二年十月二十七日、安子は中宮に立てられた（『日本紀略』ほか）。

しかし天徳四年五月四日に師輔は死去。強力な後見としての父の死は、中宮安子にとっては悲しいだけでなく、立場上の不安も生じたかもしれないが、東宮の母であり、中宮となった今、後宮における安子の勢力はさして変わりはなかったであろう。

八

天徳四年（九六〇）九月二十三日内裏焼亡（『日本紀略』ほか）。十一月四日天皇は職蔵司から冷泉院に移り住むこととなった。皇妃たちの動静についての記録はないが、女御徽子や他の皇妃たちも同院に移ったに違いない。『斎宮女御集』歌仙家集本に、「れむぜい院の池にうき草のあるを、おぼしみだる、比にやありけん」と詞書して「身のうきにいとゞうきたる浮草のねなくは人にみせじとぞおもふ」（二六）とあるのはこの時期の歌であろう。徽子が耐えていた憂きことは何であったのか。

翌年十一月二十日、天皇は再建成った内裏に帰り（『日本紀略』）、十二月十七日中宮安子と東宮も内裏へ入った。この時から安子は弘徽殿に住んでいる。

徽子の殿舎である承香殿も類焼したが、十月二十四日にはすでに再建されていた。[31] 徽子も応和元年（九六一）中には後宮に帰り住んだはずである。というのは、翌応和二年九月十一日徽子は皇子を出産しているからである。その皇子はその日の内に亡くなった（『日本紀略』）。徽子にとって初めての男の皇子であり、また規子内親王出産以来十三年目に儲けた子の夭折は、徽子にどれほど深い悲しみを与えたか想像できる。

女御徽子が二十一歳で規子内親王を生み、三十四歳で第二子を出産したということは、その間天皇に召されることが少なかったということを表しているのかもしれない。ちなみに中宮安子は九人の子を成しているのは[32]、たんに多産系ということではなく、天皇に侍ることがいかに多かったかを示しているかもしれない。

『栄花物語』には、「式部卿の宮の女御（徽子）、常に（天皇が）思ひ出でさせ給ふ折々は御文ぞ絶えざりける」と書かれている。さるは、いとあてになまめかしうおはする女御をなど、宮[33]さへおはしまさねば参り給ふ事いとかたし。

一族一門の繁栄を賭けて積極的に天皇の寵愛、夜伽を競ったに違いない中宮安子や女御芳子などに比べ、女御徽子は父重明親王亡きあとは殊にひっそりと里住みがちであったことは家集にも見られるとおりである。しかし上述の『栄花物語』文中の、「さるは」以下によれば、天皇が徽子を疎んでいたとばかりも言えず、心惹かれる女御と思っていた面もあったとみるべきであろう。

そのようなことは事実であったのか、あるいは噂として流れていたのか、あるいは『斎宮女御集』かその資料となった文書を読んだ『栄花物語』の作者の判断によるのかもしれないが、同集には、確かに情愛細やかな表現の村上天皇の歌が多くある。歌や漢詩といった文学方面や音楽などの文化的面に積極的であった村上天皇である。詠歌や弾琴に秀でていた徽子とは、風雅の道で深く通い合うこともあったと考えることはできる。

だが村上天皇にはどの皇妃を召し出すにしても中宮安子への憚り、あるいは 安子からの圧力があったのではなかろうか。父重明親王亡き後であっても、元斎宮という神秘性を持ち、風雅に秀でている徽子には、中宮安子はもっとも警戒したかもしれない。また一方村上天皇が溺愛したとされる二人の皇妃、すなわち女御芳子と登子はどのような女性であったのか。芳子は「御めのしりのすこしさがり給へるが、いとゞらうたくおはす」（『大鏡』巻二）という可愛らしい人であり、登子は「御かたちも心もおかしう今めかし」（『栄花物語』）という、はなやかな美人であったようだ。その二人に中宮安子を加えていえば、その三人は姉妹、従姉妹の関係にあるが、それぞれにいかにも藤原貴顕の女人の持つ、艶やかで、におうような美しさを力強く発揮して天皇を魅惑したのであろうか。それは権力者からの圧力だけによるものでなく、村上天皇の好みであったかもしれない。そうであれば、想像しうる徽子像にはいかにも遠い。皇族に生まれ、斎宮として深く厳しく孤独にそだった、しかも繊細で、豊かな芸術志向型の人であるような徽子は、やはり生身の女として愛するには、村上天皇も気がおけない女人ではなかったのではなかろうか。

九

康保元年（九六四）四月二十九日、中宮安子は九人目の子（選子内親王）を出産して五日目に三十八歳で亡くなった（『日本紀略』ほか）。「この宮（安子）かくておはしませばこそよろづと、のほりて、かたへの御方々も心のどかにもてなされておはすれば、もしともかくもおはしまさば、いかに見苦しきこと多からん」（『栄花物語』）とも、「（安子は）おほかたの御心はいとひろく、人の御ためなどにもおもひやりおはしまし（中略）かたへの女御たちの御ためもかつはなさけあり、御みやびをかはさせたまふ」（『大鏡』巻三）とも書かれた中宮安子であった。

村上朝後宮における中宮安子の存在は巨大であったといわなければなるまい。村上天皇でさえも、「この女御殿にはいみじうをぢまうさせたまひ、ありがたきことも奏せさせ給ふことは、いなびさせたくもあらざりけり。いはんや、自余の事をば、まうすべきならず」（『大鏡』巻三）といったほどの隠然たる勢力を持つに至っていた。安子が嫉妬深かったというのは性格的なものであったのか、あるいは天皇を独占することが政治権力の誇示であったのか。他の皇妃たちには、もし天皇の寵愛を受けた場合、中宮安子に対しての憚りや恐れがあったであろう。村上朝後宮は、中宮安子という絶対的女王の君臨の元で、他の皇妃たちは心ならずも均衡を保っていたというのが実情であっただろう。

しかしその間安子のもっとも気になった皇妃は女御徽子ではなかったろうか。ある時期村上天皇の寵愛深かった宣耀殿女御芳子のことはよく知られているが、安子にとってはもっと奥深いところで、密かに対抗意識を持ち続けていた皇妃は女御徽子ではなかったかと考えている。藤原権力者たちは皇族に対するコンプレックスもあった。中宮安子も女御徽子の出自へのそのような思いもあっただろうし、なによりも徽子が尊崇を受ける神秘性を備えた元斎宮であったという経歴は安子に充分重く感じられていたのではなかろうか。さらに徽子の詠歌や弾琴に優れた優雅な人柄のこともあり、村上天皇と歌や琴で深く結ばれているかもしれないという恐れは、天皇が日常次元で女御芳子を溺愛したことへの嫉妬とは異なって、中宮安子には徽子は手の届かない高所に凛として存在している異質の人として注視していたのではなかろうか。

しかし安子にそのような徽子への妬みがもしあったとしても、そのことが徽子の後宮生活を暗くするような嫌がらせにまでなったかどうかについてはわからない。

十

中宮安子の生存中に皇妃の中で目立って寵愛を受けた女人としては宣耀殿女御芳子が知られる。芳子はひじょうに美貌で、髪もすばらしかったということで、「みかどいとかしこく時めかさせ給て」（『大鏡』巻二）、「我御私物にぞいみじう思ひきこえ給へりける」（『栄花物語』）と伝えられている。(34) 芳子は天徳二年（九五八）十月二十九日、その三日前に安子が中宮に上げられたことと関係はないのかもしれないが、女御に立てられた。芳子が第一子昌平親王を生んだのがそれより二年前の天暦十年、第二子永平親王は康保元年（九六四）六月以降に出産している。(35) 芳子への天皇の寵愛は天徳・応和年間（九五七～九六三年）を中心とした頃のことであろう。

女御芳子の父藤原師尹は実頼・師輔の弟であり、村上天皇没後二年目に引き起こされた安和の変の首謀者であると見られている[36]。村上天皇の兄源高明を無実の罪に陥れてまでも、師尹は政治権力を手にしたがっていたとすれば、その欲望はすでに村上天皇在世中からうごめいていたはずである。

村上天皇の芳子寵愛が師尹の策謀に乗せられたものであったかどうかは分からない。しかし寵愛を必死で願っていたであろうことは十分考えられる。その一例として、村上天皇が芳子に『古今和歌集』の暗誦を試みられたときの話が伝えられている。そのとき父師尹は「御装束して、手洗ひなとして、所々に誦経なとし、念し入りてそおはしける」（『大鏡』巻二、『枕草子』にも同様の記述がある）という心の入れようであった。『枕草子』では中宮定子が、「すきずきしうあはれなることなり」と師尹の風流への執念に感動しているが、師尹のその祈念は異常と見られたからこその書き留めであろう。娘芳子の失敗は帝寵にまで響く、ひいては己の政治的立場にも関わるとの危惧を抱いたのであろう。師尹は芳子の教育方針として、書道と弾琴、それも「人より殊に」うまくできるようになることを命じている。さらにもう一つが『古今和歌集』二十巻の暗誦であった。そのことが天皇の耳にも届いていたからこその試みであったのであり、見事芳子はそれを成し遂げた。父の言いつけが一家の繁栄と関わることだとは、こどもの頃からたたきこまれていたのだろうか。芳子はごく若くて入内したようで、芳子のその教養は貴族女性一般のものでもあるが、人に抜きんでるほどの修練はやはり入内を目標にしていたはずである。天皇の寵愛は芳子の女としての幸せであるが、それは師尹の権力欲と不可分でもあったはずである。歴史にも名を残す権謀術策に長けた師尹であってみれば、女御芳子の後宮生活中、おそらくあらん限りの努力をして芳子が天皇の寵愛を獲得するようにつとめ、それを世人にも顕示したのではなかろうか。

ところで、中宮安子が亡くなった半年後から『天暦御記』に次のような記述が見られる。

①康保元年（九六四）十二月十七日、飛香舎において芳子のために芥子焼八熕法を修す。[37]

②康保二年六月二十三日、芳子のために法性寺において如意輪法を修す。

③同年八月十日、法性寺において不動法を修す。

④十一月七日、師尹の家で不動尊不断法を修す。

これらの四つの修法はどのようなことを意味するのだろうか。村上朝の皇妃で、中宮安子以外は、天皇が関与したこのような修法の記録は見当たらないようであるので、村上天皇の芳子への愛情のほどが示されているのかもしれないとも思える。しかし④の場合は実家である師尹の家で、また②・③も藤原氏の氏寺の法性寺で行われていることを考え合わせてみると、これらの修法は師尹が天皇に働きかけて勅命のものとすることを取り付けたものだとも考えられるかもしれない。もしそうであれば勅命は天皇の寵愛の証となるはずである。芳子はこのときから二年も経ずして亡くなっているので、すでにこの頃病気であったのだろうか。師尹とすれば、中宮安子歿して好機到来と思ったに違いない。[38]そしてそのためには女御芳子が病身であっては困るし、まして亡くなりでもしたらという心配の時であったとしたら、あらゆる手段を尽くしたであろう。

中宮安子の生存中には、天皇の溺愛ゆえに安子の嫉妬をかいもしたが、「冷泉院の御母后（安子）うせたまひてこそ、なかなかこよなく覚え劣りあまへり」（『大鏡』巻二）ということが事実であるならば、芳子はその後もずっと病気であったのだろうか。しかし村上天皇の心を奪う女性が別に現れたという事実もあったのである。

ここでまた女御徽子の方に戻るが、後宮を圧した中宮安子の死、安子と女御芳子との寵愛紛争、そして芳子の凋落などの時期を、徽子は女御としてどのような心情で過ごしていたであろうか。入内後、五年ほどして父重明親王が亡くなり、孤立無援となった徽子はさらにその後十年ほど経って三十代後半になっている。『斎宮女御集』中の詠歌年次はほとんど判明しないので、家集の歌からは徽子の入内後の心情の変化を跡づけることはできない。森本元子氏は「重明親王薨去の前はほとんどの贈答歌が、帝の贈歌に徽子女王が返歌するという形であったものが、薨去ののちは、反対にほとんどが、女御の贈歌に帝が返しをおくるという形になっていることである。贈答の数も、薨去以前とでは、二対一くらいに減少する」と指摘する。[39] これほど明確にはいえないが、重明親王の死後、後述する徽子の義母登子が天皇から寵愛されるようになり、里住みがちになってゆく徽子であったようである。

女御徽子と女御芳子の仲はどうであっただろうか。「たまさかにとふひありやとかすが野ゝもりはいかゞつげやしつらむ」「春日野の雪の下草ひとしれずとふひありやとわれぞまちつる」（『斎宮女御集』五五・五六）の贈答歌がある。[40] 相手の女御に、たまにでもお訪ねいただきたい、いや私こそお待ちしています、というのであろうか。親交というにはやや儀礼的匂いも感じられるが、まったく断絶していたのでもなさそうである。

村上天皇の皇妃たちの親密度を単純に血縁関係の有無で計ることはできない。皇妃のうち、中宮安子・女御述子・女御芳子・登子・女御徽子は互いに従姉妹であり、また女御荘子と徽子は父方の従姉妹である。また荘子・芳子・更衣脩子も従姉妹関係である。これほどに濃厚な血縁関係が絡みあっていれば、村上朝後宮は和気藹藹として皇妃たちは互いに睦みあっていたとの想像もできそうであるが、けっしてそうではあるまい。陰惨な話が伝えられているのではない。しかし彼女たちは従姉妹同士であると同時に、一方では一人の夫の多数の妻という関係でもあった。その間の彼女たちの心境について具体的に知る手掛かりはないが、思うに親交と敵視、嫉妬と協調、対抗心と諦観等々の複雑な心情がそれぞれの皇妃たちの心の中で交錯していたであろう。

十一

康保元年（九六四）四月二十四日中宮安子が没するとその妹の登子が入内させられたことで、村上朝後宮の様相は新たな展開がある。登子は女御徽子の父重明親王の後妻であるので、徽子からいえば義母ということになるが、二人の年齢はほぼ等しい。登子と村上天皇とのことについては、『栄花物語』（巻一）や『大鏡』（巻三）にもかなり詳しく述べられている。ということはこれはたいへんに世間を騒がせたできごとであったのである。その記述によれば、村上天皇は登子の夫重明親王の生前からすでに登子に心を傾けており、中宮安子に妹登子との密会を取り持たせたこともあったほどで、安子没後、その四十九日の喪が明けるとすぐに入内させ[41]、「参り給て後、夜昼臥し起きむつれさせ給ひて、世のまつりごとを知らせ給はぬさまなれば、ただ今のそしりぐさには、この御事ぞありける」（『栄花物語』）というほどの天皇の惑溺ぶりであった[42]。このことによって、「こと御方々あへて立ち出で給はず」（『栄花物語』）、「こと女御みやすどころそねみ給しかどもかひなかりけり」（『大鏡』）という後宮の有様であった。村上天皇の晩年、中宮安子歿して約三年、他の皇妃たちはまったく天皇から顧みられなくなったというのである。この忘れられた皇妃たちの中に女御徽子も含まれているのである。思うに登子への天皇の寵愛によって、徽子はたいへんな心の痛手を受けたと考えられる。それは天皇の愛情を受けなくなったことよりも、義母と夫を同じくすることへの世間の好奇心に晒されることでもあった。また父重明親王を心の拠り所としていた徽子にとって、登子の早々の再婚は父への裏切りとも思えたようである。

登子は、徽子が入内する一ヵ月前に重明親王の室となっているが、その一ヵ月の間も、斎宮から退下していた徽子は父の邸内に住んでいたはずである。ただその時期重明親王は登子の居宅である九条家への通い婚であったかもしれないので、徽子は入内前に登子と同じ屋敷内にいることがあったのかどうかは分からない。[43] しかし『斎宮女御集』の四五・四六番に、

雪のふる日、もの、こゝろぼそきに

はかなくてとしふるゆきもいまみればありしひとにはおとらざりけり

まゝは、のきたのかた

みし人のくもとなりにしそらわけてふるゆきさへもめづらしきかな

という贈答歌が見られる。これらの歌の直前に置かれている四一〜四四番歌は父歿後の時期のものであるので、四五・四六番歌も重明親王が亡くなった翌年の天暦九年（九五五）正月の頃に贈答されたものであろう。その頃には父の喪で里へ下がっていた徽子が、父の屋敷である東三条第にいたのであろう。邸内の建物は異なっていたかもしれないが、「ち、宮うせ給て、さとにおはする内侍のかみ（登子）の（以下略）」（一四八）とあることから、重明親王が結婚して約五年経った頃には、元々藤原摂関家の持ち家であった東三条第に登子も住んでいたのである。この贈答歌によれば、父を偲ぶ徽子と、夫を恋う登子は東三条第で悲愁の思いを交わしていたということになる。

ところが、

ちゝ宮うせ給て、さとにおはする内侍のかみの御こゝろのおもはずなりけるを

いかにしてはるのかすみになりにしかおもはぬやまにかゝるわざせし（一四八）

この歌は、重明親王死去の翌年の春のものであろう。[44]『栄花物語』（巻一）に、「亘明式部卿の宮日頃いたくわづらひ給ふといふ事聞ゆれば（中略）みかど人知れず今だに嬉しうおぼしめせど、宮（安子）にぞ憚りきこえさせ給ひける」

と書かれていることが事実であるならば、村上天皇は登子に、重明親王死去後すぐにも手紙などを贈ることもあったのではなかろうか。同じ邸内に居るなら徽子の耳にもその噂は入ってきたであろう。それが一四八番歌となったのであろうか。四六番歌の登子の心情も嘘ではなかったのかもしれない。涙の霧に目もふたがるようにして二人は過ごした時期もあったかもしれない。だのにどうして義母登子、あなただけ霞たつ春のような華やいだ気持ちになって、思いがけない人になびいてしまったのだろうかというような意味の徽子の歌であろうか。その次の歌は

又かの御かたより、ふぢの花をあさな〳〵こきとらせ給ことをうがりけるを、きゝ給て

あさごとにうすとはきけどふぢのはなこくこそいとゞいろまさりけれ(45)（一四九）

日毎に亡夫重明親王への悲しみが薄れて、新しい愛に心を移していこうとしている藤の花登子に対し、徽子はむしろいよいよ喪の思いの色が濃くなるような気持ちでいることを下に匂わせているように思われる。重明親王の死を娘として妻として、一つ屋敷の中で共に悲しんでいたはずなのに、片方は早々にその哀悼の思いを失いつつある。

われならでまづうちはらふひともなきよもぎがはらをながめてぞふる（四二）

との嘆きは、徽子の誇りの根源でもあり、生きる支えでもあった父を冒瀆する登子への非難と嘆きがこめられているようである。ましてその登子を愛で絡め取ったのは、他ならぬ自分の夫である。世間の好奇の目もあり、徽子は二重三重の苦汁を嘗めさせられたに違いない。

中宮安子が没した康保元年（九六四）、その四十九日が過ぎた七月頃(46)に登子が後宮に入って、人々の顰蹙をかうような事態となったとすれば、女御徽子の後宮生活の終わりの三年近くはおそらく里にばかりいたのではなかろうか。しかしその里は、藤原氏の持ち家で、登子が伝領していたかもしれない東三条第ではなかったであろう。徽子はそのような数奇な運命を生きたといわざるをえない。しかし徽子は女御としての生き様を黙って耐えたというわけではない。

かなり赤裸々に、率直に村上天皇への心情も歌にした。歴代の後宮の皇妃たちのなかで、これほど大胆に思いをかなりの数の歌として表現した皇妃はいない。そのような歌を詠めたのは、徽子の出自によるプライドと、詠歌への自信であったと考える。しかし自己照射の独詠は多くはない。『斎宮女御集』によれば、歌に救いを求め、自己回復をはかるよりは、もっと強い性格であったのか、あるいは娘の規子内親王や周囲の人々との交わりに慰めを見いだしていく心広さであったのか。

十二

康保四年（九六七）五月二十五日村上天皇崩御。七月十五日女御荘子と更衣祐姫は出家した（『日本紀略』ほか）。『本朝世紀』によれば、荘子の出家は「先帝（村上天皇）の遺愛にあらざるなり」と記されている。荘子も天皇からの愛薄い女御でありながら、天皇の菩提を弔うためにこの世との縁を断ったのであろうか。七月二十五日、更衣正妃死去。七月二十九日、女御芳子死去（ともに『日本紀略』ほか）。村上天皇の生前に女御述子と中宮安子は歿していた。天皇の死から二ヵ月後、天皇の死による衝撃からであろうか。正妃と芳子は亡くなった。荘子と祐姫は出家によって現世から姿を消した。更衣計子・更衣脩子・更衣・有序の後宮退下後の動向は分からない。

村上天皇の死が近い頃、登子は「人笑はれにやとおぼし歎」（『栄花物語』）いたとある。あまりなまでに天皇の寵愛を受けたが、しかし人妻であったので後宮の定まった地位も受けられず、頼みにする天皇が亡くなった後の心細さや恥ずかしさを思いやったのであろう。

女御徽子は死にもしなかったし出家もしなかった。後宮の皇妃たちは天皇の崩御後出家するのが通常だということではない。しかし村上天皇死去からの二ヵ月ほどの間の、四人の皇妃たちの死と出家には驚かされる。徽子はその衝撃的な同僚皇妃たちの動向をどのような目で眺め、何を思っていたのかは分からない。天皇の死が徽子には心身を痛めつけるほどのものではすでになかったのか。また出家して天皇の冥福を祈るにはその距離が開き過ぎていたのか。

一四一番歌に、

なやませたまひけるころ
かゝるをもしらずやあるらんしらつゆのけぬべきほどもわすれぬものを

という天皇からの歌がある。これが天皇の死に近い頃のものであるのかどうかはわからない。いずれにしても天皇からの縁は遠くなっているときのものであろう。

入内して十八年、四十歳に近くなった女御徽子には、娘の規子内親王との里での生活が、村上天皇崩御のかなり以前から続いていたのであろう。父重明親王の死を悼み悲しむ歌を多く残した徽子であるのに、夫村上天皇の死去にまつわる歌は、馬内侍との贈答のみである。心の揺らぎもすでになかったのであろうか。

注

（1）西本願寺蔵『三十六人集』中の「さいくうの女御集」は二六五首、その内重複二首、書陵部蔵『斎宮女御集』において西本願寺本系統本にはない歌が一五首、その内他人の歌の混入一首、重複二首。歌仙家集『斎宮集』の歌は以上の二系統本のどちらかにすべて入っている。

（2）以下に引用する『斎宮女御集』の歌番号および本文は、特別に記さない場合には西本願寺本による。

（3）森本元子「斎宮女御の生涯」武蔵野女子大学紀要八号　昭48・3、『私家集と新古今集』所収。

（4）『尊卑分脈』において、重明親王の長男として「邦正」の名を記し、「母貞信公女」とする。『本朝皇胤紹運録』にも邦正について「母同徽子」としている。徽子と邦正の母は貞信公忠平の娘寛子である。

（5）邦正の容貌はたいへん上品ではあったが、痩身、才槌頭、顔色は青く、目の縁に黒い隈があり、鼻赤く、唇が薄く、出っ歯で、声は鼻にかかった高音の大声であったので、人々は「青経（常）」とあだ名して笑い者にしていたと書かれている。

（6）第四章にそのことについては述べたので、ここでは触れない。

（7）黒板伸夫氏は、「藤原忠平政権に対する一考察」（『延喜天暦時代の研究』昭44）において、重明親王は忠平の太政大臣就任にも力があったこと、また源氏一族の氏の長者の役割も果たしていたようであることを指摘している。

（8）この歌は『玉葉和歌集』恋一、一二五一番にも入集している。ただし下句は「めには見えずも過ぐる春かな」となっている。

（9）それぞれの皇妃の入内時期については、推定の根拠を第四章で述べた。

（10）徽子の娘で村上天皇の第四内親王の出生の月日については分からない。しかし『日本紀略』寛和二年五月条に「十五日、壬午、前斎宮規子内親王薨、村上皇女、年卅八」とあることからして、天暦三年の生まれとなる。徽子は天暦元年十二月三十日に入内しているので、規子は九月以降の生まれであることは間違いない。そうして規子がもし年末に生まれたとしても、徽子は四月には懐妊している。

（11）天慶九年六月五日に安子は男皇子を出産しているが、その子はその日の内に死去している。

（12）小山敦子氏は、『源氏物語の研究』（昭50）第二部第一章において、宇多・醍醐朝の皇位継承の先例は、嫡流の長子相続が原則であったとしている。

（13）山中裕「栄花物語／大鏡に現れた安和の変」（日本歴史　昭37・6）、角田文衛『紫式部その時代』（第二部藤原忠平の栄華の項、昭41）、山口博『王朝歌壇の研究』（「摂関家の歌人と家集」の項、昭48）、小山敦子　前掲（12）書など。

（14）『栄花物語』（巻一）に忠平の喪のため「宣耀殿の女御（芳子）も同じ服にて出で給ひぬ」とある。

（15）森本元子　前掲（3）論文

(16) 戸谷三都江「斎宮女御の歌」(学苑　昭33・1)
(17) 山中智恵子『斎宮女御徽子女王』九七頁(昭51)
(18) 森本元子氏は、『斎宮女御集』の村上天皇関係の歌は、入内からだいたい年月を追って配置されているとする(「斎宮女御集論」中古文学　昭47・11)。確かに斎宮女御集には大きなまとまり、歌群としての年代的配列意識がある(第一章参照)。しかし一首ごとに見れば、詞書や歌によって、その歌が詠まれた月や季節などはかなり推定できるが、その年次について分かる歌は少ない。『斎宮女御集』西本願寺本系統においては、徽子の後宮時代の歌は五〜三二番目と七八〜一二六番目に配列されている。書陵部本ではその二群が続けられて、およそ一〜八七番目に置かれている。書陵部本でそれを具体的に見てみると、一番の入内翌朝から、一九番まで春・夏・秋／十二月晦となり、二〇番「としかへりて」の正月歌から三〇番までの歌の配列は季節の進行に従っており矛盾はない。ところが三二番の「院の御ふく」の歌は、『夫木抄』の同歌の詞書にも記されているとおりに、「延喜の御子の御服」、すなわち天暦六年八月十五日の朱雀院崩御の折りのものと思われる。しかして『斎宮女御集』が年月に沿った配列になっていると仮定すれば、その三二番歌は徽子入内から三年目の天暦四年ということになって矛盾をきたす。『斎宮女御集』の編者は、徽子や規子内親王も参加して、徽子側近の女房たちではなかったかと推定しているので(第三章)、ある部分は詠歌年次によっているところもあるに違いないが、それに従えないことも浮かびあがってくるので、あまり細かく年次に拘ることはできない。
(19) 第四章　二節
(20) 三月二十日は阿闍梨薬叡、五月三日は律師明達と円賀によってとり行われた「御産部類記」(大日本史料所引)
(21) 『村上天皇御集』五番、詞書は「(天暦)四年三月十四日ばかり、藤つぼにわたらせ給て、花をらせ給ふついてに」。この歌は同集八二番に重複しており、『新古今和歌集』にも収録されていて、詞書や歌に多少の異動はあるが、歌の内容は変わらない。
(22) 『大鏡』巻五　裏書
(23) 先帝朱雀天皇は醍醐天皇の第十一皇子であり、村上天皇は第十四皇子であった。いずれも摂政太政大臣藤原基経娘の皇后穏子を母とする。しかも朱雀天皇は三歳で立坊。その他の皇子たちはそれまでに成人していても東宮にはなれなかった。

（24）小山敦子　前掲（12）書

（25）「麗景殿女御荘子女王歌合」と「麗景殿女御・中将御息所」（『平安朝歌合大成』萩谷朴による呼称）の二度の歌合が知られる。

（26）重明親王が記した『吏部王記』によれば、承平元年四月二十日から三回、醍醐寺建設の件で二人は相談し、また同二年十二月二十一日には、両人の父醍醐天皇の遺命で、忠平を太政大臣となすことについて話し合っている。

（27）萩谷朴『平安朝歌合大成　巻一』四五・四六の歌合。

（28）書陵部本にはこの歌は入っていない。歌仙本では詞書が、「いかなるおりにかありけん、御すゞりに入給たりける」となっている。この歌は『村上天皇御集』、『拾遺抄』（三二六）、『拾遺和歌集』（八七九）にも入集しており、その詞書は西本願寺本に近い。

（29）『日本紀略』には、「女御安子於藤壺賀右大臣（師輔）五十賛」と記し、『九暦』には、「息所（安子）於飛香舎、遂賀賛事」とある。これらは安子が主催者であったことを表しているだろう。

（30）その間の事情をも少し詳細に見ると、師輔の孫の憲平親王は東宮になることができたものの、この時まだ八歳、しかもこの東宮（後の冷泉天皇）は幼い頃から精神に異常があった。『栄花物語』に「御けはひ有様、御声つきなどまだ小さくおはします人の御けはひとも見えきこえず凶々しうゆゆしう、いとほしげにおはしましけり」と記されているほか、諸記録にもその異常ぶりが書かれている。このような障害がある東宮ではあり、また当時、政治の最高権力は師輔とは仲の悪い兄実頼に握られていたので、廃太子の問題が持ち上がる恐れがあった。しかも師輔はそれから一年半後に亡くなっていることからして、あるいはその頃から何か体の不調があったのかもしれない。もし自分が死ねば、「男君達あまたおはすれど、まだはかばかしくおとなしきもさすがにおはせず」（『栄花物語』師輔臨終の条）と記すように、その長男伊尹でさえもまだ公卿の列につらなってはいなかった当時としては、師輔は九条家一門の繁栄が成るかどうかの瀬戸際に立つ思いであったに違いない。そのような時点で安子・師輔親子が具体的に望んだことは何であったか。それはおそらく安子を中宮に立てることによって、東宮のゆるぎない後見とすること以外になかったのではないか。『源氏物語』（紅葉賀）で、帝は藤壺の皇子を東宮に立てようと思い、「御後見し給ふべき人おはせず。（中略）は、宮をだに（后に立てて）うごきなき様にし置きたてまつりて、つよりに」と考えて藤壺を中宮にしたことが思い合わされる。

(31)『扶桑略記』によれば、美濃国が承香殿建造の分担をさせられ、『天台座主記』によれば、十月二十四日に新造内裏鎮護の修法が承香殿で行われている。

(32) 村上天皇の皇妃たちの出産数を掲げる。子の下の数字は、男女別の出生順位である。

母／子	親王(男)	内親王(女)	合計数
中宮 安子	憲平 2 為平 4 守平 5 (無名夭折)	承子 1 輔子 7 資子 9 選子 10 (無名夭折)	9人
女御 徽子	(無名夭折)	規子 4	2人
女御 荘子	具平 7	楽子 6	2人
女御 芳子	昌平 6 永平 8		2人
女御 述子			0
更衣 祐姫	広平 1	緝子 8	2人
更衣 正妃	致平 3 昭平 9(5)	保子 3	3人

更衣　計子		理子　2 盛子　5	2人
更衣　有序			0
更衣　脩子			0
（藤原　登子）			0

（33）「宮」の解釈は従来「天皇の子」とするのが普通であるが、徽子には規子内親王がいるという事実、しかも同じ『栄花物語』の、その少し前の所に、「式部卿の宮の女御、女四の宮ぞ生み奉り給へりける」との記述がある。松村博司氏は『栄花物語全注釈』（角川書店、昭和44）で、その個所を、徽子に子どもがなかったこととしながらも、史実との矛盾を、「作者の思い違いか」とする。しかし森本元子氏は「宮」を父宮、すなわち重明親王とする（前掲（3）論文）。だが『栄花物語』のこの辺りの叙述を見ると、村上天皇が譲位への望みから、東宮憲平親王の成長ぶりを述べ、さらに次期東宮へ守平親王をと帝は望み、次に具平親王のことが述べられ、続いて「按察の宮すどころ（正妃）ことにおぼえなかりしかども、宮達のあまたおはしますにぞかかり給ふめる」とあって、続いて徽子のことが記される。とすれば『栄花物語』のこの作者のこの部分の連想は、男の皇子にあるのではないかと思われる。正妃の男の皇子は二人であり、「あまた」とはいえないが、芳子とともに安子に次ぐ人数ではある。つまり徽子には男皇子がいなかったというのであろう。皇妃に男皇子がいることが、朝廷における待遇や、または天皇の寵愛などにどのように有利であったのかはわからない。しかし皇子は朝廷の儀式や出仕などで幼少から宮中に出入りすることもあるので、その世話や後見にことづけて、その母の皇妃も密かに宮中に入ることもあったのだろうか。

（34）芳子については、『大鏡』（巻二）、左大臣師尹の項や、『栄花物語』（巻一）、および『枕草子』「清涼殿の丑寅の隅の…」の段などに記述がある。また村上天皇が贈った「生きての世死にての後ののちの世もはねをかはせる鳥となりなむ」の歌が『村上天皇御集』で見られる。

(35) 昌平親王については、『日本紀略』応和元年八月条に「廿三日、甲寅、無品昌平親王薨、年六。今上第六子。」であることから逆算して、天暦十年誕生となる。永平親王については、『日本紀略』永延二年十月十三日に死亡記事が出ているが、年齢の記載がない。しかし第八皇子であることは、『本朝皇胤紹運録』や『一代要記』で知ることができ、第七皇子具平親王が康保元年六月十九日に誕生しているので、それより後に生まれている。

(36) すでに『大鏡』(巻二)、左大臣師尹の項に、「その御事のみだれは、小一条のおとゞ(師尹)のいひいで給へるとぞ、よの人きこえし」とあり、『帝王編年記』に、「或ル記ニ云フ、師尹大臣、為ス所ト云々」とも記す。注(13)で上げた諸論もだいたいにおいて師尹が首謀者であったとする。

(37) 応和元年の内裏再建の後、安子は弘徽殿に入り、寵愛のあった芳子が、後宮のやや隅にある宣耀殿から、清涼殿に近い飛香舎(藤壺)に移されたのであろう。

(38) 師尹の野望は具体的にはどのようなところにあったのであろうか。師輔亡き後、安子所生の東宮の後見は、実頼と、師輔の息子の伊尹であったのだろう。しかし実頼はその時すでに六十一歳という高齢であったし、伊尹はやっと公卿に仲間入りしたばかりの若輩であった。兄実頼が亡くなれば、東宮後見人の地位や、政界の最高権力を己が手にできると、忠平四男で政権には縁遠かったはずの師尹は、幸運を手にできる時期と考えたのではなかろうか。さらに師尹の胸中を読んでみれば、師輔死亡時にわずか十一歳のしかも精神異常の東宮憲平親王を廃太子にすることは不可能ではないかもしれないし、たとえ天皇に即位できたとしても、あまり長く続けることはできないであろう。しかして次の東宮には誰が立てられるか。実頼と手を組んで事に当たっていた師尹とすれば、実頼には孫の皇子がいないことからも、実頼の力添えで、娘芳子所生の自分の孫の昌平親王か永平親王が立てられることもあり得るかもしれないという望み、あるいは企みを抱いていなかったたか。師尹にとって幸いなことに、芳子は村上天皇の寵妃であった。芳子の方から天皇に働きかけることもしたかもしれない。

(39) 森本元子　前掲(3)論文

(40) 西本願寺本では五五番の詞書が「せんえう殿の女御のもとより」、五六番が「御かへし」である。しかし歌仙家集本では五五番詞書に当たるものが、「せえう殿の女御の御もとに」（四七）で、次はおなじく「御かへし」である。西本願寺本によれば五五番が宣耀殿女御芳子の歌、五六番が徽子の返歌である。しかし歌仙家集本によれば歌の作者は逆になる。なおこの歌の解釈として、藤岡忠美氏は「嫉妬なしにはすまぬはずの天皇の訪問が、恋仇の二人の間に淡々と話題にされている。珍しい贈答歌の例といえるであろう。」（「後撰集の構造」国語国文研究　昭34・10）と、訪う人を天皇とする。森本元子氏は「天皇を『野もり』に擬し、天皇を介しての両女御の親交がうかがえておもしろい」（前掲（3）論文）と解する。

（41）　小山敦子氏によれば、安子が登子を村上天皇に取り持ったのは、「九条家側（師輔・安子等）と小一条家側（芳子・師尹等）との複雑な政治的抗争があった」からで、天皇の芳子への寵愛を九条家側に取り戻すには、九条家の女で新しく天皇の気に入る女性を後宮に入れることしかなかったからだとする（前掲（12）書、第二部、第一章）。

（42）『栄花物語』（巻一）には、村上天皇が強引に登子を入内させるに至った経緯とその寵愛ぶりについて、六カ所にわたって記述されている。著者の関心のほどが窺われると同時に、いかにそのできごとが世間の話題となったかも表している。

（43）　重明親王自身が記した『吏部王記』によれば、天暦二年十一月二十一日に「夜詣右丞相坊門家、娶公中女」、また十一月二十四日条「夜更漸深、向右相府亭」（以上は『花鳥余情』寄生所引）と記す。当時の上流社会一般からしても、重明親王は少なくとも一ヵ月くらいは師輔邸へ通っていたのであろう。

（44）　山中智恵子氏は、「（徽子は）渦中にあって傍観し、ひたすら登子の背信を、わが恥のごとく内省し、安子に対し、わが慎しみを深くするより術がなかった。それは徽子の後宮なるものへの慎しみであり、消極的対峙であった。」（前掲（17）書、一五五頁）と一四八番の歌に関して述べている。しかし一四八・一四九番の両歌を詠んだ徽子には、登子への非難の心が底流しているように思われる。しかしこの両歌は登子の入内以前の時期のものであるから、重明親王への哀惜の念が薄れてゆく登子の胸中を、何らかのことで知ってしまった徽子の感情が主になっているようである。しかし入内以前から密かに村上天皇と関わりがあった、そして重明親王の死後、村上天皇から登子への誘いが激しくなっていたとすれば、それを徽子が女房などの情報から知らないはずはなかったであろう。

（45）　書陵部本の同歌の詞書には、「内にて、御前のふぢをなむ、よるよるしのびて、人こくときかせ給て」（九〇）となっている。歌仙家集本は書陵部本とほぼ同じ。この両本の場合、徽子が後宮に居るとき、里の藤の花を盗む人がある、それが夜毎というのだから、やはり同じ邸内の女房などであろうか。

(46) 『栄花物語』（巻一）では、安子の死去が康保元年四月二十九日で、その四十九日の法事が六月十七日に行われ、そして「六月つごもりに」村上天皇は登子のことを思われたと書かれている。この辺りの記事も、必ずしも史実のままではないので、この六月末に登子を入内させるよう天皇が思い立ったということは、正確な月日としてはそれほど信用はできないかもしれない。しかし四十九日があけたらもう待ちきれないような天皇の思いが伝わるようである。

六　斎宮女御徽子の村上天皇への心情

一

『斎宮女御集』の価値は、中古三十六歌仙の一人である優れた歌人徽子女王の集であることもさることながら、さらには天皇の数人の皇妃の中の一人として、夫である天皇と贈答した歌が多数収められていることである。つまり一人の夫を共有する妻の立場にあった女の、夫への心情とその表現のあり方を知ることができる生の資料なのである。しかもその男女は天皇と女御という最高に尊貴の身分である。そのような家集は当時他にはなく、きわめて貴重な家集といわねばならない。

本章では家集の中の、徽子の村上天皇との贈答歌や天皇への思いを詠んだ歌と詞書によって、後宮にあった時期の心情と、その表現の特質をみてゆきたい。

『斎宮女御集』の現存伝本は四系統に分けられ、西本願寺蔵三十六人集系統は二六五首、書陵部蔵本は一六三首、歌仙家集本系統は一〇二首、小島切は残闕で九九首が知られている。別に『村上御集』の九〇首ほどが『斎宮女御集』関係の歌であるので、これも参考に加えて、それらの本の中から、徽子が詠んだ村上天皇に関係ある歌を取り出したものが〔表1〕である。

〔表1〕

歌群	歌番号 西本	歌番号 書本	歌番号 仙本	歌番号 村本	贈答関係（備考）
A	3	78	3	・	
B	6	2	・	8	5↓
	8	5	・	10	7↓
	10	7	・	12	9↓
C	11	80	・	57	□↓
	12	82	6	・	□↓
	13	84	7	52	（書・仙本下句異）（12・13）
	14	86	8	23	（書本）85↓
	15	87	9	102	
	16	・	10	・	
	17	・	13	・	□↓
D	18	53	14	・	□↓
	19	54	15	66	↓20
	21	56	16	・	↓22
	23	・	18	72	↓24
	25	58	・	78	24↓
	26	59	21	64	↓27
	28	61	22	・	↓29
	30	63	23	74	↓31
	32	74	24	・	
E	34	・	26	・	
	35	68	17	68	（123と重複）
F	61	110	52	・	60↓
	62	111	53	・	（60は天皇歌？）（61・62）
G	78b	8	・	13	78a↓（連歌）
	80	10	・	15	79↓
	83	13	・	17	82↓
	85	15	・	19	84↓
	87	17	・	21	86↓
	89	19	・	26	88↓
	91	21	・	28	90↓
	93	23	・	30	92↓
	95	25	・	32	94↓
	97	27	・	34	96↓
	99	29	・	36	98↓
	101	31	・	・	100↓
	103	33	・	39	102↓
	104	34	・	40	□↓
	105	35	・	41	↓106
	107	37	・	43	↓108
	109	39	・	45	108↓
	111	41	・	47	110↓
	113	45	・	53	□↓
	114	46	・	54	□↓
	115	47	89	55	□↓↓116
	117	49	・	58	□↓↓118
	119	51	・	60	118↓
H	121	66	20	62	120↓↓122
	123	68	17	68	122↓↓124
I	125	70	19	70	□↓↓126
	127	137	79	・	
J	134	147	88	24	
	136	84	91	52	135↓
	137	149	93	105	
	139	151	99	85	138↓
	142	155 73	102	80	
K	145	81	5	・	?144↓?
	146	・	11	103	
	147	148	92	104	
L	191	・	・	・	190↓
西本以外	・	43	・	49	（書本）42↓↓112
	・	72 162	・	77	（書本）71↓↓73
	・	153	・	・	（書本）152↓
	・	161	・	76	

記号
・西本＝西本願寺三十六人集本
・書本＝書陵部本
・仙本＝歌仙歌集本
・村本＝村上御集
・矢印は「↓番号」は徽子歌への天皇の返歌番号。「番号↓」は天皇贈歌番号
・□は天皇の手紙か伝言
・歌群の分け方は私案、第一章参照
・小島切は残欠本であるので省いた

二

徽子女王は二十歳で三歳年長の叔父である村上天皇に入内し、三十九歳の時天皇逝去、十八年半の長きにわたって後宮にあった。

徽子の後宮時代の心情に作用する外因は、(1)天皇の寵愛の度合、(2)後宮の他の皇妃達の動向、(3)徽子の実家の様相などであり、その三要因は緊密に絡みあっているのである。しかも二十年近くの長年月の有為転変の中で詠まれた徽子の歌であるので、詠歌の時期を押さえなければ、表現の奥にある徽子の心を正しく摑み出すことはできないかもしれない。しかし詠歌時期がはっきりしない歌が殆どであるので[1]、本章では徽子という存在を総体的に、時間という枠にあまりこだわらずに見ていくしかない。

まず〔表1〕によって徽子の村上天皇関係の歌を概観してみる。

系統間の詞書や配列の異同によって、徽子の歌とするか、また村上天皇関係の歌とみるか、贈答の経緯など多々問題はあるが、まず歌数はこの表の六四首からあまり多くの出入りはないと見てよいので、西本の全歌数の四分の一（書本の三分の一）ほどが、徽子の村上天皇との贈答歌か、あるいは天皇への心情を詠んだ歌ということになる。それらの歌は表の「贈答関係」欄からわかるように、多くは天皇との贈答歌である。天皇から歌が贈られなくても、表で□印がある場合は、手紙か伝言が届けられているので、それも加えると、約半数が天皇からの働きかけによって詠んだ徽子の歌である。徽子の方から天皇へ詠み掛けたのはわずかでしかない。それもD群とH群の詞書からすれば、徽子がまとめて天皇に差し上げた歌であるので、そのような行為の意味を考えてみる。

①　ぶくにおはしけるに、内よりまどをなりける御かへりに、日ごろおぼしあつめたりけるを、御てならひのやうにてたてまつらせたまひける

（D群西本一八、仙本一四、数字は番号、本文は『私家集大成』の西本、濁点・読点筆者）

②　こ宮うせ給て、さとにひさしうおはしければ、などかくのみまいり給はぬとありける御かへりに、物ゝ心ぼそくおぼえたまひて、かきあつめたまへりけるを、とりあやまちたるやうにてまいらせ給へりける、御かへりどもさりげなくて御ふみの中にあり

（H群西本一二〇、書本五二、村本六二）

D群とH群の成立・構成は複雑であるが、その両群の歌はもともとは同一時期のものか、あるいは近い頃のものであると考えている。(2) さらに徽子が先に天皇へ歌を贈ったように記されているもう一ヵ所は一〇五・一〇七番で、その詞書には、

③　まいり給て、御てならひに（西本一〇五、書本三五）

とある。

この三ヵ所以外には、天皇の歌が徽子歌の答歌となっているのはないようで、すると徽子の方が先に天皇に贈った歌がひじょうに少ないということはどのようなことを表しているのか。詞書①②は同じ時のものとすれば、天暦八年（九五四）九月十四日徽子の父重明親王の死去による十三ヵ月の服喪中で参内できない時であるが、②では天皇から参内の誘いがかけられているので、あるいは服喪期間が明けた後であるかもしれない。いずれにしても天皇とは一年以上も会っていない時である。そのような時に歌を贈るのに、②の「とりあやまちたるやうにて」という贈り方であったことは暗示的である。本来差し上げるはずではなかった、徽子の手元に置いておくすさび書きなのだとわざと天皇に分かるようなやり方で差し上げたのだとしなければ、渡し難かったということなのだろう。普通に届けさせることはなぜできなかったのか。

それは天皇からは②のように参内の促しがあってはいるが、①によれば文でさえも「内よりまどを」になっているのである。天皇の心中に占める自分の軽さを思った時、徽子の方から天皇へ働きかけることはみじめでもあり、畏れ多くもあったに違いない。また後宮の他の皇妃達への憚りもあったであろう。使者の出入りも度重なれば、愛されなくなった女御が寵愛を取り戻すために、天皇へしばしば手紙を贈っているとの噂をたてられるに違いない。やはり徽子の方から贈るのはためらわれたのである。おそらく一八番歌が、天皇からの伝言かあるいは収録されていない天皇の歌への正規の返歌であって、それと一緒にわざと手習いの詠草のようなしどけない書き方にしていた紙が紛れこんでいた体にしたのであろう。

③の場合は承香殿にいる徽子の所へ天皇が来た時のことであろう。天皇が偶然にその詠草を見つけたのかもしれないが、やはり見られることを意図していたのではなかろうか。しかしそれも手習いのような書き方なのである。

このように徽子の方から天皇へ贈った歌は、きちんとした贈歌の形態をとったものはなかった。徽子の側から積極的に歌でさえ贈ることが難しかったようだし、贈らなかったであろうことをまず押さえておきたい。[3]
なお〔表1〕で、矢印がついていない一二首は、天皇との贈答歌なのか独詠であったのかはわからない。それらの歌は諸系統本間で配列にも異同が多いこと、また詞書に「いかなることかありけむ」（三二）、「なにごとにか」（三四・三五）、「内にてなにごとのをりにかありけむ」（一三四）など詠歌事情が分からないことが記されている。これらの歌には資料として不備があるものもありそうなので、中には天皇との贈答歌もあるかもしれないが、しかし後述するように、表現の内容などから天皇の目には入れていない独詠歌が多いのではないかと考えられる。

三

徽子が天皇に対して詠んだ歌の中、まず「名」を詠み込んだ歌に表されている心情とその拠っているところをみていく。

① みのうきをおもひいりえにすむとりはなを、しとこそねをもなきけれ（一一一）

「をし」は名を惜しむ意と鴛鴦が懸けられ、愛薄いとの世評故にわが身のつらさを思い泣いておりますという意。中心は「名を惜し」にあり、評判・名誉を損なわれることへの心の痛みであるが、その根底には名を辱めるのを無念に思う、「名」の原意が意識されているとみる。「おほかたはなぞやわが名の惜しからん」・「人はいさ我はなき名の惜しければ」（『後撰集』各上の句のみ。詠者は貞元親王・おほつふね。後者はもともと『古今集』の在原元方の歌）なども「名」は同様に考えてよいであろう。

② 春よりもあさきみどりのいろみればひとしほますはなきな、りけり（九三）

里にいる徽子へ天皇から子日の松に付けて、待っているという歌が贈られたのへの返し。「あさき」には小松のあさい緑色と天皇の浅き色（愛情）が懸けられている。「無き名」はありもしない真実でない噂。歌の表の意は松の緑のことであるが、裏には寵愛がないとの自分の不名誉な評判のことがあろう。名誉・評判の意に転じていく「名」も、本人の名や家名への意識があったればこそである。愛されない嘆きは、世間の目への恐れへと拡散していく。徽子にはその思いが殊に強かったのではなかろうか。

当時は皇妃の後宮における勢力や天皇の寵愛さえも、その父や母方の実家の身分・地位、社会的立場などに左右される時代であった。徽子は両親のそのような面からも寵愛を受けてしかるべきだとの自負があったであろうし、だから傷つくことも大きかったのではなかろうか。徽子の親達についてはすでに第四章に述べたが、歌を見ていくには必要なので、ここでは略述しておく。

徽子の父は醍醐天皇の四男の重明親王、第十四皇子の村上天皇より二十歳年上の兄であり、徽子入内二年後には式部卿に上げられ、親王としては最高の地位となり、宮廷で重んじられていた。学識・有職に優れていたことは、三十余年も書き続けられた『吏（李）部王記』の残闕によってもうかがえる。また真の風流者の姿を源順が記しているし、弾琴にも堪能で公儀の宴ではたびたび勅命によって演奏している。四十九歳で亡くなったが、あるいは東宮候補に上がったことがあったかもしれないとも考えられる。

母寛子は関白太政大臣藤原忠平の二女であり、後に東三条第と称された邸宅を伝領していたらしく、徽子の両親はそこに住んでいた。徽子入内の頃、忠平の孫娘は徽子の他に師輔娘の安子、師尹娘の芳子も入内していたのであるが、母方の祖父忠平が人臣最高の権力者であるということは、徽子の後宮における立場を強めていたことは間違いない。徽子はこのように世人の敬仰厚い尊貴の父を後見に、母はすでに亡いとはいえ、関白太政大臣を外祖父として入内したのであった。

徽子を理解するためにもう一つの重要なことは斎宮という徽子本人の経歴である。徽子は八歳で斎宮に卜定され、母の死により十七歳で伊勢斎宮を退出した。家集には斎宮時代の歌は一首も収録されていないので、徽子のその時期の心の中を知ることはできないが、推察はできよう。斎宮とは天皇の名代として、国家朝廷の守護神である伊勢神宮を祀る巫女であり、いわば神に近い次元に位置する人としての崇敬を受けるが、それに相応しい極限の神聖さで身を律しなければならなかったであろう日々、心身ともに清浄で厳かでなければならない要職を、徽子はその人格形成期に勤めたのである。斎宮寮には官人・女官以下およそ五百人ほどが属していたらしいが、斎宮はつねにその頂上の公的な人として身を処さなければならなかった。徽子の人となりは、この特異な生い立ちを抜きにして考えることはできないだろう。その斎宮であったという経歴は、徽子の性格形成にも作用し、誇りの基ともなったに違いない。

徽子はこのように家格からも、本人の経歴からも後宮最高の女性であったといってよい。だからこそ徽子は他のどの皇妃よりも名を重んじ、意識したと思われる。名は徽子個人の名だけではなく、家を背負った名である。だから寵愛されないことが女としての寂しさだけでなく、屈辱として心を苛んだのだと思われる。

四

では村上天皇後宮の様相はどのようであり、その中で徽子の立場はどうであったか。

徽子入内の八年前、天慶三年（九四〇）に藤原師輔女安子入内、六年して女御となる。徽子入内の天暦二年（九四八）までに源庶明女更衣計子（広幡御息所）も入内。徽子と同じ頃に藤原在衡女正妃（按察使御息所）、代明親王女荘子

（麗景殿女御）・藤原師尹女芳子（宣耀殿女御）・藤原元方女祐姫も入内。天暦六年（九五二）頃には藤原朝忠女脩子（中将更衣）・藤原有相女有序（弁更衣）も入内している。女御徽子はこのように九人の皇妃達の一人でしかなかった。村上天皇の子供は、中宮安子に九人（二人夭折）、女御徽子に二人（一人夭折）、女御荘子に二人、女御芳子に二人、更衣祐姫に二人、更衣正妃に三人、更衣計子に二人、合計二十二人が記録にある。

その後宮の中で中宮安子の威力は絶大であった。しかし天暦三年（九四九）五月安子が皇子を生み、二ヵ月後にその憲平親王が東宮となるまでの、徽子入内から一年半は、女御徽子は父重明親王の朝廷での重みもあって、天皇の二人への待遇は伯仲していたのではないかと思われる。もしこの時期に徽子に皇子が生まれていたなら、立太子も不可能ではなかったかもしれない。その後天暦八年（九五四）九月重明親王の死によって徽子の後見が失われると、徽子の立場は心細いものとなった。さらに安子が天暦十年には東宮の母として従二位を授けられ、天徳二年（九五八）十月立后するとその差はますます広がった。その中宮安子は康保元年（九六四）四月に死亡。ところがその後天皇は安子の妹で徽子の義母（重明親王の後妻）の登子を正式にではないが後宮に入れ、人々の顰蹙を買うほど寵愛して康保四年（九六七）崩御。

そのように多くの皇妃があった後宮は、その背後の藤原北家間の勢力争いも孕んで、陰に陽に寵愛への熾烈な戦いが展開されていたと思われる。しかし徽子にとって中宮安子・女御芳子・登子は母方の従姉妹、女御荘子は父方の従姉妹である。その人々への親愛の情もなかったとはいえないだろう(4)。

このような中にあった徽子に与えた周辺の影響と、そこから生じたと思われる心情を考えてみると、徽子の後宮生活十八年半は四期に分けてみたほうがいいようである。すなわち、

・一期　天暦二年（九四八）末の入内から、同四年五月安子が皇子を出産、七月その皇子の立太子までの約一年半。

・二期　天暦八年（九五四）九月父重明親王の死までの四年程
・三期　康保元年（九六四）四月中宮安子歿するまでの十年間
・四期　康保四年（九六七）五月村上天皇崩御、後宮退出までの三年間

この一期から四期へと、女御徽子の皇妃としての立場は徐々に弱小化していったであろうと思われる。そもそも村上天皇の中宮安子への愛情は深かったようで、それに加えて安子の実家側の摂関家の政治権力確保のために天皇への圧力も強かった。四期の登子の存在も天皇の寵愛と実家の権力への意欲から中宮安子と同様重い存在である。

そのような後宮情勢の中、その多数の皇妃に関わっていく天皇への思いを徽子はどのように歌にしたか。

①　さとわかずとびわたるらむかりがねはくもゐにきくは我身なりけり（一三、村本は「らむ」は「なる」、「かりかねは」は「かりかねを」。以下も歌の異同記載は一部のみ）

上句は天皇があちこちの皇妃達の殿舎へ実際行くこともあったろうが、何人もの皇妃達と契りを結んでいることである。「さとわかず」には手当りしだいというような感があるし、「とびわたる」にも「訪ひ」が懸けられていて、いかにも天皇が皇妃達との情事に狂奔している感がある。西本の「らむ」であれば、今この時もという実感があるし、村本の「なる」ならそのようなことを耳にしていますよと、事実を突きつけているようで、どちらも鋭い。下句は『斎宮女御集注釈』（平安文学輪読会、塙書房、昭56。以下『注釈』と略）のように、「雲居はるか遠くのこととして聞くばかり」ということで、詞書の「いはむかゐなのよや、めのさめつゝ」と合わせて、他の女達の所にいるであろう天皇を思い、嘆いてもどうしようもない我が身を思っては悶々と眠りもやらずにいるすさまじい徽子の心中が表現されている。この歌は父の服喪中のもので、やむをえない長い里居の時の詠であるが、D歌群先頭の詞書「内よりまどをなりける御かへり」（一八）や、徽子歌への天皇の返歌の「たまづさをつけゝるほどはとほけれどとふことたえぬかり

にやはあらぬ」（二四）によって、天皇からの手紙も間遠になっていたことが、遠ざかる天皇の心を表している。上句のあからさまで皮肉たっぷりな表現は、手習い歌として、差し上げるつもりではなく詠んだ体にしているので表現可能だったのだろうか。書本にこの歌がないのは脱落かとも思われるが、あるいは編集者がこのような内容の歌だから意図的に省いたとも考えられなくもない。

②　御殿ゐし給へりける夜、いかなることかありけむ、御かたをすぎつゝ、こと御かたにわたらせたまひければ

かつみつゝかげはなれゆくみづのおもにかくかずならぬ身をいかにせむ（一四六）

この歌は書本にはなく、仙本は詞書が異なるが、村本と『拾遺集』（恋四、八七九）ではほぼ西本詞書と同じ内容である。「御殿ゐし給へりける夜」とは、徽子に上御局への宿直の召し出しがすでにあっていたのであろうか。村本「おなじ女御つぼねのまへをわたらせ給て」、『拾遺集』は「承香殿の前をわたらせ給ひて」で、これらによれば徽子は自分の承香殿に居ることになる。どちらが真相を伝えているのかは分からないが、西本のようなことであれば、徽子を呼びつけておいて別の女の所へ行くのであるから、徽子の受けた心の痛手、屈辱の思いは格段に大きかったに違いない。「かつみつゝ」の見る主体を『注釈』のように徽子とすれば、天皇が通って行くのを徽子はちらと見たのである。天皇とすれば、天皇は私の方を見ながら離れて遠ざかっていく意となる。「みづのおも」の「みづ」が「水」と「見つ」（私はそのような天皇を見てしまいました）との懸詞とみて、「かつみつゝ」の主語は天皇にとりたい。天皇は皇妃を上御局に召すのではなく、自身が後宮の方へ出向くこともあったらしい。徽子の居処の承香殿は清涼殿にもっとも近いので、天皇一行が側を通ることも実際あったろう。それを見聞きする徽子の心情は、里で思い屈する時以上に煮えたぎるものであったかもしれない。しかしその思いはついに数ならぬ身だからどうしようもないというところに行き

着く（これについては六節で扱う）。この歌は天皇との贈答としては入れられていないのも、詠歌事情と歌の詠み口からして、独詠であったのだろうか。

③　御かへし、みかどをうらみたてまつりて、女御

かくれぬにおいたるあしのうきねしてはてはつれなくみゆるころ哉（一四五）

書本の詞書は「まうのぼらせ給へるに、うへの御とのごもらせ給へるほどなれば、たゞにおりさせ給て、またの日」（八一）、仙本・小島切（小本と略）もほぼそれに同じ。黴子が上御局へ上ったのは天皇からの召しがあってのはず。それなのに天皇はすでに御帳台の中にあった。そこには他の女が侍っていたのではなかろうか。もしそうであれば黴子の面目は丸潰れである。嘆くまえに憤りも覚えたであろう。しかしこの歌は書本によれば天皇へ届けたようで、だからなのか、上句では自分の独り寝の辛さしか言わない。下句は書本・仙本の「はてはつれなくなるこゝろかな」が本文としてはよいだろうが、ついにはあなたのお心は冷たくなってしまうのでしょうと直接突きつけるにはやや強い表現である。

④　おもひいづることはのちこそうかりけれかへらばかへるこゑやきこえむ（一〇）

天皇と琴を共に弾じた夜退出する黴子へ天皇は、早く帰って来てまた琴の別の曲を聴かせてくれと優しい歌を詠む。その返歌である。西本のままの本文であれば、今になってみるとあの時楽しかったのがかえってつらく思われるのも、帰参した時はたしてお側に召され、琴を弾く機会を持たせていただけることがあるだろうか、天皇は私のことなど忘れてしまうのではとの危惧である。しかし書本の本文の「かはるこゑ」となっている方であれば、私が帰って来た時には別の人を召され、その人の琴の音が聞こえているのではないだろうかとなる。この歌は配列からみて、入内からそう遠くない頃の贈答とみてよいだろうから、書本の場合であっても軽い発想で詠んだものかもしれない。しかし

でに数人の皇妃がいた後宮であるからには、そのようなことが起こる可能性は十分ある。皮肉・本音も混じっているようなその表現は天皇を鼻白ませたかもしれない(5)。

この節では天皇が何人もの皇妃に関わっていく姿、その中にある自分を詠んだ歌を取り上げた。どの歌も技巧的に上手く詠まれていて天皇は歌としては賞賛したであろうが、またそのあからさまで強い表現には徽子への気持ちを重くすることにもなったであろう。

五

では徽子は天皇に対してどのような姿勢をみせたか。拒絶と恨みを表現した歌がある。

①　かくばかりおもはぬやまにしらくものかゝりそめけむことぞくやしき（一〇九）

②　わびぬればみをうきくもになしつゝもおもはぬやまにかゝるわざせじ（一三七）

思ってくれない山は天皇で、白雲・浮き雲は徽子。①は、これほどに私のことを思ってくださらない天皇にどうして関わり始めたのだろうか、それが悔しくてたまらないとの意。②は、私を思ってくださらない天皇ゆえに、つらく情けなく定めない身の上であるが、それでも天皇にすべてを託して寄り掛かるようなことはするまいとの意。山に懸かる雲という二首の構成はまったく同じである。天皇を山として詠むのは、徽子にとっては一般的な至尊性よりは、後宮の統治者に対しての、被統治者の無力感ではなかったか。この頃はまだ使用の少ない「うきくも」は「浮き雲」に「憂」を懸けて、漂い流れ消えていく雲に自分を象徴させている。①の女御になったことを悔しいとする意識、②の思ってもくれない山に懸かることはするまいという感情の強さ、そしてさらにその意識を歌として表現し定着させるという意志は見過ごせない。①の歌が一〇五・一〇七番と同じ時の手習い歌として詠まれていることもうなずける。②の歌も対の天皇の歌がないので、独詠かと思われる。二首ともにそれほど徽子の心の奥の本音があらわにされているのである。皇妃（女御）という名誉ある立場はまた退くこともできないからこそ、身を浮き雲になしたままでいなければならないのである。しかし天皇に我が身と心を預けることを拒否しようと決意するならどのような生き方ができるのか。

③　ひさしうとあるだにたびたびになりにけるほどに
　うらみつのはまにおふてふあししげみひまなくものをおもふころかな（一二五）

歌はたびたび帰参を促されたのに、恨み（「三津の浜」に「恨みつ」を懸ける）がびっしりとあるので、ずっと欝屈しておりますとの意である。懸詞になっているとはいうものの、「恨みつ」という言葉を天皇へ直に言うのは激しいし、しかもそれは繁く、だから絶えず隙なく物思いを続けているとするこの歌もかなり強烈な歌である。それに対して天皇は「うらむべきこともなにはのうらにおふるあしざまにのみなにおもふらん」（一二六）と、恨むことは何もないはずなのに、私をどうして悪し様にばかり言うのかと、これは弱々しい言い訳とも、居直った言い方ともいえるが、いずれにしてもこの贈答には温かさは感じられない。皇妃を何人も持つことが慣例化している天皇にとって、皇妃の一人一人の愛への不満や愚痴は問題にもならなかったであろう。しかし女の側からは全存在を掛けての願望であり、生の根源の問題であったのである。まして高貴な出自と崇高な経歴からの自恃が強い徽子にとって、愛されないのに後宮でひたすら召し出しを待つようなことは耐えられなかったのであろう。「思はぬ山に掛るわざせじ」と、天皇に心を寄り掛からせないことばかりでなく、行動においても里に帰って参内しない。徽子にとって孤高を守ることは天皇の愛情を取り戻すためだったのではなく、自己の尊厳の回復であったと考えられる。里居がますます自分の立場を不利にし、天皇を遠ざけることは分かっていたとしても自尊心との妥協はできなかったのではなかろうか。

六

このような徽子の思考回路から行き着く人生観はどのようなものであったか。

①　内にて、なにごとのをりにかありけむ

　こちかぜになびきなはてそあまぶねはみをうらみつゝこがれてぞふる（一三四）

東風に、こちらに来いと天皇が空間的にしろ心理的にしろ誘ったことが懸けられている。「なびきなはてそ」は諸系統本で本文が異なっているが、一応この西本のままで「靡き果つ」を禁止した用法とみて、天皇の温かく心を溶かすような誘いに気を許すなと自戒しているのだとみる。靡くとは自分を相手にすっかり委ねてしまい、相手と同一化するのである。海人の舟は海の彼方から浦を臨みながら漕ぎつつ過ごすもの。寵愛されない私の運命も海人のように頼りなく大海に漂うようなものだから、天皇への思いに身を焦がしているが、天皇にすっかり私自身をなくすほど身も心も捧げ尽くすことはするまいと、徽子は自己を凝視し崩されまいと決意する。その拠って立つところは誇りであり自尊心であったろう。しかしその自恃も屈折してしまう。

②　いかなることかありけむ、女御

　さかさまにいふともたれかつらからむかへすがへすもみをぞうらむる（三二）

一・二句は誰かが天皇に徽子を讒言したのであろうか。あるいは天皇が徽子に事実ではないことを言われたのであろうか。「とも」は仮定条件であるが、まったく架空の観念だけとは考えられない。何かそれに類することが生じていたのであろう。しかし誰をひどい、癪にさわると思おうか、すべては自分の責任だ、自分を責めるしかないと、身を恨むことに行き着く徽子の性情が覗いている。思考回路が身を恨む所に行き着く人は、内向型で奥にプライドを強く持している人であることが多いだろう。徽子の場合、皇族で式部卿の娘、しかも村上天皇の姪という出自、斎宮の経歴、歌に琴に優れた教養などで、天皇からの寵愛を受けることが当然だとひそかに自負していたにちがいない。その自負が無益であった時、プライドを持てない女以上に傷つく痛みは強いだろう。己の自負の基盤への痛恨は深いと思われる。

③　かつみつゝかげはなれゆくみづのおもにかくかずならぬ身をいかにせむ　（一四六、四節②で上げた詞書参照）

天皇が徽子の側を通って他の皇妃の所へ行ってしまった。自分の所に留まってくださらなかったのは、私が数ならぬ身だからと考えてしまうが、それはけっして単なる卑下ではあるまい。本来数ならぬ身とは、女は実家の家格によって位置付けされることが多いが、その点からいえば徽子は数ならぬ身の対極にある人といってよい。しかし皇妃としての重んじられ方には政治権力が大きく絡んでくる。徽子が女としての魅力に欠けていたかどうかはわからないが、誇り高くそれ故に頑なとも見られる性格は天皇を遠ざけていくことになりはしなかったか。徽子にもそのようなことが勿論分からないはずはない。

④　しらなくにわするゝものはおぼつかなもにすむゝしのなにこそありけれ（二一）

藻に住む虫は「われから（割殻）」である。これは藻に着く節足動物の一種とも藻に付いた貝殻の破片ともいわれているが、「我から」（私の所為）を懸けている。この歌は「海人の刈る藻に住む虫のわれからと音をこそ泣かめ世をば恨みじ」（『古今集』恋五、八〇七）を踏まえて、徽子歌も天皇の寵愛を受けなくなったのもすべて私自身の所為なので、声を上げて泣くほどであっても、天皇を恨むことはするまいという意が含まれている。しかしそのことを、知らなかった、忘れていた、迂闊であったと重ねていう激しさは、むしろ自分にそれを納得させ、天皇に縋らず毅然と生きる拠り所を持とうとする、すさまじいまでの意志ではなかったか。この歌も手習歌の中にあるが、天皇は自分を突き放して生きようとする徽子の強さにたじろいだであろう。天皇は後に「わするらんもにすむむしのなをとはゞかゐもありとぞあまはつげまし」（一二）と返歌している。その割殻に尋ねてみよ、すると貝（甲斐）も付いているということで、私に心を寄せてきたらその甲斐はあるというものという意の歌からも、徽子の頑なな態度が天皇を遠ざけていることがみてとれる。この歌は父歿後の後宮生活第三期のものであるので、後宮は完全に中宮安子を頂点として動いていた。そのような時期にたまさかに向けられる天皇の厚情で慰められる徽子ではなかったようである。しかしますます辛くなる。そしてそのような状況に追い込んでいるのは自分自身なのであるということも自覚している。だからこそ我が身を恨み、自己を責め苛む。無視される寂しさと屈辱は、数ならぬ身だからという裏返された自意識となって深淵へ落ち込んでいったのであろう。

七

天皇を拒む態度や歌、里居はますます天皇を遠ざけてしまう。その堂々巡りの中でも徽子はけっして毅然としてばかりいたのではない。天皇の愛情を待ち続けてもいた。

①　うへより御ふみありける御かへりに
　　こゝろすごほりとぢたるふゆのうぐひすはおとなふはるのかぜをこそまて（一七）

これは入内からあまり遠くないころの歌らしく、氷に閉ざされた冬の鶯のように鬱屈した思いでいた私は、天皇の氷を溶かすような温かいお手紙をお待ちしておりましたと、素直に天皇の便りを喜んでいる。

② さとにおはしますころ、みかどをゆめにみたてまつり給て

みしゆめにうつゝのうさもわすられておもひなぐさむほどのほどなさ（一四七）

五句目は書本・仙本「ほどのはかなさ」、村本「ほどぞかなしき」と少し異同がある。西本であれば、天皇を夢で見て逢えない憂さを忘れることができたが、その時間のなんと短かったことかと、夢の後の侘しさが詠まれている。しかし天皇の夢で慰められ、憂さを忘れていることも確かである。しかもそれを素直に詠んでいるのである。だがこの歌に天皇の返歌はないので、天皇へ贈ったのかどうかは分からない。このような胸奥の率直な愛の歌は独詠ではないかと思われる。

③ ほのかにもかぜはつげじなはなすゝきむすぼゝれつゝつゆにぬるとは（二六）

④ ものをこそいはてのやまのほとゝぎすひとしれぬねをなきつゝぞふる（八〇）

これらはひそやかに涙するあえかな姿がしのばれるような歌で、もちろんこのような静謐な優雅さを湛えた歌もかなりある。自尊心と優雅さは相反するものではないからであろう。

⑤ 又、女御、かぎりなりける

あきはぎのをぎのしたねになくむしのしのびかねてはいろにいでぬべし（二八）

一句目は書本・仙本「秋の野の」でこの方がよい。秋の野の荻の下で鳴いている虫のように、私も忍び泣きをしていたが、ついには耐えられずに人目につくように激しく泣いてしまいそうですと天皇にうったえる。詞書は、秋の夜でもあるから物思いの限りを尽くしているというのである。徽子が忍びかねているのは天皇の薄情さであり、もうとても耐えられそうにもありませんと、哀願とも脅迫ともいえるような表現である。これも手習歌の中のものだからこの

ような率直な表現がとれたのであろう。

⑥　みのうきにいとゞおいたるうきくさのねならば人にみせまし物を（三四）

憂き身の上にさらに憂きことが加わってきて、浮草なら根を取り出して見せられましょうが、私の憂きことの根はあなたに見せることもできないほど深いのですという、なんとも重い歌である。天皇か誰かに贈った歌なのかどうかはわからない。

⑦　ながれいづるなみだのかはにしづみなばみのうきことはおもひやみなむ（一〇七）

滂沱と流す私の涙は川となり、その川に身を沈めて死んでしまったら憂きこともなくなるだろうが、生きている限りこの辛いことからは離れられないというこの歌には天皇の返歌がある。「なみだがはそこにもふかきこころあらばみなわたらんとおもふなるべし」（一〇八）には本文の異同もあるが、西本で解すれば、『注釈』のように「そちらに深い心があったら、たとえ底の深いところがあっても、沈むなどといわないで、みな渡ろうと努力するにちがいない」と、徽子の所為で離れていくのだと天皇は詠む。暗澹たるこの歌は徽子の、心の奥底では天皇の愛を渇望しながら、しかしその行動や歌は天皇からすれば、いとしいと優しくしたくなるようなものではなかったことをよく表している。徽子の「憂きこと」は何であったのか。それは寵愛されないという次元のことよりは、寵愛されないことによって軽んじられる後宮での立場、世間の人の評価、それによって傷つく自尊心・自恃ということであっただろう。頑なに天皇を拒絶するのも、尊貴・崇高の身分・経歴を守り抜こうとする姿勢ではなかったか。徽子には守らねばならない、妥協できないそのようなものがあったのである。

⑧　ほとゝぎすなきてこにふるこゑをだにきかぬ人こそつれなかりけれ（九九）

私は泣き続けて過ごしておりますのに、その声を耳に止めてくれない天皇は冷淡な方だことと詠んでいるが、これは

「まかでたまひて、五月までまいり給はざりければ」という詞書で、天皇の「さとにのみなきわたるかなほとゝぎす我待ときになどかつれなき」（九八）という歌の返歌である。なぜ帰参しないのか、待っているとの天皇の気持ちは、さらにこの⑧への返歌「かくばかりまつちのやまのほとゝぎすこゝろしらでやよそになくらん」（一〇〇）にも表されていて、真実であったかもしれない。しかし⑧で私が泣いている理由を分かってくださらないとの意を込めた徽子はさらに、

⑨　とひがたきこゝろをしれるほとゝぎすおとはのやまになくにやあるらん（一〇一）

と、天皇の本当の心を分かっている私は、参内できなくてやはり里で泣きつづけるのでしょうと詠むのは、何か事情があった時なのであろうか。しかし天皇の情けも所詮複数の皇妃に向けられるもの、それも中宮安子に大半を奪われ、その残りのいくばくかが他の皇妃に分かたれるというのが時の後宮の様相であってみれば、徽子が天皇の「待つ」に引かれず参内しないのも、特別な事情などではなく、徽子の心の問題であったかもしれない。

⑩　わすれぐさおふとしきけばすみのえの松もかゐなくおもほゆるかな（九五）

この歌は「まいり給はむとありけるほどのすぎければ」との詞書で、「なか〳〵にいつともしらぬときよりもいまやとまつはあかぬこゝろよ」（九四）という天皇の歌への返歌である。告げられていた参内の日が過ぎても帰ってこない徽子へ天皇は、歌としては情愛深く詠んでいる。それに対して⑩は、住の江には忘草が生えているそうだが、そのように天皇も私を忘れていらっしゃるのだから、言葉では「待つ」といっても、それも甲斐ないことの意。参内の約束の日が過ぎても帰らなかったのは、「忘草生ふ」からとの、天皇の処遇への抵抗であったのかもしれない。

⑪　あまのがはまだみぬほどのはるけさにわたらぬせともなるにやあるらん（八五）

これも天皇の「今夜さへよそにやきかむわがためのあまのかはらはわたるせやなき」（八四）という歌への返しであ

る。七夕の夜でさえも逢えないのかと、やはり里に帰っている徽子へ言う。⑪の二・三句目は書本では「ふみゝることのはるけきに」で、こちらなら天皇からの手紙が長いこといただけないので私は参内しないのですし、だから逢えないのですと、帰参しないのも逢えないのも天皇の所為だという。

徽子は天皇をけっして忌避して遠ざかっていったのではあるまい。心の奥底では愛を希求しながら、求めても愛のかけらが与えられるだけのむなしさや失う名誉に傷ついて遠ざかり、それでもなお天皇の手紙や歌を待つ。だが貰った歌にはまた天皇を糾弾し抵抗した歌を返す。優しく甘えていくことはできない女であった。

八

最後に天皇への言い返しの強い表現や反発の態度をみていく。

①　まうのぼらせたまへときこえさせたまふに、さもあらねば、こと人なむときかせたまひて
うぐひすのなくひところにきけりせばよぶやまびこやくやしからまし（一六）

詞書によって、天皇から夜の宿直の召し出しがあったのを受けなかったことがわかる。それも徽子の抵抗であったのだろうか。それで他の皇妃の誰かが代わりに呼ばれたのである。歌の鶯の鳴く一声とは天皇の一回の召し出し。呼ぶ山彦とはその声の反響だから、応じた徽子ということで、もし私が天皇の召し出しを受けてあっさり上局へ上っていたら悔しい思いをしたであろうと、徽子には天皇はどうしても私を召したかったのでもない、その天皇の本心がみえてしまったと思う。徽子としては他の誰でもない私を真実求められるのでなければと思う。この歌は天皇の返歌がないので、天皇へ贈ったのかどうかわからないが、複数の皇妃を持つ天皇としては、この歌を見ても徽子の心の痛みは

理解できなかったかもしれない。黴子も多くの皇妃がいる以上、自分一人だけをと望むことの愚かさも分かっていたであろう。それでもなお望まずにはおれなかったのではなかろうか。多数の皇妃という現実の中で、女達はかたや諦めながら、かたや自己の尊厳を意識しては、その現実の非情さに空しい抵抗をせずにはおれなかったのではなかろうか。ことに黴子にはそのような自恃意識を抱くに足る理由もあったのであるから。

② なげくらんこゝろをそらにみてしがなたつあきゞりに身をやなさまし（一四）

この歌は書本では「まかでゝひさしくまいらぬに、あまつそらそこともみえぬおほぞらにおぼつかなしとなげきつるかな」（八五、西本歌なし）とある天皇の歌への返しとする。天皇は雲居の宮中にあなたがいないので心許なくて逢いたいと嘆いていると言う。黴子の歌は、あなたの嘆きのお心をわたしも秋霧になって空に上って確かめようかしらとの意。清水好子氏は「丈高いさわやかな言い返し」(6)とされるが、あるいはもすこし重い歌であるかもしれない。霧になることは『注釈』のように「嘆き（嘆息）が霧になって立つという古来の発想によ」っていて、私も始終溜息をついていますので、わが身を秋霧にして空に立ちわたって、ということであるとすれば、その嘆きの視点から天皇の心を見たいということになろう。その黴子の嘆きは愛の薄さによるのであるから、天皇が「おぼつかなしとなげ」いているのは、果たして本当なのか、あるいは他の皇妃に逢いたいとの嘆きではないのかなど、当時の歌の発想からしてもそのように皮肉っぽく解すべきであろうし、まして今まで見てきた黴子の天皇への歌の詠み口からは、疑心暗鬼の黴子の気持ちを表出しているとみなければなるまい。天皇が空で嘆いているよと言われたのに、では私もそこまで上って行って嘘か実か確かめますよという表現自体は戯画的でさえある。心情は軽くも重くもとれ、天皇に一本取った感もあるが、やはりその奥の心情はずっと溜息をつくほどに鬱屈しているのであろう。

③ うへわたらせ給て、むらさめにおどろかされてかへらせたまひしに

あめふればみかさのやまもあるものをまだきにさはぐゝものうへかな（三）

徽子の承香殿へ天皇が来ていた時のこと、雨が降ったら傘だってあるのに宮中という所は早々に騒ぐなんてと、天皇が村雨で帰ってしまったのが残念でもあり、おかしくもあり、騒いだのは殿上人達であろうが、いささか天皇を揶揄したような歌である。この②③の歌のような表現も徽子の一面をあらわしていると思われる。心情は別として表現では、天皇への対等な地点からの言い返しであったり、茶化したりするのは、やはり徽子を支えている自信があったからと思われる。それは詠歌への自信であり、何よりも皇族の女王で斎宮であった身の程への自信であっただろう。愛され続けていたなら、この傾向の歌はもっと花開いたと思われる。

④　すみぞめのいろだになくはほのかにもおぼつかなさをしらでやあらまし（一〇三）

この歌は「すみぞめのみにむつましくなりしよりおぼつかなさはわびしかりけり」（一〇二）という天皇の歌への返しである。この服喪が朱雀天皇へのものであれば（『注釈』）、天暦六年（九五二）である。喪中でどの皇妃達にも逢わない時期、天皇は徽子に逢いたくてせつないと詠む。それに対して徽子は誰もお召しになれないこんな時でなければちらとでも私を思い出したりなさろうかと切返している。天皇へずばりと返す言い方は、②③と同じくおかし味さえ感じられるが、これは徽子後宮第三期になるので、かなり本音が出されているようである。

⑤　わすれがはながれてあさきみなせがはなれるこゝろやそこにみゆらん（九七）

天皇が徽子の所へ来ていて、何かのことで清涼殿へ帰って、私の深い心はあなたの所に留まっているとの歌を贈ったのへの返し。天皇は私を忘れ、愛情も浅くなっていらっしゃる。その心が川底が浅いと見えるように、私には見えていますと、水もなくなった川（水無瀬川）の索漠とした情景で表現している。天皇の言い訳とも思いやりともいえる情ある歌に、そのお心を見透かしてしまったというのは少し怖い。このような思い切った発想ができる人でもあった。

⑥　たにがはのせゞのたまもをかきつめてたがみくづとかならんとすらむ（三〇）

これはD・H群の歌十一首を手習い歌として渡す時の謙辞でもあろう。このようにたくさんの歌を掻き集めましたが、これはどなたの御屑（水屑は水中のごみ）となるのでしょうか。私の思いの限りを詠んだこの歌も天皇にとってはごみみたいなものでしょうとの意である。屑としないでどうか私の心中を分かってくださいとの願いを込めている。弱く卑下しているようでいて迫力ある詠み口である。詠歌の自信に裏打ちされた言葉でもあろう。

⑦　うへ、ひさしうわたらせ給はぬ秋のゆふぐれに、きむをいとをかしうひき給に、（三字分空白）上、しろき御ぞのなえたるをたてまつりて、いそぎわたらせ給て、御かたわらにゐさせ給へど、人のおはするともみいれさせたまはぬけしきにてひき給をきこしめせば

秋の日のあやしきほどのゆふぐれにをぎふくかぜのおとぞきこゆる（一五）

徽子の承香殿は清涼殿に近いので、弾く琴の音も聞こえた。天皇は急いで徽子の所へ来たが、徽子は素知らぬ体で、琴にのせてこの自作の歌を詠ったのである。歌の荻吹く風はまず秋を知らせる景物とされるが、「飽き」も懸けられており、天皇のお心が私へ飽いてこられたのが感じられますとの意を詠みこんでいる。荻吹く風だから秋の始めであり、天皇の「飽き」も始めの頃であるのかもしれないので、徽子の心情もそれほど暗いとは思えないし、天皇のお渡りに知らぬ顔でいるのは冷淡さを見せているのでもあるまい。むしろいたずらっぽい感さえある。しかしここでみておきたいのは、そのような態度を取ることができること、そして琴に合わせて即興の自作歌をお聞かせすることである。弾琴に詠歌に優れていた徽子ならではの行為であろうし、さらにその背後の徽子を支えている誇り高さを垣間見ることができよう。天皇に召され逢う時に、いつも丈高く誇りかにしていたのでもあるまいが、『源氏物語』で光源氏が六条御息所について、「さまことに心深くなまめかしき例にはまず思ひ出でらるれど、人見えにくく、苦しかり

しさまになんありし。（中略）心ゆるびなく恥づかしくて、我も人もうちたゆみ、朝夕の睦びをかはさむには、いとつつましきところのありしかば、うちとけては見おとさるることやなど、あまりつくろひしほどに、やがて隔たりし仲ぞかし」（若菜下）と評するような雰囲気が天皇と徽子の間にもあったのではなかろうか。大臣娘で前坊妃であった六条御息所より、徽子は出自・経歴そして教養においてはるかに優れた女人である。徽子は時の皇妃の中ではそのような面からはもっとも高い人であったことは間違いない。

九

徽子の歌から、村上天皇への心情やその表現の仕方を見てきた。

徽子の歌といえども当時の歌の発想・構成法に依っているので、詠まれた言葉そのままに単純に解釈するわけにはいかない。まして複雑微妙な男対女の、天皇対皇妃の心情であるからには、その表現の奥の本心を探るのは難しい。贈る相手の天皇への畏れや、与える衝撃を考慮したこともあろうし、そもそもがどのようにでも解されるようにとの意図でというか、本心を優雅な衣にくるんで表現している歌も多いようである。独詠らしい歌には心情がわりあいあからさまに表されているが、殊に贈答した徽子の歌の心情を的確に捉えることは不可能なのかもしれない。

しかし長年を皇妃の一人として生きた女人の胸奥を覗いてみる手立てとして、徽子の背負っているものや、影響を与える周辺の事情を勘案し加味して考察してみた。

すなわち徽子は皇族の女王である出自や父の経歴、さらに本人の斎宮としての閲歴によって、皇妃の中で最高の格を持していることの自負があったであろう。また研鑽によって得た詠歌や弾琴の素養にも自信があったに違いない。

たしかに徽子はその両面からして客観的にも最高の女人である。徽子はその両面を存在の支えとして、毅然とした自尊心と自恃を持って生きていたといえよう。「名」を意識し、歌に見え隠れする強靭さはそのようなプライドを持つ人であったことを表しているようである。しかし現実には第一等の寵愛を受けたのではなかった。臣下である藤原摂関家の女達が寵愛され、後宮で勢力を得、その蔭の存在となっていくのであるが、そのことは徽子にとって二重の苦渋であっただろう。愛されない女人としての寂しさと、存在の根源に与えられた屈辱への悲嘆であったと思われる。

それでも歌や詞書によれば、愚直なまでに妥協しない姿勢がある。多くの皇妃に関わっていく多情な天皇の姿を遠慮なく詠み、後宮から里に帰ってしまって天皇の誘いを拒絶し、入内したことまでも悔やむ。多くの皇妃を持つ天皇であり、しかも藤原摂関家の権力獲得のための寵愛合戦の中で、徽子の苦悩が消え去ることはありえなかった。徽子は悲嘆し悲泣する心の内を素直にあるいは屈折して詠んだ歌を天皇へ贈る。天皇はおおむね優しく応えているが、皇妃という枠の中で現実には癒されるはずもなく、徽子は己の肝を食むように、我とわが身を恨むしかなかった。

徽子の心の深淵ばかり覗きすぎたかもしれない。しかし優美に繊細に嫋々と愛を歌で表現している場合でも、徽子のみならず当時の高貴な女人の多くはこのような奈落を見ていたのではなかろうか。表現と胸奥の落差もこの時代の特質であるだろうし、まして優れて技巧的な歌人の徽子にはその感がある。

徽子の生の苦悩は、徽子死後（寛和元年歿か）二十年せずして紫式部にしっかりと受け止められ、『源氏物語』の六条御息所や、紫の上・大君その他の女人の造形に繋げられていったといえそうである。

注

（1）森本元子「斎宮女御集の歌考─村上天皇との贈答歌─」（相模女子大紀要　昭56・2）、山中智恵子『斎宮女御徽子女王』（大和書房　昭51）などに詠歌時期の推定が多少なされているが、判然としないのがほとんどである。
（2）第一章　二節
（3）森本元子『私家集の女たち』（教育出版センター　昭60）などに、天暦六年辺りを境に、前半期は徽子が天皇歌に応える形が多く、後半期は反対になるのが殆どだとされるが、そうではないようである。
（4）第五章　十節
（5）清水好子『王朝女流歌人抄』（新潮社　平4）で、「またあのように合奏していただける機会がありましょうか、と案じる体で、さきざきの寵をおねだりしている」や、森本元子　前掲（1）論文で、「やすやすと妥協しかねるような姿勢がのぞかれる」を参考までに上げておく。
（6）清水好子　前掲（5）書

七　斎宮女御徽子ならびに娘の規子内親王の交友関係

はじめに

これまでに村上天皇の女御で、斎宮女御または承香殿女御と称された徽子女王について、あるいは彼女の家集の『斎宮女御集』について検討してきた。その一環として、徽子ならびにその娘規子内親王が交際をした人々、その親疎関係、交友状況などを明らかにするのが本章の目的である。母女御徽子と娘の規子内親王を合わせて扱うのは、家集に収める贈答歌の多くは徽子の歌であるが、娘規子の歌もかなり入っていると考えるからである。規子の歌であることを明示していない歌でも、その贈答相手との親交が娘の規子の方が主ではなかったか、従って詠者も規子ではないかと考えられる歌がある。

徽子の家集の『斎宮女御集』は三系統に分けられるが、その中でもっとも歌数が多い西本願寺蔵「三十六人集」の『斎宮女御集』は二六五首を収める。その内約半数の一三一首（書陵部本で二首追加）は村上天皇以外の人々との贈答歌（相手の歌も含む）である。その中には娘の規子の歌、あるいは親子の合作かもしれない歌がかなりあると思われる。しかし詠者がそのどちらであるかを断定することが難しい歌も多い。

徽子が女御として宮中へ上がっていた時期以外は、徽子と規子母娘は共に過ごしていたと思われる。村上天皇在世中においても徽子は里邸に下がっていることが多かったようである。(1) 天皇歿後、規子が伊勢の斎宮に卜定されるまでの八年間も共に暮らし、その後規子が斎宮として伊勢へ下る時も母徽子は同道し、伊勢で娘と共に住んでいた。規子は斎宮退下の翌年三十八歳で亡くなっているが、母徽子はその前年親子で帰京して、たしかな資料はないが、まもなく歿したようである。このように規子の生涯のすべては母徽子と共にあったといってよい。

規子内親王は村上天皇の第四皇女として、天暦三年（九四九）十月頃に誕生した。その規子の生い立ちや人柄、事跡についての資料は皆無に等しい。おそらく意思も自尊心も強く、詠歌や弾琴にも優れていた母女御徽子に、しっかりと皇女としての教育を受けて育ったのではなかろうか。村上天皇の御子は次々に誕生していた。皇女だけでも、規子が生まれる前年から七年間に十人が生まれている（一人夭折、十一人目は九年後）。母徽子としては、他の皇女より抜きん出た皇女になる教育をと思ったであろう。徽子自身が村上天皇の皇妃十人の中では、最も教養優れた女御であったとみてよい。その自負とさらには斎宮であった誇り、加えて徽子の父重明親王の皇族として最高の式部卿という地位と学識、風雅の人としての朝廷での崇敬、そのような母と祖父を持つ規子は並みの皇女であってはならなかったであろう。また村上後宮における皇妃十人の熾烈な寵愛合戦には、その子供の出来不出来も関係することもあったに違いない。徽子にとってはただ一人の子（もう一人は夭折）である規子内親王はそのようなさまざまの面から、多分厳しく教育されたのではなかろうか。ことに女の全的教養として最も重んじられる詠歌は、徽子自身が優れた歌人であっただけに、適切な指導がなされたであろう。そのようなことを考えてみると、規子も相当歌が詠める人であったのではなかろうか。規子の勅撰集入集は、『斎宮女御集』（以下『斎宮集』と略する。本文および歌番号は、特に断らない場合は西本願寺本による。本文には適宜濁点を付し漢字を当てている）の二番歌が『後拾遺和歌集』（一〇九三）に一首採られているのみである。しかしそれは『斎宮集』に詠者を「女御殿の四宮」と明記していたからであろう。勅撰集の資料となったに違いない『斎宮集』の規子の他の歌にそのような指示があれば、この家集からももっと採られていたかもしれない。他に屏風歌や歌会の歌なども知られるものはないので、当時として世間から評価されるほどの歌人ではなかったかもしれないが、これも皇女という身分柄、世間と交わること少なくて過ごしたことで、歌人としての実績が世に知られないということにもよるのかもしれない。

『斎宮集』によると、徽子と規子の親子で詠み交わした歌がある。

八月許に、月のあかき夜、御琴どもしらべたまふに、虫のいとあはれになきければ、女御

虫の音もかきなす琴ももろ声に身にうらもなき月をさへみる（一六五）

宮

月影のさやけきほどになく虫は琴の音にこそたがはざりけれ（一六六）

詠歌年次はわからないが、秋の月の夜、琴を弾き、歌を詠み交わす母と娘の風雅で温かな情景が浮かびあがる。徽子の歌は難解だが、虫の音も琴の響きも何の屈託もなく月を賞でている。だが思いを抱えている私はそれに癒されず月を見ているとでも解せようか。それに対する規子の歌は、母の心中を知ってか知らずか、虫は琴に合わせて鳴いていますねとさらりと受けている。

もろともにくだり給、鈴鹿山にて

世にふればまたもこえけり鈴鹿山昔の今になるにやあるらん（二六三）

宮の御かへり

鈴鹿山しづのをだまきもろともにふるにはまさることなかりけり（二六四）

これは貞元二年（九七七）九月十六日、規子が斎宮として京都を出立して伊勢へ行く途中の鈴鹿山で、同道した母徽子と詠み交わされた歌である。徽子も十歳で伊勢の斎宮に行く時に越えた鈴鹿山である。すでに二十九歳になっている規子に比べればはるかに幼かった。両親を離れ、いつ帰ることができるか分からないまま、斎宮という重責を担って越えていく鈴鹿山、その鈴鹿山は京を隔てる境となる所である。幼くして鈴鹿山を越えた三十九年前の徽子の思いは悲痛であっただろう。とすれば、徽子の「昔の今になる」という感慨は、単に二度も越えたというだけではなかったであろう。しかしこの度は、斎宮に母が同行するという先例がなく、朝廷から同行中止の命が出されたのを振り切ってのものであった。それは娘規子と離れ難いこともあったのかもしれないが、それよりも京にあることの憂さ辛さから逃れようとの思いが強かったのかもしれない。規子の歌は母の同行をなによりも嬉しいと感謝するものであるのは、母のそのような胸中を思いやってのいたわりであったのだろうか。

『斎宮集』には、規子の歌と記してはいないが、他にも親子で詠みあったのかもしれない歌がある。

霜月にさきたる梅を人のたてまつりければ

冬ごもり雪ちる里におもなれてほころぶ花もしらずぞありける（二四八）

女御

冬やあらぬ春やさきだつ花みればそらおぼめきもしつべかりけり（二四九）

弥生ばかりに、雨ふる日、桂の紅葉人のもてまいれり

春雨とみるは時雨かおぼつかな霞をわけてちれる紅葉ば（二五〇）
御かへり
ちる花をとづる霞は春ながら西の山辺も紅葉すらしも（二五一）

立春前に咲いた梅の花、春の紅葉と時季はずれの物を貰って、歌にするには難しい素材を機知的に詠みあっている。相手は家の女房かもしれないが、もし徽子親子であれば、楽しい場面が想像される。

なにのをりにかありけむ、宮の御
あまつ空雲へだてたる月影のおぼろけにものおもふわが身を（二四四）

この規子の歌に続く三首も二四四番の詞書でくくられるのかもしれないが、二四五番歌は下句が「海人の住みかにふる身なりけり」とあるので、これは徽子の歌であるかもしれない。そうであれば、親子で京遠い伊勢での暮らしの侘しさを詠みあったりすることもあったのであろうか。

徽子親子は一身同体のように暮らしていたに違いない。だからこそ徽子は『斎宮集』に規子の歌も入れることを生前から望んでいたのではなかろうか。[2] またその家集の編纂に規子もかかわっていたとすれば、母の家集に自分の歌を加えても、歌人としての母の名を辱めることにはならないとの自負もあったのかもしれない。

〔表1〕は『斎宮集』の中で、村上天皇および義母登子以外の人との贈答歌を一覧にしたものである。歌の詠者について徽子または規子としている場合も、その可能性が大であろうと判断したものまでを含めている。＊印の徽子・規子としたものは、なおどちらか判断がつかない歌である。一応それによって徽子側の歌数をあげてみると、徽子の歌三七首、規子の歌一九首、どちらか判断がつかない歌二〇首となる。このように『斎宮集』にはかなり規子の歌が入っていると見なければならない。

〔表1〕『斎宮集』三系統の贈答歌

歌番号 西本	歌番号 書本	歌番号 仙本	詠者（印は後の(注)に）	備考（詠歌年代・居処（徽子・規子）贈答相手・贈答の継続）
1	76	1	◆女三宮	九七七年九月以前　京
2	77	2	★規子	
4	79	4	★規子	斎院選子へ、九八五〜九八六、京
33	75	25	●徽子	すけなり娘へ
36		27	◆堀河殿北方	関白藤原兼通室昭子　東三条邸に方違で逗留
37		28	●徽子	
38		29	◆堀河殿北方	秋　〜九七五　初斎院に入る以前
39		30	●徽子	
40		31	◆堀河殿北方	
47	95	39	◆右馬頭の姉妹の少将	徽子の「杉くれの」の文の返し　徽子の姪か
48	96	40	●徽子	
49	97	74	◆馬内侍	九六七　村上天皇歿後まもなくか　京
50	98	42	◆馬内侍	
51	99	43	◆馬内侍	
52	100	44	●徽子	
53	101	45	●徽子	
54	102	46	●徽子	
55	103	47	●徽子	〜九六七　藤原芳子の死まで　京　この二首の詠者は逆かもしれない
56	104	48	◆宣耀殿女御	
59	108	50	●徽子	堀河中宮媓子へか
63	112	54	◆馬内侍	徽子後宮にある頃か
64	113	55	●徽子	
65	114	56	●徽子	里に居る頃
66	117	59	＊徽子・規子	大王宮は冷泉帝后の昌子内親王か　琴を返す、九七七の伊勢下向の頃か
67	118	60	◆大王宮	
68	123	65	＊徽子・規子	京　ここのみ「桃園宮」と表記
69	124	66	◆愛宮	伊勢
70	125	67	＊徽子・規子	藤原高光死去の頃、九七六〜九八五　高光は愛宮の同母兄　伊勢
71	126	68	◆愛宮	
72	127	69	＊徽子・規子	
73	128	70	◆愛宮	
74	129	71	◆資子内親王	一品宮、伊勢下向の時
75	132	74	◆土御門	女房か
76	133	75	★規子	伊勢
77	134	76	●徽子	兵部卿宮（致平親王）出家の時、伊勢
129	139	81	◆源為正か	天元元年（九七八）か、伊勢　斎宮頭「ためくに」と表記
130	140		●徽子	
131	141	82	◆六女御か	伊勢下向直後（九七七）か「女御殿」と表記、六女御であれば藤原悠子
132	142	83	●徽子	
	145	86	＊徽子・規子	伊勢、この歌西本にはなし　「麗景殿斎宮」（書本）と表記
133	146	87	◆楽子内親王	
143	160	97	◆致平親王	「兵部卿四宮」と表記
150			★規子	山里にいる時、春

151			★規子	伊勢下向の頃（九七七）秋
152			◆堀河中宮	堀河中宮は藤原媓子
153			★規子	贈られていた天児を返す
154			★規子	
155			★規子	
156			★規子	
157			◆堀河中宮	
158			◆堀河中宮	九月、伊勢下向頃か
159			★規子	
160			★規子	「するゑ・ひたひ」を返す
161			◆堀河中宮	伊勢下向頃か
162			◆堀河中宮	祭主能宣に託す
163			★規子	
167			●徽子	立春、京か
168			◆不明	女房か
169			◆広幡宮盛子	京
170			●徽子	陸奥へ下る人へ
171			◆不明	女房か
172			●徽子	一品宮資子内親王へ
173			●徽子	初斎院に居る頃（九七六）
174			●徽子	
175			●徽子	伊勢下向近い頃
176			◆一品宮	
177			●徽子	前内侍へ、酒杯を貰って

178			◆前内侍	
179			●徽子	鳥の子を貰って
180			◆前内侍	
181			◆堀河中宮	七月、荻に付け、能宣に託して
182			★規子	九月、蓑虫を作って能宣に託して
183			◆堀河中宮	伊勢 師走、餅の形を作って
184			★規子	銀の箱に蛤を入れて
185			★規子	鏡の返し
186			◆堀河中宮	銀の鶯に付けて
187			★規子	
188			◆女房か	長く参上しなかった人
189			●徽子	
196	119	61	●徽子	一品宮資子へか、伊勢下向の頃
197	144	85	＊徽子・規子	安和元年（九六八）九月
198			◆女三宮	京 保子内親王、母の服脱ぐ
199			＊徽子・規子	七月
202			●徽子	
203	121	63	◆斎院選子	伊勢下向の頃
204	122	64	●徽子	
205			＊徽子・規子	高倉の大君へ
207			＊徽子・規子	右（左）京大夫の大君へ
208			◆大君	京
209			＊徽子・規子	
210			◆大君	

211			◆御匣殿女御	冷泉帝女御悠子、正月
212			●徽子	
213			＊徽子・規子	
214			◆御匣殿女御	七月七日
215			＊徽子・規子	
216	105	49	＊徽子・規子	十一月
217			◆御匣殿女御	
218	130	72	◆御匣殿女御	
219	131	73	＊徽子・規子	伊勢下向の頃
220			◆御匣殿女御	民部大輔死去の頃「六宮女御」と表記
221			●徽子	
222			◆御匣殿女御	秋、「天女御」と表記
223	143	84	●徽子	病気
224			●徽子	病気見舞い
225			◆六女御	
226			●徽子	伊勢、一品宮資子へ
227			★規子	六条殿は藤原兼通娘婉子 堀河中宮媓子死去の頃 天元二年六月
228			◆六条殿	
229			★規子	伊勢
230			◆六条殿	
231			＊徽子・規子	多武峯君高光死去、御匣殿女御へ
232			●徽子	正月、雪降る日
233			◆但馬	女房
235			＊徽子・規子	里なる人へ

238			＊徽子・規子	筑紫へ行く人へ
239			＊徽子・規子	
240			◆行く人	女房か
242			＊徽子・規子	御匣殿女御（天女御と表記）へ
243			◆不明	伊勢下向頃
252			●徽子	斎宮を改造の時
253			●徽子	
254			●徽子	
255			●徽子	
256			◆不明	女房か
257			◆前宮内侍	
258			◆不明	
259			＊徽子・規子	大君に
261			◆広幡宮	盛子内親王、雪
262			★規子	病気　京か
	156	94	◆兵部卿四宮	致平親王
	157		●徽子	

(注)歌の詠者　●は徽子　★は規子　＊は徽子か規子か不明
◆は贈答相手

まず徽子や娘規子が主催した歌合や歌会から、人々との交流やその風雅な暮らしぶりをみてみる。

二

(1)「女四宮歌合」天禄三年(九七二)八月二十八日

村上天皇薨去によって徽子が後宮を離れてから五年経った時である。この頃徽子親子がどこに住んでいたのかはわからない。東三条邸ではなく別の所に移っていたであろう(3)。徽子四十四歳、規子二十四歳。村上天皇との永訣によって、徽子はむしろ心穏やかに過ごしていたのではなかろうか。規子の斎宮卜定三年前である。

この歌合には、源為憲の詳しい仮名日記が残されており、また『源順集』にもほぼ同じ記載があるので、全貌を知ることができる。その庭には秋の草花が植えられ、鳴く虫が放たれ、それらが歌題とされた前栽合である。洲浜も用意されているので兼題の歌合で、歌人即方人は右方が家の女房たち、左方は「図書寮・弾正台の大弼の君達」と記録されている、源すけまさ(助理、光孝天皇曾孫)、有忠(源有忠、陽成源氏)、橘もちき(不詳)、守文(「のぶ」とも、不詳)、源為憲(光孝天皇五代の孫)、藤原もろふむ(不詳)、すけかぬ(「源すけなか」「やすかぬ」「大中臣安兼」とも。陽成天皇孫佐兼王か)、藤原たかただ(挙直、孝忠、などか)、菅原ただのぶ(文章生菫宣、父と兄は文章博士、兄は大学頭も)、橘正通(加賀守)の十人であり(括弧の中は、萩谷朴『平安朝歌合大成 二』による)、「嵯峨源氏、光孝源氏、陽成源氏の人達と、漢学者にして和歌和文をよくする趣味的な文人の一派」(萩谷朴、前掲書)の男性達であった。この歌合は「女四宮歌合」(規子は第四皇女)と規子主催ということになっているが、実質的運営者は母の徽子であったであろう。判者の源順は時に六十二歳、徽子の父重明親王に召されて作詩もしていた人である。源氏の氏長者であり、学識と風流をもって崇敬された式部卿重明親王亡き後も、その娘徽子女御家への出入りは続いていたと思われる。参加者に皇族の末裔が多いのも、規子が皇女であることに引かれてというよりは、重明親王への追慕がその娘徽子へと連続していたのではなかろうか。だが徽子が村上後宮の女御になっていなかったら、さらに優れた歌人でなかったら重明親王の死後源順も疎遠になっていたかもしれない。源為憲・橘正通は源順の門人でもあるが、皇統の若い男性達が集まっているのは、重明親王・女御徽子・皇女規子という三代への敬愛によるのであろう。

　この歌合の日記には「書き置かせ給ふ」・「仰せ言のいなびがたさに」とあるが、記録することを源為憲に命じたのが母娘のどちらであるのかはわからない。その日記が「歌合日記としては、はじめて文学的な表現を意図して書かれたものであり」（萩谷朴　前掲書）、極めて優れた文芸的歌合日記であること、また源順はその場での判定を、後日証拠となる先行歌を付して、詳細な論難を書いて主催者に差し出していることなどを考え合わせると、この歌合についての主催者の並々ならぬ意図がうかがえる。それは後世に残したい歌合であり、残しても恥ずかしくない内容であるとの主催者の判断があったとみたい。源順が一応の判を下した後、自分は年老いたので「この歌ども定め申せるさまどもいといひしらず異様なり。なほ御前にて定めさせ給はむやよろしからむ」と言上しているのは、謙遜でもあろうが、判定もできるであろう歌人徽子が念頭にあったからこそであろう。歌合日記の文体・内容や、源順の後日判追加についての示唆が主催者側からあったのかどうかはわからないが、主催者がその場限りの風流な文芸的遊びに終わらせるつもりではない意図は、この二人のみならず参加者達にも伝わっていたのであろう。この歌合によって、徽子親子の風雅な暮らしぶりと、高いレベルの文芸的サロンの存在が世間にも知られたはずである。

（2）斎宮規子・初斎院庚申歌合（歌会）貞元元年（九七六）八月二十八日

「貞元□年、初斎宮侍従のくりやに御坐するあひだ、八月廿八日庚申のよ人々あそびによむ、いはひのこゝろ」

（『源順集』歌仙家集本、二五五）という詞書の一首がある。規子は天延三年（九七五）二月二十七日斎宮に卜定され、翌貞元元年二月二十六日宮中の侍従厨に入り、九月二十一日野宮に移るまでそこに居た。『斎宮集』の徽子の歌に「寮曹司にすみ給けるころ、昔の内をおぼしいでて一品宮にきこえ給ける」（二七三）の「寮曹司」は侍従厨であるから、この時も母徽子も共に居たのである。『源順集』の資料以外には知られないので、これが歌合であったのか、歌会であったのか定かではない。別の『源順集』（書陵部蔵三十六人集本　一〇八）では「人々まいりて」とあるので、順以外にも集まった人々があったのである。長い庚申の夜のこと、やはり歌合をしたのであろうか。

（3）斎宮規子野宮前栽歌合（歌会）貞元元年（九七六）九月三十日

「おなじ九月はつる日、斎宮野のみやの御前に前栽うへて又よむ」（『源順集』二五六）という詞書で、「たのもしなの、みや人のうふる花時雨る月にあすはなるとも」の歌がある。これには女房の返しの歌があり、さらに順の返しがあるので、女房との贈答だけなのかとも思われるが、「又よむ」とすることからすれば、先の（2）と同じような歌合か歌会であったかもしれない。斎宮規子が野宮に入って九日後である。

（4）斎宮規子野宮庚申歌会　貞元元年（九七六）十月二十七日

これにも『源順集』の長文の詞書があるが、それによると野宮に入って庚申の夜、「なが〳〵しきよをつく〴〵とやはあかさんとおもほして」、女房達と「みはしの本にまいるまうち君たちに歌よませあそびせさせ給ふ」たのであり、歌の題は「松の風夜の琴に入る」の一題であるし、漢詩を踏まえた題の形からしても歌合ではなく、歌会といった形式であっただろう。順の歌は「よを寒みことにしもいるまつ風は君にひかれて千代やそふらん」（一二一）と、琴を弾く人を寿いでいるが、その対象は琴の名手の徽子ではなかろうか。『斎宮集』にはこの時の徽子の歌、「琴の音に峯の松風かよふなりいづれのをよりしらべそめけむ」（五七）、「松風の音にみだるる琴の音をひけばねの日のここちこそすれ」(五八)がある。五七番歌は徽子の歌の中でも最も秀歌とされたらしく、早く『如意宝集』・『拾遺抄』・『拾遺集』にも採られている。訪れている歌人としては大中臣能宣(五十七歳)・平兼盛(六十七歳以上)がそれぞれ家集にその歌会の歌を残しているので参加が知られる。源順も六十六歳と、参加者の中でもこの三人は老齢であるが、やはり重明親王との親交の縁が続いていた人々であろう。

『源氏物語』の葵巻には、娘の斎宮と共に野宮に入った六条御息所について、「心にくくよしある聞こえありて、昔より名高くものしたまへば、野宮の御移ろひのほどにも、をかしういまめきたること多くしなして、殿上人どもの好ましきなどは、朝夕の露分け歩くをそのころの役になむする」と記されているが、これは規子親子の初斎院の歌合(1)や、この(4)の歌会などのことが書き残されていたのが元になっているに違いない。この(4)の記録は、「こよひの事を後の人もみよとてかきしるしてたてまつるは、おほんこと(三十六人集本では「おほせごと」)にしたがふなり」と順は書いている。(1)と同じように、主催者は記録を残すことを命じた。この歌会のことが後世に残るようにとの意図なのである。そのような自信ある強烈な意図を抱いていたのはやはり徽子の方ではなかったろうか。

『斎宮集』の一二八番には、七月七日の七夕に前栽歌合を企画していたが、雨で中止したので詠んだ徽子の歌、「天の川きのふの空のなごりにもみぎはいかなるものとかはしる」がある。「水際」に「右は」を懸けているので、徽子は右方の方人であったとみてよい。この年次はわからないが、多分徽子主催の歌合であったのであろう。また萩谷朴氏は、天暦十年三月二十九日の徽子歌合の存在を想定しているが(前掲書、一巻)、これは村上天皇の発案で、徽子を主人役とした女房歌合であったろうとしている。

六・小規模の歌合が多く開催されていたこの時期、歌人としての自負もあったに違いない徽子が、自邸や居処での歌合を度々催したことは珍しいことではない。後宮退下後は、その主人役を娘の規子内親王とすることによって、規子の存在の誇示もひそかに意図していたのではなかろうか。親王・女御・内親王と続く家柄であるから、それに相応しい女房たちも集められていたであろう。そして徽子の薫陶により、女房たちも歌には親しんでいたはずである。そのような女房たちを目当ての殿上人たちも集ったはずである。歌人として、琴の名手としての女御徽子を実質的主人に、表には皇女規子を立てた風流な文芸の場が形成されていたとみてよい。徽子親子のそのサロンは規子が斎宮に卜定されると、初斎院次いで野宮と場所を移しながらも続いた。伊勢に居処が変わってからは、徽子親子がそのような歌合を催したかどうかはわからない。京で仕えていた女房たちで、伊勢まで従った人は少なかったかもしれないし、京の殿上人のような風流な歌詠みの男性たちもいなかったのであろうか。徽子親子は京の旧知と文を交わしたり、親子や女房たちと歌を詠み合うのに慰められる暮らしではなかったろうか。

三

次いで『斎宮集』によって、徽子や規子と交流があった村上天皇の子供たちおよび皇妃たちについて、その交際を生み出すきずなや親疎、そして親子のどちらとの贈答であるかということなどを検討する。

まず『斎宮集』に収める贈答相手の村上天皇の子（〔表2〕A）たちについて。村上天皇は男子が九人、女子が十人あった（夭折を除く）。その内女子五人・男子一人との贈答がある。徽子からすれば、夫を同じくする他の皇妃の子供たち、規子からは、父が同じ義兄弟・姉妹である。そのような関係にある皇子・皇女間の交流についての資料はきわめて少ない。この『斎宮集』はその実態を示してくれる資料としても意味があろう。

1　女三宮保子内親王および三宮致平親王

母は更衣藤原正妃。按察御息所と呼ばれたのは、父在衡が天暦二年正月三十日中納言で按察使となったからである（『公卿補任』）。保子は第三皇女として天暦三年（九四九）中に生まれているので、同年冬に出生の第四皇女規子よりわずかに早い誕生である。正妃は二年後の天暦五年第三皇子致平を出産している。

『栄花物語』（巻一）には正妃と保子についての挿話がある。琴の名手との聞こえある保子の演奏を父村上天皇が聴かれた時のこと、上手いと母御息所に褒めて、その曲について尋ねたところ、正妃は仏教に関わる曲であることを長々と述べたので、天皇は呆れてしまわれたという世語りである。これは保子の十二、三歳の頃とあるので、母正妃は三十歳前後であろうが、「少し古体なるけはひ有様」だという。曲の選びかた、仏教の説教じみた説明、長弁舌と時宜を弁えない無風流な正妃の人柄が語り草になったのである。このような母に育てられた保子である。その親子の後見である正妃の父藤原在衡は実務官僚として着実にたたき上げ、天録元年（九七〇）七十九歳で亡くなった時は従二位左大臣であった。文章生出身で、高位になっても文人としての活動も続けている在衡であり、実直さとともに、娘正妃に影響を与えているのかもしれない。

『中務集』に、「みじかき結梗を根ごめにひきて、女三宮より」という詞書で、「露しげき浅茅原の花なれどみじかきほどに秋をしるかな」（書本、一四五）と贈り、歌人中務の返歌もある。中務の娘井殿を母とし、藤原伊尹を父とする大納言の君と呼ばれる人はこの保子内親王に仕えていたことがある。それは康保四年頃（『中務』稲賀敬二、平11）からとすれば、保子は母を亡くし（九六七年）、祖父在衡も死去（九七〇年）する前後であった。また清原元輔も保子内親王一家と親交があったようで、『元輔集』よれば、保子の同母弟の兵部卿宮致平親王が出家した時（九八一年）中務と贈答しており、保子の所でも詠んでいるし、その致平親王が土佐に下る時、元輔の桂の山荘で、保子と致平は別れを惜しんでいる。保子は永延元年（九八七）八月二十一日、三十九歳で亡くなる。多分その晩年に近い頃、摂政藤

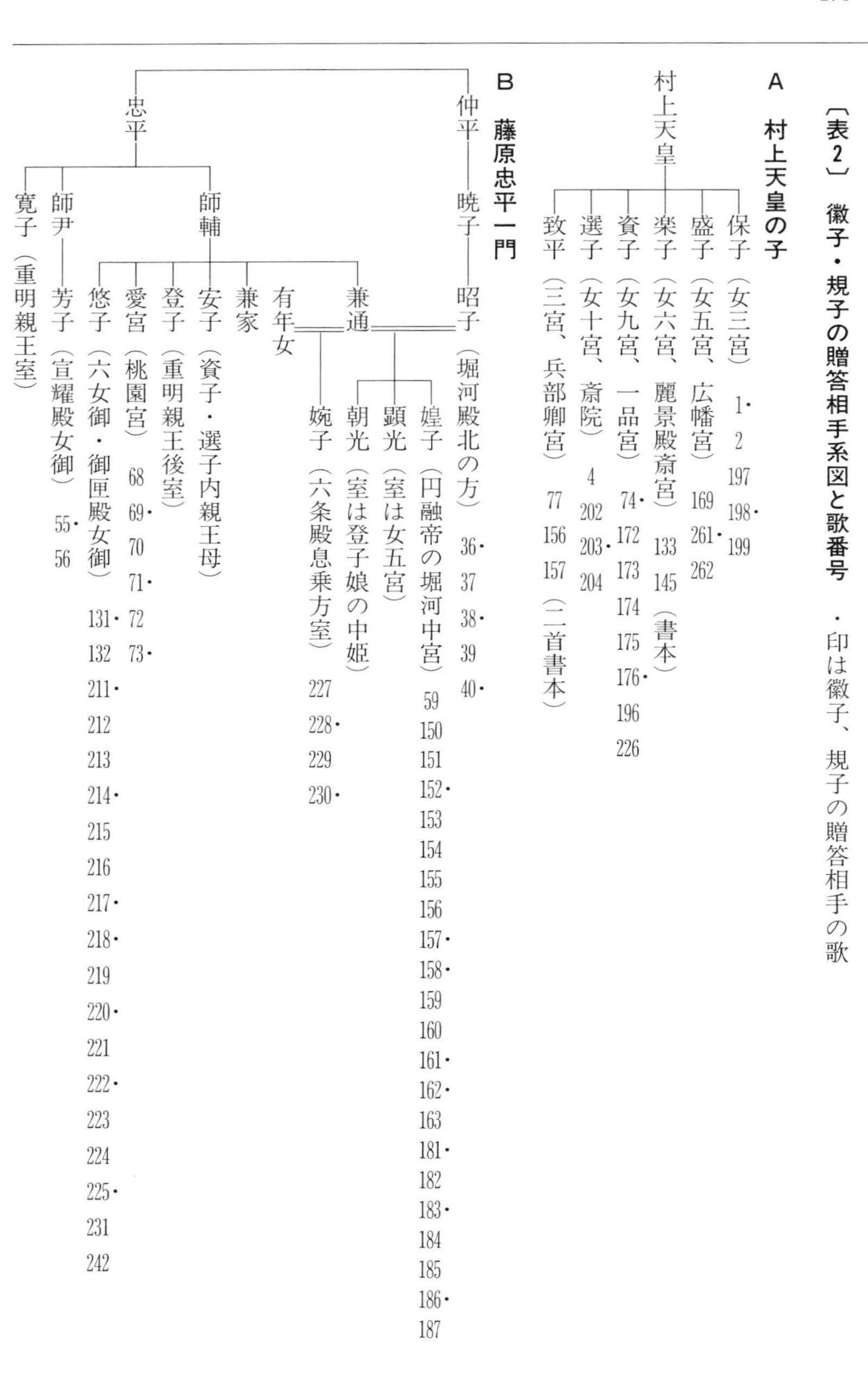
〔表2〕 徽子・規子の贈答相手系図と歌番号 ・印は徽子、規子の贈答相手の歌
A 村上天皇の子
村上天皇
保子（女三宮） 1・ 2 197 198・ 199
盛子（女五宮、広幡宮） 169 261・ 262
楽子（女六宮、麗景殿斎宮） 133 145 （書本）
資子（女九宮、一品宮） 74・ 172 173 174 175 176・ 196 226
選子（女十宮、斎院） 4 202 203・ 204
致平（三宮、兵部卿宮） 77 156 157 （二首書本）
B 藤原忠平一門
仲平
暁子
昭子（堀河殿北の方） 36・ 37 38・ 39 40・
兼通
媓子（円融帝の堀河中宮） 59 150 151 152・ 153 154 155 156 157・ 158・ 159 160 161・ 162・ 163 181・ 182 183・ 184 185 186・ 187
顕光（室は女五宮）
朝光（室は登子娘の中姫）
有年女
婉子（六条殿息乗方室） 227 228・ 229 230・
忠平
師輔
兼家
安子（資子・選子内親王母）
登子（重明親王後室）
愛宮（桃園宮） 68 69・ 70 71・ 72 73・
悠子（六女御・御匣殿女御） 131・ 132 211・ 212 213 214・ 215 216 217・ 218・ 219 220・ 221 222・ 223 224 225・ 231 242
師尹
芳子（宣耀殿女御） 55・ 56
寛子（重明親王室）

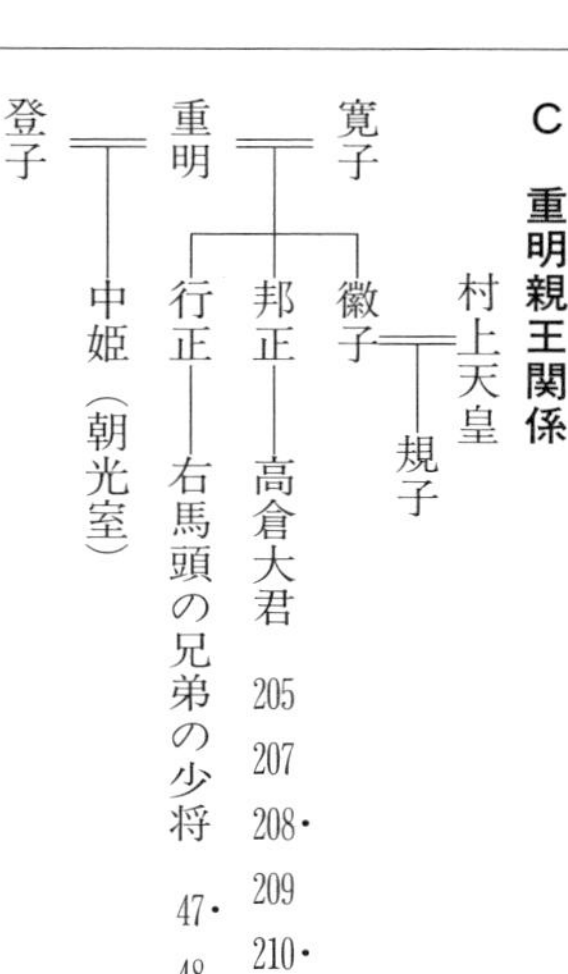

D　その他

昌子内親王　66・67・
為正（為国）　129・130
前内侍　177・178・179・180・252・253・254・255・257・
馬内侍（女房）　49・50・51・52・53・54・63・64・65
土御門（女房）　75・76
但馬（女房）　232・233・
源輔成女（女房）　33
女房1　243・
女房2（里なる人）　235
女房3（陸奥へ下る人）　170・171・
女房4（長く参上しなかった人）　188・189
女房5　167・168・
女房6（筑紫へ行く人）　238・239・240・
女房7　256・
女房8　258・

原兼家の室となったが、寵愛もないまま寂しく亡くなったらしい（『栄花物語』巻三）。規子死去の一年後である。

さてそのような保子と徽子・規子とはどのような交流があったか。

①　近きほどにわたらせたまひて、おとづれきこえさせたまはねば、女三宮より

へだてけるけしきをみれば山吹の花心ともいひつべきかな（一）

　御返、女御殿の四宮

いはぬまをつつみしほどにくちなしの色にやみえし山吹の花（二）

『斎宮集』の冒頭（西本・仙本）は徽子歌ではなく、規子の贈答歌であり、四番歌も規子である。これは原初的編集段階の西本願寺系統本に、四番歌までを追加として入れるつもりで紙片に書いて、最初の所に置いていたのではなかろうか。この時徽子も規子と行動を共にしていたかもしれないが、女三宮保子の、近くに来ていらしてよそよそしいなんて移ろいやすいお心ですねとすねてみせる詠み口は、母違いとはいえ姉妹であるからこその親しさではなかろうか。そして移ろうというからには、それ以前から親しかったのである。

②　女三宮、母宮の御思になり給へりけるを、九月つごもりに御服ぬぎ給をききたまひて

露きえし野辺の草葉も色かへてあらぬ袖なる衣いかにぞ（一九七）

御かへり

霧はれでくらしし秋の空よりもかかる衣ぞ時雨ましける（一九八）

保子の母正妃が亡くなったのが康保四年（九六七）七月二十五日であるので、この歌は翌年の九月のことである。この贈答は村上天皇の皇妃として、同じ立場にあった正妃との関わりで、徽子の歌かもしれない。

③　おなじ宮に、七月許、これより

白雲のかかる山辺をへだてても荻の葉風はふきかよはなむ（一九九）

これは②に続いて位置しているが、九年ほど経った規子の伊勢下向の頃の歌である。遠く離れた所に住むことになるけれど、お便りはくださいねとの歌である。この歌の詠者が規子であることは示されていないが、この親しさは、①のように規子と保子の贈答の感がつよい。

④　兵部卿宮入道したまへるに、伊勢より

かからでも雲居のほどをなげきしにみえぬ山路をおもひやるかな（七七）

⑤　兵部卿宮四君

ときはなる松につけてもとふやとていくたび春をすぐし来ぬらん（一五六）　（⑤は書本、西本にはなし）

御返し、女御

かくみするおりもやあると藤の花松にかかれる心なりけり（一五七）

兵部卿致平親王は保子と二歳違いの弟である（四君は誤り、三宮）。大宰帥となり、左大臣源雅信女との間には子までいたのに、天元四年（九八一）三十一歳で出家した。この時徽子親子は伊勢へ下って四年経った頃である。④はその時の歌で、今までの京との隔たり以上に、斎宮という神の領域にある者にとっては、仏の世界に入ってしまった致平は遠い人となったのである。⑤は出家する前のはずで、「松」に「待つ」を懸けるので、致平とも長い親交が知られる。致平は男宮でもあるし、一五七番で「女御」と徽子の歌であることを明記していることもあって、致平への歌は徽子の方であろうか。

このように保子・致平の姉・弟と、徽子・規子親子は親交があった。その母正妃と徽子がどのような交わりであったのかはわからない。同じ後宮の皇妃として、しかもほぼ同時期に女子を出産した二人であるからには、寵愛争いの相手の一人として心からの交際はしなかったと考えられるかもしれない。むしろその親交は規子と保子という同年齢の異母姉妹の間に結ばれていたのではなかろうか。

2　女五宮盛子内親王

盛子の母は広幡御息所と呼ばれた更衣源計子である。計子は最初の子である理子を天暦二年に出産しているので、入内は天暦二年（九四八）春以前のそれに近い頃であろう。二年十二月入内の徽子よりわずかに早いか。盛子は女五宮で、天暦五年（九五一）に誕生、規子の二歳下である。計子の父は醍醐天皇の弟斉世親王を父とする中納言源庶明

（天暦九年歿、五十三歳）であるから、徽子と計子は又従姉妹となる。徽子の父重明は親王であるが、源氏の氏の長者も兼ねていたし、年齢も近い（重明が三歳上）ので、父同士の交流はあったに違いない。盛子は関白太政大臣藤原兼通の長男顕光と結婚したが、これは長男重家誕生の前年頃とすれば、貞元元年（九七六）かその少し前であろう。貞元元年は規子が初斎院に入った年である。盛子は重家・元子・延子と三人の子をなした。

徽子親子と計子の接点はどのようなところにあったのだろうか。父たちの親交があったとしても、それが娘たちまで続いたのかどうかはわからない。計子は歌人として優れ、村上天皇が皇妃たちに贈った歌「逢坂もはてはゆききの関もゐず尋ねて訪ひこ来なばかへさじ」が沓冠歌だとただ一人解読したとの伝えがあり、「あやしう心ばせある」人であった（『栄花物語』巻一）。また『十訓抄』には『万葉集』の読解を源順に示唆したのも計子であったとするが、それが事実かどうかは別にして、歌人でもあった父庶明の許に、同じ源氏の順が出入りしていたことはあっただろう。順や皇族の末裔たちが徽子家に出入りしていたことは先にみた。そのような線からの間接的な繋がりもあったかもしれない。その盛子との交流を『斎宮集』でみる。

①　広幡宮のあるまじき世をすみたまひてのち、ひさしうきこえかはしたまはで、この宮わたりの人まゐりけるにつけて

世のほかのいはほの中にすまふとも忘るるほどもあらじとぞおもふ（一六九）

「広幡宮」は盛子である。祖父庶明は邸宅の場所から広幡中納言と呼ばれていたが、それを娘計子が伝領し、盛子が顕光と結婚すると、顕光が「広幡」の名で呼ばれているので、その邸宅は盛子へと伝領されたらしい（『承香殿の女御』角田文衛、昭38）。詞書の「あるまじき世をす」んだということはどのようなことなのか。『斎宮女御集注釈』（平安文学輪読会、塙書房、昭56。以下『注釈』と略）では、「生きていられそうにないというほどの堪えられないつらい思

い」で、「そのような男女関係」とする。盛子が顕光と結婚したのが貞元元（九七六）年頃とすれば、盛子二十七歳で当時としてはかなり遅い。母計子も村上天皇に遅れること二ヵ月で死去しているし、祖父庶明も盛子五歳の時に亡くなっており、姉の理子内親王も早く天徳四年（九六〇）に十三歳で死亡しているので、盛子は父母ともに没した十七歳から、結婚するまでの十年間は後見もなく、孤独に心細く過ごしていたに違いない。親もなく後見人もない高貴な皇女が、都の郊外（広幡）にひっそりと暮らしているとすれば、まさに物語によくあるように、男性から目を付けられないはずはない。盛子が生きていられそうもないようなつらい思いを抱くとすれば、契りを持ったのが身分低い男であったのか、あるいはすぐに捨てられたのであろうか。そのことが世間の噂となっていたのであろう。この歌を託されたの、「この宮わたりの人」が盛子の所に行った時であるから、それは規子が京に居る時である。盛子の顕光との結婚頃に規子は斎宮になっているので、盛子のスキャンダルがあったとすればやはりそれは顕光との結婚以前のことに違いない。

歌で、「世のほかのいはほの中にすまふとも」というのは、「『世との執着を断つようなことになっても』（『注釈』）と、その恥ずかしさに出家までも思っていたのかもしれない。そのようなことになってもあなたを忘れることはありませんとの言葉は、それ以前からの親交の深さ、盛子の規子に対する信頼に裏打ちされているに違いない。盛子の所に規子に仕える女房が行ったのも、盛子への慰めか励ましの文を届けるために遣わされたのであろう。この盛子の歌は、規子の届けた歌の返しであろうと思われる。

②　雪いたくひろごりふりて、きえがてにふるに、広幡宮より

おもひいでぬころふる雪は下にのみ友まつまにぞとどこほりける（二六一）

わづらひたまふころにて

あわ雪のけぬばかりにてふるほどもとふやと松にかかるなりけり（二六二）

広幡宮盛子の歌は、思い出してもくださらない友のあなたからのお便りを待っているうちに、私も御無沙汰してしまいましたというのである。「友」という言葉からして、親交厚かった規子への歌ではないかと思われる。とすればそれに返したのも規子ではなかろうか。病気であったこと、歌の「けぬばかり」（死んでしまいそう）という表現などから徽子の歌のようにも思われるが、規子であっても、もし病中のしかも雪の様子を詠み込めばこのような歌の表現になろうか。これも規子が京に居た時の贈答であろう。①②ともに長い間文を交わすことがなかったとするが、三首には親愛の情がうかがえる。

3　資子内親王・選子内親王

二人の母は中宮藤原安子である。女九宮資子は天暦九年（九五五）、女十宮選子は康保元年（九六四）生まれ、規子より資子は六歳、選子は十五歳年下である。安子は皇子四人、皇女五人を出産（内男女各一人は夭折）、選子を生んで五日目に亡くなった。女一宮承子は四歳で死亡、女七宮輔子は「御物の怪こはくて失せたまひにき」（『大鏡』第三）とあるので、同腹の狂疾の冷泉天皇に「御物の怪こはくて」（同書）とあるのと同じく、精神に異常をきたしていたと思われる。それ以外の二人が徽子親子との交流がある。

その親交の基盤は何であったのか。安子の父師輔と徽子の母寛子とは関白忠平の子で二歳違いの同母兄妹であるので、徽子と安子は従姉妹となる。安子の年齢は延長七年（九二九）生まれの徽子より二歳上で、年齢も近い。しかしその二人にどのような交流があったのかはわからない。村上天皇に入内したのは安子が八年早く、後宮での安子の勢力は絶大であった。(4) その蔭にあって、同じ後宮の皇妃である女御徽子には従姉妹としての親近感はどの程度あっただろうか。そもそも村上天皇の皇妃の十人の内、女御述子・女御芳子・女御荘子は徽子の従姉妹である。摂関家一族がこぞって娘を入内させていた当時にあっては、血縁の近さが即皇妃間の親しさとみることはできない。

中宮安子は康保元年（九六四）三十八歳で死去。その時輔子十二歳、資子十歳、選子は生まれたばかり。この皇女たちは母亡き後どこで育ったのか。祖父師輔もすでにないので、この皇女たちの後見は誰であったのか。師輔の邸宅は九条にあったが、その伝領は明らかでない。師輔の長男伊尹は一条邸に、二男兼通は堀河邸に、三男兼家は東三条邸に住んでいた。その誰かが後見人としてその屋敷でその皇女たちを養育したと思われる。師輔の息子三人の内安子ともっとも親しかったのは兼通である。兼通と弟の兼家との確執は有名で、兼通が関白になることができたのは安子に頼み込んで得た遺言状により、兼家に先を越されることを免れたとのことである（『大鏡』第二）。兼家は安子の死後、安子の妹で村上天皇の晩年に深い寵愛を受けた登子と密接な関係を持って権力を得ていったと思われる。[5]その登子（徽子の義母）は安子の死後「東宮の御親のごとして候ひ給へば、まゐり給ひぬべし」（『蜻蛉日記』上巻）とあるように、東宮守平親王（後の円融天皇）の養母格として参内した。登子が姉安子の皇子・皇女たちすべての養母役であったことも考えられなくもないが、皇女たちはつねに宮中で生活することは一般にはない。登子は安子の死後、村上天皇が没するまでの三年間は深く寵愛されて天皇の側にいたはずであるし、天皇の死後二年して尚侍とされてからは貞観殿を得て、もっぱら円融天皇の後見をしていたと思われるので、名目はともかく、実際に皇女たちと共に住むことはなかったのではなかろうか。そうすると皇女たちが養われていたのは兼通の家に寄寓していた可能性が高い。選子内親王の着裳の儀（天延二年、九七四）で、裳腰を結ぶ役を兼通北の方が受け持ったのにも、そのような関係があるのかもしれない。兼通一族の女人と徽子親子の交流が深かったことは後述するが、もし兼通家で資子・選子が育ったとしたら、その兼通家との縁で、徽子親子がその皇女たちとも親交を結ぶ接点があったかもしれない。

『斎宮集』でみていこう。

①　一品宮に、昔のことなどきこえ給て

袖にさへ秋の夕べはしられけりきえし浅茅が露をかけつつ（一七二）

寮曹司にすみ給けるころ、昔の内をおぼしいでて、一品宮にきこえ給ける

すぎにけむ昔は近くおもほえてありしにあらぬほどぞかなしき（一七三）

この宮は内におはします

わすられぬ昔ながらの内なればありしにかはる袖はぬれけり（一七四）

一品宮は資子内親王である。「この今の上（円融天皇）もいみじう思ひかはしきこえさせ給て、一品になし奉り給へり。内のいとさうざうしきに、をかしくておはします」（『栄花物語』巻一）とあるように、天禄三年（九七二）一品を授けられ、三宮に准ぜられたのは十八歳の時であった。円融天皇の四歳年上、天皇即位の時は十五歳、その時以来ずっと宮中にあったのかどうかはわからないが、この①の歌は規子が斎宮として初斎院に入った頃のであり、一七四番詞書から、貞元元年（九七六）二月頃も資子は宮中で過ごしていたのである。

斎宮規子の初斎院は侍従厨家であり、そこは侍従たちの調理場であった。昔徽子の殿舎であった後宮の承香殿に比べれば、あまりにも粗末な建物であっただろう。①の歌は内容から徽子の歌である。女御として後宮で過ごした昔に比べ、今の自分の状況が悲しいと詠んでいる。「昔ながらの内」とはいうが、侍従厨家は内裏の中ではなく、大内裏の南端である。女房たちや貴人の賑わいもなく、粗末な居処、そして女御としての役割もない立場、同じ内での暮らしではあるのにあまりにも女御の頃とは違う日々の侘しさであったのだろう。その侍従厨家に七ヵ月居て、九月には野宮に移り、さらに一年経って伊勢へ下向する。

②　とほくなりたまふほどちかくて、おなじ宮に

すぎにしもいまゆく末もふた道になべて別れのなきよなりせば（一七五）

御かへし

ゆく旅もすぎにし方をおもふにも誰をもとまる身をいかにせん（一七六）

とほくなり給なむ後の形見とて、内（「一品宮」書本・仙本）より絵かきてとて、継紙をたてまつり給へりけるを、こと物にただいささかかきつけ給て、蜘蛛の巣かきたるところには

蜘蛛のいのかくかくべくもあらねどもつゆの形見にけたぬなるべし（一九六）

一品宮より、伊勢の御くだりに

わかれゆくほどは雲居をへだつともおもふ心は霧もさはらじ（七四）

これより一品宮に

ふりはへてとはぬ鈴鹿の山道にいとどや冬はゆきへだつらん（二二六）

②は貞元二年（九七七）九月十六日斎宮規子の伊勢下向近い頃から、伊勢に着いてからの贈答である。①が徽子の歌であったことからみると、一七五・一九六・二二六番歌も徽子が詠んだものであろう。一七五番歌は死別、生き別れのいずれもなければいいのにと、別離の悲しみをうたう。資子は誰からも残されていく私はどうしたらいいのでしょうと返す。一九六番は形見に絵を描いていただきたいと頼んだ資子に、絵と共に贈った歌。七四番はいよいよ出発の頃であろうか。雲居はるかにお別れしても、あなたを思う心は何ものにも隔てられることはありませんとの資子の歌。二二六番は便りをいただけないが、冬は雪に阻まれてますます疎遠になってしまわれるのでしょうかとの徽子の歌である。

③　斎院にきこえさせたまひける

いはでのみしのぶのしげき野のよしを風の便りにたづねつるかな（二〇二）

くだりたまへる頃、かの宮より

秋霧のたちてゆくらん露けさに心をつけて思ひやるかな（二〇三）

おほむかへり

よそながらたつ秋霧にいかなれや野辺に袂はわかれぬものを（二〇四）

女御うせさせたまひて後、斎院より御とぶらひの御かへりに、斎宮

影みえぬ涙のふちの衣でにうづまく泡のきえぞしぬべき（四）

③は選子内親王との贈答歌である。選子は十二歳の天延三年（九七五）六月斎院に卜定され、翌年九月初斎院に入り、五十七年間斎院の地位にあった。四番歌は女御徽子の死去（寛和元年、九八五の春以降）を悼む歌が贈られたのへの娘規子内親王の返歌である。二〇二番歌も選子から先に歌が贈られてきたのへの返しである。しかしあまり音信は通わされていなかったようであり、二〇四番は出立の挨拶も申し上げなかったのになぜ袖を濡らしてくださるのでしょうかと詠む。選子の二〇三番歌への返しとしては儀礼的な感じもしないでもない。

二〇二・二〇四番歌の詠者は母の徽子なのか娘の規子なのか。規子と選子は十五歳も離れているので、異母姉妹としての交際はなかったかもしれない。徽子とすれば、同じ後宮の皇妃であった、しかも従姉妹でもある中宮安子の娘たちの、父母亡き後の成長を心にかけることもあったのかもしれない。さらにもし兼通の家で、資子は宮中に移るまでの六年ほどを、選子は斎院になるまでの十二年を過ごしたとすれば、兼通室を通してこの二人の姉妹とも交流があったことも考えられる。③の歌もやはり徽子との贈答であろう。特に資子への徽子の情の細やかさがうかがえるが、それには特別のきずながあったのだろうか。①一七二番詞書の「昔のこと」、②一七五番歌の「すぎにし」は亡くな

った人を意味している。徽子が資子とともに偲ぶ亡き人は誰であろうか。まずは徽子にとっては夫であり、資子にとっては父である村上天皇であろうか。資子は天皇死去の時十三歳であるから、父天皇の思い出は充分あっただろう。また資子の母中宮安子（死去時に資子八歳）にも、徽子にとっては愛憎こもごもの思い出があったかもしれない。しかし徽子と二人の皇女とを結ぶ糸はもっと他にありそうにも思えるがまだそれをつまびらかにできていない。

4　楽子内親王

女六宮楽子内親王は天暦六年（九五二）生まれ、規子内親王より三歳年下である。母は醍醐天皇の皇子代明親王の娘の荘子女王であるので、荘子と徽子は父方の従姉妹である。代明親王は重明親王より二歳上で、異腹ではあるが交流はあったようだが、承平七年（九三七）、徽子が九歳の時に亡くなっているし、その翌年徽子は斎宮として伊勢に赴き、十七歳まで京にはいないので、入内まで徽子と荘子の付き合いはなかっただろう。村上天皇が亡くなると、四十九日を終えて荘子は出家した。

①　伊勢より、麗景殿斎宮にとて
浦とほみはるかなれども浜千鳥都の方をとはぬ日ぞなき（書本一四五）
御返し
とひくるを待つほどすぎば浜千鳥波間になほぞうらみられける（一三三）

この贈答は、『注釈』が指摘するように、書本一四五番（仙本、八七）の、徽子側の歌が西本では欠落していると思われる。「麗景殿斎宮」は荘子の娘楽子（『注釈』）。荘子は麗景殿と呼ばれており、その子楽子内親王は四歳で斎宮に卜定され、十二年間勤めている。帰京してからは、出家した母と同居していたのかどうかはわからない。その楽子に徽子または規子が、浜千鳥が都でも飛ばない日はないように、わたしもあなたのことを思わない日はありませんと、たいへん親密な歌を贈っている。楽子との贈答はこれのみなので、これが徽子の歌なのか規子のかわからないが、楽子の返しの歌の、手紙をいただけないのでお恨みしていますという言い方は、友達へのような感じもする。あるいは徽子と規子、荘子と楽子という二組の母娘の付き合いであったかとも思ってみる。

5 宣耀殿女御芳子

芳子は左大臣藤原師尹の娘であるので、徽子の母方の従姉妹である。皇子二人を生んでいる。村上天皇の深い寵愛を受けた人であり、古今集全巻の暗唱ができたことでも知られている。

① 宣耀殿の女御のもとに（西本「もとより」）

たまさかにとふ日ありやと春日野の野守りはいかがつげやしつらむ（五五）

御かへし

春日野の雪の下草人しれずとふ日ありやとわれぞまちつる（五六）

「春日野」は春日神社の縁で、藤原氏の芳子を指しているとすれば（『注釈』）、五五番歌が徽子であろう。芳子は徽子よりかなり年下と思われるので、返歌の謙譲の感も芳子に相応しい。徽子の便りを待っているという歌から、二人には頻繁ではなくとも文通があったことがうかがえる。天皇の寵愛厚かった芳子に対して、徽子はかならずしも親昵の情を抱き続けていたのではないかもしれないが、交際があったのは従姉妹ということもあったのだろうか。他の八人の皇妃との交流は記されていない。やはり皇妃相互はライバルとしての感情が先にたったと考えられる。

ところが村上天皇の皇女たちとの交流は多い。皇女は規子の他九人、その内早世した女一宮（承子）・女二宮（理子）、狂疾があったらしい女七宮（輔子）を除くと、交流がなかったのは更衣祐姫の娘の緝子内親王であるが、この他の五人との交流がある。男皇子との交流が一人以外ないのは当時としては当然かもしれない。その交流の主体が規子であるのか、母の徽子であるのか、あるいは母娘ともに親しくしていたのか判断がつかない場合が多い。詠者が規子であると明示していないものは、すべて徽子の歌とすることもできないようである。徽子・規子の母娘はほとんど一緒に過ごしていたので、どちらかが詠んだとしても、親交の気持ちは二人共通であったと考えられるのではなかろうか。この『斎宮集』に見る限りでは、交際が浮かばない皇妃の皇女との交流があるということは、皇女との交際は主に規子の方ではなかったかと考えたほうがよいのではなかろうか。

四

この節では藤原氏に属する人々で、女御徽子および規子内親王と歌の贈答があった人について検討する。

1　堀河中宮藤原媓子・藤原婉子

媓子の父は右大臣師輔の二男で関白太政大臣兼通（九二五〜七七）、母は有明親王の娘の昭子女王である。(6)媓子は天暦元年（九四七）生まれで、徽子より十八歳下、規子より二歳上である。媓子は天延元年（九七三）に円融天皇に入内し、七月には皇后とされ、天元二年（九七九）、徽子親子より先に亡くなった。堀河の名で称されるのは、父兼通邸の場所による。

『斎宮集』中贈答のもっとも多いのがこの媓子で、徽子側から十六首、媓子から十首の贈答歌が載せられており、徽子親子が一番親しくしていた人のようである。贈答歌をみてみよう。

①　山里の心地する御すまゐに、后の宮のひさしうおとづれきこえ給ざりければ、春、斎宮

雲居とぶ雁の音ちかき山里もなほたまづさはかたくぞありける（一五〇）

下りたまはむ秋のするゑに、同じ宮、又

わするらんかれなはてそも秋の野の草葉に露のかかるほどだに（一五一）

御かへし

君がすむ野にも山にもおもひやる心かろくや人をわするる（一五二）

この贈答は規子と媓子のものと思われる。山里とするので、規子が野宮に居る時であれば貞元二年（九七七）、規子二十九歳、媓子二十七歳である。歌からして、すでにこれ以前に二人は親しかったのであり、一五〇・一五一番ともに規子の方から交信の呼びかけをしていることに注目したい。

② 同じ宮より、天児（あまがつ）をこれ形見にみたまへとて、たてまつり給けるをかへしたまふとて、裳などきせたまひて、その裳に葦手にて

波間より海人かづきいづる玉藻にもみるめのそはぬなげきをぞする（一五三）

葦間こぐ舟ならねどもあふことのいやましにのみさはりおほかる（一五四）

朝夕に海人のかる藻はなになれやみるめのかたき浦となりける（一五五）

まてがたにかきつむ海人の藻塩草煙はいかにたつぞとや君（一五六）

御かへし

藻塩草かきつむ海人の浦をあさみなびかむ方の風もたづねむ（一五七）

「天児」は、凶事を身代わりしてくれる子供のお守りである。それを二十九歳の規子に媓子が贈ったのは、「皇后の幼児時代から皇后の凶事を背負ってきた」物であり、「旅の道中の守りとして」（『注釈』）贈られたのであろうか。そのような媓子にとっての大切な物であるから、無事に伊勢へ着いたので返したのであろう。媓子はおそらく一番大事な

物を贈ったのである。それを手放したらわが身に凶事が降りかかるかもしれないのに。媓子の深い友情がよくわかる。それを返す時の歌四首も、①の贈答からみて規子の歌であると思われる。規子のその四首にはすべて逢えない嘆きが詠まれている。それはお返しの儀礼的な詠み口ではなく、めんめんと真情が吐露されているようである。

③　九月雨ふる頃、宮より

袖ならず身さへとまらずなりぬべし残りすくなき秋のながめに（一五八）

おほむかへし

袖にだに雨も涙もわかれぬにいかですぎゆく秋にかあるらん（一五九）

九月であるから、規子が斎宮として伊勢へ出立した九月十六日に近い頃であろう。媓子から別れの悲しみの涙に身が流れるほどだとの歌が届けられる。

④　この后の宮のするひたひを借りきこえ給へりけるを、かへしたてまつり給とて、するゆひたる物に

おもほえぬすぢに別るる身をしらでいとするゑ遠くちぎりけるかな（一六〇）

むつましく契りきこえたまひけることのたがひにけるを、御かへり

玉かづらかけはなれたるほどにても心がよひはたゆなとぞおもふ（一六一）

「するゑ」・「ひたひ」は鬘である。「いずれも入内における必要な調度品のようである。規子内親王が斎宮として参内する時、必要で、借りたもの」（『注釈』）とすれば、九月十六日、宮中で天皇から別れの櫛を賜る時に身に着けたのであり、伊勢に到着してまもなくの規子の歌（一六〇）であろう。そこには二人が契りを結んでいたことが知られる。その契りとはおそらく、二人が末永く友として親密にしていこうという友情の契りであったに違いない。まるで恋人との契りのようである。心からの親友が規子にはあったのである。このような二人の間柄であったからこそ②③の贈答

歌に深い真情が込められていることがうかがえるのである。

⑤　祭主能宣がのぼりけるにつけてきこえたまひける

忘れ貝ひろはざりせば浦風の便りに人はとひもしてまし（一六二）

御かへり、浜木綿を文箱にして

浜木綿をなにうらみけむ白雲のへだつる山もへだてけるよを（一六三）

そのような二人であったが、やはり遠く隔たったことから、文通も途絶えがちになったのであろうか。

⑥　七月ばかりに、能宣が下りけるに、荻の中に御文をいれてありける、后の宮より

浦風の便りをいつかたづねけむ籬の荻の音をせぬかな（一八一）

とあるを、九月ばかりに同じ人に付けて、丁子を蓑虫につくりて、その中に御文

露のみのむしきえざらばこころみよ雁の羽風にとひやおとると（一八二）

師走ばかりに同じ人に付けて、もちひの形を合せ薫き物を作りて、白い物をまめて、近江よりたてまつるやうにて、五六寸許なる男をつくりてになはせたる、腰にさしたるけしきに

曇れどもよにむつましき鏡にはおもふ心をよそにてもみよ（一八三）

御返りには銀（しろかね）の籠（こ）をつくりて、いみじうちひさき蛤をいれて、かれよりまゐりたる男ににになはせて

名にたかき浦の波間をたづねてもひろひわびぬる恋わすれ貝（一八四）

鏡の御かへり

鏡山雲へだてたるほどながらますかげなくもおもほゆるかな（一八五）

同じ宮より、銀の鶯にくはせたりける御文

風の音をまちけるほどぞ谷川の鶯の音につけてきかなむ（一八六）

おほむかへり

鶯の音をたづねずはとふことを風のつてにもきかずやあらまし（一八七）

この七首の贈答歌の遣り取りには、じつに可愛い造作物まで添えられている。香木の丁子の蓑虫（規子）、調合香を正月にあわせて餅のように作ったものを男の人形に担わせた物（媓子）、海近い伊勢らしく銀の籠に蛤を入れたものを、贈られた人形に担わせ（規子）、新春には銀の鶯（媓子）と、時節に合った物であった。この贈答は、今までの親しさからしても、また造作物の発想からしても娘の規子の方であろう。母の徽子もそのやり取りをともに楽しんだに違いないし、あるいは歌は徽子が詠んだのもあるかもしれないが、その場合でもそれは規子の歌として交わされたであろう。この⑥の贈答は規子が斎宮として伊勢に下った翌年の天元元年（九七八）から次の年にかけてのものである。媓子はこの贈答から間もなく、六月三日に里邸の堀河院で亡くなっている。規子は、これからたくさんの手紙を送ります（一八二）、あなたを忘れることはできない（一八四）と詠む。そのように心を交わしていた媓子の死を伊勢で迎えた規子の心中は察するにあまりある。

⑦　堀河の中宮うせ給ての頃、六条殿に長女柏（ながめがしは）をたてまつり給て

さだめなき世をきく時もたれにより長女柏のしげきとかしる（二二七）

御かへし

さだめなき露もわが身もよそふなる長女柏にかかるべきかな（二二八）

又六条殿に

川霧や伊勢をわたりてへだつらんおぼつかなさのまさる秋かな（二二九）

かへし
秋をへて瀬々の川霧へだつらむ夢路の関はつらしとぞおもふ（二三〇）

天元二年六月、三十三歳で媓子死去。その死を悼んでの贈答である。六条殿とは媓子の妹の婉子（妧子、嫁子とも、生歿未詳）であると考える。(7) 異腹（母は藤原有年女、『大鏡裏書』）であるが、兼通の娘は二人だけであるので姉妹として親しくしていたのではなかろうか。婉子は貞元元年（九七六）尚侍に任じられ、初め参議藤原誠信の室となったが、後に六条左大臣源重信の五男の乗方の室となった（『大鏡』）。この頃「六条殿」といえば源重信をさすが、その息子の室である婉子についても、親しい者の間の簡略化された呼び名でそのような言い方をすることはあるだろう。

二二七・二二九番歌の詠者も徽子であるよりは、媓子とあれほど心を交わしていた規子の歌であるとみるのが自然であろう。自分の嘆きの深さを詠み（二二七）、媓子の死の痛手に悲しんでいるであろう相手を思いやっており（二二九）、相手（六条殿）も夢にでもあなたと逢いたいという（二三〇）のは、媓子と親交あった規子であることを知っており、その規子と亡き媓子のことを語り合いたいからである。とすれば六条殿は、媓子とひじょうに近い関係の人であることは間違いない。六条殿を妹の婉子とする所以である。

2 堀河殿の北の方昭子女王

堀河殿は関白太政大臣藤原兼通であるが、その北の方は昭子女王であろう。(8) 昭子は醍醐天皇の第七皇子有明親王の娘であるので、徽子とは父方の従姉妹ということになる。年齢は不明だが徽子より少し下であろう（歿年は正暦五年、九九四）。兼通との結婚は、媓子が天暦元年（九四七）、弟朝光がその四年後に生まれているので、遅くとも天慶九年頃で、徽子の入内よりやや早い。

① 同じ院にてむかひたる西の対に堀河殿の北の方すみ給ふより

時鳥ほどだにとほきものならば音せぬ風もうらみざらまし（三六）

　御かへし

いづかたの風にか秋はかよふらむ人しれずのみまねく尾花を（三七）

　又野分してつとめて

ちかき野の野分は音もせざりきや荻ふく風はたれかききけむ（三八）

　御かへし

はびこれる葛の下ふく風の音もたれかはいまはきくべかりける（三九）

　又北の方方違へてかへり給てまたの日

いかでかは人はききけむわが袖の露おく野辺におとらぬものを（四〇）

堀河殿の北の方昭子は、徽子の住む東三条邸へ方違えに来ていた（四〇）のであろう。東三条邸は摂関家の邸で、忠平から二女寛子が伝領して、夫の重明親王と住み、徽子の母寛子が亡くなると、忠平の孫登子と重明親王が再婚したことで引き続きそこに住んでいた。徽子も父が亡くなって一年ほど経った頃まではその屋敷に居たことは『斎宮集』（四一・四二）で分かるが、その後いつまでそこに住んでいたのかは分からない。しかしその後東三条邸を伝領した藤原兼家は安和二年（九六九）東三条邸を増改築して住むようになったので（『蜻蛉日記』中巻）、後宮退下（康保四年、九六七）より二年目の頃には徽子親子はすでに東三条邸を離れていたと考えられよう。とすれば堀河殿北の方昭子が東三条邸に逗留したのはそれ以前となる。逗留の時期によって昭子と東三条邸の人との親近関係は異なる。重明親王生前であれば、昭子からは父方の叔父の住む家であり、寛子死後で登子が伝領してからなら、堀河殿兼通と登子は兄妹である。いずれの時期であっても徽子と昭子が父方の従姉妹であることにはかわりない。昭子の息子の朝光は、徽子の異母妹（『大鏡』では中姫、登子女）と結婚しているが、これはその後のことであろう（息朝経は天延元年、九七三生まれ）。どの時期であっても堀河殿北の方昭子が東三条邸に逗留する親しい関係にあったことは十分考えられる。

客となった北の方昭子は、同じ東三条邸に居るのに徽子が文もくださらないと恨むが、徽子からは私こそ待っていましたのにという。結局この遣り取りだけで二人は対面することがなかったのであろうことは、昭子が帰邸して贈った歌で、私の気持ちが分かってもらえなくて涙にくれていると詠んでいるからである。しかしこのような歌の贈答をするということは、それ以前からのかなりの親しさがあったからこそである。この贈答は昭子の年齢や関係などから徽子とのものであったと思われる。

以上みてきたことから、徽子・規子母娘は堀河殿室およびその娘と親密であったことが知られたが、その関係の元にあるもの、あるいはきっかけは何であろうか。

血縁関係では、徽子と昭子は父方の従姉妹であり、母方では又従姉妹という関係にある。徽子の父重明親王は醍醐天皇の第四皇子であるが、第三皇子までは承平末年（九三七）までに、第五皇子は天慶七年（九四四）に亡くなっており、重明親王が東宮に次ぐ地位の式部卿に任じられる（天暦四年、九五〇）以前でも、彼は年下の六人の皇子たちから頼りにされる立場にあったはずである。第七皇子有明親王も、四歳上で優秀な重明親王との親交があったと考えてよいであろう。その娘たちにも父たちの交流が影響していよう。

また徽子の母寛子は関白太政大臣藤原忠平の二女であり、昭子の母暁子は、忠平の同母兄である左大臣仲平の娘であるので、二人の母は従姉妹である。その従姉妹たちに交流があったのかどうかはわからない。その父親たちの昇進は弟忠平の方がはるかに早かったが、兄仲平との間柄はよかったようである（『大鏡』）。この頃の藤原摂関家一門は、血縁の近さが親密の度合いを表すとは言い難いが、徽子と昭子が母方では又従姉妹であることを一応押さえておこう。

徽子と昭子が親しくなったのはいつ頃だろうか。徽子は八歳で斎宮に卜定されて伊勢へ赴き、母の死去によって帰京したのは十七歳（天慶八年、九四五）の初冬であった。この頃まではまだ交際はないだろう。その二年後（九四七）に媓子が生まれているので、徽子の帰京の年かその翌年に昭子は堀河殿の北の方となっている。徽子の方も天暦二年（九四八）末に入内、翌年規子出産と、この頃の二人の境遇の変化は目まぐるしいこともあり、この時期に二人が新しく交際を始める可能性はすくない。もすこし後のことであろうか。

兼通は昭子の娘堀河中宮媓子を、「いかなりけるにか、例の御親のやうに常に見奉りなどもしたまはざりければ」（『大鏡』）とあまり可愛がらなかったのは、昭子との間柄が疎遠であったからだろうか（角田文衛『承香殿の女御』）。兼通には媓子の妹を生んだ藤原有常娘、本院侍従などとの女性関係が知られる。本院侍従は兼通のいとこであり、兼通十八歳（天慶五年、九四二）頃から、兵衛佐になった頃（天暦二年、九四八）まで関係あったとすれば（『本院侍従集』）、兼通は北の方昭子との結婚前後の時期に本院侍従とも交情関係にあったのである。その本院侍従はやがて承香殿女御徽子に宮仕えする（『拾遺集』一二六三）。兼通の室および愛人の両人と徽子が関わりを持つことには、兼通が一枚噛んでいるのであろうか。

兼通と昭子の間の娘の堀河中宮媓子と、徽子の娘規子とは深く心を交わした親友といってよい間柄であることはすでにみた。これは徽子と昭子という母同士の親しさから、娘たち規子と媓子も親しくなったと考えるのが当時としては自然であろう。

兼通の三男朝光の北の方となったのは、徽子の異母妹で、中姫と書かれている（『大鏡』）登子の二女である。朝光との間の娘姫子を天禄二年（九七一）に、その二年後には男子を生んでいるので、そのすこし前の結婚であろう。その頃にはすでに徽子親子は東三条邸を出て、登子たちとは離れた別の所に住んでいたはずであるので、朝光のその結婚は徽子には直接の関係はないだろうが、兼通一族との縁がもう一つ絡まったことではある。

兼通と兼家は同母兄弟であるが、二人の権力の座への執念はすさまじかったことは周知の事実である。兄兼通よりは早い出世をしていた兼家であったが、兼通は姉の中宮安子に頼んで、「関白は次第のままに」という書き付けをもらっていて（八巻本『大鏡』）、ついに関白になれたのである。兼通は姉中宮安子と権力の座への思惑からか親密であったのである。一方兼家は安子死後、東宮守平親王の母代となった姉登子と接近していたと思われる（『蜻蛉日記』）。守平親王が即位すると、登子は尚侍となり、その発言力は大きかったであろう。中宮安子が亡くなって後ろ楯をなくした兼通は登子に近づく。それが兼通の息の中で有望な朝光の、登子二女との結婚ではなかったか。登子が尚侍となった頃の結婚であり、登子が亡くなった（天延三年、九七五）翌年、源延光が死去、その後朝光は延光の未亡人と関係を結んで、四人も子供があった中姫を捨てる。延光未亡人は朝光の親ほどの年で、色黒あばたの不美人であったが、その財産に引かれてのことであったと記す（八巻本『大鏡』、『栄花物語』）。うがった見方をすれば、朝光が登子の娘中姫と結婚したのは、円融天皇に強大な影響力を持つ登子への接近のためであり、その登子が亡くなると、もうその政略結婚が役にたたなくなったので捨てたのだということもあるかもしれない。

源延光の死の翌年（貞元二年、九七七）頃に朝光が未亡人の所に行ってしまったとすれば、その年に規子は斎宮として伊勢へ下向している。規子と兼通娘の媓子との親交はそれ以前からであるが、伊勢へ行ってからもその緊密な関係は続いていたので、徽子からは異母妹、規子からは姪の中姫のそのような悲劇を、徽子親子はどのように見ていたであろうか。堀河殿北の方昭子と徽子の贈答はそれ以前のことと思われるが、規子と媓子の親密さ、媓子死去についての媓子の妹婉子との悲嘆の贈答などをみてくると、兼通・朝光の男の世界とは別の、兼通一族の女人と徽子親子との結びつきであったとみるべきであろう。

また徽子には、義母登子が夫重明親王死後ではあれ、早々にその夫を悼む間もなく、徽子の夫である村上天皇の寵愛を受けたらしいことから、苦汁を飲まされた人としての感情を持ち続けていたと考えられる。(9) とすれば登子の娘中姫の不幸も、身内の者への不憫さとしては受け止めなかったのかもしれない。

藤原忠平一門の人で、徽子または規子と交流があったのは、以上の他に、師輔の五女愛宮（桃園宮）、六女悠子（御匣殿女御・六女御）という、いずれも徽子の母方の従姉妹がある。さらに徽子の甥や姪、女房たちがある。

注

（1）第六章　七節

（2）第三章　五節

（3）第十二章　六節

（4）第五章　七節、八節、九節

（5）第八章　四節

（6）堀河殿の北の方については、現在でも次の事柄で錯綜している。①昭子であるか、能子であるか。②兼通は①の二人と結婚したのか、一人なのか。③どちらが有明親王の娘、元平親王の娘であるか。④媓子の母は誰か。また顕光、朝光のどちらと同腹か。本章で媓子の母を兼通室の昭子としたのは、『日本紀略』天延元年（九七三）十月十四日条に、昭子女王が正三位に叙されたこと、『権記』同日条に、それが「后の母」（媓子は直前の七月一日皇后となる）であるからとの理由が付けられていること（角田文衛、前掲書）による。昭子が有明親王娘であることは『尊卑分脈』などによる。また『平安時代史事典』（角川書店、平6）の「有明親王」項（角田文衛）、「藤原兼通」項（山中裕）、「昭子女王」項（関口力）も媓子の母を有明親王娘とする。

（7）「六条殿」と表記されている人について、『注釈』は「媓子の母ではないか」とし、しかし媓子の母が「六条殿といわれたのか、媓子に先立たれたのかもわからない」とするが、媓子のただ一人の妹で、六条殿重信の息子乗方の妻となった婉子は条件にぴったりである。

（8）「堀河殿の北の方」を『注釈』では、兼通の三男の「朝光の夫人（式部卿重明親王女）か」とし、その理由として、「異母妹である」ことや、「朝光は閑院大将と号しているが、堀河殿と呼ばれた時期があった」、「同じ里邸に住んでいるという関係は姉妹のような親密な関係の方がふさわしい」ことなどがあげられている。しかし義母登子との関係は、第九章で述べたが、あまりよいとはいえなかった。また同じ屋敷に住んでいたのではなく、北の方は方違えで、何日か逗留したのだからこそ、このような歌を贈ったのであろう。さらに四節の1でみたように、堀河中宮媓子と規子の親交がある。とすれば当時最も普通に「堀河殿北の方」と呼ばれた、兼通室昭子を当てた方がよい。昭子と徽子は従姉妹でもある。また朝光が登子娘と結婚したのは、徽子親子が東三条邸を出た後であろうことも考えなければならない。

（9）第九章

八　尚侍藤原登子について――斎宮女御徽子との関連において――

はじめに

斎宮女御徽子研究の一環として、その徽子の心理に多大の影響を及ぼしたと考えられる藤原登子について明らかにしたい。登子は徽子の父重明親王の後妻であったので、徽子にとっては義母という関係である。その登子が後に、こともあろうに徽子の夫である村上天皇に寵愛されるという、徽子にとってはおそらくもっとも耐え難い関係の人となった。

本章では、(1)徽子の父が登子と再婚できた理由、(2)登子が村上天皇に入内した経緯と意義、(3)登子の存在の歴史的意義ということについて検討し、徽子の人生の中に占める登子の存在の意味や心情を探る手掛かりとしたい。

一

徽子の父重明親王は醍醐天皇の第四皇子で、延喜二十一年（九二一）十六歳で元服（『日本紀略』）[1]、その頃に左大臣藤原忠平の二女寛子と結婚している。重明親王についてはすでに述べたことがあるので要点だけを記す。重明親王が元服以前から四十九歳で死去するまで記した『吏部王記』は膨大な分量であったはずで、その逸文からも朝儀・典礼・有職・日記にわたる内容は精緻で、後代の規範として多く用いられる優れた記録であったことがうかがえる。英明で意志強固、詩文にも秀で、琴や笛の演奏にもひじょうに堪能であった。加えて皇子である。血統といい人物といい理想的な男であったが、その結婚は忠平から選ばれ与えられたという経緯であっただろう。時の最高権力者である忠平は長女を醍醐天皇の第二子で皇太子の保明親王に入内させていたが、当時としては二女寛子の結婚も、一門の発展に有益にと当然考えたに違いない。忠平一門が皇族との縁組みを意図するようになったこの時期、醍醐天皇の皇子の中でも重明親王が選ばれたのは、優れて英邁で風雅な人物とみなされていたからで、やがて皇族の中でも要人となるに違いない人、場合によっては皇太子予備者との思惑もあったかもしれない。寛子は重明親王との間に、源邦正、行正、信正の三人の男子と徽子、悦子（後改名旅子）の女子二人を持ち、二十数年の結婚生活の後、天慶八年（九四五）一月十八日死去。『吏部王記』同日条には「戌時、室正五位下藤原朝臣寛子卒、年四十、太政大臣二女也」と記している。

それから三年後の天暦二年（九四八）十一月二十二日重明親王は、右大臣藤原師輔二女登子と再婚している。重明親王四十三歳。登子の年齢は確かではないが、長女の安子が延長五年（九二七）生まれであるので、一・二歳年下とすれば、延長七年（九二九）生まれの徽子と同年齢くらいであり、親王との結婚時には二十歳ほどであっただろう。父の結婚一ヵ月後の十二月三十日に徽子は入内するのである。

重明親王が登子と再婚した時には、醍醐天皇の皇子で重明親王の兄三人はすでに亡く、三品中務卿で源氏の氏の長者も兼ねる彼の立場はさらに重くなっていた。またすでに三十年ほども『吏部王記』を書き続け、有職故実にもっとも精通していた人であっただろうし、風流な皇子としての公宴での弾琴の記録も増加している。重明親王のこの二度目の結婚がどのような経緯でまとまったにしろ、右大臣師輔が娘登子との結婚の承諾を彼に与えたのには、やはり師輔の深慮遠謀があったと考えるべきであろう。重明親王再婚時には、二十一歳の若く丈夫な村上天皇即位二年目、藤原権門にとって重明親王を東宮予備者として取り込んでおく必要はなかったはずである。しかし徽子入内との関係から、忠平一門の中でもことに師輔は重明親王と親密な関係を結んでおくことが得策であると考えたに違いない。

師輔の長女安子は徽子より九年も前の天慶三年（九四〇）に入内し、同九年五月二十七日女御に上げられ、六月五日皇子を出産したが皇子は即日死去、二年して天暦二年（九四八）四月十一日皇女を生む。その年の年末の徽子入内時にはまだ村上天皇の皇子はいなかった。

徽子が入内した天暦二年十二月末時点の村上後宮の様相はどうであったか。安子入内の天慶三年（九四〇）から六年後の天慶九年十一月二十九日に、右大臣師輔の兄である左大臣藤原実頼の娘述子が入内する。師輔・安子は危機感をつのらせたに違いないが、述子は翌年死亡した。後宮にはその他に更衣藤原祐姫、源計子、藤原正妃が居たはずで、入内時期が明確ではないが、徽子入内時にすでに入内していた可能性もあるのは、さらに荘子女王、藤原芳子である。しかしこの皇妃達は安子よりは家格も低く、この時女御とされていたのは安子以外にはないので、もし皇子を生んでも師輔・安子にとってさほど問題ではなかったであろう。そこに父は皇族の重鎮である重明親王であり、本人は元斎宮という崇敬される経歴を持った徽子が入内する。もしその徽子が皇子を生めば、場合によっては立太子の可能性もあるかもしれない。その時重明親王が女婿であれば懐柔しやすい。あるいは安子所生の皇子の立太子に妨害があった時には、権勢を持つ重明親王の側面からの協力を目論むなど、次期東宮の外祖父の立場に手が届きそうな時だけに、師輔はその一つの鍵となる重明親王へ二女登子を与えて、一族に取り込んだのだということも考えてよいであろう。

安子は徽子入内から一年半後の天暦四年五月二十四日皇子出産、一ヵ月後の六月二十六日にはすでに立太子の日取りまで決定され、二ヵ月後の七月二十三日東宮が実現した。この異常な早さに師輔の孫立坊への執念を嗅ぎ取ることができる。

重明親王が登子と再婚するにあたっては、裏面には以上のような師輔の読みがあったと考えてよいであろう。重明親王もその師輔の思惑は認識していたはずである。しかし重明親王にとっても師輔との提携は利するところがあったはずである。その一つは住居である。重明親王が最初の北の方である太政大臣藤原忠平の娘寛子との結婚生活をどこで営んだのかは分からないが、徽子の『斎宮女御集』の西本願寺本・書陵部本・歌仙家集本に記された、重明親王歿後の歌の詞書では、「三条の宮」・「三条院」・「東三条院」である。また『拾遺抄』(四六八)・『拾遺集』(一二〇四)では「東三条」とする。[2]邸宅について記す『拾芥抄』では、「東三条」の項に「四条院誕生所、或重明親王家云々、二条南町、西南北二町、忠仁公家、貞信公家、大入道殿伝領」、『二中歴』では「二条町南町西、南北二丁、良房公家、又兼家公家、或説重明親王家」とする。これらの資料によって、重明親王は藤原北家が伝領する東三条第に住んでいたと思われる。そこに住むようになったのは、おそらく初めの妻の寛子が忠平(貞信公)娘であったので、東三条第は寛子が伝領していたと考えてよい。重明親王は母方の曾祖父左大臣源融の栖霞観を伝領していたが、嵯峨野のその屋敷は日常住まうには内裏に遠すぎて不便であったに違いない。重明親王は寛子が亡くなっても、後妻の登子が師輔の娘であった関係で、東三条第を明け渡さずに住み続けることができたものと思われる。東三条第は後に兼家が伝領して建物は増改築しているが、敷地は当時でも二町もある広大なものであり、内裏に近い一等地である。とりわけ藤原権門伝領の屋敷に居住していることは、重明親王の摂関家との関連の濃密さを誇示することになり、親王にとってひじょうに有益であったはずである。しかし村上天皇の「天暦の治」の時代、重明親王は皇族の長としての崇敬をより払われたであろうが、政治の場に出ることはなかった。重明親王は登子との六年の結婚生活の後、天暦八年(九五四）九月十四日、式部卿として四十九歳で死去。その間に登子は二人の女子を生んでいる。

二

『栄花物語』（巻一、月の宴）に記す登子関係の記事のすべてを掲出してみる。

(1)　九条殿の后の御はらからの中のきみは、重明の式ぶ卿の宮の北の方にぞおはしける。女君二人生みてかしづき給ひけり。

(2)　式部卿の宮の北の方は、内わたりのさるべき折ふしのをかしき事見には、宮仕ならず参り給けるを、上はつかに御覧じて、人知れず、「いかで〳〵」とおぼしめして、きさきに切に聞えさせ給ひければ、心苦しうて、知らぬ顔にて二三度は対面せさせ奉らせ（給）けるを、上はつかに飽かずのみおぼしめして、常に「なほなほ」と聞えさせ給ければ、わざと迎え奉り給ければど、あまりはえ物せさせ給はざりける程に、みかどさるべき女房を通はせさせ給て、忍びて紛れ給ひつつ、参り給ふ。又造物所にさるべき御調度共まで心ざしせさせ給ける事を、おのづから度々になりて、后の宮もり聞かせ給ひて、いとものしき御けしきになりにければ、上もつつましうおぼし（めし）て、かの北の方もいと恐しうおぼしめされて、その事とまりにけり。かの宮の北の方は、御かたちも心もをかしうおはしける。色めかしうさへおはしければ、かかる事はあるなるべし。みかど人知れず物思ひにおぼし乱る。

(3)　かかる程に、重明式部卿の宮日来いたくわづらひ給ふといふ事聞ゆれば、九条殿も「いかに〳〵」とおぼし歎く程にうせ給ひにければ、みかど人知れず「今だに」と嬉しうおぼしめせど、みやにぞ憚りきこえさせ給ひける。

(4) かくいみじうあはれなる事を、内にもま心に歎き過ぐさせ給ふ程に、男の御心こそなほ憂きものはあれ、六月つごもりにみかどのおぼしめしけるやう、「式部卿の宮の北の方は一人おはすらんかし」とおぼし出でて、御ふみものせさせ給ふに、后の宮の御おととの方々、男君達、ただ親とも宮をこそ頼み申しつるに、火をうち消ちたるやうなるを、あはれにおぼし惑ふ。

(5) 宮の北の方は、珍しき御文を嬉しうおぼしながら、なき御影にもおぼしめさむこと、恐しうつつましうおぼさるるに、その後御文しきり（に）て、「参り給へ〳〵」とあれど、いかでかは思ひのままには出で立ち給はん。「いかに」などおぼし乱るる程に、御はらからの君達に、上忍びてこの事を宣はせて、「それ参らせよ」と仰せられければ、「かかる事のありけるを、宮のけしきにも出さで、年来おはしましける事」とおぼすにつけても、いと悲しう思ひ出できこえ給ふ。さてかしこまりてまかで給て、「はやう参り給へ」など聞え給へば、あべい事にもあらずおぼしたれば、「今はじめたる御事にもあらざなるを」など恥しげに聞え給ひて、この君達同じ心にそそのかし、さるべき御様に聞え給ふ。内よりは内蔵寮に仰せられて、さるべきさまのこまかなる事どももあるべし。「さば」とて出で立ち参り給ふを、御はらからの君達、さすがにいかにぞやうち思ひ給へる御けしきどもも、すずろはしくおぼさるべし。

(6) さて参り給へり。登花殿にぞ御局したる。それよりとして御宿直しきりて、こと御方々あへて立ち出で給はず。故宮の女房・宮達の御乳母など安からぬ事に思へり。「かかる事のいつしかとあること。ただ今かくおはしますべき事かは」など、事しも呪など、し給ひつらんやうに聞えなすも、いとかたはらいたし。御方々には、宮の御心のあはれなりし事を恋ひ忍びきこえ給ふに、かかる事さへあれば、いと心づきなき事にすげなくそしりそねみ、安からぬことに聞え給ふ。参り給て後（すべて）夜昼臥し起きむつれさせ給ひて、世のまつりごとを知らせ給はぬさまなれば、ただ今のそしりぐさには、この御事ぞありける。「わりなかりし折、あやにくなりしにや」とおぼされつる御心ざし、今しもいとどまさりて、いみじう思ひきこえさせ給てのあまりには、「人の子など生み給はざらましかば、后にも据えてまし」とおぼしめし宣はせて、内侍の督になさせ給ひつ。御はらからの君達も、暫しこそ「心づきなし」とおぼし宣はせしか、御心ざしのまことにめでたければ、たけからぬ御一筋をおぼすべし。小野宮の大臣などは、「あはれ、世のためしにし奉りつる君の御心の、世の末によしなき事の出できて、人のそしられの負ひ給ふ事」と、歎かしげに申し給ふ。御方々たまさかにぞ御宿直ある。登花殿の君参り給ては、つとめての御朝寝・昼寝などあさましきまで世も知らせ給はず御殿籠れば、「何事のいかなれば、かく夜は御殿籠らぬにか」と、けしからぬ事をぞ、近う仕まつる男女申し思ひためる。

(7)　御悩まことにいみじければ、宮達・御方々皆涙を流し給ふもおろかなり。その中にも内侍の督、あはれに、「人笑はれにや」とおぼし歎く（さま）、ことわりにいとほしげなり。

（以上の本文は梅沢本を底本とする『栄花物語全注釈　一』松村博司　角川書店による）

『大鏡』第三にも同様の記載がある。

(8)　まこと、この后の宮の御妹の中の君は、重明式部卿宮の北の方にておはしましましぞかし。その親王は、村上の御同胞におはします。この宮の上、さるべき事の折は、物見せ奉りにとて、后の迎へ奉りたまへば、忍びつつ参りたまふに、帝仄御覧じて、いとうつくしうおはしましけるを、いと色なる御心癖にて、宮に、「斯くなむ思ふ」

と、あながちに責め申させたまへば、一二度、知らず顔にて、許し申させたまひけり。さて後、御心は通はせたまひける御気色なれど、「さのみはいかが」とやおぼしめしけむ、后、さらぬ事だに、この方様は、なだらかにもえ作り敢へさせたまはざゝめる中に、ましてこれは、よその事よりは心づきなうもおぼしめすべけれど、御あたりを宏う顧みたまふ御心深さに、人の御為、聞きにくうたてあれば、なだらかに、色にも出でず過ぐさせたまひけるこそ、いと忝なう悲しきことなれな。さて、后の宮亡せさせおはしまして後に、召し取りて、いみじう時めかさせたまひて、「貞観殿の内侍督」とぞ申ししかし。世になく覚えおはして、他女御・御息所嫉みたまひしかども、かひなかりけり。これにつけても「九条殿の御幸ひ」とぞ、人申しける。

（以上の本文は東松本を底本とする『大鏡』新潮日本古典集成による）

この両書の内容に大きな齟齬はないので合わせて要約してみる。

・重明親王の北の方登子が、姉の中宮安子の所へ訪ねて来ていた時、村上天皇から見初められ、安子の取り持ちあるいは黙認で、幾度かの契りがあった。
・やがて重明親王が亡くなり、天皇は未亡人になった登子を手に入れる好機到来とうかがったが、やはり安子に憚った。
・さらに中宮安子死去。天皇はいよいよ登子に出仕を促したが、登子はためらっていたので、その兄弟に勧めるよう迫った。
・ついに登子は入内し、天皇の寵愛を一身に受け、天皇は治世も顧みなくなったので、世の非難をあびた。
・まもなく天皇は崩御。登子は世間から笑い者になるのではないかと嘆いた。

『栄花物語』では、分割しながらも長大な文章で構成されているこの内容には、多分に虚構も含められていようが、根底の事実は存在したに違いない。記事の長大さからも、それは世間の耳目を驚かす事件であったことがうかがえる。以下で記事の意味することを検討する。

三

村上天皇後宮に登子が入内したことの正否

記録類では『尊卑分脈』藤原冬嗣孫の師輔の「女子」の項に「登子、尚侍、従二位、先重明親王、後村上貞観殿尚侍」の記事、『一代要記』冷泉天皇後宮の「尚侍藤登子」の項に「初適重明親王、々々薨後、入掖庭寵幸」の記事、『大鏡裏書』の「貞観殿尚侍登子事」の項に「初通重明親王、々々薨後、入掖庭有寵」の記事がある。しかし尚侍という身分はかならずしも天皇の寵愛を受けることにはならない。だが登子が尚侍にされたのは二代後の円融天皇の安和二年十月十日であり、『日本紀略』の同日条に「以従五位上藤原登子為尚侍」と記していることで間違いはない。だから『尊卑分脈』の「村上貞観殿尚侍」は誤りである。なお(6)で登子は「登花殿」を局としたとするのも誤りで、他記録類および『蜻蛉日記』にある「貞観殿」が正しい。

では登子が村上天皇の寵愛を受けたというのは正しいかということであるが、『一代要記』（十三世紀後半成立）と『大鏡裏書』（十二世紀半ば成立）はそうであることを記している。だがこの両書も虚構を含む『栄花物語』の記事によった可能性もあり、絶対的な信憑度があるとはいえない。むしろ登子と親しかった『蜻蛉日記』の作者の道綱母が、康保四年五～六月に記した文章は重要である。

御陵やなにやと聞くに、時めきたまへる人〳〵いかにと思ひやりきこゆるに、あはれなり。やう〳〵日ごろになりて、貞観殿御方に「いかに」などきこへけるついでに、

世中をはかなき物とみささぎのうもるゝやまになげく覧やぞ

御かへりごと、いとかなしげにて、

おくれじとうきみさゝぎに思ひいる心はしでの山にやあるらん

（本文は桂宮本を底本とした『蜻蛉日記』新日本古典文学大系による。以下も同じ）

村上天皇は五月二十五日崩御し、その直後の記事である。「時めきたまへる人」の中には、続きからして登子が入っていよう。そして道綱母の、あなたははかなくなられた天皇の御陵を思いつつさぞ嘆いておられることだろうとの慰めの歌に、登子は、私の心は天皇とともにすでにあの世へと行っているので身も共に死ねたら、と詠んでいる。その悲痛な詠み口は、まさに村上天皇から寵愛され、登子も深くその愛を受け止めていた人であることを表している。これを以てしても、登子が村上天皇の寵愛を受けたことは事実であったといえるだろう。

村上後宮へ登子が出仕するまでの経緯

村上天皇から登子が見初められたのは、(1)では二人の子の母となっていたこと、(2)や(8)でも重明親王の北の方になってからのように記す。それはただ登子の所属を示すようなことかもしれない。しかしもし登子が未婚の時であったとすれば、天皇であるからこそ密かに通じて口をぬぐっておくには、その父が右大臣師輔という高官であるだけに厄介なことになるとも考えられる。入内させるには後宮で絶大な力を持つ安子が登子の実姉であるから不可能に近い。やはり登子が人妻となってからのことであろうか。とすれば登子が重明親王と結婚したのが天暦二年（九四八）十一月二十二日、重明親王死去が同八年（九五四）九月十四日、その六年の間に登子は二人の女子を出産しているが、(2)

に記す時期がこの間となる。(3)(4)は重明親王の死から中宮安子が亡くなった康保元年（九六四）四月二十九日の後の「六月つごもり」までである。それからまもなく出仕したのであろう。(5)(6)がその時期のこととなる。しかしそれから三年経った同四年（九六七）五月二十五日村上天皇崩御ということになり、(7)に記すようなことになったのであろう。

村上天皇の好色を安子が黙認したことについて

登子に関する一連の記載の中で、もっとも脚色があるとすればそれはこの安子の登子に対する処遇であろう。核となる事実は、安子の死後登子が村上天皇の寵愛を受けただけのことかもしれない。安子生前にここに記すような事態が生じていたかどうかは、事が隠微であるだけに記録類も書き残すことではないので確かめようはない。(5)によれば安子の男兄弟達でさえその秘事は知らなかったのである。そこでこの登子関係の記事を物語的に読んでみた場合、読者にもっとも衝撃を与えるのは、天皇が安子へぬけぬけと登子に会わせてほしいと懇願し、それを安子が叶えてやることである。天皇と安子と登子の異常な人間模様が展開するが、『栄花物語』・『大鏡』に記す安子像では、(8)に「この方様は、なだらかにもえ作り敢へさせたまはざめる」と記すように、天皇の女性関係には激しい態度を示した人であった。「少し御心さがなく、御物怨みなどせさせたまふやうにぞ、世の人に言はれおはしましし。帝をも常にふすべ申させたまひて」（『大鏡』）とさえも書いている。そのような安子が妹登子を天皇に取り持ったのは、「よその事よりは心づきなうもおぼしめす」と、血縁関係のない他人よりはもっと嫌なことだと思いながらなのである。なぜその耐え難いはずのことを許したのか。天皇のたっての頼みであっても、「帝も、この女御殿にはいみじう怖ぢ」（『大鏡』）ていたともあるような力を持っていた安子であってみれば、拒絶できなかったはずはない。とすればそこに安子の思惑があったのではないか。

安子は天慶三年（九四〇）、天皇の親王時代に十四歳で婚し、同九年に初めての子を出産、康保元年（九六四）三十八歳で亡くなるまでの十八年間に、男子四人、女子五人の計九人を出産している。他の皇妃の子供は、二人を出産したのが女御徽子・荘子・芳子・更衣祐姫・計子、三人が更衣正妃、不産が三人であるので、安子の子供の数は抜きん出ているのである。そのことは安子への天皇の寵愛の深さも表しているであろうが、また安子が後宮を留守にする期間が長かったことも示している。皇妃は懐妊三ヵ月で里下がりをするのが原則であったので、安子は十八年の内約三分の一くらいは後宮を空けていたことになる。安子生存中の天皇と登子との関係はそのような時であったかもしれない。

さらに憶測してみると、それは安子が後宮にいない間、他の皇妃への帝寵をくい止める方策であったかもしれない。皇妃達は一族の権力獲得の方途として入内させられ、帝寵を得て皇子を生むために存在したといってよい。皇子を手にしても、皇太子に立てられるのは、皇妃の実家の勢力か、場合によっては皇妃の帝寵次第である。そして究極の目的は一族から天皇を出すことである。村上天皇の皇妃の内五人は太政大臣藤原忠平の孫である。すでに権力は蔭ではその忠平の息子達の間で争われていた。長男実頼の娘述子も入内したがすでに死去、二男師輔の娘が安子・登子、三男師氏には入内させた娘はなく、四男師尹の娘が芳子、徽子は母が忠平娘である。他の六人の皇妃達も合わせた中で、安子がもっとも目を光らせていたのは女御芳子であっただろう。たいへんな美人で帝寵もひときわ厚かったし、父師尹は後に安和の変の首謀者と目される人で、権力への欲望が強かった人である。あるいは徽子にも用心したかもしれない。父重明親王の朝廷における重みと、元斎宮の神秘性に彩られた徽子の、和歌・弾琴に秀でた人柄はあなどりがたいものであっただろう。すでに天暦四年（九五〇）に安子腹の皇子憲平親王が皇太子になっていたが、無事に即位するまでは安心はできなかった。だから芳子や徽子に天皇の情がすっかり移ってしまわないために、一時的にしろ天皇が望むなら、むしろ登子を説得してでも従わせたのかもしれない。安子が後宮に復帰した時には、妹だから事を納めることも難しくないし、子供ができても人妻だから重明親王の子だとすれば問題はない、とこんなことを安子は思わなかったか。あるいは登子も実家の父九条流師輔一門の繁栄のため安子と心を合わせたのであったかもしれない。安子の生前に登子が天皇の求めに応じたということが事実でなかったにしろ、きわめて興味をそそるそのような記述があるのは、そのような噂が囁かれていたか、あるいは『栄花物語』の作者が物語性を濃厚にしようとしたのか。いずれの場合でも事の異常さに読者はその奥にある事を嗅ぎつけていたのではなかろうか。

登子入内の意義

村上天皇は(3)によれば、天暦八年（九五四）九月重明親王が亡くなった時に登子を入内させたく思ったが安子に憚ったのだとする。いよいよ入内させようと天皇が思ったのは、(4)によれば、安子が亡くなった康保元年（九六四）の「六月つごもり」という。四月二十九日の安子の死後、『日本紀略』によれば、五月十・十九・二十六日・六月九・十六日に法会が営まれ、十七日が四十九日の法事であった。『栄花物語』には(4)の記事の直前にその事が記され、「かくて御法事過ぎぬれば、僧どもまかで」宮中は寂しくなった。今まで天皇の心を占めてもおり、重石でもあった安子がいなくなったその虚ろな思いが、登子に向けられたのは自然であろう。あれほど安子の死を嘆いた天皇が、四十九日の法事が済むと、早々に他の女に心を向けてしまうのを、(4)で「男の御心こそなほ憂きものはあれ」とも記しているが、登子が安子の妹であったからこそということもあったかもしれない。

天皇からの入内要請を登子は「あべい事にもあらず」と、すんなりとは受けなかった。障害になるようなことはなくなったとはいゝえ、異常なことであったからである。故式部卿親王の北の方という身分、しかも二人の子まである三十歳半ば過ぎの、当時としてはもう老女といわれかねない年齢でもある。それにやはり姉が亡くなった直後に、その夫である天皇に嫁するのは不謹慎であるということでもあろう。そこで天皇は、登子の「御はらからの君達」に出仕を促すよう命じる。兄弟は伊尹・兼通・兼家などである。彼等は過去の経緯まで聞かされて、天皇の思いの深さに感じ入ったのか、躊躇せず「はやう参り給へ」と言う。後では「さすがにいかにぞや」と、いいことではないのだがとは思っているが、実は、登子の兄弟達は、天皇の命に小躍りしたのではなかろうか。というのは中宮安子が亡くなる四年前の天徳四年（九六〇）五月四日に右大臣師輔は五十三歳で歿していて、その時点では「男君達あまたおはすれど、まだはかばかしくおとなしきもさすがにおはせず」（『栄花物語』）という状況であった。長男伊尹は三十七歳、従四位上蔵人頭兼春宮権亮、二男兼通は三十六歳、従四位下中宮権大夫、三男兼家は三十二歳、正五位下少納言、その他に男子八人、女子は長女安子三十四歳以下五人であった。師輔の子供は十七人が知られるが、この時上達部に列している者は一人もいなかったのである。師輔一族の政治生命の危機であるだけではない。天皇も「東宮の御後見も、四・五宮の御事も、ただこの大臣を頼しきものにおぼしめし」ていた。すでに十年前に生後わずか二ヵ月の安子所生の憲平親王を皇太子にしてはいたが、その皇太子の地位も外祖父師輔の後見がなくなれば心細いものであった。ましてこの皇太子、後の冷泉帝は狂疾の人であった。その狂悩が何歳頃から現れたのかは分からないが、その四年後の安子の死去の時には「御物のけのこの宮に参りたれば、例の御心地におはしませば」（『栄花物語』）と、大納言元方の怨霊が安子の方に憑いて死にいたらしめた時なので、今は東宮からそれが離れていて正気であるとするので、すでにこの頃には異常が現れていたのである。それがさらに早く師輔の死の頃からであったとすれば、狂疾の皇太子が廃太子とならずに、無事に即位できるには相当の困難が予想されたはずである。

しかしまだ中宮安子がいた。「宮おはしませば、よろづ限なくめでたし」と九条家はひたすら安子を頼みにするしかなかった。その中宮安子が四年後に亡くなると師輔の子息達は権勢への道が遠のいたことに絶望していたであろう。

そこに天皇からの思いもかけなかった話である。登子の逡巡など彼らには構っておれなかったに違いない。(5)で「今はじめたる御事にもあらざなるを」とは、すでに以前に天皇と契りを結んだことがあるではないかということで、登子が「恥ずかしげ」に思うほどの言い方である。だが登子にも九条家が危機的状況にあることの認識はあったはずである。兄弟の説得に応じたのも天皇の愛情にほだされただけではなかっただろう。登子は一門の命運を背負わされて入内したはずである。姉中宮安子の代わりとして天皇の心をしっかり摑まなければならなかった。それが師輔一門、登子の兄弟の政治生命を左右する時代であったからである。

登子への帝寵の背景

登子入内が中宮安子の忌明けから後の六月晦日から間もなくとすれば、康保元年（九六四）秋頃ということになろう。(6)で「それよりとして御宿直しきりて、こと御方々あへて立ち出で給はず」との寵愛ぶりが書かれる。その頃の後宮の様相はどうであったか。(3)

村上朝初期の天暦年間も早い頃までに入内していた中宮安子と女御述子はすでに亡く、女御徽子女王・女御荘子女王・女御藤原芳子・更衣源計子・更衣藤原正妃・更衣藤原祐姫は健在で、それより少し後に入内したかと思われる藤原脩子・藤原有序もいた。これらの皇妃の年齢は不明の人が多いが、徽子は延長七年（九二九）生まれ（『一代要記』）だとすればこの時三十六歳、入内して十六年を経ている。他の皇妃の年齢も徽子の前後であろうし、入内してからの年月もあまり違いはないであろう。この頃になると村上天皇は長年月関わってきた皇妃に飽きたのであろうか。しかし年若い女を求めたというのでもなさそうなのは、登子がこの時三十歳代後半であったと思われるからである。その年齢になっても登子は「御かたちも心もをかしう今めかしうおはしける。色めかしうさへおはし」（『栄花物語』）す容色と性情を保っていて、天皇を魅惑したのであろうか。

村上天皇が皇妃の中でもっとも気に入っていたのは宣耀殿女御芳子であったようである。「かたちをかしげに、うつくしうおはしけり（略）御目の尻の少し下りたまへるが、いとどらうたくおはするを、帝いとかしこく時めかさせたまひ」（『大鏡』）、「いみじううつくしげにおはしましければ、みかども我御私物にぞいみじう思ひきこえ給へりける」（『栄花物語』）という美貌だけでなく、歌の暗誦や弾琴にもすぐれた優雅な人であった。その芳子は天暦三年には入内していることが分かるが（『栄花物語』）、第一子を生んだのが同十年（九五六）、第二子は康保元年（九六四）以降であるので、帝寵は長かったのであろう。安子が芳子に嫉妬した話も残っている。ところが安子が死去した半年ほど後の康保元年十二月十七日、同二年六月二十三日、同年八月十日、同年十一月七日の四回も勅命によって、芳子のために修法が営まれている（『天暦御記』）。芳子はこの後二年も経たない同四年七月二十九日に死去しているので、おそらく芳子は安子が亡くなってまもなく病気になったのであろう。帝寵が登子の一身に注がれたのには、「私物」に思うほどの芳子の後宮不在ということにもよると思われる。天皇は登子にすっかり惑溺し、「あさましきまで世も知らせ給はず」という有様であった。この(6)の記事は『源氏物語』の桐壺巻に似せて構成されていることは一読して分かるが、それよりはさらに描写が濃密である。(6)の記述は事実に基づくこととするよりは、『栄花物語』の作者が創作意欲を顕示している所であろうか。

しかし村上天皇が治世も放擲したような事実はあったかもしれない。村上天皇は天慶九年（九四六）四月二十日、二十歳で即位した。摂政・関白も任命せず、天皇親政をかなり意欲的に行って、「延喜・天暦の治」と称される時代を生み出した。しかしすでに天徳四年（九六〇）頃、「なほいかで疾う下りて心やすきふるまひにてもありにしがな」（『栄花物語』）と譲位を思っている。その後「みかど世しろしめして後、二十年になりぬれば、『下りなばや。暫心にまかせてもありにしがな』とおぼし宣はすれど、時の上達部達、さらに許しきこえさせ給はざりけり」（『栄花物語』）

と記してもいる。在位二十年目は康保二年（九六五）であって、安子の死の翌年である。村上天皇四十歳。天皇は政治の世界から逃れたくもあったであろう。そのような天皇の心境が登子にのめり込ませることにもなったのかもしれない。

村上天皇と登子のこの情態にもっとも深い衝撃をうけたのは徽子であっただろうと想像できる。徽子の家集である『斎宮女御集』に収録されている、天皇との贈答歌や独詠歌には、共有する夫の天皇に縋り、拒否し、それでも後宮の女として生きるしかない徽子の胸の奥が伝わってくる。(4) その天皇を義母である登子に完全に奪われてしまったのである。しかしこの表現だけでは徽子の心情を正しく表してはいないのかもしれない。むしろたいへんに父重明親王への思いが厚かった徽子としては、父の妻であった人が、父への哀悼の情を捨てて、他の男と再婚したことの痛みのほうが激しかったのではなかろうか。極言すれば、徽子にとっては義母登子は夫を奪った人であり、さらには父を捨てた人としての二重の苦痛を与えた人であったはずである。

四

登子の歴史的な存在意義はむしろその後にあったのではないかと考えている。登子は村上天皇の死によって、(7)によれば「人笑はれにや」と、故式部卿親王の北の方でありながら再嫁し、あまりな寵愛を受けて、天皇の政治意欲をも削がせ、しかし天皇もさすがに皇妃としての地位を授けることはできなかったので、登子の皇妃としての身分は何もなかった。そのような登子に、ことに他の皇妃やその関係者の目は冷たかったかもしれない。

しかし登子の入内には、天皇の愛情による以外に、実はもう一つの役割があったようである。『蜻蛉日記』によれば、村上天皇崩御の翌年の安和元年（九六八）三月から五月の間に、「この御方、東宮の御親のごとして候ひ給へば、まいり給ひぬべし」とある。東宮は安子所生の村上天皇第五皇子守平親王である。これによれば登子は、東宮の養母格で村上天皇死後も宮中に出入りしている。登子の入内には、姉安子所生の皇子・皇女達の後見をする養母の役割も担っていたことが考えられる。村上天皇亡き後は皇太子守平親王の母代として存在していたと思われる。それは東宮守平親王が安和二年（九六九）八月十三日即位して円融天皇となった直後の十月十日、登子が尚侍という名誉ある地位に任じられている（『日本紀略』）ことでもうかがえる。『日本紀略』によれば、登子はこのとき「従五位上」としているが、『一代要記』では、円融天皇即位から一ヵ月程後の九月二十七日に「従四位上」になり、さらに天禄元年（九七〇）十一月従三位、天延元年（九七三）正月従二位が授けられていることも、登子が円融天皇の母格であったことを示しているようである。このようなことからして登子は、村上天皇崩御の五月二十五日から、守平親王が皇太子に立てられる九月一日までの約三ヵ月の間は「人笑はれ」を甘受しなければならなかったかもしれないが、その時でさえもすでに守平親王の立太子の予想は一部ではあったのかもしれない。

村上天皇崩御の日、安子所生では長男の憲平親王が践祚している。次の皇太子としては早くから安子腹では第二皇子為平親王と目されていた。『栄花物語』によれば、村上天皇の死の直前に左大臣藤原実頼が天皇に、「もし非常の事もおはしまさば、東宮には誰をか」と尋ねたのに対し天皇は、「式部卿の宮をとこそは思ひしかど、今におきてはえ居給はじ。五の宮をなんしか思ふ」（注、式部卿の宮は為平、五の宮は守平）と答えている。「后の宮も帝も四の宮をかぎりなきものに思きこえさせ給」（『栄花物語』）と村上天皇も故中宮安子も為平親王を溺愛しており、「宮の御おぼえの世になうめでたく珍かにおはしまし」（『栄花物語』）た人である。ではなぜ村上天皇はこの時期になって為平親王の立太子を断念したのであろうか。山中裕氏は「すでにこの時母后の師輔の娘中宮安子（村上后）が崩御（康保元年〈九六四〉）後であり、しかも、師輔も薨じている（天徳四年〈九六〇〉）という事情からきていた。為平親王の後見人である二人（師輔と安子）が亡き後は無理であると、村上天皇がいわれたのも当然であった」と述べるが、しかし守平親王も安子腹の皇子である。それについては『大鏡』に「式部卿宮こそは、冷泉院の御次に、まづ東宮にも立ちたまふべきに、西宮殿の御婿におはしますによりて、御弟の次の宮に引き越されさせたまへるほどの事ども、いといみじく侍り。その故は、式部卿宮、帝に居させたまひなば、西宮殿の族に世の中移りて、源氏の御栄えになりぬべければ」と記しているようなことがあり、実頼は弟師輔一門と源氏の繁栄を阻むために守平親王を擁立したとする。為平親王の立太子阻止は、やがて安和二年三月二十五日に、左大臣源高明が大宰員外帥に左遷される安和の変へと続いていく。その間の藤原忠平一族の人々の離合は微妙で、議論も多いが、焦点の登子との関わりで考察してゆく。

じつは師輔の三男兼家については、守平親王を東宮に擁立する際の関わりはかなり重くみるべきではないか、そして兼家の、東宮守平親王との接点に登子がいるのではないかと考えている。

『大鏡』には、先の引用文に続いて「源氏の御栄えになりぬべければ、御舅たちの魂、深く非道に、御弟をば引き越し申させ奉らせたまへるぞかし。世の中にも、宮の内にも、殿ばらのおぼし構へけるをば、いかでかは知らむ」と、為平親王排斥は叔父達の策略であるとしている。この時期政界に入っていたその叔父達とは、為平親王の母安子の兄弟である伊尹・兼通・兼家などである。しかしその兄弟三人が一致して事に当たったか否かについても見解は分かれる。山口博氏(6)は実頼兄弟の活躍を重くみ、伊尹はむしろ擁立に反対の立場であったとする。ところが山本信吉氏(7)は伊尹と兼家の協力体制だとし、黒板伸夫氏(8)は伊尹は守平親王に最も近い立場で、兼家は伊尹の協力者であったとみる。山中氏は伊尹のみを当て、兼家は関わらないとする(9)。兼通は諸氏関わりは少ないとみている。

守平親王の立太子の日、「俄に、『若宮の御髪掻い削りたまへ』など、御乳母たちに仰せられて、大入道殿、御車に打ち乗せ奉りて、北の陣よりなむおはしましける」（『大鏡』）と、守平親王を兼家が突然迎えに来て、髪を整えさせて宮中へ連れて行ったのである。これが事実であれば、兼家が深く関わっていたことを表している。

兼家が迎えに行った所はどこであったのか。守平親王は母代の登子と共にその屋敷に居た時のことかもしれない。とすればそこは東三条邸であろうか。東三条邸は藤原良房以来伝領してきた一族の屋敷であったから、登子は村上天皇崩御後もその屋敷に住み続けていたと思われる。しかしその東三条邸は後に兼家が伝領して住むことになる。それが何時のことであるか確かには分からないが、安和二年（九六九）春「いへうつりとかせらるる」（移転の予定であろう）、そして閏五月晦日頃兼家は「あたらしきところつくるとてかよふ」（『蜻蛉日記』）とあるのが東三条邸であろう。とすればその時は登子はまだ生存しているので、その東三条邸には登子と同居したことになる。兼家はその屋敷では正妻の時姫とその子供達と共に住んでいることが分かるので、そのためにも増築などしたのであろうか。兼家と登子は同腹で、年齢も兼家が三歳ほど上の兄妹であるから、もともと仲がよかったのかもしれない。この頃の兼家の官職は、村上天皇在世中の康保四年（九六七）二月五日東宮亮となり、冷泉天皇即位直後の同年六月十日蔵人頭、守平親王立太子の九月一日東宮権亮を兼ねている。以後も東宮職の官を手放さないことは山本氏によって詳しい(10)。兼家がこのように東宮職の官にあったことは、そちらの筋からも東宮守平親王の母代である登子とますます緊密であったに違いない。兼家は守平親王が東宮となった冷泉天皇の時から異例の昇進をして地位を築いてゆく。

兼家のすぐ上の兼通は、そのように出世していく弟兼家にたいへん敵愾心を抱き仲が悪かったことは『大鏡』に詳しい。それによると「この后のいまだおはしまし、時に、このおとゞ、いかがおぼしけむ、関白はしだいのま、にせさせ給へとか、せたてまつりて、とり給ひける御ふみを、まもりのやうにくびにかけて、としごろもちたりける」（岩瀬本による）と、中宮安子と親しくしていた兼通は、弟兼家に関白を先取りされないよう書き付けを貰っていたという。仲が悪い兼通が安子と緊密であったなら、兼家は安子に取り入ることはできなかったかもしれない。しかし身内であっても皇妃との強力な連携が出世に差をつける時代である。兼家は安子没後、村上天皇の寵愛を受けていた登子に接近を強めたことが考えられる。山中裕氏が「安子崩御後に村上天皇の意図がおのずと兼通から兼家へと傾いていったのであろう」[11]とされるが、それが「おのずと」だけではなく、帝寵を受けていた登子の依頼に動かされてのこともあったかもしれない。登子としても父師輔亡き後、自分の後見たる人がなくては皇妃としてもやっていけないのである。登子としては、三人の兄達は師輔一門として時には団結して事に当たってくれるかもしれないが、その三人の間でもすでに権力争いが底辺では生じている時期であってみれば、より緊密な関係の後見人を作っておくべきであることは痛感していたに違いない。兼家の後見を取りつけていくには、兼家の昇進というお返しも必要だっただろうし、もし母代となっている守平親王の立太子という幸運が舞い込むなら、その皇太子のしっかりとした後見となる人も必要である。兼家の身分を上げることへの働きかけは兼家のためだけではない、というような思いも登子にあったかもしれない。

憶測を広げるなら、東宮がねと目されていた為平親王が、守平親王にとって変わったことにも登子の働きがあったのかもしれない。村上天皇晩年の寵愛をほしいままにしていた登子であってみれば、その願い事を村上天皇は聞き流せなかったのではなかろうか。登子としては、母代として後見している守平親王を何とか帝位につけたいと思うのは当然であろう。もちろんその他の諸々の事情も守平親王に有利であった。そして登子のその思いに力を貸したのが兼家であったかもしれない。兼家は冷泉天皇に長女超子を入内させ権力の座への布石をしたが、その冷泉天皇は即位前から精神病がひどく、長く帝位にあるとは思えなかった。その次の天皇が即位することは近かった。兼家はその時天皇となる人の皇太子の座獲得に一役かっておけば、その後の出世に有利であることは疑いない。兼家の方はそのような計算をしたのではないか。

『蜻蛉日記』では、守平親王立太子の直後の十月七日の後「中将にや、三位にやなど、よろこびをしきりたる人」と兼家の喜びを記す。そして間もなく道綱母は兼家の家の近くに家を当てがわれているが、その年の年末に登子がその家に宮中から退下している。道綱母の家に登子が招かれたのは、おそらく兼家の計らいであっただろう。とすれば道綱母を兼家の家近くに急遽移転させたのも、登子を招くためではなかっただろうか。道綱母はそれ以前から登子と親しくしていることは前述したが、それも兼家の画策であっただろう。道綱母は血縁関係もなく、摂関家の息女で村上天皇の寵妃でもあった登子と友人関係が自然に生じるはずはない。その日記には、この後登子と道綱母との親しい交流が書かれているが、それを見ると、登子は風流を好み、和歌にも堪能であった。そのような登子の性情を知る兼家が、村上天皇亡き後の登子を慰めるために、あるいは取り入るために、自分の妻妾である道綱母を接近させたのではないかと思われる。そしてその二人の親交は、兼家の思惑どおりに深まったのである。

五

藤原北家が権力の座を握り、やがてその中から師輔一門が伸び、さらにその中の兼家一門が政権の頂点に立つ。その重要な一経過点として守平親王の擁立から安和の変にかけての時期に、密かに重要な役割を持ったかもしれない登子を見てきた。この辺りも男の世界から割り出されてくる事だけに目が向けられているようであるが、その蔭に隠然たる力を持っていたかもしれない登子の存在を看過してはならないと考えている。

注

（1）第四章　二節
（2）第十二章　三節
（3）第五章　十一節
（4）第六章
（5）山中裕『平安時代の古記録と貴族文化』（思文閣、昭63）
（6）山口博『王朝歌壇の研究　村上冷泉円融朝篇』（桜楓社、昭42）
（7）山本信吉『摂関時代史の研究』「冷泉朝における小野宮家・九条家をめぐって」（吉川弘文館、昭40）
（8）黒板伸夫『摂関時代史論集』（吉川弘文館、昭55）
（9）山中裕　前掲（5）書
（10）山本信吉　前掲（7）書
（11）山中裕『平安人物志』（東京大学出版会、昭49）

九　斎宮女御徽子の義母登子への心情

はじめに

村上天皇に入内して、斎宮女御あるいは承香殿女御と呼ばれた徽子は、醍醐天皇の第四皇子の重明親王の長女であった。一方の藤原登子は重明親王の後妻であるので、徽子の義母ということになる。しかし二人の年齢はほぼ同じくらいであったようである。その登子が夫重明親王の死後、徽子の夫でもある村上天皇の懇望により入内してたいへんな寵愛を受けた。村上天皇後宮の皇妃は総計十一人という多さであり、その中で徽子への天皇の愛情は深かったとはいえない。しかし村上天皇晩年の登子への惑溺ぶりは、皇妃の一人としても徽子にとっては苦々しいことであったに違いない。しかもその登子は徽子の義母という関係であるから、義母と夫を共にさせられたことになる。そもそも重明親王歿後に寡婦となった登子が村上天皇へ再嫁したこと自体、父重明親王への思いが深かった徽子にとっては深く傷つけられることであったようである。このような二重の意味で衝撃を与えられた徽子の登子への心情を、徽子が残した歌を手掛かりとして考察してみたい。

一　重明親王生存中の徽子と登子

徽子は承平六年（九三六）九月に斎宮に卜定され、翌年七月に家を離れて初斎院へ入った（『日本紀略』）が、時に九歳であった。以後母の死の忌みによって十七歳で帰京するまで斎宮として伊勢に居た徽子にとって、実母寛子との縁は儚かった。しかし少女時代を斎宮として尊崇されながらも、肉親から遠く離れて他人の中で過ごさなければならなかった徽子にとっては、かえって父母を慕う熱い思いは強烈であったかもしれない。

徽子は斎宮退下後、帰京してから入内するまでの十七歳の冬から二十歳の年末までは父の家に居たはずである。その間の父との交流で唯一知られることがある。重明親王自身の筆録である『吏部王記』の天慶九年（九四六）十月二十八日条に「與二前斎王一立レ車二條路見物」と記されており、これは重明親王が徽子と共に大嘗会の御禊を見物したことである。重明親王は親王としてその御禊に供奉しなければならなかったのであるが、腰痛のため、度々の要請を断っていることも記されている。しかし『吏部王記』を書き続けている重明親王にとって、天皇一代一度の御禊の式次第を書き記さないはずはない。重明親王にとっては単なる見物ではなかったはずだが、それに徽子を同行した。二人が同車であったかどうかは分からないが、父親の娘への愛情と見てよいであろう。帰京一年目の徽子に、即位した村上天皇への入内の話がすでに持ち上がっていたのかどうか。もしそうであれば、輿で通る天皇をそれとなく拝するような意図もあったのであろうか。しかし入内はそれから二年後のことである。

徽子の家集『斎宮女御集』に父のことを記しているのはただ一回である。

　父宮のおはしける時に、母上の御容貌（かたち）などを、今の北の方に語りきこえたまひて、「御ぐしのめでたかりし

はまたあらむや」とて、取りにたてまつりたまへりければ、

からもなくなりにし君が玉鬘かけもやすると置きつつも見む（四三）

とて、たてまつらせたまはず

（番号と本文は『斎宮女御集』西本願寺本「三十六人集」による。書陵部蔵本、歌仙家集本との異同は必要な場合のみ記す。各本は「西本」「書本」「仙本」と略する。本文は適宜漢字を当てている。以下『斎宮集』と略する）

重明親王が登子と再婚したのは、徽子が入内する約一ヵ月前の天暦二年（九四八）十一月二十二日である（『吏部王記』）。この歌の出来事はそれから六年後の天暦八年九月十四日に重明親王が死去するまでの間のことである。当時髪の美しさは美人としての重要な条件であったが、重明親王は元の北の方の髪のことを登子へ絶讃して、その遺髪を後妻に見せようとしたのである。どのような経緯からであったのか、そして登子はその寛子の姪であるとはいえ、先妻称讃を後妻にする夫は無神経であろうし、まして当時は髪には魂が宿っているとさえ信じられていた時代である。重明親王の亡き寛子哀惜の思いとみるべきであろうか。とすれば重明親王が再婚してからあまり年月が経っていない時であるかもしれない。

徽子の歌の意は、から（なきがら、遺骸）がなくなった（火葬したのであろう）今となっては、この玉鬘（髪）をお貸ししたら、欠けてなくなってしまうことが心配だし、またこの髪を身近に置いておけば、母の面影も見えるかと思うので、お渡しできませんというのである。徽子にとっては母の形見というより、母そのものである髪を、一筋でも失いたくない、いつも身近に置いていたいというのは、歌の技巧だけでなく、徽子の本心であっただろう。

しかしこの歌の奥には「単に母の形見の髪を手放して損われるのを恐れただけではなく、今の北の方に亡き母の髪を見せたくない、娘の義母に対する気持を詠んだものと考えられる」（『斎宮女御集注釈』平安文学輪読会、塙書房、昭56。

以下引用では『注釈』と略）とするように、「欠けもやする」には、徽子にとっての母の掛け替えのなさを、そして登子に手触れさせることへの嫌悪感を嗅ぎ取れるであろう。それはまた再婚して面影に立つ母を必要としなくなった父への反発も含まれていたかもしれない。いずれにしてもこの歌には徽子の、父あるいは登子に対するかたくなな姿がある。

この時徽子は後宮の承香殿に居たはずだが、重明親王と登子はどこに住んでいたのか。重明親王は登子との結婚の始発を、『吏部王記』に「夜詣二右丞相坊門家一、娶二公中女一」と記している。坊門の家は登子の父藤原師輔の左京九条三坊六町にあった家（『拾芥抄』）で、九条坊門小路に面していたので坊門の家とも称したのであろう。この家は師輔が父の摂政関白太政大臣忠平から伝領して居宅としており、重明親王は結婚の三日間か、あるいはその後しばらくはその坊門の家に通ったのである。しかし重明親王の歿後の徽子の歌の詞書では、里邸を「三条の宮」（四一）、「三条院」（四二）、同歌の書本では「三条故院」、仙本では「東三条院」と記す。『斎宮集』以外では、『拾遺集』に載せられている四一番歌は「東三条」（一二〇四）と、『玉葉集』に採る四二番歌も「東三条」（二三四一）と記す。加えて『拾芥抄』には「東三条、四条院誕生所、或重明親王家云々、二条南町西、南北二町、忠仁公家、貞信公、大入道殿伝領」とあり、『古事談』第六・亭宅にも「東三条者、重明親王之舊宅也」と記している。この東三条邸は忠仁公（良房）から貞信公（忠平）さらに大入道（兼家）と、藤原摂関家が伝領したとされるが、重明親王の最初の北の方寛子は忠平の次女であるので、兼家が伝領する以前に、その寛子が伝領して、夫重明親王と住んでいたものと思われる。寛子が没してから三年後に再婚した登子も忠平の孫という関係もあってか、重明親王と登子夫妻は三条院（東三条）に住み続けていたのであろう。もともと摂関家の屋敷であって、重明親王に属する家ではないのだが、前掲書などに重明親王の家とするのは、そこに重明親王がかなり長く住んでいたことを表していよう。寛子との結婚は重明親王の元服（延喜二十一年）の十六歳頃だとすれば、四十九歳で亡くなるまでの約三十年の長きにわたってその家に住んだのであろうか。黴子はその東三条の屋敷で育ち、斎宮退下から入内までの三年間を過ごし、入内後の里下がりも、登子が北の方として存在しているその家であっただろう。したがって黴子は入内までの一ヵ月、その後の里下がりの時には、登子も住む東三条の屋敷で過ごしていたはずである。『斎宮集』によれば、黴子は入内中も里邸で暮らすことが多かったのではないかと思われる。その間、黴子は娘の規子内親王や女房たちと共に、同じ屋敷内でも登子とは別の建物で生活したはずであるが、どの程度の交流があったのか。当時の貴族の一般的な生活習慣に照らしてもそれほど行き来はなかったかもしれない。

二　重明親王死去翌年の正月頃

黴子にとっては父であり、登子には夫である式部卿重明親王は天暦八年（九五四）九月十四日、四十九歳で亡くなった。黴子は二十六歳、登子もほぼ同じ位の年齢である。黴子は入内から五年九ヵ月経った時であり、登子の結婚歴もそれより一ヵ月長いだけである。その時黴子には規子内親王一人、登子には女子二人があった。

『斎宮集』には、重明親王歿後まもなくの歌がある。

　　父宮失せたまひて、正月一日に

忌むなれど今日しもものの悲しきは年を隔つと思ふなりけり（四四）

　　雪の降る日、ものの心ぼそきに

儚くて年ふる雪も今見ればありし人にはおとらざりけり（四五）

継母の北の方
見し人の雲となりにし空分けて降る雪さへもめづらしきかな（四六）

四四番歌と後の二首は別の時の歌であるかもしれないが、近い時期の歌であることには違いない。四四番歌は、正月になって年が変わるということは、父が亡くなった去年が遠くなったことだから、めでたい正月は悲しいなどと言うのは忌まなくてはならないのに、かえって今日が悲しいというのである。四五番歌は、雪は消え易い儚いものだが、年末から降って正月を越した積雪よりは、去年は生きていて今年は亡い父の方がもっと儚いものだったのだと、父死去から三ヵ月半経った頃の悲しみを詠む。四六番歌は、徽子の継母登子の歌で、夫の火葬の煙が立ち昇って雲となっていった、その空を分けて降ってくる雪だから、夫のゆかりに思えて親しみを覚えるという。徽子は喪中は勿論、その後も長く後宮に帰らず里邸に居たことが『斎宮集』で知られるので、三ヵ月後のこの正月の歌の贈答は、徽子の里である重明親王の家で、登子と同じ場に居て唱和したのか、そうでなくても同じ屋敷内での贈答であろう。この四五と四六番歌は類型的ではあるが、父であり夫である重明親王の死の悲しみが詠まれている。しかし徽子の歌にはまさに喪失感が詠まれており、登子の歌が死者への親昵感のほうが深いのは、夫婦としての実感であろうか。しかし同じ悲しみを詠み合う心の通いがあったのである。

三　重明親王死去一年以後

ところが、徽子の次の歌はどのようなことを表しているのだろうか。

雨降る日、三条の宮にて

雨ならでもる人もなき我が宿を浅茅が原と見るぞ悲しき（四一）

三条院にて

我ならでまづうち払ふ人もなき蓬が原をながめてぞ経る（四二）

季節は「浅茅が原」「蓬が原」とあるので、両歌ともに秋である。[1] 同じ頃の歌であろう。またこの二句はともに雑草が生い茂り荒れ果てた原や庭のことで、それは屋敷の管理も行き届かず、また人々の訪れや出入りがないことをも表す。父重明親王が亡くなったのは九月十四日だから秋であるが、この歌は死去の年ではなさそうであるのは、庭の荒廃の表現がたとえ誇張であったとしても、この二首には深い寂寥感が漂っているからである。

注目されるのは両歌のそれぞれの上句の意味していることである。「雨ならでもる人もなき」（四一）の「もる」は、主たる意味は「守る」であるが、雨の縁語で「漏る」も懸けていよう。雨以外には守ってくれる人もいなくなって、雨が漏るにまかせているわが宿であるというのである。「我ならでまづうち払ふ人もなき」（四二）の本文は、歌仙家集本系統の最古本とされる新出の冷泉家時雨亭文庫蔵「定家筆臨模本」[2] よれば、二句目の「まつ」は「また」であり、多少意味が異なってくる。「まづ」は最初にということで、私がしなければ誰も庭の手入れもしなくて荒れたままになっているということになる。「また」の方なら、私以外には誰も庭の手入れはしないというのである。四一番歌の誰も守る人のいない屋敷、四二番歌の徽子以外には管理経営する人がいない家とはどのようなことであろうか。父生存中は、屋敷の主である父が命令をし、気配りをしていたであろう。重明親王は母方の曾祖父源融の別邸の栖霞観が寺とされたのを伝領していた。源融は豪壮風流な河原院の築造で知られるが、嵯峨野の栖霞寺も源順の「初冬於栖霞寺同賦霜葉満林紅応李部大王教」（『本朝文粋』巻十）によれば、美しい景観を呈していたらしい。この別荘は寺となったのが寛平八年（八九六）、重明親王が伝領した年代は不明だが、築造から半世紀ほど経っている。元々美邸であったであろうが、伝領してからの重明親王の美意識と経営によることも大きかったであろう。そのような重明親王であるからには、常住する東三条の屋敷にも彼の差配による手入れは充分行われていたに違いない。その主をなくし、荒れ果ててゆく家や庭という表現は、徽子の心象風景でもあろうが、やはり現実の有様でもあったのではなかろうか。

父死去の頃の東三条邸には誰が住んでいたのか。『本朝皇胤紹運録』によれば、重明親王には三人の息子と徽子以外の娘一人がある（『尊卑分脈』によればもう一人の娘がある）。その中で寛子の子は徽子と邦正が知られるが、成人していた邦正は家を出ていただろう。しかし重明親王には再婚した若い北の方登子との間に二人の娘があったので、登子はその東三条邸に住んでいたに違いない。重明親王亡き後、その東三条邸の主は入内している徽子ではなく、北の方である登子でなければならない。徽子が、私以外に守る人もいないわが宿、私以外に気を配る人もいない庭と詠んだ時、登子の存在が抹殺されているようなのはなぜか。じつは「浅茅が原」「蓬が原」と荒廃していったのは、登子の夫重明親王への心象風景、登子の有様の象徴として徽子にとらえられたのではないか。重明親王への思いが枯れてゆく登子を、蕭条とした風景として詠まずにはおれなかった、その鬱屈する徽子の心情は、徽子の夫である村上天皇に吸引されてゆく登子への複雑な思いに因ったものだったのではなかろうか。

四　父の死後の徽子の悲痛な心情

徽子は入内六年目、二十六歳で父の死を迎えた。その後村上天皇のたびたびの誘いにも拘らず、徽子はなかなか後宮へは戻らなかった。『斎宮集』で見てみよう。

Ａ群

故宮失せたまひて、里に久しうおはしければ、「などかくのみまゐりたまはぬ」とありける御返りに、ものの心細くおぼえたまひて、書き集めたまへりけるを、とり誤ちたるやうにてまゐらせたまへりける、御返りどもさりげなくて御文の中にあり、内の御返り

かき絶えて幾夜経ぬらむささがにのいと短くも思ふべきかな（一二〇）

女御

ながめする空にもあらでしぐるるは袖のうらにや秋は立つらむ（一二一）

御返し

よそにのみ経るにぞ袖のひちぬらむ心からなる時雨なるらむ（一二二）

また

白露の消えにしほどの秋はなほ常世の雁の鳴きてとひけり（一二三）

御返り

雁がねの来るほどだにも近ければ君が住む里幾日（いくか）なるらむ（一二四）

久しうとあるだにたびたびになりにけるほどに

うらみつの浜に生ふてふ葦しげみひまなくものを思ふころかな（一二五）

内の御

恨むべきことも難波の浦に生ふるあしざまにのみ何思ふらん（一二六）

一二〇番の詞書にあるように、徽子は父の死後里に長く留まっていたのであるが、一二一番歌によれば、長雨の降る秋でもないのに私の袖が涙に濡れてくるのは、私の袖の裏側にだけ秋が来ているのでしょうか。「秋」に「飽き」

を懸けており、そちらの方の意味は、あなたから飽かれたから物思いをしているのでもないのに涙があふれてくるというのである。一二三番歌は白露のように儚く父が亡くなった秋になったので、不老不死の常世から雁がやはりやって来て、父の死を悼んで鳴いていることよとの意。この二首は季節が異なる。一二一番歌は秋ではなく、一二三番歌は秋である。歌の感じからしても一二三番歌は、父が亡くなった翌年の秋であろう。とすれば徽子は父死去後一年ほども後宮に戻らなかったのである。それには一二五番歌が表している、天皇に対しての恨みの何かがあったのであろうか。天皇の四首は優しい呼びかけである。会えない長さを言い（一二〇）、私の所に帰ってくれれば涙も乾くだろう（一二二）、あなたは常世よりも遠い所に居るのか（一二四）などとの天皇の歌は、表現としては愛情あふれる歌である。しかしこれらの歌にも徽子の心は動かされなかった。徽子への天皇の寵愛いかんではなく、徽子が傷つけられ、許せない何かの事が生じていたのである。

B群

　またよそにて年月の経るはおぼえたまはぬかと聞こえたまへる御かへりに

かきくらしいつとも知らず時雨つつ明けぬ夜ながら年も経にけり（一一四）

また十二月（しはす）のつごもりに、「いとあはれなるところになどかくのみはながめたまふ」と聞こえたまふ御返りに

ながめつつ雨も涙もふる里の葎の門は出でがたきかな（一一五）

　とあるは、ついたちに

新しくたつ年さへやふる里を出でがてにすと君がいふらん（一一六）

「春になりて参らん」と聞こえたまへれば、「まだ年も変はらぬにや」とのたまはせたりければ、御かへりに、

楓の葉につけて

霞むらんほどをも知らず時雨つつすぎにし秋の紅葉をぞ見る（一一七）

御かへり

今来むと頼めて経ぬることの葉ぞときはに見ゆる紅葉なりける（一一八）

つねにさ、（西本）

また御かへし

いまとのみ思ふ月日の過ぎぬれば変はるときはを形見とぞ見る（一一九）

B群はA群の直前に位置する歌群である。分けたのは、A群がその最初に一二〇番歌の詞書で父の死去後と明示しているのだが、B群は詞書からはそのようなことはわからない。むしろここに掲示した歌の前一一三番の詞書が、「ただにもあらでまかでたまひけるころ、いかが、と御とぶらひありける、十月にほど近くて」として、次の一一四番詞書が「また〜」と続いて、歌も新年の歌となるので、一一三番と同時の歌群とみられなくもないが、一一三番の「ただにもあらで」とは、妊娠・出産を意味することが多いので、これは徽子が入内翌年に規子内親王を出産した時のことと考えられる。

B群を父死去後の歌群と断定するには、すこし検討を要する。まず一一五番の詞書が、書本では掲示した西本の後に続けて、「故宮もおはせで後なるべし」と記す。これは『斎宮集』の書本の編者の推測による文章と思われるが、その段階ですでにそのようにみられていたのである。多分それを受けて仙本では、「父皇子失せたまひて後、御かへりごとに」とする。また一一五番詞書に「いとあはれなるところに〜」との天皇の文がある。もし規子内親王出産時の歌群とすれば、規子は無事に育っているし、父重明親王もその頃は皇族の重鎮として華やかだった頃であって、天皇のそのような言葉は発せられるはずがない。娘として父の服喪期間は一年間であるが、服喪期間はあまり守られていないので、天皇が徽子の戻ることを勧めても矛盾はない。

B群の徽子の歌を見てみる。一一四・一一五・一一七番は涙々の歌である。一一四番歌の「かきくらし」は真っ暗になることで、さらに延々と降り続く時雨、明けぬ夜と暗さを三重にして、徽子の暗澹たる心中が描出される。「あけぬ夜」は闇夜のような心であり、さらに仏教の無明長夜であって[3]、父の死に煩悶している己の心を鎮めきれないでいる闇の深さである。一一五番歌の「葎の門」は「浅茅が原」(四一)「蓬の原」(四二)と同じく、雑草が生い茂った家である。時雨だけでなく、悲しみの私の涙も降り落ちて、草ぼうぼうのわが家ではあってもそこを出て宮中へ帰ることはできずにおりますと、まだ悲しみを押さえきれずにいる姿を詠んでいる。一一七番詞書の「聞こえたまへれば」の部分は書本では「たまひけれど、さもあらざりければ」となっていて、徽子が年明けても戻らなかったことがはっきりする。歌意は、今は春になって霞がかかっているでしょうが、その春さえ知らずに、私は涙を流しつつ、去年の秋の時雨の頃の紅葉を見続けていますと、父の死の悲しみがそのまま続いていることを詠んでいるのである。一一九番歌は、まもなく参上しようと思っているうちに月日が過ぎてしまいました。先にいただいた歌で「ときはに見ゆる紅葉」と言われましたが、その紅葉を父の形見と見て、うつろいゆく時を過ごしていますとの意であろう。とすれば一一七番歌の「すぎにし秋の紅葉」は父が亡くなった時期の情景というだけでなく、華麗に生を終わった紅葉は、父の象徴として徽子に見られているのではなかろうか[4]。だからこそ形見ともなるのであろう。

このB歌群は年末から翌年の春の初めの接近した時期の歌である。その中の徽子の四首はA歌群の歌よりははるかに激しい悲しみが詠まれている。これほどの悲痛な歌が連続的に詠まれているのは、徽子の入内後の経歴に照らしてみたとき、やはり父の死以外には考えられない。そうであればB歌群はA歌群より前の時期の、重明親王死去の年末から翌年の新春にかけてのものであることは間違いない。B群の歌の方が悲しみが深いのも当然である。父の死から三ヵ月ほど経った頃のB歌群、それからもまだ出仕しなくて、ついに一年も経った時の歌が一二四番となる。しかしA歌群になると、徽子が後宮へ戻らなかったのは、父の死による打撃だけではない何かがあったらしい。それは何であったのか。

女御徽子は、夫村上天皇の死を悼む歌は一首も残していない。詠まなかったのか、あるいは何かの事情で『斎宮集』に入らなかったのか。それに比べると、父重明親王を失ってくずおれてしまったような無惨な徽子が数々の歌を詠んだのは、父への愛情の深さであったと思われる。後宮の皇妃にとって、後ろ楯となる父が亡くなるということは、皇妃としての立場が不利になるということは確かである。皇族としては、天皇に次ぐ高貴な式部卿という地位にあった父重明親王であってみれば、その父死去後の女御徽子の後宮での立場が弱くなることはもちろん、それは天皇の寵愛にまで響くであろうことも予想されることであった。しかし徽子の歌、ことにB群の歌は純粋に父の死そのことを悲嘆しているとみてよいであろう。それに対して登子の夫重明親王の死を悼む歌は一首しか知られないが、それはそのような歌を詠まなかったからであるかどうかはわからない。

五　寡婦登子の去就

寡婦となった登子はやがて、村上天皇に入内することになるのである。そのことについては第八章で登子の側から考察したので、ここでは主として徽子の歌から見えてくることを探ってみる。

登子はいつ村上天皇に入内したのか。『栄花物語』（以下『栄花』と略）では、登子が村上天皇の懇望を受けて入内する経緯は長文にわたって叙述されているが、そこには脚色もありそうなので、全面的に従うわけにはいかないが、まずはそれを手掛かりとしてみよう。

『栄花』によれば、村上天皇は登子の姉の安子中宮を訪ねて来た彼女を見初めて、重明親王生前に何度か契りを持ったことがあったと記す。まずは宮中における何かの行事の折に、その見物に安子の所に登子が来たのがきっかけであったとするが、安子の後宮の居所は飛香舎（藤壺）であった。徽子入内から四ヵ月経った天暦三年（九四九）四月十二日に飛香舎において盛大な藤花宴が催されたが、その主催者は安子とその父藤原師輔であったと考えられ、ゆえにその殿舎は安子の居所であったはずである。一方徽子は承香殿女御と呼ばれていたように、おそらく入内当初から承香殿を住まいとしていた。しかし天徳四年（九六〇）九月二十三日内裏が焼亡し、十一月四日から翌年十一月二十日まで天皇は冷泉院へ転居、徽子に冷泉院で詠んだ歌（仙本二六）があるので、皇妃たちも共に移居していたと思われる。安子は再建成った後宮へは十二月十七日戻っており、それ以後は弘徽殿に住んだ。徽子の住む承香殿も類焼したが、十月二十四日には再建されているので、応和元年中には後宮へ帰ったとみてよいであろう。里がちであったらしい徽子であるが、翌二年九月十一日に皇子を出産しているので、後宮に居た時があることは間違いない（以上の記事は『日本紀略』による）。

徽子の居た承香殿は、安子の居た飛香舎・弘徽殿それぞれに最も近い。直線距離にして飛香舎は四十メートル程、弘徽殿は十五メートル程しか離れていない。しかも弘徽殿は承香殿の横を通っていかなければならない。登子が安子を訪問するときは、お付きの女房も数人は連れて来るであろうから、徽子自身でなくとも、徽子の女房たちは登子の行動を嗅ぎつけるであろうし、それはすぐに徽子へのご注進となるであろう。つまり後宮での登子の動静は徽子には筒抜けであっただろう。またもし徽子が里に帰っているときであったとしても、同じ東三条邸に住んでいる時期なら、女房を通じてでも登子がどこに出掛けたかは徽子には把握されていたであろう。

『栄花』のそのあたりの記述を見てみよう。

① 式部卿の宮の北の方は、内わたりのさるべき折りふしのをかしき事見には、宮仕へならず参りたまひけるを、上はつかにご覧じて、人知れず、いかでいかでとおぼしめして、后に切に聞こえさせたまひければ、心苦しうて、知らぬ顔にて二三度は対面せさせ奉らせたまひけるを、上はつかに飽かずのみおぼしめして、常に「なほなほ」と聞こえさせたまひければ、わざと迎え奉りたまひけれど、あまりはえものせさせたまはざりける程に、帝さるべき女房を通はせさせたまひて、忍びて紛れたまひつつ参りたまふ。また造物所にさるべき御調度どもまで心ざしせさせたまひける事を、おのづから度々になりて、后の宮も聞かせたまひて、いとものしき御けしきになりにければ、上もつつましうおぼしめして、かの北の方もいと恐ろしうおぼしめされて、その事止まりにけり。かの宮の北の方は、御容貌も心もをかしうおはしける。色めかしうさへおはしければ、かかる事はあるなるべし。帝人知れず物思ひにおぼし乱る。

② かかる程に、重明式部卿の宮日ごろいたくわづらひたまふといふ事聞こゆれば（中略）帝人知れず、今だにと嬉しうおぼしめせど、宮にぞ憚りきこえさせたまひける。

（『栄花』の本文は、梅沢本を底本とする『栄花物語全注釈』松村博司、角川書店の文章に、適宜漢字を当てた）

②は①にすこし離れている。記述に従えば①は重明親王生前となる。

このような状況の中で、重明親王生前に『栄花』が記すように、もし登子が天皇と契りを持ったとしたら、『栄花』は安子の怒りしか書かないが、むしろ徽子の心中は察するにあまりあるものがある。夫ある身で、姉の夫であり、義娘の夫でもある村上天皇との情事である。この淫靡で複雑なことははたして事実であったのだろうか。登子は重明親王との六年の結婚生活の間に二人の子を成してもいる。すくなくとも重明親王の生存中に天皇と契りがあったという記述は創作とみたいが、一概にそうもいえないかもしれない。

それは登子が、安子所生の東宮守平親王の母代となり、親王が即位して円融天皇となると尚侍という名誉ある地位となり、従二位という高い身分を授けられて、国母に準ずる人であることを考えると、いかに当時とはいえ、事実無根からの創作とするには、それはあまりに大胆すぎることではないか、それは登子の人柄や品行に傷を与えることではないかと思われる。しかし別の視点もあり、登子がいかに村上天皇の寵愛を受けた女であるかということを際立たせるための虚構とも言えようか。しかし寵愛の深さは、後の入内からそれに続く文章で充分描かれているのである。また安子の死後、いよいよ村上天皇が登子を入内させようとしたが、なかなか承諾しないので、天皇はその兄弟に入内を説得するように命じた。それを受けて兄弟が、「今はじめたる御事にもあらざなるを」と、登子が赤面するようなことを言ったと記す。これはすでにそれまでに天皇との情事があったということである。それが重明親王生前のことに限定できるのかどうかはわからないが、『栄花』の記述順序によれば生前となるであろう。

ところが天皇は安子を憚って、実際に入内させたのは安子の死後とする。これは事実であろう。さすれば重明親王死後から登子を入内させるまでに十年の歳月がある。前掲の①の記事はあるいは重明親王死後にまで広げてみなければならないのかもしれない。というのは八章で述べたように、安子は、村上天皇と妹登子との関係を不快に思う一方、それもまた好都合とすることはなかったか。安子は亡くなるまでに九人の子を生んでいる（〔表1〕参照）ので、第一子出産以後の十八年間の約半分近くは、産前産後で里に帰っていたはずである。その里にある間に、天皇の寵愛が他の皇妃に移ることをくい止めるためには、天皇の気持ちが登子に向けられている方がよかったのではなかろうか。安子が後宮に戻った時には、妹登子を退けることは難しくはなかったであろうから。

このように康保元年（九六四）秋頃に登子が入内する以前に、村上天皇と登子との秘事が事実であった可能性は捨

〔表1〕 安子の出産状況

年号	西暦	月・日	安子所生の子の名	関連記事
天慶三	九四〇	四・一九		安子、成明親王（後の村上天皇）と結婚
九	九四六	六・五	i	皇子、即日夭折
天暦二	九四八	四・一一	ii承子	
		一一・二三		重明親王、登子と結婚
		一二・三〇		徽子入内
四	九五〇	五・二四	iii憲平	
六	九五二	不明	iv為平	この間に登子二人の子生む
七	九五三	不明	v輔子	
八	九五四	九・一四		重明親王死去
九	九五五	不明	vi資子	
天徳三	九五九	三・二	vii守平	
応和二	九六二	不明	viii	皇女、即日夭折
康保元	九六四	四・二四	ix選子	
		四・二九		安子死去

てきれない。入内時にすでに三十六歳位で、当時としては姥に近いとされそうな年齢の登子に、天皇が誇りを受けるほどに溺れていったことも、以前からの関わりが匂ってこないだろうか。

六　徽子の「いかにして」の歌

父宮失せたまひて、里におはする尚侍の御心のおもはずなりけるを
いかにして春の霞になりにしか思はぬ山にかかるわざせし（一四八）

この歌はまさか登子へ渡されはしなかっただろうと思うのは、登子に対するあまりに激しい徽子の詰問であり、非難であるからである。しかしこの歌が家集に収録されたということは、おそらく徽子自身が書き付けて保存していたからであろう(5)。心の中でつぶやくだけではなかったのである。

この一四八番歌はいつ詠まれたのであろうか。歌の上句からすれば、それは重明親王死去の翌年の春とみてよい。重明親王は秋九月十四日に亡くなった。冬が過ぎ、その翌春なのである。歌に「霞」を詠むのは、『古今和歌集』によれば、桜との関連で詠まれていることが多い。「霞」・「春霞」の三十例中十四例は桜（花）と関わりがある。この歌で「春の霞」は暗喩として用いられているが、それでも桜咲く春半ばという季節感はあるに違いない。その頃に尚侍登子の心が、徽子にとって思ってもみないようになっていったのである。重明親王の死の翌年の正月、徽子と登子が重明親王哀悼の唱和をしてまもなくの春半ば頃である。

この一四八番は登子が村上天皇と契りを持つに至ったことを表しているのではないだろうか。詞書と歌を検討してみる。

「いかにして春の霞になりにしか」、どうしてあなたは春の霞となったのかという語調は強い。「春の霞」になるとはどのようなことを意味しているのか。まず踏まえているかもしれない歌をみてみる。

心うきものにざりける春霞たなびく時に恋のしげきは（『古今六帖』かすみ、六一〇）

この歌は『万葉集』の坂上郎女の歌（一四五〇、一句目「心ぐき」）であるが、歌意は春霞がたな引く頃に恋の思いがまさってくるのでつらいということなのである。「心うし」を第三者からみれば、不愉快だとしてもよい。春霞がたな引く頃に激しい情事に身を任せるようになった登子への、徽子の嫌悪感とつらい思いにはぴったりの歌といえよう。『万葉集』以来春霞は恋情と関連づけて詠まれることが多い。それは桜の木が山に多かった当時、そこに霞がかかっているのは実景でもあったが、そこから「春霞なに隠すらむ桜花ちる間をだにも見るべきものを」（『古今集』七九）などのように、霞が桜をわが物にしている、(6) 霞と桜の濃密な関係、それは恋というような連想となって歌に詠まれるようである。また霞は流れ、消えやすい。

春の着る霞の衣緯（ぬき）を薄み山風にこそ乱るべらなれ（『古今集』二三、在原行平）

だから浮薄に乱れるものとの比喩もでてくる。徽子の歌の「春の霞」になることの一つの意味であろうか。

徽子の一四八番歌が直接に踏まえている歌は、『注釈』も引く、

思へどもなほうとまれぬ春霞かからぬ山のあらじと思へば（『古今集』一〇三二、よみ人しらず）

である。この歌は、好きではあるが、やはり気をゆるせない、それはあの人がどこにでもかかる春霞のように、誰にでも浮気をするからという意味である。一四八番歌とは「春（の）霞」「山」「かかる」（かからぬ）との言葉の一致のみならず、その春霞を疎んじる気持ち、それは霞が山にかかることが理由であることなども同じである。徽子がこの『古今集』の歌に登子を重ねたとしたら、「かからぬ山のあらじ」は、重明親王の妻であった人が、村上天皇との情事に走った、その浮気さ、だから疎まずにはおれないということになろう。

春霞色のちぐさに見えつるはたな引く山の花の影かも（『古今集』一〇二、藤原興風）

この歌も徽子には意識されているのかもしれない。歌意は春霞がさまざまの色に見えたのは、その霞がかけている山の花の色が映っていたのであろうかということである。春霞の色がさまざまに見えたことについての理由付けは歌の中にされているのだが、その奥には中国における霞の知識が踏まえられているのであろう。中国では霞(カ)は茜色の朝焼け・夕焼けであって、日本の「かすみ」とは異なる。当時も漢詩文では霞は多く赤色の意で用いられたらしい。[7]その意識が歌の方にも表れることもあったのである。「春霞たな引く山の桜花うつろはむとや色かはりゆく」(『古今集』六九)の霞もそのようにみてよいとする人もある。徽子にその漢詩文の知識があったかどうかはわからない。もし中国の霞の意味を援用するなら、徽子の「春の霞」は鮮やかで、華やかな赤色となる。恋情に染められた登子のイメージとしては相応しい。

このような歌の世界から、「春の霞」となった登子とはどのようなことになるのか。徽子の意識としては、華やかな恋に乱れ、亡夫から他の男へ流れていく浮薄な女ということであろうか。

では登子は「春の霞にな」る前はどのようであったのか。実は「霞」はこれらとは全く別の意味としても詠まれる。

かずかずに我を忘れぬものならば山の霞をあはれとは見よ（『古今集』哀傷、八五七）

人の忌果てて、もとの家に帰りける日

故郷に君はいづらと待ち問はばいづれの空の霞と言はまし（『後撰集』哀傷、一四一五）

などの歌をあげて、片桐洋一氏が、霞は「死者の思いを表すものとしてとらえられていた」、「霞に死者をイメージすることが多い」（『古今和歌集全評釈 下』講談社 平10）とするように、死者の荼毘の煙が上って霞や霧になるとも考えられていた。さすれば登子は、「春の霞」になる以前は、その死者の「霞」に関わる人であったはずである。だから徽子の一四八番歌の「いかにして春の霞になりにしか」は、死の「霞」に属していた登子が、なぜ情愛の世界の「春の霞」に移行したのかと詰問するのである。そこには二重の責めがある。父の死による悲嘆が強い徽子からすれば、登子にも夫重明親王の死を深く悼んでもらいたいのであろう。そのことがまずある。そしてその哀悼の感情を捨てたのみならず、別の男との情愛の中に入ってしまったということは、重ねて重明親王をないがしろにすることであるというのが上句であろう。下句は霞は山に掛るので、「山」「かかる」は「霞」の縁語。「かかる」は霞が掛ることの他に「かかるわざ」（このような仕業）の懸詞である。「わざ」は『古今集』・『後撰集』に各一首、『拾遺集』三首しか使われていないように歌語的ではないだけに、感情が生でぶっつけられている感じが伝わる。

そこで「思はぬ山」であるが、徽子の歌以前に用例はわずかにある。[8] 意味することは、思いがけない山、物思いのない山、思ってもくれない（愛してくれない）山（人）などの場合がある。ところが徽子はこの「思はぬ山」を自身の三首の歌に用いている。

かくばかり思はぬ山に白雲のかかりそめけむことぞくやしき（一〇九）

わびぬれば身を浮雲になしつつも思はぬ山にかかるわざせじ（一三七）

の二首と検討中の一四八番歌である。一〇九番歌の真意は、これほどまでに私を思ってくださらない天皇に、私が契りを持ちはじめたことが悔しいということである。一三七番歌は、思いわずらってつらく頼りない私ですが、思ってもくださらない天皇に寄りかかることはするまいというのである。二首とも「山」「雲」「かかる」は縁語。「浮雲」は「憂き雲」を懸け、ともに「思はぬ山」は村上天皇、「雲」は徽子である。「思はぬ山」を用いた三首の詠歌順序は分からないが、一〇九番歌前後は西本・書本『村上御集』ともに配列の異同はなく、天皇との一連の贈答歌群である。[9] とすれば一〇九番歌は天皇に贈っている歌である。それにしては「かくばかり思はぬ」「かかりそめけむことぞくやしき」とは何と直接的で激しい非難の詠み口であろうか。一三七番歌は天皇に渡されたのかどうかはわからないが、この二首で、徽子には「思はぬ山」は天皇の比喩として、いわば天皇の代名詞的に意識されていたのではなかろうか。「思はぬ山」が歌語として定着するほどには使われていない時期にあって、三回も用いられているのはそのようなことであろうか。そうであれば検討中の一四八番歌の「思はぬ山」は、思いもかけない人という意味も含んでいるとみてよいが、徽子としては天皇その人を指しているのでもある。二重に解するなら、あなたは私が思ってもみなかった人である村上天皇と関係を持つようになってしまったということになる。徽子は上句で、登子が喪の霞から「春の霞」となったことが衝撃であったことを詠む。それは登子が父重明親王を粗略にすることであり、哀悼の心の薄さを表明したことであった。そして下句ではその登子の情事の相手が、こともあろうに自分の夫である村上天皇であることの衝撃。徽子にとっての二重の衝撃がこの一首に込められている。

この一四八番の詞書の内容と歌の激しさからして、父死去の翌年の春にはじめて徽子は登子の村上天皇との情事を知ったのであろうと思われる。しかしそれまで徽子が知らなかったのではなくて、その頃が登子と天皇との関係が生じた初めであったのであろうと思われる。というのは喪に服して東三条邸に同居していた可能性が強い二人であるし、徽子に仕える女房たちも多くいることだし、登子がいかに忍びで出かけたとしても、事実があれば徽子に伝わらないはずはない。詞書には「里におはする尚侍」と書かれているが、登子が尚侍となったのは円融天皇即位後の安和二年（九六九）十月十日で、この時からすれば十四年後であって、登子についてのこの記し方は、あるいは『斎宮集』のある段階での整理時期によっているのかもしれない。すると「里におはする」もどの程度信憑性があるのか疑わしい。天皇の皇妃の場合は天皇が亡くなれば後宮を退下するが、一般家庭の場合はそのようなしきたりはないようである。また前述したように東三条邸は元々藤原摂関家の邸であり、その伝領は、重明親王の最初の妻の寛子から、再婚した登子へと渡されたとみてよいであろうから、夫の死去で、登子が娘二人を連れて、父師輔の元へ帰っていたともいえない。つまり「里」は父師輔邸ではなかろう。この詞書では、あるいは単に「家に居た」くらいの意味かもしれない。

この一四八番の詞書と歌は、登子が村上天皇との関係を持ち始めた時期を示す有力な資料となるであろう。その時期は『栄花』が重明親王在世中とするのと異なって、重明親王死去の翌年春、天暦九年（九五五）であろう。やはり村上天皇としては、安子への思惑もさることながら、式部卿として皇族の代表でもあった兄重明親王生前、その北の方と情事をもつことは憚られたのではなかろうか。その天暦九年の内の月日は不明だが、安子は資子内親王を出産しているので、安子が出産のために里に帰っていた時であったかもしれない。

七　徽子の「朝ごとに」の歌

また、かの御方より、藤の花をあさなあさなこき採らせたまふことを憂がりけるを、聞きたまひて
朝ごとに失（う）すとは聞けど藤の花濃くこそいとど色まさりけれ（一四九）
この歌の詞書は書本では「内にて御前の藤をなむ、夜々しのびて、人こくと聞かせたまひて」、仙本では「内にて御前の藤をなん、しのびてこく人ありと聞かせたまひて」と西本とはかなり異なる。西本一四四番歌から一四九番歌までは、西本と書本・仙本とは、別々に資料を手に入れているところのようである。最も大きな違いは、西本では登子が関係してくるが、他本ではそうではない。どちらが本当のことであろうか。西本はかなり具体的な事情を示しており、人物名も出されていることからして信憑性がありそうである。それに比べて書本・仙本は編者に詠歌事情が分からなかったとしても、歌の内容から導き出せる程度の詞書である。ただ「内にて」という問題があるが、これは徽子が後宮にいる人だったからというようなことからの推測ではなかろうか。

まずこの藤の花があった所についてであるが、「内」（後宮）であれば登子が入内してからとなろう。『栄花』によれば、姉安子中宮死去後の法事が終わった六月晦日に、天皇は登子を召そうと思ったとするので、入内は康保元年（九六四）秋初め頃となる。徽子もともに後宮にいる時期はそれから三年、村上天皇が死去する康保四年五月二十五日までであるが、登子が後宮に殿舎を得てからは、徽子はほとんど参内はしていないのではないかと思われる。登子は貞観殿に居た（『栄花』で登花殿とするのは誤り）。貞観殿は後宮の中ではあるが、最北であり、徽子の承香殿とはかなり離れている。その離れた所まで度々藤の花を折りに来ることがあるだろうか。しかも承香殿は壺庭がないので、「御前の藤」などが植えられていたとは思えない。ゆえに書本・仙本がその場所を「内」とするようなことはありえないであろう。西本は場所の指定はしないので、前の歌との関係からも、父死去の翌年、東三条邸に二人が居た時であったとみてよい。

西本では、「かの御方より…こき採らせたまふ」とするので、こき採り（むしりとる）に来たのは侍女などであろうが、それを命じたのは登子ということになる。それが度々であったので、徽子の女房が嫌がっていることが、徽子の耳に入ったのである。歌は「うす」に「失す」と「薄」を、「こく」に「扱く」と「濃く」を懸ける。歌意は毎朝藤の花が無くなっていると聞くのだけれど、花の色はかえって濃くなっているというのである。

この歌はただそれだけなのか、あるいは奥に言わんとすることがあるのか。ここが東三条邸であれば、登子が伝領し、登子が主の家であるから、徽子側としては文句は言えないのかもしれない。しかし徽子の女房が腹をたてているのは、それが毎朝だからであろうか。やはりそれは登子側の意図的な嫌がらせを感じる。

ところで「藤」を詠んだ歌は『古今集』には一首しかないが、『後撰集』では一二五～一三〇番に藤原兼輔の家での藤花宴の歌がまとめて掲出される。徽子の藤花盗人の事件が、もし登子の情事以後のことであったら、というのは、この一四九番歌が、先の「春の霞」の歌の次に並べられているからでもあるが、徽子の歌が踏まえている歌として、『後撰集』の藤花歌群の中の一二八番の「昨日見し花の顔とて今朝見れば寝てこそさらに色まさりけれ」の歌が当てられるかもしれない。徽子の一四九番歌と五句目の言葉が同じであることもあるが、「昨日見し」の歌は、その色がまさったのは共に寝たからだというのである。それを徽子の歌の下句に重ねてみれば、濃くなっていくのは登子の情愛の色であり、それは天皇との色事によるというのであろう。では上句（「失す」に「薄」を懸ける）の薄くなるのは何か。『古今集』では「藤」が一首であるのに、「藤衣」（喪服）は四首ある。一日一日と薄い色になっていくのは藤衣に象徴される登子の喪の思い、それに引き換え日々濃くなっていくのは、登子のあでやかな藤の花のような恋情の色と考えられようか。これは穿ちすぎかもしれないが、上句が父のこと、下句が天皇とのこととみてもよい構成は、その前の「春の霞」の歌と同じであることも参考になる。

この歌がもし西本のように、登子に関わる歌だとしても、前歌同様登子へ渡すことはしなかったであろう。しかし徽子によって破り捨てられはしなくて保存されていた。そこにも徽子の意思を見るべきであろう。『斎宮集』には、登子に関わるかもしれない歌はこの二首しかない。その二首ともに上句では登子が夫重明親王の死から遠ざかっていくことを、そして下句では村上天皇との新しい情愛の世界で華やぐ姿として詠まれているのではないか。そうであれば徽子にとっての二重の衝撃が、両歌にそれぞれ詰め込まれているということになろう。徽子は登子に、重明親王の死を自分と同じように深く悼んでほしいのに、早々に新しい情事に身を任せ、その相手が自分の夫である。徽子にとってのこの悲劇が、父重明親王の死の翌年の春に起こったとすれば、それから十三年経って村上天皇が亡くなって、後宮を正式に退下するまでこのつらい状況は継続したはずである。ことにその天皇最後の三年間は、登子が後宮に入って異常な寵愛を受けていた。式部卿の北の方という高貴な身分にあった登子が、三十代も半ば過ぎになってのことである。『栄花』にあまりなまでに惑溺する天皇が、人々の顰蹙をかったと記すように、登子関係の記述が多いのは、世間の好奇心の度合いをも表しているのであろう。徽子は被害者でありながら、世間の目にも耐えなければならなかったに違いない。

八　徽子の、天皇との贈答歌

徽子は父重明親王逝去後、一年以上も後宮に戻っていないことは三節でみた。あまりに長い里居である。そのB歌群は父の死後すぐの正月前後の贈答であろうとみた。その中の一一七番の詞書に、「春になりて参らんと聞こえたまへれば～」とあって、その後も参内していない。それには事情があったのかもしれないが、前述の「春の霞」の一四八番が考え合わせられる。一旦は参内する時期を申し上げていた、そこに登子のことを知ってしまった、という経緯であったとも考えられよう。さらにA歌群の中の一二五番詞書は「久しうとあるだにたびたびになりにけるほどに」とある。その前の歌が秋であるので、この歌も重明親王死後一年は経っている頃であろう。歌は「浦みつの浜に生ふてふ葦しげみひまなくものを思ふころかな」である。第一句に「恨み」を懸けているので、歌の真意は、あなたへの恨みがびっしり生えている葦のようにたくさんあるので、ずっと絶え間なく苦悩しつづけていますというのである。一年以上も出仕しなくて、その間天皇からは度々召し出しがあっているので、忘れ去られたとの文句は言えまい。他の皇妃へ寵愛が移ったというほどには、それまで徽子が寵愛を受けていたとは思えない。それはむしろ女御安子や、すでにこの頃女御芳子もそうであったかもしれない。いずれにしても徽子入内六年目の頃には女御・更衣八人ほどが他に居たのであるから、今さら帝寵の問題ではあるまい。しかも恨みが密生しているほどにあり、それ故の物思いは絶えることがないというのは、もはや父を失った悲しみとは別の心痛のようである。天皇は「恨むべきこともなにはの浦に生ふる葦ざまにのみ何思ふらん」と返している。「葦ざま」は「悪しざま」を懸けるので、あなたが恨むことは何もないのに、どうして私を悪いようにいうのかという歌意である。登子とのことをとぼけたのか、居直りであるのか、いずれにしても言い訳の口調めいている。

『斎宮集』には二七〇首ほどの歌があるが、その内の六五首ほどは、徽子が村上天皇へ贈った歌か、天皇とのことを独詠したものである。[10] それらの歌の詠歌時期を推定する手掛かりは少ないが、十八年半の女御としての生活の内、登子事件が入内から六年目であるから、後の十二年間に詠まれた歌には、登子のことが影を落としていることは充分に考えられる。たとえば、

さかさまに言ふともたれかつらからむかへすがへすも身をぞ恨むる（三二）

流れ出づる涙の川に沈みなば身の憂きことは思ひやみなむ（一〇七）

などは詠歌の時期も経緯もわからないが、両歌の悲痛な響きは、徽子の慟哭として伝わってくるようである。これほどの痛切な思いは、帝寵の濃淡だけではない、別の苦痛の深淵があることをうかがわせるのではなかろうか。

また徽子には「名」を惜しむ歌も数首ある。

身の憂きを思ひ入り江に住む鳥は名を惜しとこそ音をも鳴きけれ（一一一）

春よりも浅き緑の色見ればひとしほ増すは無き名けり（九三）

『栄花』に、天皇が政治をも放擲して登子との情痴に耽る様が人々の謗りを受けたとするが、その世間の非難や好奇心はもちろん登子にも向けられ、さらには複雑な立場にある徽子へも向けられたに違いない。徽子が「名」を惜しむのは、父は醍醐天皇の皇子で、式部卿という高貴な身分、母は関白太政大臣の女、徽子本人は崇高な斎宮から女御

になった経歴、そのような徽子の尊厳の全てが、登子によって踏みにじられていくような喪失感であったかもしれない。山中智恵子氏は、徽子は「渦中にあって傍観し、ひたすら登子の背信を、わが恥のごとく内省し、第一の人安子に対し、慎しみ深くするより術がなかった」（『斎宮女御徽子女王』大和書房、昭51）と書いている。徽子の「名」を惜しむということは、義母であるということで、世間に対しては登子と同一側に立つ意識がなかったとはいえないが、天皇に対しては徽子は登子と対立する意識が強かったに違いない。天皇への歌にさえ辛辣で直接的な表現ができるような激しさと強さも持つ徽子である。

九　徽子の後宮退下前後

村上天皇は康保四年（九六七）五月二十五日逝去した。登子入内から三年ほど経っている。村上天皇の皇妃の中、七月十五日女御荘子と更衣祐姫は出家した（『日本紀略』）。同月二十五日更衣正妃が、二十九日女御芳子が死去。この二人の死はまるで殉死のようであるが、心理的な虚脱感などによるのであろうか。すでに女御述子と中宮安子は亡くなっていた。あまり目立たなかった更衣の計子・有序・脩子の動静は不明。とすれば高い立場にあった皇妃としては女御徽子だけが、落飾もせず、死にもせずに残っていた。

『斎宮集』には、村上天皇の死を悼む独詠歌は一首もない。父の死にあれほど深い悲しみを詠んだ徽子であるが、夫への哀悼の歌は詠まなかったのか、あるいは入れなかったのか。わずかに女房馬内侍とのやり取りがあるだけである。登子が入内してからの村上天皇の晩年の三年は、徽子は後宮へ参内することはほとんどなかったのではなかろうか。

なやませたまひけるころ

かかるをも知らずやあるらん白露の消ぬべきほども忘れぬものを（一四一）

この天皇の歌はもっと以前のものかもしれない。私が病気していることも知らないのではないか。私は死にそうな時でもあなたを忘れないでいるのに、というような歌は、天皇の晩年には徽子へはもう贈られなかったであろう。

徽子は天皇の死で後宮を下がってから、どこに住んだのであろうか。徽子の里であった東三条邸はやがて元の藤原摂関家に返還されて、兼家が伝領し増築をして住むようになったのは、『蜻蛉日記』によれば安和二年（九六九）夏頃であろう。それは村上天皇死去から二年経っているが、その間かあるいはそれ以前に、徽子と娘の規子内親王は東三条邸を離れていたのではないか。兼家は東三条殿といわれたように、もっぱらそこを居所としたので、徽子親子が同じ屋敷内に住んだとは思えない。村上天皇の次の冷泉天皇は二年で譲位したので、安和二年八月十三日、皇后昌子内親王は東三条邸へ退下している（『日本紀略』他）ことでもある。さらにその東三条邸は元々登子が伝領していたとすれば、そのまま東宮守平親王の母代として登子と守平親王も住んでいたのではないかと思われる。以後東三条邸は藤原摂関家の最も重要な屋敷となっていく。

徽子親子について次に分かることは「女四宮歌合」（二十巻本）がある。村上天皇の女四宮は、徽子の娘の規子内親王で、十巻本によれば、それは天禄三年（九七二）八月二十八日のことである。徽子四十四歳、規子二十四歳、後宮を退下してから五年経っている。その歌合は「御前の庭の面に、薄（すゝき）・荻（をぎ）・蘭（らに）・紫苑（しほに）・芸（くさのかう）・女郎花（をみなへし）・刈萱（かるかや）・瞿麦（なでしこ）・萩（はぎ）などを植ゑさせ給ひ、松虫・鈴虫を放たせ給ふ」た物を題とした前栽合であった。歌人で方人であるのは、左方は家の女房たち、右方は中流の殿上人たちで、これらは源氏の氏の長者も兼ね、風流な生き方をした重明親王の元に集まって来ていた人やその一族の源氏などで、文人・歌人などである。判者は学者で歌人の源順。じつに和気藹あいとした雰囲気で、しかし歌合としての形式も整え、源順による判詞もつけられた立派な歌合であった。この歌合が行われたのは徽子親子が住んでいた屋敷であるが、それについては野の宮とするのは誤りで、『源順集』には「あるところ」とするだけである。風流な催しをするに相応しい屋敷であったのだろう。重明親王が母方から伝領した嵯峨野にある、曾祖父源融の栖霞観（現在の清涼寺）は一部は寺とされていた。もしそこであれば嵯峨野の秋の風情は格別であったかと思うが、果たしてどうであったか。『十訓抄』（一二五二成立）には、徽子が女御の時期に「長岡」に住んでいたとする。二百年ほど後の書物であるし、それ以上のことは何も分からないが、この歌合の時、源順は夕方から用事があると突然呼ばれて出かけているので、長岡（宮中から十五キロほど）はやや遠すぎるかもしれない。

とにかく退下から五年経った頃、徽子親子は優雅に、文人たちを集えて女房たちとともに過ごしていたことはうかがえる。それからさらに三年、天延三年（九七五）三月規子内親王は斎宮に卜定され、初斎院・野の宮を経て、徽子もともに伊勢へ下った。『日本紀略』は貞元二年（九七七）九月十七日条に「宣旨、伊勢斎王母女御相従下向、是无先例、早可令留者」と記されている。その公式の禁止命令にも従わずに、伊勢へ行ってしまったのは、女御の時代に耐えて培われた反骨精神であったのか、少女時代を過ごした伊勢への郷愁であったのか。それから八年、花山天皇の譲位まで斎宮規子と伊勢にあり、寛和元年（九八五）初夏帰京し、まもなく亡くなったようである。規子もそれから一年ほどして死去した。

おわりに

多くの皇妃を持つ村上天皇に嫁した女御徽子は、一夫多妻のつらさを数多くの歌によって披瀝した。故に『斎宮女御集』は他に類を見ない意義を持つ貴重な文学資料でもある。徽子はさらに特異な悲劇の人生を生きた。村上天皇は徽子の義母登子を熱愛し、晩年には入内させた。徽子が天皇に詠んだ歌には、奥にそのことによる屈辱と暗鬱が影を落としているものが多数あると考えるべきであろう。

登子が天皇と関わりを持ち始めた時期は、徽子の歌によって明らかにすることができたと思う。

斎宮女御徽子は、『源氏物語』の中の六条御息所の典拠とされた人である。(11) 徽子が亡くなって十五年ほど後に書き始められたであろう『源氏物語』に、最も典拠が分かる人物造形の方法で、というよりは、初期の読者には実在した徽子を思い浮かべてもらう意図があったのではないかとさえ考えられるような叙述がされている。

最も高貴な女性であった徽子、醍醐天皇の孫、父は式部卿で源氏の氏の長者でもあり、『吏部王記』を書き続けたことでも尊敬された人。母は関白太政大臣の娘、徽子自身は伊勢の斎宮として崇敬されて入内、優れた歌人で琴の名手というような、出自から経歴や教養まで素晴らしい女性なのである。その徽子が濃く投影されて六条御息所が生まれた。その御息所は『源氏物語』の中でも最も特異な女という面を持つ。紫式部は六条御息所を造形するために、徽子の事跡と『斎宮集』とを駆使したと考えている。愛の狂乱の果てに生霊となり、死霊にまでなった御息所とは、どこまでが徽子と重なるのか。御息所の性情形成に、一夫多妻の中の一人というだけではなく、異常な愛の絡みに翻弄されねばならなかった徽子が、人格崩壊に追い詰められてゆく六条御息所の異常さの造形に作用してはいまいか。六条御息所解明のためにも、徽子の歌はさらに掘り下げなければならないと考えている。

注

（1）「夏過ぐる野辺の浅茅し繁ければ」（八三）、「枯れはつる浅茅が上の霜」（一一三）は徽子の歌でも秋を示している。
（2）『冷泉家時雨亭叢書　第十九巻　平安私家集　六』による。
（3）『源氏物語』明石巻の「明けぬ夜にやがてまどへる心にはいづれを夢と分きて語らむ」の歌でも「無明長夜」の意で用いられている。「明けぬ夜」が歌における初出は徽子の掲出歌のようである。明石君のこの歌には、徽子のこの一一四番歌を踏まえているかもしれない。というのは明石君の歌に続いて、明石君が六条御息所によく似ていると書く。六条御息所は徽子をモデルとする面が大きい。
（4）「恋しくは見ても偲ばむもみぢ葉を吹きな散らしそ山おろしの風」（『古今集』二八五）の歌の上句、「物ごとに秋ぞ悲しきもみぢつつうつろひゆくを限りと思へば」（『古今集』一八七）は紅葉が生の極限とみること、などを踏まえた歌とみてよいであろう。
（5）第三章　六節
（6）鈴木宏子「『古今集』における〈景物の組合せ〉―花を隠す霞・紅葉を染める露―」（「国語と国文学」平1・12）
（7）小島憲之「上代のに於ける詩と歌―「霞」と「霞」をめぐって―」（『万葉学論攷』続群書類従完成会、平2）
安田徳子「『かすみ』詠の変遷―和歌表現の展開と漢詩―」（「聖徳学園岐阜教育大学国語国文学」九号、平2・3）
（8）①　小弐につかはしける　　　藤原朝忠朝臣
時しもあれ花のさかりにつらければ思はぬ山に入りやしなまし
返し
わがために思はぬ山の音にのみ花さかりゆく春を恨みむ（『後撰集』七〇・七一）
②紅葉見に君におくれてひねもすに思はぬ山を思ひつるかな（『古今六帖』二・一二二九）
③花薄きみが方にぞなびくめる思はぬ山の風は吹けども（『大和物語』一四一段）
④あはれとも思はぬ山に君し入らば麓の草の露と消ぬべし（『多武峰少将物語』一）

（9）第一章　一節〔表1〕

（10）第六章

（11）第十章

十　斎宮女御徽子の六条御息所への投影

一

『源氏物語』の六条御息所には、斎宮女御徽子の事蹟が準拠として用いられている部分があることは古注以来指摘されている。ところで、その御息所の特質の最たるものは愛憎激しい「恨む女」であり、生霊・死霊となる「物怪の人」[1]として怨霊性であろう。

本章では、六条御息所のその性情や怨霊性も、徽子に由来する面があるのではないかということを、(1)徽子の家系、(2)第三者による徽子の後宮時代の心情の推測、(3)徽子の家集という三つの面から考察してみる。

二

『源氏物語』賢木巻で六条御息所は斎宮に卜定された娘と共に伊勢へ下って行く。「親添ひて下りたまふ例も、ことになけれど」と記す。その史実としては、徽子が娘の斎宮規子内親王に同道したのが唯一の例であった。『日本紀略』貞元二年（九七七）九月十七日条に、「伊勢斎王母女御、相従下向、是無先例、早可令留者」と記されている。それは『源氏物語』の成立を溯ること三十年ほどのことであるので、『源氏物語』成立当初の頃には、徽子親子の伊勢群行を直接見物した人々がまだかなり生存していたであろうし、また「是無二先例一早可レ令レ留者」と記す調子は、世を驚かす出来事であったことを窺わせるので、世語りとして語られてもいたであろう。このように準拠となった史実と、作品の成立がさほど隔たっていないということは、『源氏物語』の読者に、容易に徽子のことを想起させたであろうと考えられる。

　また徽子は、知名度の高い人であったということも考慮しなければならない。徽子は八歳より九年間、伊勢の斎宮として在った時点で、深窓の女とは異なって、すでに公的人物であったし、加えて退下後、村上天皇の後宮に入内し、女御とされたその経歴だけでも、十分に世に知られる人物であった。さらに徽子の両親の方からいっても、父重明親王は、村上天皇の兄の式部卿宮として、皇族中の重鎮であった。母寛子は、関白太政大臣忠平の娘であって、その関係から重明親王親子は、摂関家伝領の東三条第に住んでいたこともある[2]ほどに摂関家との縁も深かった。このように徽子自身も、また両親も当時広く世に知られる人々であった。

　一方、六条御息所に関連して、読者が徽子に思いを致すのは、前述の伊勢下向のことのみではない。他にも、徽子の叔母（母の姉）貴子が前坊妃であったという珍しい経歴は御息所に、また徽子が斎宮を経て女御となったので「斎宮女御」と称されたことは、御息所の娘の秋好中宮に取り入れられていることにも重なりを見たであろう。

　徽子は寛和元年（九八五）、娘の規子内親王も翌二年に亡くなっているが、これは『源氏物語』が書かれる凡そ二十年前のことでしかない。

　このように作品の成立時点と、そのモデルとされた人物の生存時にあまり隔たりがなく、しかもそれが知名の人であることに加えて、読者に明白に分かってしまうようなモデルの用い方を一部でしている六条御息所であるので、その造形法は『源氏物語』の中でも特異なものではないかということが考えられる。即ち虚構された人物と実在のモデルが、作品のある一部で密着度が高い場合には、虚構されるその人物の他の主要な個所も、読者が揺曳させている、モデルの総体としてのイメージに大きく齟齬を来たすような造形は為し難いのではなかろうか。

もしそうであれば、六条御息所の心情や怨霊性も、斎宮女御徽子の何らかの延長線上にあるのではなかろうか。さらに言えば、紫式部は実在の徽子のイメージに触発されて六条御息所物語を構想していったのではないかというような推測もありえないことではないのかもしれない。

三

まず怨霊性を徽子の周辺に辿ってみる。

『源氏物語』の夕顔巻で、源氏が夕顔を伴なって某院に行き、その夜物の怪によって夕顔は取り殺されるのであるが、古注の多くは、その某院に源融の河原院を当て、物の怪には、宇多法皇が京極御息所と河原院に宿った時に、融の怨霊が出現した話を参考に掲げている。確かに河原院は六条という地理からも、またすでに荒廃していた宏大な美庭という点に怨霊譚までも備えているということでも、準拠とまでは言えなくとも、重ね合わせて読んでよいように思われる。古注等が河原院を引き合いに出すのは以上のような面からであったが、私はそれに河原院と徽子と六条御息所という関連が辿られることを考慮に入れるべきではないかと考える。

河原院は左大臣源融の邸宅であったが、それを伝領した融の息子大納言昇が宇多法皇に献じた。それが間もなく荒廃しているのは、皇室の伝領が長くはなかったからであろう。十世紀半ばには、融の子孫の安法法師が院主であった[3]ので、再び融の一族に返還されたのであろうか。それというのも、『本朝文粋』に「宇多院為二河原左相府一没後修諷誦文」（延長四年七月四日）が収められていて、その願文の中に「去月廿五日、大臣亡霊忽託二宮人一申云」と記されていることからして、宇多法皇にとっては祈禱までさせる忌まわしい出来事が事実起こっているのであるから、延長四年（九二六）からまもなく一族の手に委ねられたのではなかろうか。

一方、源融の別邸栖霞観は、徽子の父の重明親王が伝領しているが[4]、それは親王の母が昇の娘であった[5]ことによる。すでに寺とされていたが、なお名庭としての景観は保っており、人々の出入りもあったのであるから、世間では、同じ融の屋敷であった河原院も重明親王との係わりを見ていたということも考えられる。院主（伝領者であろうか）が安法であったとしても、大納言昇の後、従五位程度に没落した一族にとって、有望な女婿の重明親王は何かとその一族の中心であったと思われるからである。河原院と重明親王の関係がもしそれほど密でなかったとしても、その娘徽子も河原院の後裔（源融の曽孫）であることに変りはない。

次に河原院の物怪譚について見てみよう。先の「諷誦文」によれば、その怨霊の出現理由は、「我在世之間、殺生為レ事、依二其業報一堕二於悪趣一」というもので、宇多法皇の女性関係のものではない。ところが十二世紀初の『江談抄』では、「融大臣霊抱二寛平法皇御腰一事」の題で、法皇が京極御息所と河原院に行き愛を語らっていた時に、「欲賜御休所」と融の亡霊が出て来たとしている。

『源氏物語』より一世紀後に形を成した『江談抄』のその説話が、『源氏物語』成立以前にすでに在ったのかどうかは分からない。あるいは「諷誦文」のような話が脚色されていったのかと思われるが、そのように変形させられていく理由は窺えるようである。『大和物語』六一段に載せる話は、「亭子院に、御息所たちあまた御曹司してすみたまふに、年ごろありて、河原院のいとおもしろく造られたりけるに、京極御息所ひと所の御曹司をのみしてわたらせたま

ひにけり」という状況の中で、残された御息所の一人が、

世の中の浅き瀬にのみなりゆけば昨日のふぢの花とこそ見れ

との帝への怨嗟の歌を藤の花に結びつけておいた。「たが御曹司のしたまへるともえ知らざりける」と記すが、該当する御息所に思い当った人も多かったかもしれない。それは河原院の伝領者になっていたかもしれない。融の孫の小八条御息所貞子である。貞子は『後撰和歌集』にも、宇多帝に顧みられない嘆きの歌が採られている人であるが、その父昇が河原院を献上したのは、娘への帝寵を願ってのことであったかもしれない。『江談抄』の話で、濫りがわしくも融の亡霊が閨房に出現しなければならなかったのは、寵愛薄い故に、一族の衰退してゆく命運への嘆きからであると理解されることもあったのではなかろうか。融の亡霊譚が巷で成長してゆく背景としてそのようなことが考えられてよいのであろう。いずれにしても、河原院は寵愛にまつわる怨霊出現の場という話を持つ所であった。また徽子はその河原院一族の末裔であり、帝寵薄い女御であった。この二つの事柄を手懸りとして、夕顔怪死事件を解くことはできないであろうか。

夕顔を死に至らしめる物の怪が何であるのかということには古来諸説あるが、私は家霊としての妖怪説に惹かれる。その場合妖怪が、なぜ怨みもない夕顔に発動しなければならなかったのかという疑問があったが、そこに河原院を思わせる場面設定が意味を持つのではなかろうか。しかしその謎解きは漸層的であって、読者には夕顔巻ではまだその物の怪の正体は不明のままで、何かの妖怪変化なのか、あるいは源氏の通い所の六条辺りの高貴な女が関係するのだろうかとしか分からない。それが葵巻になって、六条辺りの女が六条御息所だと明かされ、続く賢木巻で、御息所のモデルとして徽子が読者の脳裡に浮び上がった時、夕顔巻の某院が河原院らしい様相であったことが思い返されよう。すでに六条御息所の造形法には、モデルとしての徽子が一部で明確に指摘できるように為されていて、御息所と徽子

を重ね合わせて読むこともあったのではないかと述べたが、ここでもそのような構成法、即ち、準拠と虚構の間を読者が渾然とさせ、それによって自ずからそれとなく思い当らせられるというような方法であったかもしれない。とすれば、夕顔の物の怪には河原院の怨霊譚を想起し、それがすでに『江談抄』のような話柄に成っていたとすれば、物の怪は家主としての家霊であり、一族の悲願を背負った女が顧みられない怨みによって発動、その一族の女は宇多朝後宮では小八条御息所であろうが、『源氏物語』になると、六条御息所のモデルであるところの、融の玄孫の徽子も二重写しとなり、物の怪は家霊でもあるが、それに小八条御息所や徽子と等質の、六条御息所の不幸な情況が何となく係わっているような読者の理解の仕方が予想された構成法であったかもしれない。

このように虚構の作品の中に、準拠なるものの史実や伝説をオーバーラップさせる読み方を、『源氏物語』の他の部分にむやみに当て嵌めようというのはない。しかしここでは六条御息所と徽子、某院と河原院、夕顔の物の怪と河原院の怨霊譚のそれぞれが濃厚に類似性を持ち、しかもその三要素が結び合わせられる関係でさえあるからである。

読者がそのような読み方をすることを予想して書かれたとすれば、紫式部は徽子が怨霊譚を持つ河原院一族の後裔であることに注目していたと見ることが出来るであろうし、また徽子を踏まえた六条御息所が生霊と化してゆく、ユニークな構想のヒントとすることもあったのではないかとの臆測もしている。それは物語の構造の内部的必然性に抵触するものではなく、むしろそれ以前の、作者の構想の切っ掛けのようなものといえよう。

四

次に、後宮時代の徽子の心情が、第三者にはどのように映ったであろうかということを見てみたい。それは紫式部が捉えた徽子像というものの手懸りになると思うからである。

十二世紀半ばに書かれた『十訓抄』に斎宮女御徽子の話が出ている。それは天皇が、

時しもあれ稲葉の風になみ寄れる期にさへ人の恨むべしやは

という歌を贈ったのに対し、女御徽子は、

いかでかは稲葉の杣といはざらん秋の都のほかに住む身は

と返した。それについて作者は「これは、わが身后にあらねば、物ねたみもなどかせざらんとの心にや。（略）此の歌は后望ませ給ふ気色ありと世の人申しければ、恥ぢて、かの御集には除かれけるとぞ。（略）」と記す。

ここでは話柄の信憑性は問題とせず、恐らく集約化されたイメージを踏まえて成った徽子の描き方に目を向けると、一つは后への思惑、もう一つは天皇への怨情という面が出されている。徽子の閨怨の思いが根強いものであったことは、妃達の総てが恭順の愛を示していた時に「さへ」恨み続けていたことで表出されているが、恨み、しかもそれを憚りなく持続させるには、条件または資格が必要であろう。単純に性格的なものだけでは片付けられない。しかして、その資格というものは、「后望ませ給」うたと人々に取り沙汰される原因と同じであろう。徽子の立后の願望という表現に揶揄的匂いがないとすれば、そこには、徽子が后を望んでも不当ではないとの人々の見解を見てよい。つまり徽子は、後宮最高の地位の后にでも成ってよい女御であると見られていたのであろうが、それは徽子の高い出自と、優れた資質によると思われる。

徽子の女御時代の立場を実態として捉えるには、背景としての村上朝後宮の歴史が必要なのであるが、それは第五章に述べたので、ここでは主に外側からの視点で考えてみたい。

さらにもう一つの資料がある。「式部卿の宮の女御、宮さへおはしまさねば、参り給ふ事いとかたし。さるは、い

とあてになまめかしうおはする女御をなど、常に思ひ出でさせ給ふ折々は、御文ぞ絶えざりける。」(『栄花物語』巻一)という記事は微妙であって、ここでも確かに徽子は、天皇から距離を置かれた女御として描かれているが、それは必ずしも天皇自身の真意によるのかどうか。あるいは、他からの天皇への圧力を匂わせているのかもしれない。また天皇自身の愛の形とすればそれも珍しく、天皇は徽子の気品豊かな個性を、生身の女としてではなく、風雅の面で愛でていたというのである。

先の『十訓抄』とこの『栄花物語』の徽子は異なった視点でありながら、愛されること少なく、悲劇の匂いを持つ女御という姿は共通している。しかしそれは単に寵幸を得なかったことによる悲劇ではなく、徽子の高貴な素姓(『十訓抄』)、風雅な資質(『栄花物語』)が、それに相応しい扱いを受けない所から感じさせられるものであって、その事態を徽子は、高貴さ故に誇り高く、己れを撓めず生きた女御として捉えられたものであると言えよう。女御という立場の女が、天皇に対して怨む姿勢を持続するとはそのようなことだと思われる。

ところで、徽子に立后への願望があったということは、自身も潔白の態度を示しているように、また村上朝後宮の状況からしても有り得ないことであっただろう。しかしそのような臆測が生まれる背景はわずかにあった。それは二つの時期が当てられるが、その一つは、村上朝の初期、徽子の入内よりその父重明親王が歿した天暦八年(九五四)までである。中務卿から、徽子入内二年目に式部卿という高い地位に就いた親王は、村上天皇の二十歳年長の兄として、皇族の中で最も重きを置かれていた。元服時から晩年まで『李部王記』を記し続ける意欲と学識に加え、風流・豪胆な俊秀として知られる父の後見もあって[9]、徽子はその時期には寵愛も受けていたであろう。一方、後に中宮として絶大な勢力を持った安子も、まだこの頃には、さほど抜きん出てはいなかったと思われるが、徽子と安子の地位が同等か、あるいは徽子が上位にさえ見られていたのは、も少し限定して、安子所生の皇子が東宮に立てられた天暦四年（九五〇）七月までとすべきであるのかもしれない。やがて、恐らくあの強い安子の性格と、一門の強力な後見によって天皇を独占し、九人もの子を為し、中宮に立てられた安子の蔭に、徽子の存在は薄れていったであろう。だがもう一つの時点としては、康保元年（九六四）に中宮安子が歿した時が考えられ、やはり安子に次ぐ地位の女御として、巷では再び徽子に、中宮の地位の噂が囁かれたこともあったかもしれない。しかし『栄花物語』によれば、この時以後、徽子の父重明親王の後妻であり、安子の妹であった登子への、朝政を傾けるまでの天皇の寵愛があった。家集には天皇の死に関しての歌は一首しかないが、父を失った嘆きの歌はかなりある。それは徽子の心の有り様であったかと思われるが、そのように父に依るところ深かった徽子にとって、その妻であった人が、夫の喪も早々に新しい愛に走り、しかもその相手は我が夫たる天皇であったことは幾重もの打撃であったであろう[10]。高貴な女御としての后の地位の噂をされたかもしれない一方、義母たる登子への天皇の寵愛の深さに比例して、悲運の徽子への世間の関心は続いたことが想像される。

村上天皇の後宮は、皇后一人、女御四人、更衣五人に加えて先述の登子もあり数多い。その中で徽子は、最も興味を持たれた妃ではなかったかと思われる。それは徽子の後宮における立場からだけではなく、入内前に斎宮であったという神秘的な女人としての経歴、さらには詠歌に弾琴にと、風雅の道に秀でていた資質も関与することであろう[11]。そのようなことから人々の目に映った、あるいは語られた徽子像というものは、妃として極めて高い地位にありながら、藤原氏の華やかな女人達の蔭で、愛の怨みを託った薄幸の人であり、しかも皇族の気位と、芸術的造詣の深さによって、より繊細に優美に、その嘆きを心の奥深く、じっと湛え続けていた人と見られていたであろう。後宮の妃達というものは、何かと世人の話題の的であったが、中でも徽子は、そのような物語的要素ともいえるものを感じさせられる女御であったようである。

ところで『源氏物語』において、六条御息所が怨霊と化すことの意外性は大きいが、実は悲嘆がそれのみで終らず、次元を超えてまで深化してゆくのは、過去の東宮妃としての高貴さによる誇りに裏付けられた強靱な矜持によると見なければなるまい。御息所は、源氏の正妻葵の上と対等であると思うからこそ車争いの屈辱が許せず、また葵の上の出産にも嫉妬の情を燃やすことが出来るのである。優雅な気品と、おぞましい怨霊性とは、この場合背馳するものではなく、むしろ、高貴であるからこそ怨霊とならざるを得なかったのである。

『十訓抄』『栄花物語』のそれぞれの記事によって窺われる徽子も、高貴な出自と優れた資質にもかかわらず寵幸を受けることなく、しかし毅然として誇り高く風雅の道を歩んだ女人という印象であろう。そうしてその気位と自恃は、徽子の胸奥でいかに鋭く傷つけられるものがあったかということを想像もさせたであろう。徽子の出自・性格・教養そして後宮で置かれていた状況、そのようなものから臆測された心情は、『源氏物語』で六条御息所が怨霊と化していくまでの状況と情念に共通するものがあると考えている。

紫式部の少女時代に亡くなった高名の徽子についての噂や、式部自身が抱いたイメージ、まもなく編纂され流布したであろう『斎宮女御集』が、六条御息所という女人の造形の核になったのではないかとの推測をしている。

五

後宮時代の徽子の心情を知る第一等の資料は、他撰ではあるが徽子の家集である。紫式部は『源氏物語』を書くに際して、その『斎宮女御集』（『斎宮集』とも）を読んでいたであろうか。多くの典籍を博捜駆使している執筆態度からも、また六条御息所に徽子の事蹟を用いた関心の持ち方からも、もし『斎宮女御集』が存在していたら目にしないはずはないと思われる。とすれば問題は、『斎宮女御集』の成立時点ということになるであろう。

寛和元年（九八五）に亡くなった徽子の家集は、恐らく『拾遺抄』の成立頃まで、即ち十世紀の終り頃までに、その女房達の手によって形を為していたと思われる。[12] また、徽子の後宮時代の歌は、ほとんどそのままの形態で『村上天皇御集』にも収められており、この集もほぼ同時期に成立しているとみられるので、紫式部が六条御息所を構想し、造形するに当って、徽子の家集を読んでいたことはほぼ間違いないと思われる。

では紫式部は『斎宮女御集』から、どのような徽子の姿や心情を掬うことが可能であっただろうか。以下において、六条御息所の心情との関連から、後宮時代に天皇へ向けられた歌六十二首の中から、主な歌や詞書を見てみたい。

六

まず端的に「恨み（怨み）」の語が用いられているものを手懸りとしよう。

こち風に靡きなはてそ海士舟は身を恨みつゝこがれてぞ経る（一三四）

（番号は西本願寺本による。本文は適宜漢字を当てている。）

詞書は西本願寺本（以下、西本と略）では「内にて、何事の折りにかありけむ」だが、『村上天皇御集』（村本と略）では「恨みきこえ給ひて、女御」である。その歌は、天皇への燃え立つ情念を縛りつけようとの苦しみであろう。天皇の招きに素直になれないのは、徽子の願う愛の姿ではなかったからなのか。拒もうと悶え、なお天皇への思いに焦れて、その背反する感情が激しい調子で叩きつけられている。

さかさまに言ふとも誰かつらからむ返す〳〵も身をぞ恨むる（三二一）

この時は、何か天皇の誤解か責めがあったのか。いずれにしても、已れを凝視して、その苦しみの深淵に吸い込まれてゆく厳しさが露わに表現されている。また、

うらみつの浜に生ふてふ葦しげみひまなくものを思ふ頃かな（一二五）

と、天皇へ恨みを投げてもいる。それに対して天皇は、

恨むべきことも難波の浦に生ふる葦ざまにのみ何思ふらん（一二六）

恨むことはないはず、何を悪しざまに思っているかとの返歌。書陵部本（書本と略）のみはさらに徽子の歌が続き、

恨みては思ひしらなむ白波のかかるを葦といふにぞありける（七二）

天皇の多情を恨むのだと知っていただきたいと強く言い放つのである。それに近い内容で、

隠れ沼に生ひたる葦の浮寝して果てはつれなく見ゆる頃かな（一四五）

この歌の詞書に「御返し、帝を恨みたてまつりて、女御」と記されている。これが徽子自身の何らかの言葉に拠って書かれたものであれば、歌の心情は「恨みたてまつりて」に集約されているといってよい。また編者のものであれば、先の一三四番歌の村本の詞書同様、後の『十訓抄』で

時しもあれ稲葉の風になみ寄れる期にさへ人の恨むべしやは

という天皇の歌を含むような説話が生まれてくる下地が知られるようである。

歌や詞書に「恨み」の語が入っているのは以上であって、数にすれば特に多いとも言えないし、また「恨む」主体や対象も同じではないのだが、徽子の家集としてまとめて読んだ時、これらの「恨み」の語は強く作用して、あたかも徽子が「恨み」の女人として印象付けられるようである。恨むという感情は、崩壊しつつあるものへの激しい抵抗作用であろう。決して消極的なものではない。

しかし徽子にも、当然のことながら、涙し、嘆く歌もある。

藻塩焼く煙になるる海士衣いくそたびかは袖の濡れける（一三）

ほのかにも風は告げじな花薄むすぼほれつゝ露に濡るとは（二六）

時雨ゆく空もおぼろにおぼつかなかけ離れゆくほどのわりなさ（八七）

時鳥鳴きてよに経る声をだに聞かぬ人こそつれなかりけれ（九九）

しかし九九番歌下句のように、きびしい直截的表現は、やはり涙にくれているだけの姿ではない。天皇の歌は割愛せざるをえない。それらは表現としては概ね情愛のある歌といってよい。しかしその表現がそのまま真情であったとも言えないし、後宮時代十八年間には情の移ろいもあった。

訪ふことの遙かなるには鶩の古巣す立たむことぞもの憂き（一一）

玉章のたまさかにてもあれはこそ訪ふしるしにはかりにてもあれ（二五）

天の川ふみみる程の遙けさに渡らぬ瀬ともなるにやあるらん（八五）（上句は書本・村本）

等の歌のように、寵幸厚い妃達の蔭にあって、里居がちであったらしい徽子には、天皇の便りさえ遙かになってゆき、ますます宮中へ帰り辛くなっていったようである。「服におはしけるに、内より間遠なりける御返りに、日頃思し集めたりけるを、御手習のやうにてたてまつらせたまひける」（一八詞書）と、日頃の心の内を認めて送ったこともあった。その一連の歌に添えられている詞書は、徽子自身の手によるものであるかどうかは分からないが、「露も久しと」（一九）と、天皇の愛が露よりもあっけなく失せてしまったこと、「言はむ甲斐なの夜や、目のさめつゝ」（二三）と、一人悶々と過ごす夜の嘆きを、今さら天皇に訴えてもと諦めつつ、「あはれのさまやと」（二六）、「限りなかりける」（二八）、「誰に言へとか」（二一の歌の歌仙本の詞書）と続けられる詞書には、歌よりもさらに凝縮した徽子の心情に即して

いるように思われる。また後宮の日々の歌、

鶯の鳴く一声にきけりせば呼ぶ山彦やくやしからまし（一六）

には詞書に、「まう上らせたまへと聞こえさせたまふに、さもあらねば、異人なむときかせたまひて」という事情が記されている。天皇のお召しに何か拘りでもあったのか参上しなかった徽子は、その夜別の妃が召されたことを知る。そこに天皇の心の在り所を見てしまった徽子は、もしその招きに応じていたらと、屈辱をかみしめる。

かつ見つゝかけ離れゆく水の面にかく数ならぬ身をいかにせむ（一四六）

この歌の詞書には、後宮生活のすさまじさが具体性を持って表現されている。「御宿直したまへりける夜、いかなることかありけむ、御方を過ぎつゝ、こと御方に渡らせたまひければ」と、天皇が他の所へ渡って行く様子を耳を凝らして窺い、煮えたぎる暗い情念は自虐的に、「数ならぬ身」と屈折してゆく。この歌も天皇に贈ったのであれば、天皇はその生々しい表現にたじろぎ、鼻白んだであろう。

思ひ出ることは後こそ憂かりけれ帰らはかへる声や聞こえむ（一〇）

天皇と共に睦まじく琴を弾いて退出した夜、早く帰って来てほしいとの歌の返しである。里から帰って来た時には、別の妃の琴の音が天皇の側では聞こえているだろうと思うと、楽しかった一時もかえって辛い思い出になりそうだと、移ろい易い天皇の心に翻弄されるようにして生きなければならない後宮の妃のおののきがにじみ出ている。

徽子の歌には、当時の女の詠み口でもあるのだが、屈折した愛、皮肉、不信といった情念を技巧的に、だが憚りなく露わにしているのが目につく。すねて見せ、鋭く切り返す。その少し毒のある愛の表現の才気を、天皇は好むこともあったのだろう。天皇が里居の長くなった徽子に、「おぼつかなしと嘆きつるかな」（書本八五）と優しく歌うと、

嘆くらん心を空に見てしがな立つ秋霧に身をやなさまし（一四）

と、涙に昏れる思いを匂わせながらも、天皇のその御言葉が真実であるのか確かめたいと言わずにはおれない。また徽子が里から帰るのを待っているという歌には、

忘れ草生ふとし聞けば住の江のまつも甲斐なく思ほゆるかな（九五）

と、本当はもうあなたの御心は、私の存在などお忘れでしょうに、口先だけでは嬉しくもないと返す。あるいは天皇が、あなたの所に私の心は残して来たというのには、

忘れ川流れて浅き水無瀬川なれる心や底に見ゆらん（九七）

私の所に御心は残されていても、それは浅い御心のようですよと言う。また院の服喪中の侘びしい時期、天皇が里に帰っていた徽子へ贈った歌には、

墨染の色だになくばほのかにもおぼつかなさを知らでやあらまし（一〇三）

と、そのような時でもなければ、私を思い出されることさえないでしょうと返す。同様に天皇が、梅の花を見てあなたを思っているという歌には、

梅の花下枝の露にかけてける人の心はしるく見えけり（一三九）

どうせ思って下さっても、その御心は下枝の露のようにあっけなく消えてゆくのは私にはよく分かっていますというのである。

徽子の歌は、はかなく嘆くだけのものもある一方、重く激しく迫ってくる詠み振りのものもかなりあって、そのような印象でもって見てゆくと、

上渡らせたまひて、村雨におどろかされて帰らせたまひしに

雨降れば三笠の山もあるものをまだきに騒ぐ雲の上かな（三二）

は、本来は親愛の情をこめた明るい歌であるのかもしれないのだが、雨が降ったのをいい口実にして、そそくさと帰ってゆく天皇への皮肉たっぷりの恨みを詠んでいるのではないかとの解釈に傾いてゆくということもある。男女間の心情を詠んだ歌は殊に、当事者間の心理が的確には第三者は分からない場合が多いので、徽子の歌の場合にも、集の醸し出している色合いに引きずられて解釈することにもなる。

徽子の、天皇への歌をひとまとまりとして見ると、そこには優しくはかなく涙している姿よりは、苦しみを強く歌い上げる悲愴なイメージが勝っているようである。

上、久しう渡らせたまはぬ秋の夕暮に、琴をいとをかしう弾きたまふに、□……急ぎ渡らせたまひて、御傍に居させたまへど、人のおはするとも見入れさせたまはぬけしきにて弾きたまふを聞こしめせば

秋の日のあやしきほどの夕暮に荻吹く風の音ぞ聞こゆる（一五）

天皇の渡御を素知らぬ顔で弾き続ける徽子の姿には、移ろいつつある天皇の心に対して、毅然とした、しかし荒涼とした寂しさが漂っているようである。

徽子の、今まで見てきたような激しさ、強さ、毅然としたたけ高さという調子は何によっているのであろうか。臆する所なく歌い上げるのは、やはり皇族の女王という出自に裏打ちされた誇りと、詠歌についての深い自信によるのであろう。

身の憂きを思ひ入江に住む鳥は名を惜しとこそ音をも鳴きけれ（一一一）

春よりも浅き緑の色見ればひとしほ増すは無き名なりけり（九三）

徽子にとって愛されないということは、生身の苦しみであることもさることながら、誇りを傷つけられてゆく辛さというものも理解しなければならないようである。

天皇と交した徽子の歌の全てを記すことはできないが、以上のような歌から、凡その徽子の姿や心情が見られるのではないかと思う。紫式部は『斎宮女御集』をどのように読んだのであろうか。六条御息所の「心深」さ（夕顔・澪標・若菜下巻）、「恥づかしく」（以下葵巻）「心にくく」「よしあり」というような人柄や、愛に破れてゆく時の心の有り方に、家集から受け止められる徽子がかなり重なり合うと考えるのは引き付け過ぎであろうか。

そうしてまた、

御垣守る衛士のたく火の我なれやたぐひまたなき物思ふらん（書本四三）

身の憂きにいとど生いたる浮草の根ならは人に見せましものを（三四）

秋の野の荻の下根に鳴く虫の忍びかねては色に出ぬべし（二八）（一句目書本・仙本による）

これらに詠まれている悲痛な重さは、六条御息所が生霊と化してゆく暗澹たる心象風景に通うものがあるとはいえないであろうか。

七

従来斎宮女御徽子は、『源氏物語』の六条御息所の伊勢下向の準拠としては見られていた。本章ではそれを拡大して、六条御息所の造形に際して、その本質的人格や性情においても、徽子が影響を及ぼしているのではないかということを見てきた。しかして⑴徽子は怨霊譚を持つ家系にあること、⑵後宮時代は最も高貴で風雅に優れていながら寵愛薄い女御であったこと、⑶『斎宮女御集』は後宮で一夫多妻に苦しんだ女の内面を深々と伝えていること、この三つの面から浮かび上がる徽子の像は、六条御息所が愛情の葛藤の怨情から物の怪へと化してゆく、その要素を秘めているであろうと思われる。勿論、徽子即六条御息所ではない。しかし『源氏物語』の中で、特異なプロットの六条御息所物語は、徽子という実在した女人が手懸りとなって構想されたのではないか。少なくとも御息所の本質的な面にまで徽子が影を落としているのではないかと考える次第である。

注

（1）大朝雄二『源氏物語正篇の研究』五三九頁

（2）第十二章　三節、四節、五節、六節

（3）『本朝文粋』巻八、「秋日於河原院同賦山晴秋望多」による。

（4）『本朝文粋』巻十、「初冬於二栖霞寺一、同賦二霜葉満林紅一、応二李部大王教一」（源順）の中に「栖霞寺ハ本栖霞観也。昔丞相ノ遊息スル…今大王ノ紹隆スル…」とあるのや、『李部王記』天慶八年三月廿七日条に、栖霞寺に妻の供養の為釈迦如来像を造った記事があることによる。

（5）重明親王母方関係の系図

嵯峨天皇―源融―昇―湛―趁（安法）
　　　　　　　　　　　├女子　小八条御息所（貞子）
　　　　　　　　　　　└女子
醍醐天皇―重明親王
　　　　　　　＝女子
　　　　　　　　└徽子

（6）『後撰和歌集』恋二、六八三

寛平の帝、御ぐし下ろさせたまうてのころ、御帖のめぐりにのみ人はさぶらはせたまうて、近う寄せられざりければ、書きて御帖に結びつけける　　小八条御息所

立ち寄らば影ふむばかり近けれどたれか勿来の関を据ゑけん

（7）小林茂美「融源氏の物語試論」（『源氏物語論序説』昭53）

（8）古注以来諸説が提出されたが、それを整理、再考されたものに、深沢三千男「源氏物語の構想分析」（国語と国文学昭38・10）後に『源氏物語の形成』に再録

（9）第四章　二節

（10）家集では、次の二首に徽子の、登子に対する感情が詠みこまれている。

父宮失せ給て、里におはする内侍のかみの御心の思はずなりけるを
いかにして春の霞になりにしか思はぬ山に懸るわざせし（一四八）

又、かの御方より、藤の花を朝な〳〵こき取らせ給ふことを憂がりけるをきゝ給て
朝ごとに失すとは聞けど藤の花濃くこそいとど色増さりけれ（一四九）

（11）歌は、勅撰集には『拾遺集』以下に四十四首入集。家集は各系統本の総計二七〇首のうち一五〇首が徽子の歌。他に当代の歌人達を集めて歌合や歌会を催している。琴については注9の論に少し述べた。

（12）第二章　三節、四節

紙数の都合で一々引用できなかったが、森本元子氏の『私家集と新古今集』（昭49）、山中智恵子氏の『斎宮女御徽子女王』（昭55）、平安文学輪読会の『斎宮女御集注釈』（昭56）に多大の御教示をいただいた。

十一 『源氏物語』に引かれた『斎宮女御集』の歌

一

『源氏物語』の主として歌に、『斎宮女御集』（斎宮集）の歌が、言葉として、あるいは発想としてどのように引かれ用いられているかということを考察してみた。

そもそも『源氏物語』の作者紫式部の、斎宮女御徽子女王への関心はなみなみならぬものであったと思われる。そのことは古注釈以来指摘されて来たように、六条御息所や娘の秋好中宮（斎宮女御）に徽子の事蹟や、その一族の経歴が組み込まれており、そのことからだけでも読者は、六条御息所には実像としての徽子を重ね合わせて読むように仕組まれていると思われるからである。『源氏物語』の構成法として六条御息所に最も鮮明にそのモデルとなった人物が分かるような造型方法が用いられている。

そのような面から考えてゆくうちに私は、『源氏物語』の六条御息所にはもっと深く、幅広く徽子が影を落としているのではないかと考えるようになった。すなわち御息所の特異な性格や物の怪と化すに至る心情等は、徽子の後宮における立場や性向などに触発されて成ったものではなかろうかということである。[1]

しかして紫式部がそのように六条御息所の造型に深く徽子を関わらせている理由として、一つは徽子の卓越性が上げられる。まずそれは出自においてもそうであって、醍醐天皇の皇子であり、人物としても優れていた父と、太政大臣藤原忠平女を母に、血統と権力の接点ともいうべき徽子は、また彼女自身斎宮という尊崇の地位にあって後、村上天皇の女御となったという経歴、加えて詠歌、弾琴という必須の教養に卓抜した才能を知られながら、しかし女としては、後宮の華やかな女性達の蔭で村上天皇の生身の愛を受けること薄かった。まさに物語的要素を十分に含んだ人生を過ごした人であった。さらにはこの徽子の大量の歌が周囲の誰かの手で編纂されて、家集という形を為したことが、もう一つの重要な理由であったと思われる。たとえ多くの歌反古等があっても、編纂されなければまもなく散佚して、そのような場合後世では勅撰集等に入集した歌などが知られるばかりとなるが、幸いに二百七十首近い歌が家集に拾われ、九百年代の終り、『拾遺抄』の成立頃には大方の形を為していたと考えられる。(2) しかもその主要な部分である村上天皇との贈答歌は、ほとんどそっくり『村上天皇御集』に再録され、『斎宮女御集』の成立とほぼ同時期に家集となってこれも流布していったようである。

　このようにして、『源氏物語』が書き始められる直前に姿を整えていたと思われる、高貴薄幸の優れた歌人の家集であってみれば、紫式部は極めて興味深く熟読玩味したことは想像に難くない。

　そうして実在の徽子の残像と、作品集の両面からのイメージが結実して六条御息所を生むきっかけになったと推定しているが、それだけではなく、『源氏物語』が『斎宮女御集』から受けとめているものは、物語中の歌の発想や用語にまでも見うけられる。これは紫式部の斎宮女御徽子への、あるいはその作品への濃密な興味のあり方を示しているのであろう。

二

以下に、『源氏物語』の歌や文に『斎宮女御集』の歌が、発想やことばにおいてどのように用いられているかを巻の順に記す。両者の関係の濃度を便宜上A・B・Cの記号で分けてみた。ランクAは確かに『斎宮女御集』の歌を踏まえて作られたと見てよい歌、Cは両者の関係の有無の判断は難かしいものの、その一首の前後の歌や筋なども含めて、一応参考のために考慮してみたいもの、Bはその中間といったところである。

(1) かく数ならぬ身を見もはなたで（帚木一・一四七頁、「日本古典文学全集」による） B

かつみつゝかげはなれゆくみづのおもにかくかずならぬ身をいかにせむ（西本願寺本斎宮女御集・一四六）

『拾遺集』にも入集。注釈書の〔花〕〔休〕〔紹〕〔屋〕〔岷〕〔余〕に引く[3]。『後撰集』に「数ならぬ身」という用語は八首も出るが、「かく」を上に置いたものは、『斎宮女御集』（斎宮集と略）までには用いられていない。

(2) 見し人の煙を雲とながむれば夕べの空もむつまじきかな（夕顔一・二六二） A

みし人のくもとなりにしてそらわけてふるゆきさへもめづらしきかな（四六）

注釈〔余〕に引く。森本元子氏も指摘[4]。『斎宮集』の方は重明親王亡き後、後妻であった登子が詠んだ歌。夕顔巻は夕顔の死を源氏が悼んだ歌。なお葵巻でも「見し人の雨となりにし雲ゐさへ」と上句に用いる（(5)参照）。『紫式部集』の「見し人の煙となりし夕より名もむつまじきしほがまの浦」も『斎宮集』に拠っているのであろう。

(3) 過ぎにしもけふ別るるもふた道に行く方知らぬ秋の暮かな（夕顔一・二六九） A

すぎにしもいまゆくすゑもふたみちになべてわかれのなきよなりせば（一七五）

注釈〔河〕〔孟〕〔岷〕〔湖〕〔引〕〔新〕〔余〕〔事〕〔集〕に引く。森本氏引く。『斎宮集』の歌は娘の斎宮と共に伊勢へ再下向する日も近い頃、徽子が一品宮へ贈った歌。夕顔巻は空蟬との別れに源氏が詠んだ歌。「過ぎにし」は共に死別、それに加えて旅立つ別れという発想、「二道に」という用語が『斎宮集』で初めて用いられていることなどからして、『斎宮集』を本歌とする歌であると思われる。

(4)　限りあれば薄墨ごろもあさけれど涙ぞそでをふちとなしける（葵二・四二）　B

　影みえぬなみだのふちのころもでにうづまくあはのきえぞしぬべき（四）

「涙」と「淵」が一首の中にあるのは『後撰集』に四首。しかし「ふち」が淵と藤衣＝喪服と掛けているものではない。『斎宮集』では徽子が亡くなった時の娘の規子内親王の歌。葵巻のは葵上の死を悼む源氏の歌。その前の源氏の歌「のぼりぬる煙はそれと分かねどもなべて雲ゐのあはれなるかな」は、前述の(2)の歌との関係がやや見られるので、この辺り『斎宮集』が念頭にあったのかもしれない。

(5)　見し人の雨となりにし雲ゐさへいとど時雨にかきくらすころ（葵二・四九）　A

　みし人のくもとなりにしそらわけてふるゆきさへもめづらしきかな（四六）

用語の一致のみならず、『斎宮集』の「雲」を「雨」に、「空」を「雲ゐ」に、「雪」を「時雨」にと、同じ気象事項ながら別のものに変え、また共に人の死を悼む歌であることからも本歌としてよい歌であろう。なお『斎宮集』のこの四六番歌は夕顔巻にも引かれているので(2)を参照のこと。

(6)　九月七日ばかりなれば……浅茅が原もかれがれなる虫の音に、松風すごく吹きあはせて、そのこととも聞きわかれぬほどに、物の音ども絶え絶え聞こえたる、いと艶なり。（賢木二・七六〜七七）　C

　むしのねもかきなすことも〻ろごゑにみにうらもなき月をさへみる（一六五）

『斎宮集』の方は「八月許に、月のあかき夜、御こと〴〵もしらべたまふに、むしのいとあはれになきければ」という詞書を持つ徽子の歌で、続く一六六番歌は「月影のさやけきほどになくむしはことのねにこそたがはざりけれ」という規子内親王のものである。注釈書の〔弄〕〔一〕〔細〕〔紹〕〔岷〕〔湖〕〔余〕〔事〕〔集〕は、この所に『斎宮集』の「ことのねにみねのまつかぜかよふなりいづれのをよりしらべそめけむ」（五七）を引く。この五七番歌は『拾遺集』にも採られた、斎宮女御の歌では最も有名なものであるので、賢木巻の方は『斎宮集』の五七番歌の松風に琴の音、一六五・一六六番の月光の中の虫の音と琴の音の混然と一体になった情景（「はなやかにさし出でたる夕月夜」と後に書かれているのともよく合致する）を参考にしているかもしれない。ただしこのような情景や素材は一般に好まれたものであるから、必ずしも『斎宮集』によっているとの断定はし難い。

(7) 心からかたがた袖をぬらすかなあくとをしふる声につけても（賢木二・九八） C

よそにのみふるにぞゝでのひぢぬらむこゝろからなるしぐれなるらむ（一二二）

『斎宮集』のは村上天皇の歌。徽子の「ながめするそらにもあらでしぐるゝはそでのうらにや秋は立らん」（一二二）への返しである。賢木巻は朧月夜が源氏との暁の別れを嘆く歌。すでに『古今集』に「心から花のしづくにそぼちつつうぐひすとのみ鳥の鳴くらむ」（四二二）の歌があり、『斎宮集』もそれを本歌にしているのかもしれないが、涙にくれるのは「心から」なのであり、そこにはまた愛に飽かれるという心情の関連から、『斎宮集』の一二一・一二二歌と合わせて、何らかの示唆があったのかもしれない。

(8) ながめかるあまのすみかと見るからにまづしほたるる松が浦島（賢木二・一二八） C

みやこのみこひしきものはうきめかるあまのすみかにふるみなりけり（二四五）

『斎宮集』の歌の方はその前の歌の詞書の「なにのをりにかありけむ」と同じ時のものであろう。伊勢に再下向した後の淋しい心境の徽子の歌が四首並んでいる。賢木巻は出家した藤壺への源氏の歌。『古今集』以来海士や海藻を詠みこんだ類似用語・発想の歌は多いが、「あまのすみか」さらに「めかる」を続ける歌は他にないのでここに引いておいた。

(9)　亡き人の別れやいとど隔たらむけぶりとなりし雲ゐならでは（須磨二・一六一）　C

aはかもなきよをすてはてしひとしもぞけぶりとなりてさきにたちける（七三）

bわかれゆくほどはくもゐをへだつともおもふこゝろはきりもさはらじ（七四）

『斎宮集』の七三番歌は出家後歿した藤原高光のことを、妹愛宮が嘆いた歌。七四番は「一品宮より伊勢の御くだりに」と詞書にあって、二首は異なった折りの別人の歌であるし、用語にもそれほど関連は見られないが、須磨巻の方は葵の上の死と源氏の離京を詠みこんだ歌であるので、七三の死、七四の離京の歌と情況が似通ってはいる。

(10)　a逢ふ瀬なきなみだの川に沈みしや流るるみをのはじめなりけむ（須磨二・一六九）　B

b涙川うかぶみなわも消えぬべし流れてのちの瀬をもまたずて（同一七〇）　B

aながれいづるなみだのかはにしづみなばみのうきことはおもひやみなむ（一〇七）

bなみだがはそこにもふかきこゝろあらばみなわたらんとおもふなるべし（一〇八）

『斎宮集』は後宮における辛い心情を詠んだ徽子の歌と村上天皇の返歌。須磨巻の方は須磨へ隠栖する前に源氏と朧月夜が詠み交した歌。「涙（の）川」は『古今集』以来多く用いられる語であるが「沈」むと続けたものはこれまでにはないようである。また『斎宮集』の一〇七・一〇八番が須磨巻一六九・一七〇の連続した二首に用いられていることも留意したい。森本氏引く。

(11)　見しはなくあるは悲しき世のはてを背きしかひもなくなくぞ経る（須磨二・一七二）　A

かりのよをそむきはてにしかゐもなき人はうつ、ゆめかえこそさだめね（二三一）

『斎宮集』の方は、出家して多武峯に入った藤原高光の死去に際して、その妹の御匣殿女御へ贈った徽子の歌である。須磨巻の方は桐壺院の死と、源氏の流謫を嘆く藤壺の歌であって、両者は死と出家に因果関係を見ていることが共通する発想である。背いた甲斐がなかったというような内容も、歌としては前例がないようである。

(12) うめき刈る伊勢をの海人を思ひやれもしほたるてふ須磨の浦にて（須磨二・一八六）Ａ

なれぬればうきめかればやすまのあまのしほやくころもまどをなるらん（一一二）

『斎宮集』のは村上天皇への返歌である。須磨巻の方は、六条御息所が伊勢から須磨に居る源氏へ贈った歌で、共に妻女から夫への歌である。『古今集』の「うきめのみ生ひて流るる浦なればかりにのみこそ蜑はよるらめ」（七五五）が『斎宮集』の本歌かとも思えるが、さらに「須磨」という地名を組み合わせた歌はそれまでにはない。必ずや『斎宮集』のその歌が意識されているであろう。もっとも『古今集』九六二番行平の歌「わくらばに問ふ人あらば須磨の浦に藻塩垂れつゝわぶと答へよ」ももう一つの本歌である。

(13) 恋ひわびてなく音にまがふ浦波は思ふかたより風や吹くらん（須磨二・一九一）Ｂ

うちはへておもふかたよりふくかぜの（に）なびくあさぢをみてもしらする（二〇）

『斎宮集』は天皇から徽子への歌であり、須磨巻の方は須磨で憂苦の日を送る源氏の独詠である。『後撰集』一〇六六番に「白雲のゆくべき山はさだまらず思ふ方にも風はよせなん」と似た歌ではあるが、愛する者の方から風が吹いて来るという発想は『斎宮集』の方がより一致する。

(14) 心から常世をすててなく雁をくものよそにもおもひけるかな（須磨二・一九三）Ａ

とこよへとかへるかりがねなになれやみやこをくものよそにのみきく（一九三）

『斎宮集』の方の詠歌事情は不明だが、内容からして、伊勢に居て都を恋うて詠んだものであろう。須磨巻の方も望郷の思いやみ難い源氏の供人達の歌であり、この歌は惟光のもの、続いて「常世いでてたびのそらなるかりがねも列におくれぬほどぞなぐさむ」という伊予介男の歌がある。「常世」という語は、『万葉集』や記紀にかなり出るが「雁」と結ぶ歌はない。そうして『古今集』・『後撰集』には用いられていないが『斎宮集』になるとこの他にも三五・一二三番（同一歌か）に「常世」と「雁」が用いられている。発想といい、三つの用語の一致といい、本歌としてよいであろう。

(15)　たゆまじき筋を頼みし玉かづら思ひのほかにかけはなれぬる（蓬生二・三三二）　A

a おもほえぬすぢにわかるゝ身をしらでいとすゑとをくちぎりけるかな（一六〇）

b たまかつらかげはなれたるほどにてもこゝろがよひはたゆなとぞおもふ（一六一）

『斎宮集』一六〇番歌は、伊勢に下ることになった徽子が、借りていた鬘を后宮へ返す時に添えた歌。一六一番はその返しの歌である。蓬生巻も末摘花が鬘につけて、最も親しくしてくれた女房との別れに贈った歌であって、詠歌事情が実によく似ている。鬘に添える歌などという特殊な状況だけに本歌と見て差支えあるまい。言葉も四ヵ所一致していることでもある。

(16)　雲のうへに思ひのぼれる心には千ひろの底もはるかにぞ見る（絵合二・三七二）　B

くものうへにおもひのぼれるはこどりのいのちばかりぞみじかゝりける（一八〇）

『斎宮集』の方は、前内侍が徽子に雛鳥を贈ったが死んでしまったので返されて来た、それを詠んだ歌である。それに対し絵合巻の方は「正三位」という物語の女主人公のことを述べているのであろうから内容はまったく異なるが、用語として「雲の上に思ひのぼれる」まで一致するのはそれまでにはないようである。とは言え一般的な概念であるから偶然の一致かもしれない。『斎宮女御集注釈』（平安文学輪読会）に引く。

(17) いくかへりゆきかふ秋をすぐしつつうき木にのりてわれかへるらん（松風二一・三九七）C

思やることゝろはつねにそらながらゆきかふあきにそはぬばかりぞ（二〇一）

『斎宮集』のこの前の二〇〇番歌は、六月の内に立秋になった日、徽子が天皇に贈った歌である。その歌に「夏もあきもゆきかふそらはなになれや」と上句にあるように、この二〇一番歌も『古今集』一六八番の「夏と秋と行かふ空のかよひぢはかたへすずしき風や吹くらむ」に拠る発想である。松風巻は明石から京へ来る明石君の心境であって、『斎宮集』の方と内容の上では関わらない。「ゆきかふ秋」も特殊な用語ではないが、歌では『斎宮集』までに見られないようである。

(18) 人離れたる方にうちとけてすこし弾くに、松風はしたなく響きあひたり。（松風二一・三九八）C

ことのねにみねのまつかぜかよふなりいづれのをよりしらべそめけむ（五七）

『拾遺集』四五一・四五二番に、この歌と続く五八番の「松風のおとにみだるゝことのねをひけばねの日のこゝちこそすれ」の二首が、また『和漢朗詠集』巻下四六九番にも採られ、徽子の有名な歌である。娘の規子内親王が斎宮に卜定され、貞元元年（九七六）秋に野宮に入り、まもなく源順、平兼盛、源兼澄等の当時の歌人達を集めて催された庚申の夜の歌会の歌である。この時の題は「松風入夜琴」であるが、それというのも徽子が、父重明親王と共に琴の名手であったからである。一方松風巻ではやはり琴に堪能な明石君が京の大井に住むようになって、その心細さ、故郷恋しさから琴を弾く場面である。ゆえに『斎宮集』五七番の内容との関係は濃いものではない。その題も初唐の詩人李嶠の詩の一句「松声入夜琴」に拠るものであり、「入松」という琴曲も中国にあって、徽子の歌の発想は珍しいものではない。『古今六帖』でも「琴の音に響きかよへる松風にしらべてもなく蟬の声かな」（一・

三九八）がすでにある。ゆえに『源氏物語』の方も徽子の歌を受けていると言う必然性はないのであるが、『拾遺集』や『和漢朗詠集』に入集した有名な歌であったことから、松風と琴の音という発想ではその後徽子の歌が思い浮かべられたようである。また明石君も琴の名手であって、物語中でたびたび琴を弾く場面が設定されるのであるが、その場合住んでいた所が明石の海辺、大井の山荘といずれも松を背景とする。それは巻の名ともなったように、明石君は琴と松風の女というイメージを持たせられている点で、紫式部は明石君を登場させる時には『斎宮集』の徽子を思い浮かべたふしがある。そのような関連性からいえば、あるいはこの場面にも『斎宮集』の歌を想起してよいのかもしれない。注釈書では〔余〕〔事〕〔評〕〔集〕がこの所にこの『斎宮集』五七番の歌を引く。

(19)　塩焼き衣のあまり目馴れ、見だてなく思さるるにやとて、と絶えおくを、またいかが」など聞こえたまへば、

「馴れゆくこそげにうきこと多かりけれ」（朝顔二・四七〇）　A

なれぬれ（ゆけ）書ばうきめかればやすまのあまのしほやくころもまどをなるらん（一二）

『斎宮集』一二番歌は、天皇からの「間遠にあれや」という手紙への徽子の返しの歌である。朝顔巻の方は、朝顔の君の所へ出かけるのを紫の上に言いわけをしている源氏である。注釈書は他に『万葉集』四一三番、九四七番、二六二二番や出典未詳歌も上げているが、『古今集』にも七五八番に「須磨のあまのしほやき衣をさをあらみまどほにあれや君がきまさぬ」があり、それが『古今六帖』には第一句が「伊勢のあまの」の他少し変わって入っている。そのどれもに「塩焼き衣」と「馴れ」の語は入っているが、朝顔巻における紫の上のことばの「……げにうきこと多かりけれ」までを合わせ持つ内容、用語の歌は『斎宮集』のものが一番ぴったりしている。注釈書も〔河〕〔一〕〔細〕〔休〕〔紹〕〔孟〕〔屋〕〔岷〕〔湖〕〔新〕〔対〕〔事〕〔大〕〔集〕と多くのものがこの歌をここの引歌とする。なお『斎宮集』一二番歌は須磨巻でも用いている（(12)参照）。

⒇ａ年月をまつにひかれて経る人にけふうぐひすの初音きかせよ（初音三・一四〇）Ｃ

ｂひきわかれ年は経れども鶯の巣だちし松の根をわすれめや（同）Ｃ

ｃめづらしや花のねぐらに木づたひて谷のふる巣をとへるうぐひす（同一四四）Ｃ

とふことのはるかなるにはうぐひすのふるすゝだゝむことぞ物うき（一一）

うぐひすのおとなきこゑをまつとてもとひしはつねのおもほゆるかな（二一三）

初音巻の三首は、明石君が娘と交した（ｂが姫）歌であって、徽子の一一番歌は天皇からのお召しもめったになく、里から宮中へ足が向かない重い心を詠んだものであり、二一三番歌は、初子の日の御匣殿女御との贈答に続く徽子の歌である。「初音」という語は『万葉集』に一首あるだけで、(5) それまでには意外に少ない。また『斎宮集』には「鶯」を詠みこんだ歌は八首（最も多い西本願寺本で）もあって、『斎宮集』での鶯の印象は強い。さらに「古巣」を「巣立つ」という用い方も、類似のものはあっても、そのままのものはない。そのようなことからあるいは『斎宮集』の「初音」の語に引かれて、ａの歌なども着想されたかもしれない。

㉑おほかたに荻の葉すぐる風の音もうき身ひとつにしむ心ちして（野分三・二六九）Ｂ

秋の日のあやしきほどのゆふぐれにをぎふくかぜのおとぞきこゆる（一五）

『斎宮集』の方は長文の詞書があって、それによれば「うへ、ひさしうわたらせ給はぬ秋のゆふぐれに、きむをいとをかしうひき給に、上しろき御ぞのなえたるをたてまつりて……」ということである。野分巻は、野分の翌朝源氏が明石君の方を見舞うと、「なえばめる姿」で箏の琴を弾いていた。琴を弾く女の所に夫が訪れるという場面性も同じである。「荻」は『後撰集』の頃から多く歌に詠まれるようになり、『古今六帖』第六の荻の頃には八首並べられている。それらの多くは、荻の葉音が高いことから、秋（飽）を知る風を吹き送るものという発想である。どれも似たような歌であるので、『斎宮集』の方の本歌もこれとは指摘できない。野分巻の歌も、あるいはそれら『後撰集』や『古今六帖』等の歌を直接には受けているのかもしれないが、しかしそれに加うるにこの『斎宮集』一五番の詞書と歌があったと思われる。というのは詞書の長さもさることながら、その内容がいかにも物語的で、しかも鮮明に情景を描き出すのみならず、「とき、つけたりしこ、ちなむせちなりし、とこそ御日記にはあなれ」という歌の後書きまでもあって、天皇の心に焼き付いた徽子のイメージは、『斎宮集』を読む者にとっても、集中最も深い感興を覚えるものであろう。紫式部もその好素材を『源氏物語』に用いたのではなかろうか。

(22)　a紫にかごとはかけむ藤のはなまつよりすぎてうれたけれども（藤裏葉三・四三〇）B

b いくかへり露けき春をすぐしきて花のひもとくをりにあふらん（同四三一）B

ときはなるまつにつけてもとふやとていくたびはるをすぐしきぬらん（書陵部本一五六）

かくみするおりもやあるとふぢのはなまつにかゝれる心なりけり（同一五七）

西本願寺本の『斎宮集』には脱落している部分である。書陵部本によれば兵部卿宮四君と徽子の贈答である。藤裏葉巻の方は夕霧が雲井雁との結婚を、その父内大臣によって許された時のめでたい贈答歌である。場面としての関係はないが、用語として『斎宮集』の一五六・一五七番にa・bの歌に用いられているとみることができる。「松」は「待つ」と掛けて「藤の花」が絡みつくことからも共に詠みこまれることは多いが、藤裏葉巻では贈歌の二語に加えて、答歌にいくたびも「春を過し来」たという意味の言葉まで重なるのであるから、三つ共にごく一般的なことばとはいえ、紫式部の念頭には『斎宮集』のこの一組の贈答歌が浮かんでいたのではなかろうか。

(23)　たをやめの袖にまがへる藤の花見る人からや色もまさらむ（藤裏葉三・四三一）B

あさごとにうすとはきけどふぢのはなこくこそいとゞいろまさりけれ（一四九）

『斎宮集』の歌はその前の歌との関わりからみて、毎朝徽子方の藤の花を折り取らせる継母登子を痛烈に皮肉ったものであろう。徽子にとっては父、登子にとっては夫である重明親王歿後、まもなく登子は徽子の夫たる村上天皇の深い寵愛を受け始める。父親への深い尊敬と愛情を持っていた徽子にとって、継母が早々に父を忘れて他の男の愛を受けたのも許せなかっただろうし、しかもその男が自分の夫であってみれば徽子の受けた痛手は思いやるに余りある。一四八・一四九番はそのような時期の徽子の歌である。喪服である藤衣を着ている登子が、村上天皇の愛情によって日に日に追悼の心を薄くして愛の色濃くなっていらっしゃるという意を裏にこめているとみられる。ところで藤裏葉巻の方は、前掲の(22)で述べた歌に続く歌である。共に「藤の花」を女に見たて、愛情に関わる内容である。(22)と合わせて、藤裏葉巻の連続した三首は『斎宮集』の歌（脱落している西本願寺本を復元すれば、一四九番と一五六・一五七番歌は十一首しか隔たっていない）を紫式部は参照しているようである。

(24)　……心ひとつにしづめて、ありさまに従ふなんよき。まだきに騒ぎて、あいなきもの恨みしたまふな」といとよく教へきこえたまふ。心の中にも「かく空より出で来にたるやうなることにて……（若菜上四・四七）C

あめふればみかさのやまもあるものをまだきにさはぐゝものうへかな（三）

『斎宮集』の方は、「うへわたらせ給て、むらさめにおどろかされてかへらせたまひしに」という詞書がある。若菜上巻の方は、女三宮降嫁のことを初めて紫の上に打ち明ける源氏のことばである。内容にも関係ないし特殊な用語もないので、両首の関係はないのかもしれない。ただ三番歌は天皇をも茶化したような詠み口で印象深い歌である。紫式部の意識の隅にあったことばが出て来たのかもしれない。

(25)　皆人の背きゆく世を厭はしう思ひなることも（鈴虫四・三七五）B

みな人のそむきはてぬる世中にふるのやしろのみをいかにせむ（二六〇）

『斎宮集』一六〇番は「世中そむく人のおほかるころ」という詞書がある徽子の歌。鈴虫巻は出家を願いつつ、しがらみに止められている源氏が秋好中宮にその思いを述べると、いまだに母六条御息所の死霊出現の噂に苦しむ秋好中宮も出家の志を述べたところである。ごく一般的な用語のみの一致であるが、それまでの歌には「皆人の背く」というようなものはないようであること、内容としてよく似通っている点などから引歌としてあげてよいであろう。注釈書も第二句「そむきはてにし」で〔河〕〔細〕〔紹〕〔孟〕〔岷〕〔湖〕〔引〕〔新〕、西本願寺本の本文のまで〔休〕〔大〕〔評〕〔集〕と多くのものが引く。

(26)　山里のあはれをそふる夕霧にたち出でん空もなき心地して（夕霧四・三九〇）　B

　あきゞりのたちいでむたびのそらよりもいまはときくのつゆぞこぼるゝ（二一八）

『斎宮集』は徽子の伊勢下向真近かになって、離別を悲しむ御匣殿女御の歌。夕霧巻の方は、夕霧が小野に落葉宮を訪れ、愛執の思いを訴えたものである。一致することばは一般的なものの組み合わせであるが、三語も共通していることであるし、『斎宮集』のこの歌が哀愁に満ちた優れたものであるだけに、記憶に残る歌のようである。あるいは参照されているかもしれない。

(27)　のぼりにし峰の煙にたちまじり思はぬかたになびかずもがな（夕霧四・四四九）　C

　世のほかのいはほのなかもはかなくてみねのけぶりといかでなりけむ（七二）

『斎宮集』の方は「峰の君」藤原高光が殁した時、その妹愛宮に贈った歌である。それに続く七三・七四番歌も須磨巻で引歌とされているかもしれないことは(9)で述べた。夕霧巻の方は落葉宮の歌で、「峰の煙」は亡き母を指し、両者「峰の煙」は荼毘に付した煙、即ち亡き人を指している。わずか一語、しかもごく一般用語の一致でしかないが、「峰の煙」としては歌には『斎宮集』まで出ない。そのような点からここに上げてみた。

(28)
露けさはむかし今ともおもほえずおほかた秋の夜こそつらけれ（御法四・五〇一） B
aおほかたのよこそつらけれかすみさへひまなきなかをいかでたちけむ（二〇八）
bふるさと、いかでなりけむ花みればむかしいまともはるはわかれで（二五五）
『斎宮集』aは姪であるかもしれない女の人との贈答で、その女の、父生前からいつも何となく私共の間柄は冷たいものでした、霞が間を隔てていたみたいに、というような意の歌なのであろう。御法巻では紫上が亡くなってちょうど一年目、かつての北の方葵上の死も秋であって、そうでなくても秋の夜は千々に物思わせる時だという、源氏にとっての秋の夜の悲哀を詠んだものである。共に人が亡くなった後の時点での歌であり、ことばとしてもかなり合致するが、二〇八番歌の「よ」には「夜」の意は含まず、「つらし」という心情も、こちらは叔母徽子への恨みをこめてもいるようで、源氏のどこまでも愛する人を亡くした深い悲嘆とはことなる。『斎宮集』bの方は、娘の斎宮と伊勢へ再下向した徽子が、かつて自分が斎宮であった頃の宮殿が荒れ果ててしまっていたのを見て詠んだ歌四首の中の一首である。「昔今とも」という語が重なるだけであるが、一般的と思われる「昔今とも」という用法は『斎宮集』までには見ないようである。この傍線を記した語はどれも特殊なものもなく、『斎宮集』の二〇八・二五五番両歌共に印象深い歌とも言えないが、この二首の用語が組み合わされて一首を構成しているのは偶然というべきことなのか、一応出しておく。

(29)
かきつめて見るもかひなしもしほ草おなじ雲ゐの煙となれ（幻四・五三四） B
までがたにかきつむあまのもしほぐさけぶりはいかにたつぞとやきみ（一五六）
「藻塩草」とは藻塩を作るための海草であるので「掻きつむ」が縁語としてよく使われる。「藻塩草」という語はこの頃から多く用いられるようになっているが、それまでには『斎宮集』の歌（貞元二年末頃～寛和元年春）との前後ははっきりしないが『能宣集』（西本願寺本二八〇）に「ころをへてかきあつめけるもしほ草けぶりやいかがならむとすらん」を見るくらいである。『斎宮集』では次の一五七番でも「もしほぐさかきつむあまのうらをあさみなびかむかたのかぜもたづねむ」と用いられている。二度続けて用いられた『斎宮集』の「藻塩草」「かきつむ」は記憶に残るものであったに違いない。しかし『斎宮集』で用いられたのが最も早いものだともいえないかもしれないので、Bランク程度としておいた。

(30)　琴掻き鳴らしたまへる、いとあはれに心すごし。かたへは、峰の松風のもてはやすなるべし。（橋姫五・一四九）B

ことのねにみねのまつかぜかよふなりいづれのをよりしらべそめけむ（五七）

(18)を参照のこと。注釈書でも〔釈前〕〔奥〕〔紫〕しらべそむらん、〔異〕〔河〕〔一〕（上句ノミ）〔孟〕〔岷〕〔湖〕〔引〕〔新〕〔全〕〔事〕〔大〕〔評〕〔集〕の多くが引いている。単に「松風」でなく、「峰の松風」とやや特殊になったところで一致しているのも考慮してよい。

(31)　ながむるは同じ雲ゐをいかなればおぼつかなさをそふる時雨ぞ（総角五・三〇三）C

五月五日、けふよりはいかに

aさつきやみおぼつかなさのいどゝまさらむ（七八）

ときこえたまひけるに

bながめくるそらはさのみや（七八）（ふく）西

cありしよのはるのかすみやいかなればおぼつかなくはあらですぎにし（二〇七）

『斎宮集』のはaが天皇、bが徽子の連歌である。ごく普通に用いる「おぼつかなさ」と「ながめ」の語の一致であるが、総角巻の方は匂宮から中君への歌であって、尊貴な身分の男性の、相手の女に対しての愛の不安（本心かどうかは別として）、もどかしさが「おぼつかなさ」を「そふる」＝「まさる」（七八a）として表現されている点では両歌は同趣と見てよい。「雲ゐ」と「空」も同じ概念。連歌であるだけに記憶に残りそうな歌である。cの二〇七番歌は「いかなればおぼつかな」という用語の一致であるが、これは偶然のものであるかもしれない。しかし二〇七番歌の返歌二〇八番は(28)で述べたように、御法巻に用いられているようである。あるいは二〇七・二〇八番の贈答として紫式部の記憶にあったものか。

(32)
身を投げむ涙の川にしづみてもこひしき瀬々に忘れしもせじ（早蕨五・三五〇）　A
ながれいづるなみだのかはにしづみなばみのうきことはおもひやみなむ（一〇七）

『斎宮集』一〇七番歌は(10)で述べたように、須磨巻でも使われている。しかし「涙の川にしづみ」が「沈淪の意にかけて用いられることが多く、死ぬことに詠んだものは当時の歌に見あたらない(6)」とするならば、須磨巻の「逢ふ瀬なきなみだの川に沈みしや流るるみをのはじめなりけむ」よりは、こちらの早蕨巻の方がより深い意味で受けているといえる。また下句も、早蕨巻の方は死んでも忘れられない、『斎宮集』は死んだら思いが断てようというので、両首ともにその苦しみの深さを「死」を区切りとして考えている点で関係あろう。

(33)
忘られぬむかしのことも笛竹のつらきふしにも音ぞ泣かれける（手習六・三一〇）　C
わすられぬむかしながらのうちなればありしにかはるそではぬれけり（一七四）

『斎宮集』の方は、後宮退下後、再び規子の初斎院について宮中に入ることがあった時の徽子の歌である。手習巻は亡妻への思いを、その母尼に訴えた中将の歌。内容は関係ない。用語も「忘られぬ昔」とはごく平凡なものであるが、それまでの歌には意外にない。また、中将の歌への尼の返歌「笛の音にむかしのこともしのばれてかへりしほども袖ぞぬれにし」の第五句目は『斎宮集』の五句目と言葉がほぼ同じなのも、ここに出した理由の一つである。

三

『源氏物語』に関しての注釈書は古注釈から現代までかなりの数になるが、伊井春樹氏はそれらを整理して『源氏物語引歌索引』を作られた。その中から、『斎宮女御集』を引いている個所を抜き出して当否を考察しておく。書名の略号も伊井氏のものに従ったが、本章に入っているもののみを記した。

釈前—源氏釈　奥—奥入　最—原中最秘抄　紫—紫明抄　異—異本紫明抄　河—河海抄　花—花鳥余情　弄—弄花抄　一—一葉抄　細—細流抄　休—休聞抄　紹—紹巴抄　孟—孟津抄　屋—花屋抄　岷—岷江入楚　湖—湖月抄　引—源氏物語引歌　拾—源註拾遺　新—源氏物語新釈　余—源注余滴　全—日本古典全書　対—対校源氏物語新釈　事—『源氏物語事典』所収「所引詩歌仏典」　大—日本古典文学大系　評—源氏物語評釈　集—日本古典文学全集[7]

(1) かく数ならぬ身を見もはなたでなどかくしも思ふらむと（帚木一・一四七）

二節(1)参照

(2) 見し人の煙を雲とながむれば夕べの空もむつまじきかな（夕顔一・二六二）

二節(2)参照

(3) 過ぎにしもけふ別るるもふた道に行く方知らぬ秋の暮かな（夕顔一・二六九）

二節(3)参照

(4)
斎宮の御下り近うなりゆくままに、御息所もの心細く思ほす。(賢木二・七五)

①よにふれば又もこえけりすゞか山むかしのいまになるにやあるらん(二六三)(『拾遺集』巻八、雑上、四九五)〔紫〕〔河〕世にすめば〔湖〕

※黴子が娘の斎宮規子内親王と一緒に、再び伊勢へ行った史実として引くのである。

②おほよどのうらたつなみのかへらずはかはらぬ松のいろをみましや(二六五)(『新古今集』巻十七、雑中、一六〇四)〔紫〕〔河〕〔孟〕

※この歌も同じく黴子の再下向の証拠としてあげたものであろう。これらの歌の他にも再下向を詠んだ歌はあるが、やはりこの①と②の歌がそれを最も端的に表現している。

(5)
親添ひて下りたまふ例も、ことになけれど、いと見放ちがたき御ありさまなるにことつけて(賢木二・七五)

①よにふれば又もこえけりすゞか山むかしのいまになるにやあるらん(二六三)(『拾遺集』巻八、雑上、四九五)〔異〕〔一〕〔岷〕〔新〕〔余〕

②おほよどのうらたつなみのかへらずはかはらぬ松のいろをみましや(二六五)(『新古今集』巻十七、雑中、一六〇四)〔異〕〔岷〕

※前の(4)と同じ歌が①②共に引かれているのは、(4)で上げなかった書が、数行後のここで(4)と同じ理由で歌を出しているのである。しかしこの文は、母親が添って下るのが前例がないというのであるから、歌の引き場所としてはあまり適切ではない。しかし(4)も再下向そのものを表わしている文でもないので、この辺りのどこかで、六条御息所と娘の斎宮の事蹟の典拠となった黴子親子のことを記したと考えるべきであろう。そのような点か

らいえば、ここで①や②を引いてもかまわないであろう。

(6)　松風すごく吹きあはせて、そのこととも聞きわかれぬほどに、物の音ども絶え絶え聞こえたる、いと艶なり。（賢木二・七七）

ことのねにみねのまつかぜかよふなりいづれのをよりしらべそめけむ」（五七）（『拾遺集』巻八、雑上、四五一）（『古今六帖』第五・三四二四三）（『和漢朗詠集』巻下、四六九）〔弄〕〔一〕〔細〕（上句ノミ）、〔紹〕〔岷〕〔湖〕〔余〕〔事〕〔集〕

二節(6)参照

(7)　ただならず。「ほど経にける。おぼめかしくや」とつつましけれど（花散里二・一四六）

夢のごとおぼめかれゆくよのなかにいつとはむとかおとづれもせぬ（六五）（『後拾遺集』巻十五、雑一、八八〇）〔拾〕〔余〕

※『源注余滴』は他に二首「おぼめく」ということばの出る歌を引いているように、その語のみの注であろう。

その点ではたしかに『後撰集』にも入る伊勢の歌に次いで早い使用であろう。

(8)　山伏のひが耳に松風を聞きわたしはべるにやあらん（明石二・二三二）

ことのねにみねのまつかぜかよふなりいづれのをよりしらべそめけむ（五七）（『拾遺集』巻八、雑上、四五一）（『古今六帖』第五・三四二四三）（『和漢朗詠集』巻下、四六九）〔紫〕〔異〕〔河〕〔孟〕〔岷〕

※松風と琴の音といえば、徽子のこの歌が引かれることが多い。ただしこの程度の内容の所にまで引く必要はないであろう。

(9)　斎宮にも親添ひて下りたまふことは例なき事なるを（澪標二・三〇七）

よにふれば又もこえけりすゞか山むかしのいまになるにやあるらん（二六三）〔河〕〔孟〕〔岷〕

⑽ （4）の①参照

すこし弾くに、松風はしたなく響きあひたり。（松風二・三九八）

⑾ 二節⒅参照

塩焼き衣のあまり目馴れ、見だてなく思さるるにや……馴れゆくこそげにうきこと多かりけれとばかりにて（朝顔二・四七〇）

⑿ 二節⒆参照

かかる下草頼もしくぞ思しなりぬる（玉鬘三・一一一）

春日野ゝ雪の下草ひとしれずとふひありやとわれぞまちつる（五六）（『玉葉集』巻十、恋二、一四二六）〔余〕

※「下草」の語の例として『斎宮集』を出したのであろうが、他にも引く『万葉集』や『大和物語』等の方が古い。『斎宮集』とは例えている意味も異なり引く必要はない。

⒀ 近くゐざり寄りて、「いかなる風の吹き添ひて、かくは響きはべるぞとよ（常夏三・二三四）

ことのねにみねのまつかぜかよふなりいづれのをよりしらべそめけむ（五七）〔余〕（上句ノミ）〔集〕

⒁ 二節⒅参照

などてかくはひあひがたき紫をこころに深く思ひそめけむ（真木柱三・三七七）

むらさきにやしほそめたるふぢのはないけにはひさすものにざりける（一四三）（『後拾遺集』巻三、春下、一五三）〔河〕〔岷〕

※他に二首引かれており、一つは「紫は灰さすものぞ海石榴市の八十のちまたに逢ひし児や誰」（『万葉集』巻十

⒂　二・三二〇二）や、「むらさきの色に心はあらねども深くぞ人を思ひそめつる」（『新古今集』巻十一、九九五、延喜御歌）の方が、古さや内容において参考歌とするに足るもののようである。
「色に衣を」などのたまひて、「思はずに井出のなか道へだつともいはでぞ恋ふる山吹の花」（真木柱三・三八五）
いはぬまをつゝみしほどにくちなしのいろにやみえし山ぶきの花（二二）（『後拾遺集』巻十八、雑四、一〇九四）〔奥〕〔紫〕〔異〕
※『斎宮集』の他に五首も引かれているが、「山吹の花」は「くちなし色」なので「言はぬ」等の意をかける歌は多い。早いのは『古今集』誹諧歌・一〇一二、素性法師の歌であろう。『古今六帖』にもあり、『斎宮集』を引くまでもない。

⒃　「顔に見えつつ」などのたまふも聞く人なし。（真木柱三・三八五）
※前の⒂の歌を載せる〔河〕〔孟〕〔岷〕。これは前の⒂の所に注すべきものである。

⒄　見たまふ人の涙さへ水茎に流れそふ心地して（梅枝三・四一二）
いにしへのなきにながるゝみづくきのあとこそそでのうらによりけれ（五二）（『新古今集』巻八、哀傷、八〇七）〔拾〕
※他に伊勢の歌を出す書は多い。その「なき人の書き留めけむ水茎は打見るよりぞ流れそめける」を引けば十分であろう。

⒅　皆人の背きゆく世を厭はしう思ひなることも（鈴虫四・三七五）
二節㉕参照

⒆　なくなくも帰りにしかな仮の世はいづこもつひの常世ならぬに（幻四・五二二）

しらつゆのきえにしほどのあきまつとところよのかりもなきてとびけり（三五・一二三第三句「あきはなを」）〔大〕

二節⒁参照

⒇ 琴掻き鳴らしたまへる、いとあはれに心すごし。かたへは、峰の松風のもてはやすなるべし。（橋姫五・一四九）

二節㉚参照

注

（1）第十章　四節、五節、六節

（2）第二章　四節

（3）伊井春樹『源氏物語引歌索引』（笠間書院、昭52・9）略号については、三節を参照のこと。

（4）森本元子「斎宮女御と源氏物語」（むらさき11輯、昭48・6）後に『私家集と新古今集』（明治書院昭49・11）に所収。

（5）貫之の歌で「浅みどり春たつ空にうぐひすの初音をまたぬ人はあらじな」というのがあるが、これは家集にも入らず、『続後撰集』で出て来ているので、一応省いた。

（6）平安文学輪読会『斎宮女御集注釈』（塙書房、昭56・9）

（7）引用する本文は二節と同じにするために、『源氏物語』は小学館本　日本古典文学全集、『斎宮集』は西本願寺本を用いた。※印が簡略な考察部である。二節で取り上げたものはそちらに説明を譲った。

十二　『源氏物語』六条院の史的背景

一

栄花を極めた源氏は、その権力と富を具現する豪壮な邸宅六条院を造営した。その六条院は秋好（梅壺）中宮の屋敷を一部に含む場所であったことが「大殿、静かなる御住まひを……六条京極のわたりに、中宮の旧き宮のほとりを、四町を占めて造らせたまふ。」「八月にぞ、六条院造りはてて渡りたまふ。未申の町は、中宮の御旧宮なれば、やがておはしますべし。」（少女巻）で知られる。

源氏は六条院造営の地として、なぜ秋好中宮と関わるその場所を選ばなければならなかったのだろうか。それは『源氏物語』の構想の面から説明することはできよう。すなわち、秋好の母六条御息所の頼みで中宮の後見をすることになった源氏は、冷泉帝へ秋好を強引に入内させることによって、最高権力者としての地位をさらに固めたのである。ゆえに、源氏が秋好中宮の家を掌中に収め、その発展解消の体で六条院を造ったことの意義は、太政大臣源氏と、娘分の秋好中宮の緊密さや相互扶助の地位保障関係を、明確な事実として対外的に示したというところにあろう。それは、冷泉帝との親子関係を秘したままで、源氏を準太上天皇に上げるための布石でもあったに違いない。そのような構想上の必然性は認められるものの、その意義は、源氏の新邸が秋好中宮の家との関連において造られなければ極めて減少するとも言えないようである。

本章においては、源氏の六条院が秋好中宮の旧宮をとり込んで造営されたとするその理由のなにがしかは、素材となる事実に拠っているのではないかということについて考察してみる。

二

『源氏物語』における秋好中宮とその母六条御息所のモデルとしては古注以来、村上天皇の女御であった斎宮女御徽子女王と、その娘の規子内親王が当てられている。

たしかにこの場合、モデルと創作された人物との関係は深い。従来、徽子親子が準拠であるとみなされてきたのは、秋好中宮が娘時代、斎宮に卜定されて伊勢へ下る時に、母の六条御息所が同行したということによる。「親添ひて下りたまふ例も、ことになけれど」（賢木巻）と述べられるのだが、これと同じ唯一の史実として見出されるのが、『日本紀略』貞元二年（九七七）九月十七日条（群行翌日）「伊勢斎王母女御相従下向。是先二先例一。早可レ令レ留者。」であって、徽子と規子親子のことである。これは群行の日も同じである。

さらに素材関係があるとみられる事柄として、六条御息所は任果てた娘と共に帰京するとまもなく、その秋死去することになっているのだが、徽子も寛和元年（九八五）四月、京へ帰り、その年の内、恐らく秋頃亡くなった。また徽子は秋好中宮の方にも一部とり入れられていると思われるのは、斎宮であった徽子は退下後入内して、斎宮女御と呼ばれたと同じく、秋好中宮も、斎宮女御とも書かれる経歴からである。その他にも、徽子と六条御息所については、人柄や、夫たる人との愛の様相などにも、ひじょうに似通った面があるのは偶然とは思われない。そのようなことから、紫式部は、『源氏物語』の六条御息所と秋好中宮親子については、あえてモデルである人物に関する諸事実を踏まえて形成しているということが言えるのかもしれない。

そこで、当面の問題である家について、黴子親子の住宅を知ることにより、『源氏物語』で六条院がその地に造られた理由を探ってみようと思う。

三

斎宮女御黴子の家はどこであったのか。『斎宮女御集』では、黴子の父重明親王が亡くなった頃の歌に、

あめのふる日三条の宮にて
あめならでもるひともなきわがやどをあさぢがはらとみるぞかなしき
三条院にて
われならでまづうちはらふひともなきよもぎがはらをながめてぞふる（西本願寺本、四一・四二）

と記されている。『斎宮女御集』は、黴子に仕えた女房達によって編まれたと考えられるので、詞書の信憑度は高いとみてよいのだが、同じ家を「三条の宮」「三条院」と表記している。『斎宮女御集』の他系統本の同一個所でも、「三条の宮」（歌仙家集本、三二）、「三条のこ院」（書陵部本、八九）、「東三条院」（歌仙家集本、三三）とあり、三条であることは確かだが、いずれが正しい呼称なのか、またはいずれの言い方も同一の家を指すのかは決め難い。

ところが「あめならで――」の歌は、『拾遺抄』四六八番、『拾遺集』一二〇四番に入集していて、該当部にいずれも「東三条」となっている。黴子の死後二・三十年にして成立している両集の「東三条」の呼び方は正しいものであ

ろう。

ところで「東三条」の家といえば、藤原摂関家の東三条第はよく知られているが、それと徽子の東三条の家とは別なのであろうか。

邸宅についてのまとまった記載がある『拾芥抄』と『二中歴』の東三条の項を引いてみる。

四条院誕生所、或重明親王家云々、二条南ノ町、西ノ南北二町、忠仁公家、貞信公、大入道殿伝領（以下略）（『拾芥抄』）

二条町南町西、南北二丁、良房公家、又兼家公家、或説重明親王家（『二中歴』）

それによると、良房や忠平から兼家へと伝わった摂関家の東三条第について、「或」「或説」と断わりながらも、斎宮女御徽子の父重明親王の家は同じ邸宅だとする。

また『古事談』六・亭宅の項にはつぎの二つの話を載せている。

東三条者重明親王之旧宅也。親王夢ニ、日輪入ニ家中一見給テ、無ニ指事一過畢、為ニ大入道（兼家）御領一之後、前一条院所下令ニ誕生一給上也云々。

東三条者李部王(1)家也。彼王夢ニ東三条ノ南面ニ金鳳来テ舞ケリ。仍李部王ノ雖レ被レ存下可ニ即位一之由上、不ニ相叶一。而大入道殿伝領之後、一条院乗ニ鳳輦一、西廊ノ切間ヨリ令レ出給云々。

右の二話はかなり似通ってはいるが、別項に出していること、また細部には違いがあるので、それぞれに伝えられていたのであろう。しかして両話ともに、大入道兼家以前に、その東三条第には重明親王が住んでいたとする。なお後話は『中外抄』にもあり、「東三条為吏部王家之時夢事」という見出しがつけられている。また『今昔物語集』に「今昔、東三条殿ニ式部卿ノ宮ト申シケル人ノ住給ヒケル時ニ（以下略）(2)」とあるのも、これまでの資料からみて、

「式部卿ノ宮」は重明親王を指すのであろう。

以上の諸資料からして、徽子の父重明親王は、摂関家伝領の東三条第に、兼家が住むまでのある期間住んで居たとすることができるのではなかろうか。そうであれば、その娘である徽子も、幼ない時はもちろん、斎宮退下後入内するまでの三年間、さらに入内後も里がちであったその時にも東三条第に居たのであろう。

四

では、徽子やその父重明親王が、摂関家伝領の家に住んだのはなぜか。

徽子の父重明親王は醍醐天皇の皇子であり、朱雀・村上天皇の兄として、当時皇族の中でもひじょうに重きをなした人であった(3)。その重明親王は、太政大臣藤原忠平の二女寛子と結婚している。その頃東三条第は忠平が伝領していたとすれば、忠平の娘婿として、その東三条第に住むことは大いにありうることである。『古今著聞集』に、重明親王の家の棗の枝を忠平自ら切って花山院に植えたという話があるのも(4)、本来は我が家であるという気安さがあってのことかもしれない。

五

しかしさらに、およそ重明親王一族が住んだと考えられる延喜から天暦頃に、東三条第に関する記録類にはどのような記事があるかということを調べてみなくてはならない。

忠平の『貞信公記』には、東三条第のことかと思われる記事は「従東三条送笠原牧券文・書状（以下略）」（承平元年、九三一）のみが残っている。これは忠平が東三条第を常には使用していなかったことをむしろ表わしていよう。

また『日本紀略』天暦元年（九四七）十月五日条には、「女御藤原述子卒ニ東三条第ニ。」とみられるが、この家は述子の兄頼忠の家ではなかろうか。述子の父、藤原実頼は忠平の長男であるが、実頼は小野宮大臣と呼ばれ、東三条第との関連を積極的には見出せない。一方実頼二男の頼忠は三条太政大臣と後に呼ばれている。頼忠のその三条の家は、『拾芥抄』では「三条南、三条堀川」、『二中歴』では「三条南、大宮東」、『大鏡』では「三条よりは北、西洞院より東」となっていて、確かな場所は判らないが、いずれの場合も兼家の東三条第とは別の場所を指示している。しかもその頼忠の家について「太政大臣東三条殿焼亡」（『日本紀略』貞元二年、九七七）と記すこともある。一方「右大臣東三条殿焼亡」（『日本紀略』永観二年、九八四）ともあるように、頼忠の東三条と兼家の東三条と紛らわしい場合には、ある時期、その所有者の名前を上に付けることもあったのであろう。村上天皇の女御であった述子は四条女御と呼ばれていて、摂関家伝領の東三条第を里としていたのではないと思われる。

ついで東三条に関しての記事は、天徳三年（九五九）弾正尹親王の東三条の橘を南殿に植えたという『日本紀略』のものである。一方これとよく似た話が『帝王編年記』『禁秘抄』『河海抄』『古事談』『古今著聞集』に伝えられ、それらはすべて重明親王家の樹とされており、また弾正尹元利親王の家は「上東門北・富小路東」（『扶桑略記』承平五年、九三五、正月廿二日条）とされるので、この東三条には重明親王家との混乱があるのかもしれない。しかし、時に徽子の父重明親王の歿後ではあり、陽成天皇皇子の元利親王が東三条第に住むこともあったのか、それとも摂関家の東三条第とは別の家をさしているのかは判らない。

やがて東三条第には兼家が住むようになって記録等にも頻繁にその名が見られるようになるのであるが、兼家までの東三条第は摂関家の誰が伝領し、誰が住んだのかは不明といわざるを得ない。『拾芥抄』『二中歴』では、良房や忠平から兼家へと伝領したとされているが、良房は染殿と白川殿を、忠平は五条第と小一条第を使用していたことは周知の事実である。兼家までの摂関家の人で東三条第を生活の場とした人は見当らない。また住宅として使用されていなくても、行事や催し等に摂関家として用いることがあれば記録に残ったかもしれないがそれらしいものもない。そのように摂関家が積極的に、あるいは重要な邸宅として用いていないことは、重明親王や徽子一族がその東三条第に住み得る可能性が強いと史実の方からも言えるのではなかろうか。

六

では重明親王や徽子達は東三条第に何時頃住んでいたのであろうか。

重明親王が忠平女寛子と結婚したのがいつであるのか確かなことは判らないが、重明親王は延喜二十一年（九二一）、十六歳で元服しているので、結婚して東三条第に住むようになったのも恐らくその頃であっただろう。やがて寛子は天慶八年（九四五）に歿したので、忠平との縁も切れるはずであるが、その後、重明親王が亡くなる時も東三条に住んでいたことは、前述の徽子の歌で知られる。引き続き東三条第に住んでいたのは、重明親王が忠平の孫、すなわち師輔女登子と再婚して、摂関家との縁が相変らず緊密であったという理由によるのかもしれない。『斎宮女御集』によれば「ち丶宮うせ給て、さとにおはする内侍のかみの御こ丶ろのおもはずなりけるを」（西本願寺本、一四八）とある尚侍は徽子の義母登子であるので、重明親王と共に師輔女登子が東三条第に住んでいたこともあったようである。

しかし天暦八年（九五四）重明親王が歿して後も、徽子達が引き続き東三条第に住んだのかどうかは判らない。『俊頼髄脳』や『十訓抄』によれば、徽子がまだ女御であった時、すなわち康保四年（九六七）以前に「長岡といふ所に住み給ひて久しくまゐらせ給はざりける（以下略）」として村上天皇との贈答歌が載せられている。父重明親王亡き後、徽子は長岡へ移ったのかとも考えられるが、あるいは一時的なことであったのかもしれない。というのはそれから少し後の天禄三年（九七二）、徽子の娘を主催者として「規子内親王前栽歌合」なるものが催されているが、その時には源順のほかにも幾人もの宮廷人たちが集まっている。そのことはどうも都遠い長岡京のような感じではない。

しかし摂関家の東三条第に、重明親王亡き後も引き続きずっと住んでいたとは考え難い点もある。というのは、徽子の父重明親王が亡くなるとまもなく、父の後妻である登子は、こともあろうに徽子の夫でもある村上天皇の大変な寵愛を受けるようになった。その登子の他にも、村上天皇後宮で絶対の力を持っていた中宮安子は師輔女、また登子と同じく寵厚かった宣耀殿女御芳子は師尹女であり、いずれも徽子にとっては母方の従妹とはいえ、登子・安子・芳子共に摂関家側の人であった。徽子は、摂関家一族の、さらにそれぞれの一家の複雑な、政権獲得にからんだ思惑をたとえ知らなかったとしても、後宮におけるそれら皇妃達の愛情争奪の渦の中で傷つけられていったに違いない。後宮時代の徽子にことに苦汁をなめさせた妃達は摂関家に連なる人達であった。そのような軋轢の中で、摂関家伝領の家に父亡き後も止まり得たかどうか疑わしくも思うのである。(5)

とはいえ、『斎宮女御集』によれば、兼道女媓子（堀川中宮）や兼家女詮子（集では「大王宮」と記す）、安子腹の一品宮資子内親王、師輔女忯子（御匣殿女御）などの藤原氏の女人達とも親しい。摂関家の邸宅東三条第を嫌って離れたとも単純には言えない。

東三条第は、兼家によって初めて摂関家本来の人によって実際に使用されるようになったらしい。では兼家はいつからそこに住むようになったのであろうか。

『蜻蛉日記』によれば、天暦十年（九五六）秋頃にはまだ東三条には住んでいなかったようである。[6] その後安和二年（九六九）春、「家移りとかせらる、ことありて」（移転予定のことだろう）、閏五月、「新しき所つくるとて通ふ」とあるのが東三条第のことであろうと考えられる。[7] この時、兼家はそれまでの東三条第を改修、または増築までもしたのであろうか。その前年、兼家女超子は入内、その年中納言となった兼家には、それに相応しい邸宅が必要になったことは十分考えられる。もっとも東三条第が兼家の家として記録に出てくるのは、それより十五年後の永観二年（九八四）「右大臣東三条殿焼亡」（『日本紀略』）というのである。その火災にあった建物も三年後の永延元年（九八七）七月二十一日再建され、祝宴が三日も続くほどであった。しかし東三条焼亡から再建の間にも円融院が「東三条南家」に渡り（『小右記』永観三年二月廿日）、居貞親王の元服が「東三条南宮東対」で行なわれている（同、寛和二年七月十六日）ので、東三条南院の方は無事であったのであろう。

その時再建成った東三条第は西の対を内裏になぞらえて清涼殿造りにするほどの豪奢なものであったらしい（『大鏡』）。その前年外孫一条天皇の即位によって摂政となった最高貴権兼家の邸宅として、また円融天皇皇后、一条天皇の母である詮子の里第として、当時の藤原氏の邸宅の中でも最も華やかなものであったと思われる。八月には相撲が大がかりに催され、十月には天皇行幸、詩宴、翌年三月には兼家六十の賀宴と続いている。

翌永延二年（九八八）九月、兼家の別邸、東二条院も完成し、東三条第の方には引き続き詮子が、東三条南院の方には兼家長男の関白道隆、その女の中宮定子等が住み、相変らず東三条第の繁栄は続いている。

長保三年（一〇〇一）東三条女院詮子が歿すると東三条第は道長が伝領、三年後の寛弘元年（一〇〇四）一月より一年をかけて東三条第の造作をし、しばしば検分に出かけている（『御堂関白記』）。この時の建築には長徳二年（九九六）に焼亡した東三条南院の方も含まれているのであろう。

翌寛弘二年二月十日落成披露が行なわれている。その年十一月二十七日、内裏焼亡により、東三条第は里内裏となり、天皇、中宮彰子が移り住み、東宮もその南院東対にあった。明くる三年三月四日、盛大な花宴が天皇出御のもとに東三条第で催されている。

道長は他にいくつもの邸宅を持ち、中でも妻倫子伝領の土御門第は私邸として最も重要であるが、それと並んで、東三条第は行事や催し等の特別のことに使用され、道長の頃においても、その邸宅の価値は失なわれていない。

八

以上、簡略に東三条第の歴史について述べた。その中で、重明親王や徽子の一族がそこに住んだと断言するのは早計に過ぎるかもしれないが、(8)一応仮定のままに考察を進める。

徽子・規子母娘が東三条第に住んでいたとすれば、その人達は東三条第という邸宅を彩どり、価値あらしめた最初の女人達ということになるのではなかろうか。すなわち、当時の皇族中の重鎮であり、極めて風流人でもあった重明親王がその屋敷の主であった時期、村上天皇後宮随一の、高貴で優雅な女御の里第としても東三条第には世人の注目があったであろう。

ついで、東三条殿と呼ばれた兼家、東三条女院の詮子親子の住居として東三条第は、当時最も光栄を浴びせられたものとなった。東三条第という邸宅が話題となる時、その名を冠せられる家主も意識され、また権勢・栄花を極めた兼家・詮子と共にその屋敷も浮かび上がったであろう。

このように十世紀後半、紫式部について言えば、生まれる少し前から『源氏物語』の執筆にかかる頃においては、東三条第は最も脚光をあびた重要な邸宅の一つであったと考えられる。

九

ところで兼家女詮子は梅壺中宮とも呼ばれていた。一方『源氏物語』で梅壺中宮と呼ばれるのは、斎宮女御とも言われた秋好中宮である。『源氏物語』が書かれる直前の頃の梅壺中宮詮子は、『源氏物語』中の梅壺中宮（秋好）の造型のある部分に投影させられているところがあると考えてよいのかもしれない。

『源氏物語』において秋好中宮が構想された意味は、前述したように、源氏と冷泉帝の親子の関係を世に秘したままで、源氏が帝の後見をし、さらには已れの政権の座を確保するためには、当時の摂関政治の形態に即して、娘を入内させ、天皇の寵愛を得させなければならなかった。しかしそれには源氏の実子明石姫君は幼な過ぎるので、養女格の秋好中宮によって、明石姫君入内までの間の源氏の権力の拠って来るところを世人に納得させねばならなかった。源氏にとって秋好中宮はそのような意義のもとに登場させられ、また秋好中宮にとっても、権力と富と能力のすべてについて第一の人である源氏を後見として、名誉と幸いを手にする女人という役割りが与えられた。

一方、実在した詮子の方について、主に道長との関係で考えてみる。というのは、須磨・明石巻以後、権政の道を昇り続けてゆく源氏には、道長の姿が写し出されている面があるとされていることを認めるからである。[9]

関白太政大臣兼家を父とし、円融天皇皇后で一条天皇の母であった詮子は、長保三年（一〇〇一）に亡くなるまで、その一統の人々の隠然たる後見であったとみなしうるのである。ことに兼家五男として、必ずしも権力の座に近くはなかった道長が、甥の伊周と争って内覧の宣旨を手中に収め、氏長者となるに当っては、ひとえに姉詮子の力添えがあったということである。[10]

道長と詮子との交情は、「女院は、入道殿をとりわきたてまつらせたまひて、いみじう思ひまうさせたまへり」（『大鏡』）とあるように殊に深かったようで、すでに永延二年（九八八）、詮子の養女として東三条第に居た、源高明女明子との結婚を許されている。道長にとって詮子は、栄光への道を開いてくれた人であり、そして道長が彰子を入内させて絶対的権力を手にするまでの庇護者であったと考えることができる。道長にとっての詮子の存在意義は、源氏に対する秋好中宮のそれとひじょうに似通う面があるように思われる。

以上のように、徽子と規子親子、それに詮子の二組の女性達は、『源氏物語』の秋好中宮か造型されていく上で参考にされているのではないだろうか。すなわち秋好中宮に母六条御息所が関わっていた部分では、徽子・規子親子の事蹟が一部踏まえられており、母亡き後、秋好中宮が天皇の寵を受け、源氏を後見人として幸せ人となる設定の一部には、道長と詮子との関係や事蹟が写し出されているのではないかと考える。秋好中宮は斎宮女御とも梅壺中宮とも呼ばれるのであるが、それぞれの呼称を持つ、『源氏物語』に近い頃の人達がモデルとして一部とり入れられていると思われるのである。

そのモデル同士は無縁ではない。その実在の女性達は東三条第に前後して住んだ人達であった。

そこで、本章の考察の目的、『源氏物語』の六条院はなぜ秋好中宮の旧宮をその一角とする所に建造されなければならなかったのか、ということをまとめてみる。

すなわちそれは、『源氏物語』の秋好中宮を創作するに当って、そのモデルとなった二組の女人達が、前後して住んだ邸宅のことまでもそこにとり入れられて構想されたということではなかろうか。つまり、一つの邸宅に前後して住んだ二組の人達が、その前後の順を生かしたまま、物語の方では結び合わされて一人の女として造型されてしまった。結合させられた動機はやはり同じ家に住んだという要素によるのであろう。そうして二組のモデルが結合させられたのに伴なって、その邸宅の方も物語の中では結合させられたのかもしれない。その結合点が六条院の場所として、秋好中宮の旧宮をとり込む所ということになったのではなかろうか。しかし邸宅の結合とはいっても、素材としての家は東三条第一つなのである。ここで言う邸宅の結合点とは、史実の方では建物が、その中に住む人によって価値も意義も異なって来る、そのようないわば邸宅の性格の転換点ともいうべきものである。

ところで、モデルとなった人の事蹟に拠りながら人物を創作する場合、その家のことまで意識して写し出されていることは少ない。秋好中宮のこの場合、邸宅のことが関わってきているのは、やはり紫式部がこの部分に関して着想する時、同一邸宅東三条第に住んだ人達をモデルとするという考えが優先していたことを自ら示しているのかもしれない。

だから東三条第そのものが六条院の準拠であると考えているのではない。いわばある家にまつわる歴史を素材としているとも言えよう。

十一

では、紫式部は東三条第にまつわる歴史ともいうべきものを、かなり事実に基づきながら、『源氏物語』になぜとり入れようとしたのであろうか。それは紫式部自身にとっても東三条第との関わりがあったということが多少の理由としてあげられるのかもしれない。

紫式部は大かたの説では、寛弘二年（一〇〇五）の十二月二十九日に彰子のもとに出仕したとされている。その年十一月十五日に内裏は焼け、二十七日には天皇、中宮、東宮共に里内裏となった東三条第に住むようになり、それは翌年の三月四日まで続いている。ゆえに紫式部の初出仕が寛弘二年末であれば、その宮仕え最初の場所は東三条第のはずである。またその後も、彰子に従ってそこへ出入りすることもあったに違いない。

また道長家や彰子に仕える、紫式部の周りの女房達にとっても、自分達が出入りしたり、時には住むこともあった家についてては関心を寄せていたに違いない。ましてその家の先住者達が著名な人であったり、仕えている御主人様（道長）の大恩人であるような場合、歿後も忘れ去られることなく話題に上ったであろう。しかも、詮子はほんの数年前、徽子親子でも亡くなってから二・三十年しか経っていない頃なのである。そのように紫式部のみならず、周囲の人達にとって、時間的・空間的に身近かな人達を素材として物語の中に生かしてみせる、つまり、女房達の語りの場の話題を種としてみる創作方法も試みたかもしれない。そのような方法の場合には、ある所までは、実在の誰をモデルにしているかがかえってはっきりと判るようにして、その後の部分を豊かに虚構してみせるということもあっただろう。

十二

ここで藤井貞和氏の御説(11)を援用させていただいて、それに今まで述べてきた考えを当てはめてみよう。氏は、前斎宮（秋好中宮）が少女の巻で中宮の地位にあげられるのは、母六条御息所への鎮魂であり、さらに六条院が六条御息所の故地に建てられたのは、御息所の霊魂が家霊となって住みついている所で慰鎮するためであると述べておられる。

ところで、六条御息所のモデルは徽子であり、徽子の家は東三条第であったとすれば、その家は紫式部が仕えている主人道長の家、また自分達も時には出かけて行く、我が家ともいってよいほどに身近な家である。一方、徽子をモデルとした六条御息所はすさまじい怨念の女として物語で登場させられている。私には御息所のその怨情も徽子に由来するところが大きいと考えているのだが、紫式部も、明らかにそれとモデルが判る御息所をそのように造型したのは、実在の徽子の方に幾分なりともそのような心情を見出していたのではなかろうか。その徽子の怨情はやはり後宮時代のものであり、それは摂関家一族にかかわるものが抱かせたに相違ない、と紫式部がそのようなことを考えたとすれば――紫式部はすでに『斎宮女御集』を読んでいたはずであるから、そのような推測はしたであろう――その東三条第にまつわる徽子の怨念を慰め、主人道長や彰子一族、さらに女房である自分達へ禍いが及ばないようにしなくてはならないと考えたかもしれない。そしてそれを物語の中で果したということにもなるのではなかろうか。

そのようなことであるとすれば、六条院が秋好中宮の家をとり込んで造られなければならなかったのは、紫式部の現実生活から必然的に出てきた構想であったとも考えられる。

注

（1）「李（吏）部王」とは式部卿の唐風の呼び方であり、重明親王は式部卿が極官である。
（2）『今昔物語集』巻廿七　東三条銅精成二人形一被二掘出一語　第六
（3）米田雄介・吉岡真之校訂『史料纂集　吏部王記』解説、第四章　二節
（4）『古今著聞集』第十九　草木　第廿九
（5）第五章　十一節
（6）その頃、道綱母は「左近の馬場を片岸」にした所（一条西洞院辺り）に住んでいて、兼家は道綱母の家の前を「内裏よりまゐりまかづる道」にしていたと書いているので、東三条第とは方向が異なる。
（7）柿本奨『蜻蛉日記全注釈　上巻』に詳しい考察がある。
（8）太田静六「東三条殿の研究」（建築学会論文集21）、橘健二『大鏡』等にも重明親王は摂関家の東三条第に住んだとされているが、いずれも深い検討によられているのではないようである。
（9）山中裕『歴史物語成立序説』ほか。
（10）『大鏡』道長の項に詳しい。山中裕　前掲書、北山茂夫『藤原道長』にも認められている。
（11）『源氏物語講座』第三巻

十三　藤壺中宮への額田王の面影

一

『源氏物語』では、紫上は藤壺との関係で「紫のゆかり」と称されるのは周知のことであるが、ではその元となる藤壺はなぜ「紫」であるのか。「紫」にはどのような意味があるのか、ということについては従来簡単に触れられるのみであった。そのことについて少し整理をしてみたのだが、その「紫」を辿ってゆくうちに、藤壺造型に当っては、『万葉集』の額田王が下敷きにされている面があるのではないかと考えるに至った。

二

藤壺は「参らせたてまつりたまへり。藤壺と聞こゆ」[1]（桐壺）として登場した先帝の第四皇女であるが、その後まもなく姿を見せる紫上について、「かの紫のゆかり」（末摘花・若菜上）、「紫のゆゑ」（朝顔）と、藤壺を「紫」として、叔母と姪との血縁関係を記している。

藤壺が、その「ゆかり」の元となる「紫」とされる理由として今日までに言われていることは、

(1)紫は高貴さを表わす色であるから。

(2)藤壺（飛香舎）に住んだので、その藤の色にちなんで。

(3)紫草による。

というようなことである。そこでそれぞれについて少し検討してみたい。

まず(1)の高貴さを表わす色ということであるが、中国では隋代に紫を最高の色とし、皇帝の殿舎の異称として、紫微垣（宮）、紫禁、紫閣、紫闕、紫宸、紫宮と、紫の字が宛てられた。日本でも大内裏の正殿は紫宸殿である。また漢代より太后の居室を紫房とも称し、日本でも天平勝宝元年よりしばらく皇后職を中国風に紫微中台ともいっている。この紫房・紫微中台は中宮となった藤壺に関連ありそうにも見えるが、紫上が最初に「紫のゆかり」と呼ばれるのは末摘花巻であるので、次の紅葉賀巻で立后する藤壺の紫の根拠としては、それは叙述の順序として無理であろう。

また冠位に従って色が定められたのは推古朝であって、紫が最上に置かれた。(2)ところが『源氏物語』の少し前頃には一～四位は黒の袍を着用しているように描かれている。(3)これは紫や緋を濃く染めることが好まれ、紫も三位以上は濃染の黒紫、四位の緋も黒緋でほとんど黒色に見えるようになっているからであるが、(4)紫が高位の色であったことに変りはない。しかし正暦頃には四位の者が三位の色の袍を着たりして、(5)位階に相当する色を着用することはかなり乱れていたようである。このようなことから紫の衣服が高貴さの具象という観念はやや稀薄になっていたに違いない。

藤壺は皇女であり、入内してからは中宮以前は妃か女御であった。(6)確かに尊貴の身分である。『源氏物語』の構想の面からいっても、白鳥処女説話に基づく女人として別格に扱わなければならないかもしれない。だが藤壺の身分の高貴さ故に「紫」を当てることはあまりにも一般論過ぎはしまいか。

というのは『源氏物語』中の「紫」の次の用例も考えてみなければならない。

(1)むらさきのゆゑに心をしめたればふちに身なげん名やはをしけき（胡蝶）

(2)などてかくはひあひがたき紫をこころに深く思ひそめけむ（真木柱）
(3)紫にかごとはかけむ藤のはなまつよりすぎてうれたけれども（藤裏葉）
右の(1)は螢兵部卿宮が玉鬘を源氏の娘だと思い込んでのことば、(2)は冷泉帝が玉鬘を指して、(3)は内大臣が娘の雲居雁を言ったものである。このように紫で表わされた人物は藤壺だけではないのであり、その時々で紫と呼ばれた理由がある。

次に藤壺が藤の木を植える飛香舎に住んだこと、あるいはその呼称から「紫」が浮かぶということはどうであろうか。藤の花の色は淡紫色であるが、藤の花の色を紫とするのは歌でも多く見られ、それは平安時代、ことに『拾遺集』の頃から多くなる。『源氏物語』でも「紫の色はかよへど藤の花心にえこそかからざりけれ」（竹河）と藤侍従が詠んだ歌の他二首が紫と藤の花を関係付けている。

そもそも藤壺の殿舎を飛香舎と設定したのはなぜだろうか。増田繁夫氏によれば「後宮の殿舎の序列は第一位が弘徽殿、ついで麗景殿か承香殿というふやうに、どうも「殿」の方が「舎」よりは上らしいのである。（略）後世において、弘徽殿と藤壺が後宮の特別な殿舎のやうに考えられてくるのは、もっぱらこの中宮彰子の存在と、いま一つは源氏物語の藤壺のイメージが関係しているのではないかと考えられる[7]」とする。そうであれば藤壺が飛香舎に入る人としての設定は、藤壺が皇女であるという高貴な身分故とはいえまい。身分を重んじるなら、むしろ承香殿か麗景殿を埋めることなく空けておいてもよいはずである。あえて藤壺を飛香舎の人とする構想はやはり意味があるはずで、それは藤壺から紫上へと続く紫のモチーフを際立たせるためであったと考えざるをえない。しかしではその飛香舎から「紫」が出て来たのかといえば、それは本末転倒のように思われる。

三

では藤壺の「紫」は何から導かれたものであるかといえば、それは紫草によるものだと考えたい。末摘花巻で「紫のゆかり」が最初に用いられるまでの経緯を、若紫巻から辿ってみよう。

(1)（尼君）おひ立たむありかも知らぬ若草をおくらす露ぞ消えんそらなき

(2)（それを受けて女房）初草のおひゆく末も知らぬ間にいかでか露の消えんとすらむ

(3)（源氏尼君の許に訪れ）はつ草の若葉のうへを見つるより旅寝の袖もつゆぞかわかぬ

(4)（帰宅してからの源氏の思い）この若草の生ひ出でむほどのなほゆかしきを

(5)（半年後、源氏）手に摘みていつしかも見む紫のねにかよひける野辺の若草（「紫の一本ゆゑに武蔵野の草はみながらあはれとぞ思ふ」『古今集』八六七番を踏まえる）

(6)（紫上を引き取ってから源氏）武蔵野といへばかこたれぬ（「知らねども武蔵野といへばかこたれぬよしやさこそは紫のゆゑ」『古今六帖』三五〇七）

(7)（同じ時源氏）ねは見ねどあはれとぞ思ふ武蔵野の露わけわぶる草のゆかりを

(8)（返歌紫上）かこつべきゆゑを知らねばおぼつかないかなる草のゆかりなるらん

(9)（末摘花巻）かの紫のゆかりたづねとりたまひて

紫上の祖母の尼君は、自分の死期の近いことを思い、残し置く幼い紫上が心配で(1)の歌を詠む。そこに詠みこまれた「若草」という語は(2)の「初草」、(3)の「はつ草」、(4)の「若草」、(5)の「若草」、(7)(8)の「草」と連鎖していく。その間に「草」が(5)で紫草に絞られ、その引歌から「草のゆかり」・「紫のゆかり」が出て来たのである。『河海抄』で(5)の歌を「此歌紫の名の元始也」というとおりである。「紫のゆかり」という時、その元の「紫」は紫草であることをまず確認しておきたい。

古代から平安中期にかけて、歌においては「紫」は紫草を指すことが多い。『古今集』では次の三首に「紫」ということばが詠まれているが、いずれも紫草である。

恋しくは下にを思へ紫の根摺の衣色に出づなゆめ（六五二）

紫のひともとゆゑに武蔵野の草はみながらあはれとぞ思ふ（八六七）

紫の色こき時は眼もはるに野なる草木ぞわかれざりける（八六八）

『後撰集』でも三首の内二首、『古今六帖』の「むらさき」の項八首すべてが紫草である。

『万葉集』では「紫草」と表記してあって「ムラサキ」と詠んだ歌が二首ある。

紫草能尓保歟類妹乎尓苦久有者（紫のにほへる妹を憎くあらば、二一）

紫草乎草跡別々伏鹿之（紫を草と別く別く伏す鹿の、三〇九九）

『源氏物語』当時の人々は、「紫」といえば紫草を想起する場合が多かったことは否めない。

四

ではその紫草には文学の世界ではどのようなイメージが持たれていたであろうか。紫草の花は白くごく小さいので、あでやかさや匂いやかさはない。紫草の特色はその根によって紫色に染めることから出て来た。そのことから紫草を紫（色）と表現することも生じてくる。

『万葉集』で「紫草」・「紫」を詠んだ歌は十六首ある。そのすべてが何らかの面で愛情に係わる内容の歌であることは注目されなければならない。そもそも当時は紫は生活の実感の中にあった。「紫の糸を我が搓る」（一三四〇）、「紫の我が下紐の」（二九七六）、「託馬野に生ふる紫草衣に染め」（三九五）と詠まれるように。この三九五番歌は「いまだ着ずして色に出でにけり」が下句であり、二九七六番は「色に出でず」が三句目である。あるいは「韓人の衣染むといふ紫の心に染みて思ほゆるかも」（五六九）の歌などに見られるように、「紫草」・「紫」は染色の面から「色」（愛）や「染む」が引き出されてくる。「などてかく灰あひがたき紫を心に深く思ひそめけむ」（『源氏物語』真木柱）と、媒染剤の灰の調合が難しかったことに、「逢ひ難き」が懸けられる特例もある。

　では各種の色の染色が「色」や「染む」ということばや概念を引き出すかと言うとそうではない。「紫の」は『万葉集』では「名高の浦」の枕詞となっている歌が三首あるが、それは紫色が〈名高い〉ところからであるらしい。では紫はなぜ名高い色であるのか。「紫は高貴な色とされ高位者の服の色として、色の中でも特に名高いところからかかる」(8)とするのが一般的であろうが、理由はそれだけではないと思われる。たとえば「紫草は根をかも終ふる人の児のうらがなしけを寝を終へなくに」（三五〇〇）の素朴・純情さは、「紫草」・「紫」の用語を詠みこんだ他の歌にも見られる。一方では「紫のにほへる妹」（二一）や「紫のまだらの縵花やかに」（二九九三）の歌を見る時、紫はその色彩そのものの特性によって好まれたということも考えられ、あるいはすでに恋や愛を象徴する草や色として名高いとされることもなかったろうか。理由は複合しているのかもしれない。また「さ丹つかふ色なつかしき紫の大綾の衣」（三七九一、竹取翁の長歌）と詠まれている。紫を〈なつかしき色〉とするのは、高貴さからというよりは、やはり情愛に係わる色という概念によるのであろう。

『万葉集』を対象として「紫草」・「紫」の検討をしてきたが、『古今集』・『後撰集』・『古今和歌六帖』・『伊勢物語』等についても同様に考えてよいと思われる。

そこで『源氏物語』に戻って、若紫巻で源氏が「紫のひともとゆゑに」（『古今集』八六七）を踏まえ、あるいは「武蔵野といへばかこたれぬよしやさこそは紫のゆゑ」（『古今六帖』三五〇七）を引歌とした時、藤壺である「紫」はけっしてゆかりとしての紫上を引き出すためだけでなく、すでに「紫（紫草）」の持つ観念でもって存在していたとしなければなるまい。もちろんそれに加えて紫の、色としての高貴さと、藤壺（飛香舎）に住む人としての紫のイメージもあったに違いない。しかし藤壺の「紫」は「紫のゆかり」という表現で出て来るからには、その根元のものを見落してはならない。

五

藤壺の「紫」が紫草に由来する面が大きいことを述べてきたが、では紫草に関連して、『源氏物語』以前で最も印象的で優れた文学作品、それは『万葉集』二〇・二一番の額田王と大海人皇子（天武天皇）の贈答歌であろう。

　天皇蒲生野に遊猟したまふ時に、額田王の作れる歌

茜さす紫野行き標野行き野守りは見ずや君が袖振る

　皇太子の答へたまふ御歌　明日香の宮に天の下知らしめす天皇、謚して天武天皇といふ

紫のにほへる妹をにくくあらば人妻故に吾恋ひめやも

紀に曰はく、天皇（天智）七年丁卯の夏の五月五日に、蒲生野に遊猟す。時に大皇弟、諸王、内臣また群臣

ことごとに従ひきといへり。

『源氏物語』の当初の構想には、主人公光源氏と共に藤壺があったことはすでに認められていることである。紫式部はその光源氏と藤壺の物語を構想するに際して、『万葉集』で知ることができる、文学上の額田王とその人にまつわる事柄に示唆を与えられていはしまいか。すなわち藤壺には額田王の面影があるのではなかろうかということを以下検討してみたい。

六

藤壺についての記述は少ないが、その中で紅葉賀巻冒頭の試楽と、その翌日の場面は重要な個所の一つである。御前試楽で源氏は青海波を舞い、藤壺は桐壺帝と共にそれを観賞した。その翌朝源氏は藤壺へ歌を贈る。

つとめて中将の君、「いかに御覧じけむ。世に知らぬ乱り心地ながらこそ、

もの思ふに立ち舞ふべくもあらぬ身の袖うちふりし心知りきや

あなかしこ」とある御返り、目もあやなりし御さま容貌に、見たまひ忍ばれずやありけむ、

「から人の袖ふることは遠けれど立ちゐにつけてあはれとは見き

おほかたには」とあるを、限りなうめづらしう、かやうの方さへたどたどしからず、人の朝廷まで思ほしやれる、御后言葉のかねても、とほほ笑まれて

この二人の贈答歌の中のキイワードは「袖うちふりし心」「袖ふること」である。源氏は今我が子を宿し、しかも逢うことはできない藤壺へ万感の思いを舞の手振りにこめて舞った。その私の心中を受けとめていただけただろうかと

いうのが源氏の「袖うちふりし心」である。ということで、この個所の解釈には従来特別の注意は払われていない。それに対し、藤壺の歌の「から人の袖ふること」は、後文の源氏の「御后言葉」という感想の根拠として、古注釈以来様々に述べられている。その諸説は本筋からはずれるので省くが、大方は、青海波は左方であったから唐楽であることを藤壺が知っていたこと、とするが、『源氏物語評釈』で玉上琢弥氏は、「女宮なりともその世に、さばかりの事知り給はんは、何の珍らしき事かはあるべき、猶考ふべし」とし、島津久基氏も「この広道の提言は慥に勘考に値するものがある」[9]と同意する。さらに玉上琢弥氏も同様の疑問を持っておられる。[10]たしかに藤壺に関してのこの「御后言葉」は、現在までの諸説では根拠薄弱で未解決といわざるをえない。その長い注釈史の中でほとんどの人は青海波に関心を向けているが、少し視点を変えて見ると、むしろこの二人のキーワードとなる〈袖ふること〉の方が重要ではなかろうか。袖を振ることは石上堅氏が「袖は霊魂の宿りこむもの（略）「袖振る」ことは、男または女が、その相手の霊魂を招きよせ宿りこめる方法で、これも魂乞いの一方法であった。人を慕っている時も、この呪術によって、相手の心を自分にひきつけることができると考えた。（略）袖を振ることが、恋愛の意志表示だというように簡単に考えてしまうことはできない」[11]とするが、これは中国古代の風俗とも一致するらしい。

「恋しけば袖も振らむを」（『万葉集』三三七六）、「袖振る見えつあひおもふらしも」（『万葉集』三二四三）などには、共通の約束事、結果としては愛情表現となっていたことがうかがえよう。〈袖を振る〉という行為あるいは表現はすでに古代からかなり重要な概念を持っていたことであるし、源氏の「袖うち振りし心」には成語的な、何か典拠があるのではないか、ということも思わせせられる。

そこでこの〈袖を振る〉という表現が、文学作品で最もよく記憶されていたに違いないのが、前掲の額田王の歌ではなかろうか。その行為が事実であったかどうかは問題ではない。しかし額田王の二十番歌では大海人皇子の袖振る姿があざやかに形象されている。大海人皇子は額田王へ袖を振って愛情の表現をした。それは舞の所作ではないが、袖を振ることには共通の意味がある。額田王と大海人皇子の贈答の中でも「袖振る」ことがきっかけとなって展開している。ここでも「袖振る」という表現の重要さを見るのである。

『源氏物語』の構想過程において、光源氏と藤壺は絡められて中心となる部分は構築されていっているのであるから、その主要な場面に額田王の影がほの見えるということは、源氏と藤壺のそれ以外の面にも額田王やそれにまつわる人々の事柄を踏まえているところはないであろうか。

七

額田王については、『日本書紀』天武二年二月二日の条に「天皇初娶二鏡王女額田姫王一生二十市皇女一」と記されたものだけが史実を知る手懸りである。ところが天智天皇と天武天皇（大海人皇子）兄弟は、額田王をめぐって三角関係にあった、という説が長い間専らであった。それは主として『万葉集』の、前掲の二〇・二一番蒲生野贈答歌、一三番の中大兄皇子（天智天皇）の三山歌、一七・一八・一九番の額田王の三輪山の長歌と短歌、および四八八番の額田王の「秋風の歌」に関連して、それらの作品の解釈によって生じたものである。

その額田王と天智・天武天皇との愛情関係の錯綜という説は、近世になって伴信友の『長良の山風』や富士谷御杖の『万葉集燈』に始まった。信友は三山歌について「そのかみ御弟大海人皇子の、天武天皇皇子に坐ましける時、はやくより竊に婚メしておはしませる額田姫王を、御兄として又竊にめしたまへるによりて、よませ給へる御歌なり」等「三山考論」に詳しく述べている。このような説は以後かなり多くの人が受け継ぎ、大岡信氏がいわれるように「二人のあいだに胸ときめかすような三角関係を空想し、その空想によって右の二首の唱和を染めあげながら「あかねさす紫野行き」を愛誦した人びとは数えきれないほどいたはずである[12]」と述べられるとおりであった。一方青木生子氏が「二人の兄弟天皇の愛にはさまれた悲劇のヒロイン、ロマンティックな額田王像は、近年さすがに急速に否定されつつある[13]」とするようなことは、それが歴史的事実であったか否かという面においてのことである。

しかし西郷信綱氏が「愛と野心をほどよく調合したこの《三角関係》をめぐる伝説は（略）それは享受の歴史のかなり自然な発展だと考えてよかろう[14]」とし、伊藤博氏は「巻一の額田王関係の歌の表面を辿れば、同母兄弟による額田王争いという悲劇的な事件が実在したと理解される面があることは否定できない。そういう理解に立つ奈良朝人の誰かが幻想を高めて仮託した歌が秋風唱和の歌でないかと見る。（略）奈良朝人にしてさような解釈があったのであるから、巻一の額田王関係歌を通説のように味わうのも、一つの鑑賞としてあってよい」、あるいは「天智（中大兄）、天武（大海人）、額田王の三人をめぐるいわゆる恋の葛藤なるものがこの歌（筆者注二〇・二一番歌）の下染になっていると見るのは、決して俗論とはいえない。作品の表現そのものがそれを強く暗示する[15]」、また賀古明氏は「妻争いの存在を立証する何らの根拠も見られない。ただ万葉集の編纂者たちは、これらの歌を、その妻争いにかかわり、また、その妻争いを作歌思惟の基底とする伝承として享受し、これらを万葉集中に収めていると見なし得る[16]」とすることは参考になる。

ところで平安時代の紫式部の頃、額田王と天智・天武天皇の愛情関係や心理的葛藤の有無などの歴史的事実を示す資料がまだ存在していたということは、事柄が微妙であるだけに考えられないだろう。とすれば紫式部も前掲した諸氏が述べられているように、額田王関係の事柄は、作品の歌や詞書に拠って理解しているものと思われる。つまり紫式部も現在のわれわれと同じように、作品そのものから感じ取り、作品のみから解釈していった可能性の方が強い。

それは菊池威雄氏が「蒲生野の贈答歌には、私たちを眩暈の野にいざなうような妖しさがある。そこから額田王と皇子との、激しい運命的な恋のロマンをすかし見ることは、むしろ作品に即した忠実な読み方であるかもしれない」、あるいは三山歌についても「世間一般の男女に対する皇子の感興のようにも考えられるが、その感興に、自身の体験に基づいた皇子のおもいいれがあると見ることも可能であり、むしろそのようにとらえるほうが自然であろうと思う(17)」といわれるような受けとめ方をしていたのではなかろうか。

八

そこで額田王関係の蒲生野の贈答歌(二〇・二一)、三輪山の歌(一七・一八・一九)、三山歌(一三)の作品に、唯一の『日本書紀』の史実を加えて浮び上る事柄と、『源氏物語』の藤壺に係わる事柄とで合致する点を取り出してみる。(1)妻争い、(2)その女は人妻、(3)女の夫は天皇、(4)女が密かに恋う男は天皇の肉親、(5)女は恋人(夫以外の男)との間に一子を儲けている、(6)女は「紫のにほへる」ような人である、(7)女の恋人は袖を振る行為で愛情を示した、というようなことがあげられる。

桐壺帝は光源氏と藤壺の密通の事実は知らなかったと見てよいであろう。だが帝と源氏との二人の男に一人の女(藤壺)という構図は、まさに妻争いの話型である。しかもその二人の男は、額田王に配するは同母兄弟、藤壺の方は実の親子という、実に濃い血縁なのである。そうして女に背かれた男の方はどちらも天皇であり、女の恋人はどちらも皇子であった。

女は恋人との間にそれぞれ一人の子がある。藤壺には冷泉帝、額田には十市皇女。

ところで女の地位であるが、藤壺は入内してから中宮に成るまでの間妃であったのか女御であったのかという問題は残るものの、皇妃であったことに問題はない。一方額田王の宮廷での地位については様々の見解があり、最も詳しく検討された谷馨氏は「妃や夫人のごとき地位」ではなく、采女的なものではなかったかとされる。[18] というのも『日本書紀』の天智天皇の皇妃の中にその名はなく、天武天皇の条では皇后、三人の妃、二人の夫人の次に「天皇初娶二鏡王女額田姫王一」とあるのであるが、その身分は記さない。菊池氏が「額田王は後宮の職員であっても妻と呼ばれる存在ではなかったと思う」、「額田王も宮人の一人であり（略）いわゆる宮人といわれる女達は、すべて后妃の役割を分掌していた（略）王が天智後宮に伺候するかぎり、妻妾たる可能性は常にあったのであり（略）意識の上では天皇の妻として身を処していたのである。[19]」とするのは次の歌があるからである。

額田王、近江天皇を思びて作れる歌一首

君待つと我が恋ひ居ればわが屋戸の簾うごかし秋の風吹く

鏡王女の作る歌一首

風をだに恋ふるはともし風をだに来むとし待たば何か嘆かむ[20]

この額田王が近江天皇（天智）を恋い、その訪れを待つ繊細で可憐な歌は、文学上では疑いなく純度の高い恋歌である。蒲生野では大海皇子から「人妻」といわれ、額田王は「標野」で「野守」に見られるではありませんかと、あたかも天智天皇を憚るような甘い秘密めいた雰囲気をかもし、三山歌では天智天皇が「うつせみも嬬（つま）をあらそふらしき」（一三）と歌った。あるいは三輪山の歌も額田王が大海人皇子の許から無理に引き割かれて近江の天智天皇の所へ召された時の歌だとの解釈もあった。これらの諸点を総括してみると、作品の世界では、身分はともかくとして額田王は後宮の女人の一人として捉えることができよう。そうして額田王は天智天皇の妻でありながら、子の父である大海人皇子への愛を忍ばせていた、という構図が浮かんでくるのである。

九

額田王と藤壺を結ぶ接点の一つは「人妻」という用語である。「紫のにほへる妹をにくくあらば人妻故に吾恋ひめやも」(二一)は『古今六帖』では「人妻」の項の七首の中に入れられている。だから平安時代にはこの歌は、分類項目によって人妻の歌として意識されること大であったろうし、その「人妻」が額田王を指していることを知る人も多かったであろう。この歌の「人妻故に」の所は「〜だから」なのか、「〜であるのに」なのか解釈の論争があるのも、『万葉集』以来人妻への恋は、若い女への恋とはまた違った魅力ある恋として歌にも詠まれてきたからである。『古今六帖』の「人妻」の項の冒頭にある「人妻は森か社か韓国の虎伏す野辺か寝てこころみん」では、犯すべからざる、危険と隣り合わせの、そして成熟した女へ已むに已まれず惹かれていくような恋の心理をよく表わしている。

『源氏物語』の中では「人妻」の語は、源氏が源典侍に対して詠んだ、「人妻はあなわづらはし東屋の真屋のあまりも馴れじとぞ思ふ」(紅葉賀)の一回きりである。紅葉賀巻は藤壺の懐妊もあって、源氏の藤壺への恋はさらに悲劇味を帯びてくる巻であり、巻の構成も前述した試楽の時の源氏と藤壺の場面から始まり、藤壺の立后で閉じる。その中間に源氏と源典侍という老女との戯れの話が設定されている理由の諸説は置くとして、その一つに藤村潔氏が、源典侍は若い紫上と、また清楚な朝顔の斎院との「皮肉な対照を形づくっている。好色の源典侍を使って作者の追求したものの一つが、とり合わせの妙であったことは明らかであろう[21]」とされることを考え合わせるなら、そこにもう一つ、藤壺と源典侍という対照をみることもできよう。源典侍が人妻とされるのは修理大夫という通っている男があるからである。源氏と源典侍の話は烏滸物語という形をとりながらも、その中に藤壺との密通がもし露顕するとすれば、という恐ろしさを暗示してもいるようである。というのはこの話のクライマックスは頭中将に見つかってしまう場面であるが、その時忍んで来た頭中将を源氏は一瞬修理大夫かと考える。人妻とその夫という構図は、これが藤壺と桐壺帝におきかえられて、読者にひやりとさせるものがある。

源氏は「人妻はあなわづらはし…あまりも馴れじとぞ思ふ」と源典侍へ詠んだ。これは藤壺への愛執と背徳の、狂気のような恋の苦しさのあまりについ出てきたことばであったとも考えられないだろうか。

藤壺と源典侍を括る共通項は「人妻」である。藤壺物語としては重要な内容が展開していく紅葉賀巻に、まったく異質なと見られる源典侍物語が挿入される。しかしそこに「人妻」の語が用いられていることによって、藤壺との等質性を解く鍵が与えられているようである。そうして「人妻」という語に関連して、『万葉集』・『古今六帖』の両集から容易に思い浮かべられたのが額田王を指す「人妻故に吾恋ひめやも」ではなかったろうか。このことも藤壺造型への額田王の参入を考える一点である。

十

紫上は藤壺の「紫のゆかり」とされた。その発想の基底には『伊勢物語』四十一段の、

昔、女はらから二人ありけり（略）
　紫の色濃き時はめもはるに野なる草木ぞわかれざりける

があることは『河海抄』以来認められている。

ところが額田王にもその姉妹と想定されている人がある。額田王は『日本書紀』に「鏡王女」（鏡王の娘）と記された人である。また額田王の「近江天皇を思びて作れる歌」（四八八）の返しに「鏡王女の作る歌」（四八九、前掲）がある。額田王の父鏡王は王と記されるからにはいずれかの天皇の血脈につながる人であるが、居住地とも併せて諸説ある。鏡王女は藤原鎌足の夫人となっていることでもよく知られる人であるが、天智天皇との次の歌がある。

天皇、鏡王女に賜ふ御歌一首

妹が家も継ぎて見ましを大和なる大島の嶺に家もあらましを

鏡王女の和へ奉る御歌一首

秋山の木の下隠り行く水の我こそ益さめ思ほすよりは（九一・九二）

この贈答からすれば鏡王女は天智天皇の寵愛を受けていたことがあるということになり、額田王が「近江天皇を思びて」「君待つと我が恋ひ居れば…」と詠んだのに対し、鏡王女が詠んだ「風をだに恋ふるはともし風をだに来むとし待たば何か嘆かむ」（四八九）の歌を併せ見ると、後に額田王が天皇の愛を受けるようになり、先に愛された鏡王女の寵が衰えたと作品の次元では読めるのである。

鏡王女については谷馨氏が「諸注これ（筆者注宣長説）に従い、額田王の姉妹とすることに説が定まったかの如くである。」[22]とするが疑問視する向きもないではない。しかし四八八・四八九の歌のやり取りの感情の素直さ、額田王の甘えといったことを感じさせられる時、そしてどちらも「鏡王女」と記されているからには、姉妹とする可能性は高い。「紫のにほへる妹」と歌われた額田王と鏡王女が姉妹であるとすれば、これもまた一つの「紫のゆかり」の人達なのである。桜井満氏が「鏡王女と額田王の周辺に〝女はらから〟の〝紫の物語〟の先蹤を想定することが出来よう」[23]といわれるとおりである。

十一

『源氏物語』では薄雲巻で、源氏は斎宮女御（秋好中宮）へ春秋の優劣を尋ねる。源氏は「唐土には、春の花の錦にしくものはなしと言ひはべめり。やまと言の葉には、秋のあはれをとりたてて思へる」と言う。その春秋判別の日本文学作品としては、諸氏が額田王の『万葉集』の長歌「冬ごもり春さり来れば…そこし恨めし秋山そ我は」（一六）を踏まえているとする。

春秋優劣論争としては、たしかに額田王の歌は、日本の文学作品としては最も古く、しかも公的な場で堂々と詠まれたものであり、歌としても意表をついた構成ということもあって優れた出来栄えである。後に続く作品としては、[24]『拾遺集』紀貫之の「春秋に思ひみだれてわきかねつ時につけつゝ移る心は」（五〇九、『貫之集』にもあり）や、同集の承香殿のとし子の「大方の秋に心はよせしかど花見る時はいずれともなし」（五一〇）なども著名な歌人の歌であるので知られていたかもしれないが、この二首は秋に軍配を上げていない。その点からも、「秋のあはれをとりたてて思へる」には、「秋山そ我は」と断言した額田王の歌が踏まえられているとしてよい。紫式部は額田王の歌を明らかにモチーフとして用いているのである。

十二

蒲生野で大海人皇子は額田王を「紫のにほへる妹」と表現した。

『源氏物語』で藤壺の美質の具体的描写はひじょうに少ない。その中で、

(1)髪ざし、頭つき、御髪のかかりたるさま、限りなきにほはしさなど、ただかの対の姫君に違ふところなし（賢木）

(2)世にたぐひなしと見たてまつりたまひ、名高うおはする宮の御容貌にも、なほにほはしさはたとへむ方なく、うつくしげなるを、世の人光る君と聞こゆ。藤壺ならびたまひて、御おぼえもとりどりなれば、かかやく日の宮と聞こゆ。（桐壺）

「にほはしさ」という名詞形は『源氏物語』ではこの二例しかなく、いずれも藤壺に用いられている。[25] 名詞として用いられる時、それは概念の固定化が進んでいるようにも思われるのであるが、藤壺造型の何がしか額田王が典拠となっているなら、「紫のにほへる」額田王から、「紫」の人藤壺は「にほはしさ」という思考過程で、二度までも藤壺の数少ない具体的な美しさの表現として用いられたのであると考えられるかもしれない。

額田王はこの歌の当時三十～四十歳位であったらしく、どのような女人であったのか事実を知る術はない。大海人皇子が最初に契った女であったということは魅力ある美しい人であったことを思わせる。しかしその事実如何に関らず、大海人皇子によって「紫のにほへる妹」と表現された時、額田王の印象は限りなく麗わしく妖しく匂うような人として存在するようになった。この「紫の」は枕詞とする場合もあるが、紫は紫草から染められる故、単なる枕詞以上に「紫の美しい色の如くに、にほひやかなる君」[26] のように解してよいのであろう。額田王といえば〈紫の女人〉なのであった。

なおその「紫の」は、その前の「茜さす」を受けて発せられたことばであるが、その「茜さす」は枕詞として「日」や「昼」にかかることが多い。それは茜がやはり根が緋色を染める染剤ともなり、その緋色（黄赤色）が昼間の

明るさ、輝きを表すと見られていたからである。そこで「紫のにほへる妹」が藤壺造型のイメージとして結びついてゆくものなら、「茜さす」は、藤壺の「輝く日の宮」の藤壺を引き出す可能性を持っているとも考えられよう。

まとめ

「紫のゆかり」の「紫」は藤壺である。では藤壺はなぜ「紫」であるのか、という疑問から出発したが、その紫は高貴な色、あるいは藤の色に由来する面もあろうが、直接には紫草の紫であった。

『源氏物語』の先行文学作品で、その紫草の紫の印象が最も強烈なのが、「紫のにほへる妹」とうたう『万葉集』蒲生野の贈答歌であり、そこから藤壺造型に額田王が意識されてはいなかったかと考えてみたのである。額田王にそのような視点を当ててみると、藤壺と重なり合う事柄がいくつもあることに気付く。

それというのも額田王と彼女に係わる人々の『万葉集』の作品が、額田王を挟んで天智・天武天皇の間に愛の錯綜があったように読めるからである。それは事実とは異なっていたかもしれないし、作品の読みの次元で構築されることであるかもしれない。その人物関係は、天皇とその弟という最も近い血縁の人であり、女は天皇の寵愛を受けていたと思ってみることもできる。その天皇の目を憚りつつ、かって我が子を成した女へ皇太弟が袖を振って愛情を示している。

その人間関係は、『源氏物語』では藤壺帝と息子という親子に摩り変わって血の繋りはさらに重くなっている。父帝からの寵愛厚かった、そして我が子を宿している藤壺へ、源氏は舞の袖に思いのたけを込め、「袖うち振りし心知りきや」と訴える。両者の人間関係、状況設定、用語など実に重なり合うと思われる。

源氏が「人妻はあな煩はし」という発想をしたのには、大海人皇子の「人妻故に吾恋ひめやも」の示唆がなかったか。額田王と鏡王女は姉妹だとすればそれは、『伊勢物語』四十一段への、さらには藤壺と紫上のゆかり関係の構造を導くことはなかったか。藤壺が「限りなきにほはしさ」の人であると表現されることに、「紫のにほへる妹」の歌のことばの投影がありはしないか、このようなことを見てきた。

現在までに藤壺造型に額田王との関係を見ることはなされていないようであるが、『万葉集』第一の女流歌人としてだけでも、紫式部の額田王への注目は考えてよいはずである。

藤壺の構想や、造型の典拠や話型としては、白鳥処女伝説ほか、歴史上の女人もいろいろ当てられてきた。それらを否定するものではない。加えて額田王が考えられそうである。

藤壺造型は『源氏物語』の当初から、主人公の設定と共に成されている。もしその藤壺に額田王の投影を見ることができるならば、それは藤壺の造型のみならず、『源氏物語』第一部が源氏と藤壺との密通を軸として展開している構想そのものへも影響を及ぼしているといえるのではなかろうか。

注

（1）以下引用の『源氏物語』本文は、日本古典文学全集、小学館による。
（2）大宝令・養老令でも黒紫・深紫・浅紫の区別はあるものの、男性では親王は一～四品、王は一位、諸臣は三位までが紫、女性も表着は内親王一～四品、女王一～五位、内命婦は三位までが紫。
（3）「山の井の大納言、その御次々、さならぬ人々、黒きものをひき散らしたるやうに、（略）居並みたる」（『枕草子』一二五段）

（4）前田千寸『日本色彩文化史』（岩波書店、昭35）

（5）『小右記』正暦三年九月一日の条「近代三四位袍其色同一（略）仍驚示也。為レ奇不レ少」、また寛弘三年の条「叙ニ四位一者近代著ニ三位以上之袍聴一極奇事也」と記す。

（6）今西祐一郎「かかやくひの宮」考（文学、昭57・7）

（7）増田繁夫「弘徽殿と藤壺——源氏物語の後宮——」（国語と国文学、昭59・11）

（8）『万葉集』日本古典文学全集の一三九二番の頭注

（9）島津久基『源氏物語講話』（中興館、昭8）

（10）玉上琢彌『源氏物語評釈』第二巻（角川書店、昭40）。なお氏は「平安時代で皇（ママ）后は、中国語中国文学中国知識を必修とした、と考えるのである。そういうことがあって、ここの言があった」とされる。中国の故事や文学作品で〈袖を振る〉ことで『源氏物語』のこの箇所の典拠となるような適当なものは見出し得ていないが、あるいは袖は舞の時に振られたのであるから、藤壺がそれを中国での舞の意義として捉えたとすれば、『芸文類聚』の舞の項に『礼記』を引いて「観其舞知其徳」などと記されているように、中国では舞が政治にいかに大事なものとされていたか、だが私にはそのようなことはわかりません、と公的なことに摩り替えた、と源氏が受けとめ、だから「后言葉」と賞讃したのだ、とも考えられるかもしれない。

（11）石上堅『日本民俗語大辞典』（桜楓社、昭58）

（12）大岡信『万葉集』（岩波書店、昭和60）

（13）青木生子「宮女——額田王」（国文学、昭50・12）

（14）西郷信綱『万葉集私記』（未来社、昭和45）

（15）伊藤博『万葉集全注　一』（有斐閣、昭58）

（16）賀古明『万葉集新論』（風間書房、昭40）

（17）菊池威雄『額田王』（新典社、平1）

（18）谷馨『額田王』（早稲田大学出版部、昭35）

(19) 注17に同じ

(20) これらの歌は巻四の四八八・四八九と巻八の一六〇六・一六〇七に重出する。

(21) 藤村潔『源氏物語の構造　第二』(赤尾照文堂、昭46)

(22) 注18に同じ

(23) 桜井満「額田王―紫の発想」(解釈と鑑賞、昭41・6)

(24) 詞書「天皇詔二内大臣藤原朝臣一、競二憐春山万花之艶秋山千葉之彩一時、額田王以レ歌判之歌」

(25) (2)の方の「宮」は藤壺ではなく東宮(朱雀帝)に取る説もあるが、大方は藤壺とするのに従う。

(26) 土屋文明『万葉集私注　一』(筑摩書房、昭51)

十四　『源氏物語』の夕顔と松浦地方

はじめに

夕顔巻の造形には、九州肥前松浦地方にゆかりのある二つの作品が踏まえられているのではなかろうか。『肥前国風土記』に残されている「松浦郡　褶振峯」の話と『万葉集』の「松浦川に遊ぶ」関係の歌と序である。その松浦は紫式部の親友が下向して亡くなった所なのである。

一

その女友達は、『紫式部集』によれば独身時代にもっとも親しかった人のようである。紫式部の父藤原為時は長徳二年（九九六）夏に越前守として彼女を同道して下向しているが、ちょうど同じ頃その親友も、父か夫に従って肥前へ下っている。(1)

『紫式部集』(2)によると、

① 　姉なりし人亡くなり、また人のおとと失ひたるが、かたみにあひて、亡きが代りに思ひ思はむといひけり。

文の上に姉君と書き、中の君と書きかよひけるが、おのがじし遠き所へ行き別るるに、よそながら別れ惜しみて

北へ行く雁の翼にことづてよ雲のうはがきかきたえずして（一五）

② 筑紫に肥前といふ所より文をおこせたるを、いと遥かなる所にて見けり。その返り事に

あひみむと思ふ心は松浦なる鏡の神や空に見るらむ（一八）

返し、またの年もてきたり

行きめぐりあふを松浦の鏡には誰をかけつつ祈るとかしる（一九）

③ 遠き所へ行きし人の亡くなりにけるを、親はらからなど帰り来て、悲しきこと言ひたるに

いづかたの雲路と聞かば尋ねまし列はなれたる雁が行方を（三九）

この他六・七・八・九・一〇・一六・一七番歌も関連の贈答である。

義姉妹の契りを結ぶほどに親しかった友との離別の悲しみ、さらにまみえることなく遠国で死去した友を悼む紫式部の喪失感は想像できよう。その痛切な心情が『源氏物語』に影を落とさないはずはないと思うのである。

その友は、物語に興味を持つ紫式部に、住み着くことになった肥前の伝説や文学作品などを手紙に書き記すことはなかったか。あるいは式部の方も、友の居る（居た）肥前に関する作品などに目がいったかもしれない。その肥前でおそらく当時においてももっとも有名な話が「褶振峯」説話（松浦佐用姫説話）であり、作品のほうは『万葉集』巻五の「松浦川に遊ぶ」の序と十二首の歌であろう。以下その二つの作品がどのように夕顔巻の構成や夕顔の人物造形に取り込まれているかということを見てゆきたい。

二

『源氏物語』で源氏は夕顔に通い始めてからも、装束をやつし身分素姓を明かさず顔も隠している。その構想が三輪山説話を踏まえていることは周知のことである。三輪山説話として記されているのは、『古事記』中巻の崇神天皇の条であり、夕顔の該当部分とその三輪山説話の話柄を比較してみると、両者の一致点は男が素姓を隠して夜半に訪れることであるが、三輪山の場合、男は「其形姿威儀、於時無比」(『古事記』)とあり、顔を隠してはいない。女が男の素姓を探索することは両者一致するものの、そもそも三輪山説話は神生みのめでたい話なのである。三輪山説話の類話は各地にあり、ゆえに三輪山型(式)説話とも称され、細部に違いがあるので、紫式部が三輪山型説話を取り込んでいることは間違いないとしても、それが『古事記』に記す話柄との限定はできない。

肥前松浦地方にも三輪山型説話が残されている。『肥前国風土記』の「松浦郡　鏡渡・褶振峯」の両項である。「鏡渡」は大伴狭手彦が任那に遠征するときに、契りを持った篠原村の弟日姫子に鏡を贈った話である。続く「褶振峯」を掲げる。(3)

大伴の狭手彦の連、發船して任那に渡りし時、弟日姫子、此に登りて、褶を用ちて振り招きき。因りて褶振の峯と名づく。然して、弟日姫子、狭手彦の連と相分れて五日を經し後、人あり、夜毎に来て、婦と共に寝ね、暁に至れば早く歸りぬ。容止形貌は狭手彦に似たりき。婦、其を恠しと抱ひて、忍黙えあらず、竊に續麻を用ちて其の人の襴に繋け、麻の随に尋め往きしに、此の峯の頭の沼の邊に到りて、寝たる蛇あり、身は人にして沼の底に沈み、頭は蛇にして沼の脣に臥せりき。忽ち人と化為りて、即ち語りていひしく、

　篠原の　弟姫の子ぞ　さ一夜も　率寝てむ時や　家にくださむ

時に、弟日姫子の従女、走りて親族に告げしかば、親族、衆を發して昇りて看るに、蛇と弟日姫子と、竝びに亡せて存らず。ここに、其の沼の底を見るに、但、人の屍のみあり。各、弟日姫子の骨なりと謂ひて、即て、此の峯の南に就きて、墓を造りて治め置きき。其の墓は見に在り。

ここに「弟日姫子」として出ているのは、『万葉集』巻五の大伴旅人などの歌では「松浦佐用姫」の名になる。この褶振峯説話はまさに三輪山型のそれであるが、『古事記』の三輪山説話よりはるかに夕顔巻の構成に通じる。両話の一致点を挙げてみると（⇕の上段が褶振峯説話、下段が夕顔巻）、

i　女は死ぬ…弟日姫子⇕夕顔
ii　侍女の役割が大きい…従女⇕右近
iii　女の亡骸を見に行く…親族と衆⇕源氏と惟光
iv　不気味な雰囲気…沼の蛇と呪いの歌⇕物の怪と怨み言

これらは夕顔巻の構成には重要な要素であるが、『古事記』の三輪山説話には存在しない事柄である。三輪山型説話で共通することは、男は蛇の化身であり、変身しては蛇となり人間となる。ちなみに夕顔巻で源氏が顔を隠し、それを剝ぐ行動は、蛇にちなんで化身から本体を現すことを象徴させているのであろう。

夕顔の巻の構成の骨子は褶振峯説話が凡そ持っているといってよい。ということは紫式部は親友に関わる肥前松浦の説話に着想を得て、夕顔巻を構想したとは考えられないだろうか。

なぜそのような着想をしたのだろうか。それは物語創作への興味からというよりは、友が住んだ地で蛇に魅入られて死んでいった褶振峯の女に、亡き友の死を重ねて悼む痛切な思いからではなかったろうか。説話では女は蛇に殺さ

れたが、夕顔は荒れた所に住み着いていた魔物に殺された。ともに異界のものに魅入られるような素晴らしい女であったということにもなろう。紫式部は亡き友を『源氏物語』の中で再生し、死には源氏の魂を絞って悼ましめることが、式部の友への鎮魂の方法ではなかっただろうか。

三

顔を見せた源氏は夕顔に名のらせようとする。しかし夕顔は「海人の子なれば(4)」と答えて明かさない。これについては諸注が『和漢朗詠集』の「白波の寄する渚に世を過ぐす海人の子なれば宿も定めず」（遊女　海人詠(5)）が引歌であるとする。それは夕顔が居所を転々とすることや低い身分であることが根拠とされているが、この歌と夕顔巻成立の前後関係の疑問は残る。夕顔巻執筆の頃にすでに存在した歌であろうか。

ところで夕顔の「海人の子なれば」の後に省略されている言葉はその歌によれば、「宿も定めず」であるが、『源氏物語』よりかなり後まで、海人（女）が定住しない流浪の民であるか、あるいは家も持てない階層であるとの固定観念は歌の表現では見られない。とすれば『和漢朗詠集』の歌が「宿も定めず」と詠んだのは特異な発想ではないのか。

ここに前述の夕顔と肥前松浦の地との縁から、「海人の子なれば」の一文のみならず、夕顔造形の深淵にまで関与しているのではないかと考える作品として、『万葉集』巻五の「松浦川に遊ぶ」という長文の序を添える大伴旅人他の十二首がある。その序文を掲出する。(6)

余(やつかれ)、暫(たまさか)に松浦の県(あがた)に往きて逍遥(せうえう)し、聊(いささ)かに玉島の潭(ふち)に臨みて遊覧するに、忽(たちま)ちに魚(うを)を釣る女子等(をとめら)に値(あ)ひぬ。★花の容(かほ)双(なら)びなく、光(て)りたる儀(すがた)匹(たぐ)ひなし。★柳の葉を眉(まよ)の中に開き、桃の花を頬(つら)の上に発(ひら)く。意気(いき)雲を凌(しの)ぎ、風流世に絶えたり。★僕問ひて曰く、誰が郷誰が家の児らそ、★けだし神仙ならむかといふ。娘等皆咲み答へて曰く、児等は漁夫の舎の児、草の庵の微しき者なり。郷もなく家もなし。何ぞ称げ云ふに足らむ。ただ★性水に便ひ、また山を楽しぶ。あるときには洛浦に臨みて徒らに玉魚を羨しび、あるときには★巫峡に臥して空しく★煙霞を望む。★今邂逅に貴客に相遇ひぬ。感応に勝へず、輙ち款曲を陳ぶ。今より後に、豈偕老にあらざるべけむといふ。★下官対へて曰く、★唯々、敬みて芳命を奉はらむといふ。時に、★日は山の西に落ち、★驪馬去なむとす。遂に★懐抱を申べ、因りて詠歌を贈りて曰く

この序文で傍線を引いている所が、夕顔巻で「海人の子」を導き出す元になっているのではないかと考える。源氏が夕顔へ「今だに名のりしたまへ」と促すのは、「松浦川に遊ぶ」序（〈松浦川〉と略）の「誰が郷誰が家の児らそ」と尋ねているのと重なり、それに答える夕顔の「海人の子なれば」は「児等は漁夫の舎の児」とぴったり一致する。

大伴旅人のこの序文は八五三番歌の前に置かれており、以下八六三番歌まで物語的に蓬客（男）と玉島の女子たちとの応酬が続き、少し後に関連歌が一首ある。この女子たちは「神仙」（序）や「常世の国の海人娘子」（八六五）などと表現されているように、現実の人間ならぬ神女である。その神女との出会いの場所設定がこの松浦の玉島川であることには重要な理由がある。『肥前国風土記』では、前述の〈鏡渡・褶振峯〉の前にあるのが神功皇后（気長足姫尊）伝説であり、新羅出兵の前にこの川で神意を占った。そのときに釣れたのが「細鱗」（年魚・鮎）であるが、〈松浦川〉の方でも、女子たちは鮎を釣っている。この話は『日本書紀』・『古事記』にも記載がある。つまりここは聖地として伝えられる場所なのである。男は異次元世界とも言うべき所で仙女に出会ったという設定である。

四

夕顔巻と〈松浦川〉との関連を見る。まず源氏は「名のりしたまへ」と氏や素姓を尋ね、それに夕顔は「海人の子なれば」と答えた。「海人」の引歌は場面としては唐突な感はまぬがれまい。〈松浦川〉では、神功皇后にちなんでその聖地で女子が鮎を釣っている場面としての「海人」は必然性がある。しかも蓬客の「誰が郷誰が家の児」かと氏素姓を尋ねる。それに対し女子は「漁夫の家の児」で「微しき」者だから「称げ云ふ」ような素姓ではないという整然とした答えかたである。〈松浦川〉では続く仙女の暮らしぶりの描写が、「白波の」の歌では三句目の「世を過ぐす」にまとめられているのかもしれない。

では従来夕顔の身分が低いと言われていることはどのように考えるべきであろうか。〈松浦川〉では、序文での女子の答えにもかかわらず、男は「あさりする漁夫の子どもと人は言へど見るに知らえぬうまひとの子と」（八五三）と、海人の家の子ではなく身分ある家の女子であることは分かったという。女も「玉島のこの川上に家はあれど君をやさしみ表はさずありき」（八五四）と、立派すぎる男なので偽ったのだと明かす。

はたして夕顔は海人に象徴されるような低い身分素姓の女であったのか。それには「白波の」の歌の題が「遊女」であることも身分低いとされる理由なのだが、一考すべきであろう。

夕顔の死後、右近が源氏に語ったことによれば、夕顔の父は若くして「三位中将」で亡くなったとする。夕顔には頭中将が三年ほど通っていたが、その時にはすでに親は亡くなっていた（帚木）。そもそも三位中将は物語では主人公にもされるような出世コースにある官位であるともいわれる。近衛中将は従四位相当であるが、中将で特別三位になった人は、源氏が十八歳であるのは別格であろうが、左大臣息の頭中将でさえも四位になって五年ほど経って二十八歳くらいで三位中将になっている。その父は夕顔を「いとらうたきものに思ひきこえたまへりしかど、わが身のほどの心もとなさを思すめりしに」（夕顔）について、「娘を将来できれば後宮に入れたいなどと考えていたか」（新編日本古典文学全集の頭注）というあたりの階層である。空蟬は衛門督（従四位下）の娘でやはり入内をとの望みを親は持っていたし、末摘花は宮家の娘であり、夕顔は三位中将娘であるということは、帚木三帖の女は、「もとはやむごとなき筋なれど…時世に移ろひておぼえ衰え」（帚木）た素姓の女とみるべきなのであろう。もちろん源氏との比較においてははるかに低いからこそ「さばかりにこそ」と、源氏であろうとは見当をつけていたものの「何ならぬ御名のりを聞こえたまはん」と名のらなかったのである。

このことは夕顔が「海人の子なれば」と口にしたとき、謙遜ではあっても、その奥に矜持があったであろうことを想像させる。夕顔の造形に卑屈ではない、自負に裏打ちされた謙虚さがあるとすれば、それは典拠としての〈松浦川〉の神女に依拠させられている面もあるのではないかと考える。

この〈松浦川〉にはすでに指摘されているように、『遊仙窟』が下敷きにあり、(7)「僕問曰、誰郷誰家児等、若疑神仙者乎…草菴之微者」は「余乃問曰、承聞此処有神仙之窟宅…児家堂舎賤陋」（『遊仙窟』）に依っていよう。その他にも女の容姿の形容などにも類似が見られる。

〈松浦川〉の長文の序には、『遊仙窟』だけでなく、『文選』情賦篇の「高唐賦」・「神女賦」・「洛神賦」が踏まえられている（前掲序文の★印の所はそれらの中国文学に典拠がある）。清少納言が「書(ふみ)は文集、文選」（『枕草子』）と記すように当時女にも読まれたであろう人気文学の『文選』である。桐壺巻で『白氏文集』がしっかりと踏まえられたが、次の浪漫的物語としての夕顔巻には、間に〈松浦川〉が介在して、中国文学が典拠としては隠し味とでもいうべき造形法で踏まえられているのではなかろうか。紫式部が当時人気の『遊仙窟』や『文選』といった中国文学作品を、『源氏物語』の早い段階で見逃すはずはないということも考慮してよいであろう。

五

夕顔巻の造形にどのように〈松浦川〉およびさらにその奥の『遊仙窟』や『文選』情賦篇が投影させられているかということを検証してみる。

〈松浦川〉では女は「神仙」(序)「仙媛」(八六五の詞書)「常世の国の海人娘子」(八六五)と神女(仙女)であることが印象付けられる。夕顔はもちろん虚構の中の現実の人間であるが、源氏の造形に取り込まれている三輪山型説話は神生みの神婚譚なのである。三輪山の神は男の方であるが、対となる女の方にも神女としてのひそかな仕掛けがなされているのではないか。源氏のみならず夕顔にも神性が付与さていると考えてよいかもしれないのは三輪山型説話に依るだけでなく、さらにその神女性は『遊仙窟』・『文選』にも由来すると見られる。

両作品の女の神女(仙女)性をあげてみる。『遊仙窟』では男が辿りついたのは古老によれば「此是神仙窟」とされる所であり、最後に女に別れて「望神仙兮不可見」「思神仙兮不可得」と男が長吟する。男の幻想にしろ神女との表現がある。『文選』の三賦の女はすべて神女である。一応文中でのそれを掲出してみる。「高唐賦」では「妾巫山之女也」とし、「神女賦」は題からしてそうであるが、文中でも「夢與神女遇」「夫何神女之佼麗兮」とあり、「洛神賦」では「河洛之神」とする。

これらの作品の神女はすべて「水」との関わりが見られる。「高唐賦」では精細な渓谷の描写を主とし、その所に遊ぶ生き物などと絡めて異次元世界を描き出す。「神女賦」では「雲夢之浦」、「洛神賦」では作者は「洛川」で神女に出会うのだが、「神滸」「潜淵」「清流」もそのような場所の表現である。『遊仙窟』はこれらの神女物とは別に扱うべきであるかもしれないが、男が深淵に阻まれた所で、小舟に乗り谷川を溯ると、女が水辺で洗濯をしているのに出会うことになるのは、やはり神女性を醸し出させるものであろう。

古来水は神聖なものであり、神女と水の関わりはいうまでもないが、またこれらの作品のように、神女は深山幽谷の異次元世界に住んでいるもので、さすれば地形からも渓谷の水との縁がある。

〈松浦川〉で男が川で魚を釣る女たちと出会うのには、序文に典拠ともなるこれらの中国文学の言葉が散りばめられていることからも、読者は必然的にその先行文学作品の世界を思い浮かべることになろう。「児等者漁夫之舎児」と答える女は、男が「若疑神仙者乎」と疑ったように神女なのである。

夕顔がこの〈松浦川〉を取り込んでいるとすれば、夕顔には神女性を見なければならない。それは従来いわれているような夕顔の遊女性という問題とも関わる。

六

神女性はしかし夕顔巻の構造では崇高・光輝の物語へは向かわず、古代の神話や説話の裏面ともいうべき異次元世界の幽暗や畏怖・恐怖の物語を形成することに関わったのではなかろうか。

八月十五夜の明け方という、まさに天女かぐや姫の昇天の夜、源氏は夕顔を某院へ連れ出す。そこは「荒れたる門の忍ぶ草茂り…たとしへなく木暗し、…霧も深く」と不気味な邸宅であり、しかも源氏はまだ「顔をもほの見せたまはず…昔ありけん物の変化め」いたままであり、夕顔は「うはのそらにて影や絶えなむ…心細くとて、もの恐ろしうすごげに思」っている。さらに昼なお陰鬱な庭の有様が描写され、「物をいと恐ろしと思」い続ける夕顔。そして魔物の出現となり、夕顔は死ぬ。

夕顔巻のこの構成の基調は、前述の三輪山型説話である松浦褶振峯の話に負うところの方が大きいのであろうと思うが、〈松浦川〉を介在させてみると、前述の中国文学の神女世界も揺曳しているようである。

「高唐賦」は、巫山の峻険さと谷川の荒々しさの描写に筆をつくし、猛獣でさえも驚き、気を失うほどだとする。奇岩怪石は鬼から生まれたかと思うばかりで、長く留まっていれば冷汗がふきだし、どのような人も気を失いそうになる。そのような場所を通らなければ高唐観に行き着くことはできないと述べる。他の二賦には場所の描写はないが、『遊仙窟』でも、断崖絶壁の深い谷、刀で削られたような高嶺、道は険しく鳥しか行き来できないような所に男は迷い込んだあげくに桃源郷に着くのである。

人間世界と異次元世界との隔絶、恐怖の体験なしには辿り着けない世界であることを〈松浦川〉の前段階作品が示すことは、夕顔巻にも示唆を投げかけていないだろうか。つまり源氏が夕顔を某院へ連れ出すのは、異次元世界への道行きであり、その某院の不気味さは異次元世界に入り込んだことを意味し、夕顔物語では疑似的造形をしているのではなかろうか。

七

夕顔に神女性が付与されているとすれば、それは夕顔の人物造形にどのように関わっているか、そのことを考えてみる。夕顔についてのもっとも大きな論点として、古注『河海抄』以来そして現在までも尾を引いているのが、「心あてにそれかとぞ見る白露の光そへたる夕顔の花」の歌に関わる問題である。実に多くの方々の発言があるが[8]、歌の解釈はここでは措く。この歌は乳母の家の隣に咲いていた夕顔の花を源氏が随人に折り採らせようとした時に、その家の童女が、これに置いて差しあげられるようにと差し出した扇に書かれていた歌である。そしてもう一つの論点が、内気で恥ずかしがりやの夕顔が、自分の方から源氏に歌を詠みかけることがありうるかということである。状況はひじょうに異なるが、夕顔が頭中将の愛人であったときも夕顔の方から中将へ歌を遣っている。

このようなこと、つまり女の側から男への積極的な行動を起こす場合を、夕顔造形の先行作品となっているかもしれない〈松浦川〉から先ず見てみる。

今以邂逅相遇貴客。不勝感応、輙陳欵曲。而今而後、豈可非偕老哉。下官対曰、唯々、敬奉芳命于時。

（今思いがけず高貴な旅のお方のあなた様にお逢いできました。うれしさを包みかねて、心の底をうち明ける次第です。これから後は、どうして共白髪の契りを結ばずにいられましょうかと。わたしは答えた、はいはい謹んで仰せに従いましょう）

蓬客が松浦川で出会った神女は、漁夫の家の子で下賤な者と答えたが、続いて非現実的暮らしかたを明かして、神女であることを男に悟らせる。引用文はその後に続く言葉である。神女は男の素晴らしさに心を押さえきれず情熱的な愛の告白をし、さらに「偕老」の契りをと結婚を願う。女の方からのこの唐突な求愛は物語的に見ても不自然の感はいなめない。しかし〈松浦川〉の内容・文章ともに先蹤である『文選』情賦篇の中、「高唐賦」・「神女賦」では、神女が男に出会うとき、神女の方から積極的に男に働きかけるのである。

昔者先王嘗遊高唐、怠而晝寝。夢見一婦人、曰、妾巫山之女也。爲高唐之客。聞君遊高唐、願薦枕席。王因幸之。[9]

（高唐賦）

（昔、先王が高唐の楼観に遊ばれた時、お疲れになって昼寝をされていると、夢の中に婦人が現れ、「私は巫山の山頂に住む娘ですが、麓の高唐観に滞在して居ります。王様がこちらにお出かけと聞きましたので、寝所にお仕えしたいと思って参上しました」と言ったそうです。そこで先王は、この女性を愛されたのです）

望余帷而延視兮、若流波之将瀾…志未可乎得原。意似近而既遠兮、若將來而復旋。褰余幬而請御兮、願盡心之惓惓…精交接以来往来兮（神女賦）

（私の寝所の帳を、首を延ばして見やり、その視線は川面が今にも波たとうとしているかのようであった…私には、その意図が見抜けなかった。こちらに近づくように見えて、遠ざかり、来るかと思えば、また引き返す。そこで私は、帳を掲げて、神女に向かい、お仕えしたいと訴え、自らの真心を尽くしたいと願った…心は交わって行き来し）

「高唐賦」では神女の方の誘いかけで王と結ばれる。「神女賦」では、明らかな情意の表示はないが、やはり神女の方から興味を持ち、逡巡するような、去りかねる行動は愛情の表出と見るべきであろう。

〈松浦川〉・「高唐賦」・「神女賦」ともに、先ず神女の方から男に対して愛情表現の言葉や行動があったのである。しかして夕顔に神女性が込められているとすれば、夕顔が「心あてに」の歌を源氏に対して自分の方から贈ったとしても、それは夕顔の個性以前の、一つの類型的表現であるとみることもできるかもしれない。神女が男に愛情表現をするのは、母性神話の一つの形でもあろうし、古代的神話的話型であろう。そして神女と人間の男との関わりの時代の物語になると、人間の男は異次元世界の神女の愛を恩恵として戴くということになるのではなかろうか。

夕顔巻の構造は、三輪山型説話を基底に、魔物の出現のおどろおどろしい場面は古代的であろうし、言葉としても「昔物語などにこそかかることは聞け」、「葛城の神」、「昔ありけん物の変化」、「荒れたりし所に棲みけんものの我に見入れけん」、「長生殿の古き例」など古代的雰囲気を散りばめているが、夕顔の人物造形にも同様に神女という古代性が隠されているとみてよいのであろう。夕顔が死ぬまで源氏にとっては謎の女であることも、疑似神女性を見ることができるのかもしれない。夕顔が自分の方から歌を贈ったことに関して、当時の読者も違和感を抱いたかもしれないが、やがて「海人の子なれば」と夕顔が答えたことで、〈松浦川〉を想起できる人は、その「海人の子なれば」が、「わたしは神女なの」という含みがあることに気づいたのではなかろうか。

八

夕顔と神女の性情に共通する面があるのではないかということについて見てみたい。さらにそれはどのようなことを意味するのかということも考えなければならない。

まず夕顔の性格や源氏に対する態度などを拾い出してみると、「人のけはひ、いとあさましくやはらかにおほどきて、もの深く重き方はおくれて、ひたぶるに若びたる」、「ひたぶるに従ふ心はいとあはれげなる人」、「のどかに、つらきもうきもかたはらいたきことも思ひ入れたるさまならでわがもてなしありさまは、いとあてはかに児めかしくて」、「いとらうたげにあえかなる心地…細やかにたをたをとして、ものうち言ひたるけはひあな心苦しと、ただいとらうたく見ゆ。心ばみたる方をすこし添へたらば」、「心細くとて、もの恐ろしうすごげに思ひ」、「いとあいだれたり」（以上は源氏の夕顔観）、「もの怖ぢをなんわりなくせさせたまふ本性」、「もの怖ぢをわりなくしたまひし御心」、「世の人に似ずものづつみをしたまひて、人にもの思ふ気色を見えんを恥づかしきものにしたまひて、つれなくのみもてなして御覧ぜられたてまつりたまふめりしか」（以上は右近の言葉）、「はかなびたるこそはらうたけれ…女は、ただやはらかに、とりはづして人に欺かれぬべきがさすがにものづつみし、見ん人の心には従はんなむあはれにて」

（源氏の言葉に右近が夕顔はそのとおりの人だという）、「らうたげ…のどけき」、「うらなき」、「はかなげに言ひなして、まめまめしく恨みたるさまも見えず、涙を漏らし落としても、いと恥づかしくつつましげに紛らはし隠して、つらきをも思ひ知りけりと見えむはわりなく苦しきものと思ひたりしかば」（以上は頭中将の夕顔観）。

　これらを整理してみると夕顔は、可愛らしく、おおらか、おっとりして、従順、柔和、素直、無邪気、こだわりのなさ、恥ずかしがり、優美、怖がり、男に寄り添う甘えなどの性情が見えてくる。

　そこで夕顔造形の先行作品であろうかとして見てきている作品の中で、神女たちの性情が表現されている個所を引く。

　性和適、宜侍旁。順序卑、調心腸…志解泰而體閑…澹清静其愔嫕兮、性沈詳而不煩。（神女賦）

　（性質は温和で、王の傍らにお仕えするのにふさわしく、柔順な物腰は、人の気持ちを和らげてくれるでしょう…心はゆったりとして、典雅である…神女は恬淡として、落ち着いた性格で、慎み深く、性急なところがなかった）

　儀静體閑。柔情綽態、媚於語言。（洛神賦）

　（動作は静かで落ち着いている。態度は柔和であり、話し方は愛らしい）

「神女賦」の神女の性格の、温和・柔順・恬淡・慎み深さなど、いわば神女の全体像に夕顔は近いところがある。「洛神賦」の神女も「神女賦」のそれに似ており、ことに話し方が「媚」と表現されるのは、夕顔の「いとあいだれたり」という印象的な記述に通底するようである。夕顔と神女との取り合わせはかけ離れているようでありながら、性格造形においても違和感はないようである。

　夕顔が源氏の愛を受け入れていく、その時々に源氏に見せた性情には本性とはやや異なる、作為的な虚偽のものもあるらしく、頭中将へ見せている、縋りつくような、虫の音に競うように泣く姿は、いわば母としての夕顔の面が濃く、源氏に見せた夕顔は女としての姿であろうか。謎めかしく、なまめかしく才気もあり、かぎりなく魅惑的である。夕顔が源氏を受け入れた当初の経緯は書かれていないが、どうもそれほど源氏を拒んだり、てこずらせたりはしなかったのではないか。それは男が源氏であろうとの見当から、慕わずにはおれなかった、女としての夕顔の情念であっただろう。

しかし神女との関連で見れば、〈松浦川〉・「神女賦」・「洛神賦」それぞれに、男への情の濃い、優しい愛情の披瀝がなされているのである。神女は本来女の理想の姿として想像されているのであろう。ゆえにそれは遊女性とは本質において異なるが、しかし男が遊女に求める愛すべき女の性情とも重なるのである。夕顔に遊女性を見るのは、現象的には同じものをさしているのであるとしても、夕顔造形の本質から受け止めたい。

性情の面からも夕顔に神女性が加味されていることに矛盾はないようである。さらに言えば、夕顔は童や女房たちにも、素姓が知れないように注意させ、自身も源氏に名のらない。それは夕顔巻の構成からの要請でもあるに違いないが、その根底に神女の神秘性をそのような形で匂わせる意図があったのではないか。また詳述の余裕はないが、夕顔に今井源衛氏[10]がいわれる「自我」や「自主性」を見るとすれば、それは「洛神賦」で神女が「恨人神之道殊兮」（人間と神霊では進むべき道が違うことを恨み）、あるいは「神女賦」で、男の求愛を貞節を守って受け入れないような、神女の本質的もう一面である、毅然とした孤高性や自立の姿が、夕顔の人物造形にも意図されているということではないのか。とすればそれはやはり古代的類型のもので、個性としての自我や自意識とは次元が違うものとして読むべきではなかろうか。

九

『遊仙窟』についても、夕顔には十分参照されているようである。細部の類似などは措くが、男はその場所を神仙の家と聞き、最後に男は「望神仙兮不可見…思神仙兮不可得」と神仙の女と嘆く。夕顔のなまめかしさや源氏に寄り添っていく経緯にも、そのこなれた取り込み方がうかがえるようである。さらに十娘は別れに際し、男に扇と共に、絶唱の詩を贈る。夕顔の場合は馴れ初めであるが、共に扇の役割の重さと、そこに書かれたものの存在があることに鑑みて、あるいは夕顔巻の扇のヒントに『遊仙窟』もあったのではないかと思う。

ところで『遊仙窟』は「幻のような山中異界は、妓楼のアナロジーであり、中国古代のポルノグラフィーとして夙に知られている」（注7解説）とされる。

鈴木日出男氏(11)は「名に執する求婚表現は、古代の氏族共同体を母胎としてできた発想…すでに共同体の崩壊した社会の現実においてはほとんど不要であったとしても、（〈松浦川〉の場合―筆者注）神と人間という隔たった次元での交感の発想として観念的に保存されているのだとみられる…遊女もまた行きずりの旅人とは別世界の住人として…名を明かさないという発想をとりこむことによって、別次元の二者が幻想や非日常空間で一時的にでも交わりうるというしくみ…神女と遊女との共通点にだけ執してみれば、遊女が信仰を持ち歩く巫女の後裔であったとする説が、あらためて重要になってもくる。…光源氏・夕顔の関係も、右のような発想史の延長上で造型されているとみなされる。…夕顔は、自らの素姓をけっして明かすまいとする女の表現類型に生かされているのであり、その限りで神女か遊女かの存在に近く」と、名のりの問題から〈松浦川〉の神女へ、そこから遊女へと展開し、夕顔が神女か遊女に近い者とする。

夕顔に神女性を見ることにおいても、また夕顔が素姓を隠すのは神女性の象徴とみることを「表現類型」とされるのも本章の補強としてありがたい。しかし夕顔が「神女か遊女かの存在」として措かれたのは、氏の御論のテーマから外れる所であったからだろうが、私にとっては重要な問題である。

原岡文子氏[12]には、夕顔を「遊女」と「巫女」という視座から位置づける詳細な論考がある。要約は措くが、ただ「三輪山伝説の話型導入が、神の嫁なる夕顔の巫女性を更に強固にするためにどうしても必要だった」とすることについては、本章では別の視点を述べた。もし紫式部が三輪山型説話として『肥前国風土記』の〈褶振峯〉説話を踏まえているとしたら、女は蛇に魅入られて死ぬ運命にあり、このことを先行作品で見た神女と絡めてみれば、神女は次元が異なる人間世界の男とは結ばれてはならないのであるから、夕顔の死はこの話型からの必然とみられよう。

民俗学の先学たちの論考に導かれながら、巫女の抱える遊女性を認めることは現在では通説であろう。神に仕える巫女と、神そのものの神女とは本来は異なるものである。しかし『文選』情賦篇の神女たちは、神女の方から愛の眼差しを送ったりもし、優しく男を惑わすような魅惑的行動もし、男に恋をし、悲恋に泣く。まして『遊仙窟』の女は、実は男の思い込みの神女であったのか。このように中国文学の神女は、遊女と通底するような面があることは確かである。しかし紫式部は夕顔に神女を踏まえているとしても、「無意識の娼婦性[13]」は加味していないと思うのは次節のような理由もあるからである。

夕顔が行方知れずになって、乳母はその遺児玉鬘を同道して、大宰の少弐となった夫の赴任先の太宰府へ下り、任果てても上京のめどがたたない間に少弐は亡くなった。その後「この住む所は肥前の国とぞいひける」（以下の本文玉鬘巻）とある。大宰府の官人であった少弐は、任期中は太宰府に住んでいたはずである。「少弐の中あしかりける国の人多く」ということで太宰府にはそのまま住むことができなかったのか。それにしてもなぜ肥前国なのか。乳母の長男は「豊後介」なのである。共に豊後国に住む方がまだ納得できる。

玉鬘一行は、肥後の大夫監の求婚から逃れるために「松浦の宮の前の渚」から舟出をした。肥前国の中でも貧しい漁村しかない玄界灘側に住んでいたとするのであろうか。荒波の玄界灘を早舟で疾走する様は迫力があり、この逃走の描写のために松浦から舟出をするコースを選んだとも考えられなくもないが、それだけではないだろう。

大夫監が玉鬘に贈った歌「君にもし心たがはば松浦なる鏡の神をかけて誓はむ」、それには乳母が代作しているが「年を経ていのる心のたがひなば鏡の神をつらしとや見む」の一首には、松浦に下向した親友との贈答歌（一節に記載した『紫式部集』の一八・一九番の歌）を踏まえている。ということはここを構成記述する時、紫式部は肥前へ下って、かの地で亡くなった親友のことを思い出していたのである。その贈答の歌で紫式部は、あなたに会いたいと思う心は鏡の神がご存じと詠んだのに対して親友は、あなたに会えることだけを鏡の神に祈っていますと贈って、その後贈答が記載されていないのは、まもなく亡くなったからであろうか。互いに、特に親友は再会を切望していた。しかし果たせなかった紫式部の思いは、状況は異なるが、乳母の歌の奥に込められているのではなかろうか。鏡の神にかけて再会しようと誓ったのに、何年経っても、いや永久に会うことはできない。鏡の神様を恨みますとも読める。舟出をしたとする「松浦の宮」と称される宮は当時も存在しなかったようで、鏡の神を奉る鏡山の鏡神社を指すかと思われる。親友の祈りの拠り所の地であった松浦の宮（鏡の神の神社）から玉鬘を舟出させるためには、玉鬘を、住む必然性が薄い肥前の地で成人させなければならないという、物語の要請があったのではなかろうか。

ではなぜ舟出をさせなければならなかったのか。それは玉鬘を京へ戻してやるためである。

紫式部にとって玉鬘は、京へ帰ることなく肥前で亡くなった親友の化身として造形された一面があるのではないか。『源氏物語』の中で、京へ連れ戻してやり、幸せな女人としてのストーリーを与えてやることが、亡き親友への鎮魂であるとの思いであったのではなかったか。あるいは夕顔にも、亡き親友への鎮魂が込められているのではないかと思う。儚く亡くなった友は、『源氏物語』の中で、神女の面影を持つ女として造形され、源氏から深く愛されて、死して源氏を悲嘆の淵に突き落とすほどの女であった。夕顔という魅力的女には、そのような紫式部の思いが込められていたのではと想像している。

十二

まとめをしなければならない。

紫式部が義姉妹の契りをしたほどの親友が肥前国へ下って行き、亡くなった。その友を偲ぶ中、源氏という最高の男から深く愛される幸せな女としての物語を創造したいと思ったのではないか。それには友が居た他ならぬ松浦地方に恰好の有名な説話と作品があった。それらを下敷きにして夕顔巻を構想し、夕顔の人物造形をしたということが考えられないだろうか。

踏まえた一つの話は書物にもなっている、『肥前国風土記』の〈褶振峯〉説話で、三輪山型説話の蛇婚譚である。顔を隠して通う源氏はその話型によっているのだが、松浦〈褶振峯〉の話のそれは、夕顔巻の主たる構成にまで示唆を与えていると見てよい。

もう一つの作品は、『万葉集』の大伴旅人他の「松浦川に遊ぶ」序と歌である。夕顔との接点は「海人の子」で、〈松浦川〉にも類似表現があり、その〈松浦川〉が踏まえる中国文学の『文選』情賦篇や『遊仙窟』はいずれも神女と男の愛の物語の形をとる。夕顔の造形には〈松浦川〉のみならずそれらの作品も取り込まれてはいないか。とすれば夕顔には神女性が基底にあることになるが、夕顔とそれらの神女とに齟齬はないということも検証した。神女たちの自主的愛情表現や行動・性情には夕顔と通底する面があり、源氏に見せる夕顔の愛情表現なども、言われているような遊女性・娼婦性とは逆に、神女性に由来するものではないかと考える。

夕顔の娘玉鬘が肥前で育ち、松浦から舟出して京へ帰り着くのは、物語の中で、肥前で亡くなった友の魂を京へ連れ戻し、生前の約束どおりに再会することを象徴する、鎮魂の構想ではないだろうか。あるいは夕顔を神女に擬し、源氏に愛される幸せな女として構成した夕顔巻も、親友の死を悼む鎮魂の思いから書かれた巻ではなかったかとも考えている。

注

（1）この親友は誰であるのか。諸説あるが、その女性は平維時の娘で、橘為義の妻となった人で、式部とは従姉妹であった人か。平維時は長徳元年（九九五）十月十八日に肥前守に、橘為義は翌年一月二十五日に肥前権守に任命されている。紫式部の父藤原為時は長徳二年正月に越前守になり、その年の夏に式部を同道して下向しており、親友もほぼ同時期に、父と夫、あるいはそのどちらかに従って肥前へ下ったらしい。（参考『源氏物語の基礎的研究』岡一男、東京堂、昭29・1、『大宰府古代史年表』重松敏彦編、吉川弘文館、平19・2）

（2）『紫式部集』本文は陽明文庫本を底本とする「新潮日本古典集成」（新潮社、昭55・2）山本利達校注による。

（3）本文と読み下し文は『風土記』（日本古典文学大系、岩波書店、昭33・4）秋本吉郎校注による。

（4）『源氏物語』本文は阿部秋生他 校注　日本古典文学全集（小学館、平6・3）による。

（5）「白浪の」の歌は『新古今和歌集』雑下　一七〇三番に、第三句が「よをつくす」とし、「読み人知らず」で出る。

（6）「松浦川に遊ぶ」の本文と読み下し文は『万葉集』（日本古典文学全集、小学館、昭47・5）小島憲之、木下正俊、佐竹昭広校注による。

（7）『遊仙窟』本文と訳は『中国古典小説選4　唐代1』（成瀬哲生、明治書院、平17・11）による。

（8）中島あや子「夕顔考」論文の注（6）（『源氏物語とその周縁』今井源衛編、和泉書院、平1・6）に詳しい。

（9）『文選』本文と訳は『文選（賦篇）下』（高橋忠彦、新釈漢文大系、明治書院、平13・7）による。

（10）今井源衛「夕顔の性格」（『平安時代の歴史と文学』文学篇、吉川弘文館、昭56・11）

（11）鈴木日出男「和歌の対人性—求婚の歌と物語—」（国語と国文学、昭58・5）

（12）原岡文子『源氏物語　両義の糸』「遊女・巫女・夕顔」（有精堂、平3・1）

（13）円地文子『源氏物語私見』「夕顔と遊女性」（新潮社、昭49）

十五　鬚黒北の方造型の意義

一

『源氏物語』の中で、鬚黒大将北の方は三十一帖の真木柱巻に姿を見せる脇役でしかない。それもすべて負の要素に形取られた女である。その一つは式部卿宮の女、紫上の異母姉として継子物語の系譜の中に位置させられていることであり、継子物語では「継母の実子の結婚が不幸であるのは定型[1]」なのである。またこの北の方は退場するために登場させられた人である。鬚黒が新たに契った玉鬘に、北の方の座を明け渡すためにのみ物語に浮上させられるという役割である。さらには退場させられる必然性として、物の怪憑きによるおぞましい病いを背負わされ、悲劇の女人というしかない。

そのような北の方であってみれば、一抹の同情は注がれても、むしろ嫌悪感を抱かれることが多かったであろうし、脇役として軽視されたからでもあろうか、一人の人格を持つ女としての考察はほとんどなされていない。しかし鬚黒北の方はなぜ式部卿宮女でなくてはならなかったのか、なぜ憑依の人でなくてはならなかったのかという、鬚黒北の方造型の意味は考えられるべきであり、またそれは北の方の問題にとどまらず、第二部の紫上造型にも連なっていく作者の思想を解く手懸りともなるようである。

二

まず継子物語の枠内における鬚黒北の方の役割を見てみよう。

大殿の北の方と聞こゆるも、他人(ことひと)にやはものしたまふ。かれは、知らぬさまにて生ひ出でたまへる人の、末の世にかく人の親だちもてないたまふつらさをなん、思ほしのたまふなれど、

（日本古典文学全集『源氏物語』三・三五三〜三五四、引用は以下同本）

とは、鬚黒が玉鬘と結婚したことについて、紫上の関わりを憤慨しているような北の方のことばであるが、これは「思ほしのたまふ」とあるように、北の方の父式部卿の思いなのである。北の方の胸中もそれと重ならないこともなかろうが、続く「ここにはともかくも思はずや」をそのまま受け止めると、北の方は紫上への憎悪は表明していないことになる。北の方が紫上との関わりで述べられるのは、もう一ヵ所、世は源氏の思いのままであるから、息子達の将来も暗いことを嘆いているところであるが、これは被害者意識である。このように北の方本人が紫上に主体的に作動していく役割は持っていない。

一般に継子物語において、継子を最も激しく糾弾し、いじめるのは継母であるが、式部卿宮家においてもその類型どおりに、性悪なのは継母である。北の方が里に引き取られると、「泣き騒ぎ」（三・三六六）、源氏は玉鬘をもてあそんで、そのお古を実直な鬚黒に押し付けたのだと、たいへんな悪口雑言を口にし、式部卿宮がなだめると、「いよいよ腹立ちて、まがまがしきことなど言ひ散ら」（三・三六七）す有様で、「この大北の方ぞさがな者なりける」と草子地で言わせている。この時も式部卿宮は「さ思はるるわが身の不幸なるにこそはあらめ」（三・三六七）と不運を嘆き、

源氏がかって主催してくれた五十賀、「それをこの生（しやう）の面目（めいぼく）にてやみぬべきなめり」（三・三六七）との気弱さである。「小心者」(2)「軽薄な事大主義者」(3)なのである。このように式部卿宮一家は、真木柱巻の鬚黒北の方離別事件を通して、最も継子物語的構造を示すのである。とすれば鬚黒北の方も報復としての被害者の役割を受け持つのは当然であって、そのパターンを踏まえた造型であることを確認した上で、さらに北の方が式部卿宮女であることにどのような意味があるのかということを考えてみたい。

北の方が式部卿宮女であることは、正妻の座を玉鬘と交替させることをより困難にすることではなかったか。式部卿宮は先帝の皇子であり、当時点では皇族として最も上席で、少女巻では冷泉帝の母方の叔父（藤壺中宮の兄）として、「この御時にはましてやむごとなき御おぼえにておはする」（三・二五）人であり、二女は冷泉帝に入内している。鬚黒北の方はこのように家柄の高貴さ、父皇子の権勢からして、皇女に次ぐものである。一方玉鬘の方は、実父は内大臣であるが、養父源氏の後ろ楯がある。鬚黒北の方と家柄・権勢を比較した時、北の方がやや下位というべきであろうか。しかし鬚黒の嫡妻であるからには、たとえそのような玉鬘であっても当然北の方の座を明け渡すべきだとまではいえない(4)。玉鬘に正妻の座を円滑に交替させるという役柄としてだけの人なら、鬚黒の北の方である女は、もっと低い家柄の人を設定した方が作者としては楽であったかもしれない。

しかしあえて式部卿宮女をそこに位置させた第一の理由は、家柄の高さゆえに、正妻の座を追われる者の悲劇の深さがそこに認められることにあろう。式部卿宮が、

今は、しか今めかしき人を渡してもてかしづかん片隅に、人わろくて添ひものしたまはむも、人聞きやさしかるべし。おのがあらむこなたは、いと人わらへなるさまに従ひなびかでも、ものしたまひなん

（三・三四九〜三五〇）

といい、北の方の兄も「北の方の御ことをさへ人わらへに思ひ嘆き」（三・三四四）、北の方本人も「人のため恥ぢがましからんこと」（三・三四八）と思う。玉鬘が鬚黒邸に住むようになれば、夫の愛を失って、名ばかりは正妻であったとしても、実質はもてはやされる玉鬘の蔭に置かれることになるであろう。その時人々からいかにもの笑いになるか、とその屈辱の思いに身も細るような恥かしさに打ちのめされているのであるが、これは落とされるべきではない家の者が下降させられるからこそ世人が好奇の目を向け、嘲笑されることになるのである。尊貴な身分である程、鬚黒から与えられる侮辱は拡大してゆき、身分の高さに比例したプライドは、その屈辱の思いを増幅する。しかし鬚黒の正妻が皇女では離婚劇を惹き起こすことは不可能であろう。それに次ぐほどの式部卿宮家の女が、鬚黒の正妻たりうる、そして事実上の離別も可能な上限の身分であろう。かくしてうはなりこなみの交替はより悲劇性を深くしているのである。

鬚黒北の方が式部卿宮女であることの第二の意味は、夫妻同居という形が必要であったことがある。もし通い婚であれば、鬚黒が妻の家へ足を向けなくなることで事実上の離婚が成立する。しかし作者は、玉鬘をすんなりと鬚黒の北の方の座に据えることよりは、去って行く前妻の造型に興味を持っている。その離婚劇の主題をより鮮やかに演出するには夫妻同居である方が効果的である。当時同居は上流貴族でも少なくはないが、式部卿宮の女の場合、皇女の降嫁に準じて、夫妻同居の設定は納得され易かったのかもしれない。

第三の理由としては継子物語の終結へ向けての構想ということがあろう。藤袴巻で鬚黒北の方のことが初めて記された時「北の方は紫の上の御姉ぞかし。式部卿宮の御大君よ」（三・三三五）と、父についての紹介よりは先に、まず紫上との関係が示される。また玉鬘の求婚者の一人である式部卿宮男について、「式部卿宮の左兵衛督は、殿の上の御兄弟（はらから）ぞかし」（三・三三七）と、紫上の異腹の兄弟であるとの注意を喚起する。さらに「その筋により、六条の大臣は、大将の御事は、似げなくいとほしからむと思したるなめり」(三・三三五)と、玉鬘が鬚黒と結婚するのは、北の方が紫上の姉であるから不都合だとの源氏の考えが明かされる。このように玉鬘物語後半になって、式部卿宮一家が重要な役割を担ってくる。そこで展開される鬚黒北の方の離婚は、継子物語のクライマックスともいうべき構造であって、式部卿宮家への最も痛烈な報復であった。継子紫上の夫たる源氏から小出しになされた報復に加えて、ここでは源氏の人格に汚点を付けないよう、源氏は関わらない方法で、しかし結果としては式部卿宮家に大きな痛手を負わせた。式部卿宮家は継子物語の話型の中にある以上、決定的報復を受けるのは類型からして当然の構造であって、それが北の方離婚という形で構成されているのである。『源氏物語』の当初の構想は言われているように、第一部末の三十三帖藤裏葉までとすれば、その第一部の終末近くに継子物語のクライマックスが位置させられていることは当を得ていよう。

第四には、継子物語と玉鬘物語の結合ということがあろう。一見すると無縁に進行していたこの二つのプロットが、ここで有機的に合流する。これも第一部終結のための構想であろう。

鬚黒北の方がなぜ式部卿宮の女でなくてはならなかったかということを考えた時、以上のような四つの点が浮かび出て来る。しかしそれらのことが同一次元で発想されたというのではないであろう。おそらく第三の継子物語の話型完結を中心に構想されたものであろうが、しかしこの四つの要素は、物語の展開上欠くべからざるものである。ここにも作者の構想の巧みさを見ることができる。

このようなことを含む構想はどの時点でまとまっていたのであろうか。賢木巻に「嫡腹(むかひばら)の、限りなくと思すは、はかばかしうもえあらぬに」(二・九五〜九六)と記すからには、この時すでに鬚黒と式部卿宮大君は結婚していると考えられる。二女の方は澪標巻で十一歳位でしかないのに宮は入内を望んでおり、絵合巻でもそれはまだ叶わず、その二年後の少女巻で入内して王女御と呼ばれている。二女に比してこれまで長女の方が物語の前面に姿を現わさないのは、長女を鬚黒の北の方とした時点で継子物語の枠内で活用させる構想もできていたのではなかろうか。もしそうであれば、玉鬘物語の行方までも賢木巻辺りで準備されていたことになる。

三

鬚黒北の方は物の怪による病気を患っていた。それはどのような状態であるのか。北の方をなぜ憑依の女という設定にしたのかということについて考えてみたい。

そこで北の方の描写を病状的にとらえてみる。

(1)「この年ごろ人にも似たまはず、うつし心なきをりをり多く」（三・三四九）、「時々心あやまりして、人にうとまれぬべきことなん、うちまじりたまひ」（三・三五〇）＝（数年来正常な精神状態でない時があり、そのような時は夫に嫌がられていた）

(2)「常の御悩みに痩せおとろへ、ひはづにて、髪いとけうらにて長かりけるが、分けたるやうに落ち細りて、梳ることもをさをさしたまはず、涙にまろがれたる」（三・三五二）、「萎えたる御衣どもに、うちとけたる御姿、いとど細うか弱げなり」（三・三五六）＝（体の衰弱もひどく、容姿にも無関心）

(3)「年ごろは荒らし埋もれ、うち棄てたまへりつる御しつらひ」（三・三四八）、「住まひなどのあやしうしどけなく、もののきよらもなくやつして、いと埋れいたくもてなしたまへる」（三・三五〇）＝（家刀自としての役割も果せなくなって、住居の管理、経営も怠っている）

(4)（火取事件後の加持祈禱の時）「呼ばひののしりたまふ」（三・三五八）、（翌日）「なほいと苦しげ」（三・三五九）、「ののしる」（三・三六一）、（数日して）「御心地すこし例になりて」（三・三六二）＝（衝動的行為、その後も大声で叫ぶなどのことが数日継続した）

(5)（鬚黒の、北の方へのことば）「ほけたり、ひがひがし」（三・三五二）、（離別より一年ほど後）「あさましとものを思ひ沈み、いよいよほけ痴れ」（三・三八七）、「あやしきひがものに、年ごろにそへてなりまさり」（四・一五三）、「さこそひがみたまへれど、うつし心出でくる時は」（四・一五四）＝（年月とともに沈鬱に、かたくなになり、ぼんやりとした時期が長くなっている）

このような病状の原因を「あやしう執念き御物の怪にわづらひたまひて」（三・三四九）、「例の御物の怪の、人にうとませむとする事（わざ）」（三・三五七）、「御物の怪こちたく起こりて」（三・三六一）と、物の怪によって惹き起こされた病気だとするが、当時は種々の病気の原因に物の怪を当てるので、北の方の病気が物の怪に依るとすることでは、病気を特定することはできない。そこで北の方の前に上げた症状について、現代の精神医学の立場から牛島定信博士(5)に診断をしていただいたところ、ヒステリー性精神病が当るであろうとのことであった。ヒステリーとは「病像ではなく精神的傾性の一つの特別な型」「生活の要求に対する異常な反応様式(6)」ともいわれているように、心因性のものであり、精神的な反応型といわれる神経症なのである。

もちろん作者は今日の医学におけるヒステリーの病態学を総合的に知るはずもないが、北の方のような症状の人を見聞きすることがあったのかもしれない。少なくとも現代の精神医学から診断がつけられないような記述はしていない。このようなことを持ち出したのは、北の方について「狂人」「精神病者(7)」というような言い方は、分裂病者のように人格喪失を来たし、正常な次元での会話が成りたたない人であるかのような誤解を招きやすい。ところが北の方は、「うつし心ものしたまふほどにて」(三・三五二)と断りがある場合はもちろん、そのようなことが書かれていない時でも、その会話はすべて正常なものである。分裂病者のような辻褄の合わない妄語ではない。鬚黒に火取を投げる激しい発作が起こっても、後には正常に戻った状態が出てきている。つまり北の方の思考や心情については、正常な次元での考察の対象となり得るし、またしていかなければならない。

そこで北の方がそのような病者として造型された理由であるが、それは鬚黒が北の方を離婚する正当な理由を成立させるためであったと思われる。工藤重矩氏は律令の戸令に定める棄妻の理由の六番目の「妬忌」に「女の許に行こうとする夫に火取りをあびせかけるという行為は嫉妬の甚だしきもの[8]」として当るとされた。たしかに法律的にはそのとおりであり、さらに加えて七番目の「悪疾」もあろう。数年来「うつし心なきをりをり多く」「心あやまりして」、身なりも構わず、家刀自の役も果せないという病状なのであるから。読者は法律的理解をしたかどうかは分からないが、北の方の数年来のその病気と、夫婦仲を決定的にこじらせた火取事件で離婚もやむをえないと納得させられることになる。

そして北の方のその病気が物の怪によるものだとたびたび記されるのは、北の方本人も、鬚黒も共に傷つけないで離別させるということがあったのではなかろうか。北の方は「人柄やいかがおはしけむ」(三・三三五)と、その人柄ゆえに鬚黒は早くから離婚したいと思っていたのだが、それは本性についてではなく物の怪によってしばしば変格した部分を指していたようである。北の方の落度でもない、鬚黒が酷薄なのでもない、すべては物の怪によって惹き起こされた事態である。かくして鬚黒夫妻の離別は源氏をも傷つけることがなかったのである。

四

次に鬚黒夫妻の結婚歴と家柄および人柄を見ておきたい。藤袴巻で鬚黒について「年三十二三のほどにものしたまふ。北の方は（略）年のほど三つ四つが年上」（三・三三五）とする。二人の間の子供の年齢は離別の時長女を「女一所、十二三ばかりにて」（三・三六一）と記すので、結婚は十三四年前のことであろうから、その時鬚黒十九歳位、北の方二十二三歳であり、女の結婚年齢としては遅い方である。賢木巻で「嫡腹の、限りなくと思すは、はかばかしうもえあらぬに」（前出）と、式部卿宮北の方は口惜しがっているが、それは紫上の相手が源氏であるからで、結婚の当初においても式部卿宮家の女としては、客観的には条件の悪い結婚ではなかったはずである。

鬚黒の父は右大臣(9)（明石、二・二五一）、その妹は朱雀帝に入内（賢木、二・九八）、澪標巻で冷泉帝の東宮となる人の母である。すなわち二人の結婚当時、鬚黒家は太政大臣（朱雀帝外祖父）家に次ぐ権勢家であり、鬚黒はその嫡男である。甥が東宮になると、その叔父として、結婚四五年目からは着実に重みを増し、「この大将は、春宮の女御の御兄弟（はらから）にぞおはしける。大臣たちを措きたてまつりて、さし次ぎの御おぼえいとやむごとなき君なり」（藤袴、三・三三五）、「朝廷（おほやけ）の御後見となるべかめる下形」（三・三三四）と、源氏・内大臣に次ぐ権勢家となっている。

一方北の方の父兵部卿宮も、桃園式部卿が亡くなった（薄雲、二・四四三）後式部卿に転じており（少女、三・二五）、これは二人の結婚七八年位の時で、その頃には二女も冷泉帝に入内し、帝の母方の叔父としても「この御時にはましてやむごとなき御おぼえにておはする」（三・二五）有様であるから、北の方の実家も鬚黒家に劣ることなく社会的地位は上昇している。鬚黒夫妻にはその間三人の子も生まれ、次期政権を担うはずの名門権勢家である夫と、北の方も本来なら幸せであってよかったはずである。

二人の人柄はどうであったか。鬚黒は「いとまめやかにことごとしきさましたる人」（三・一六八）、「名に立てるまめ人の、年ごろいささか乱れたるふるまひなくて過ぐしたまへる」（三・三四四）、「色めかしくうち乱れたるところなきさま」（三・三三五）、「人柄もいとよく」（三・三三四）と記され、式部卿宮北の方さえ、「実法なる人のゆるぎ所あるまじき」（三・三六七）人だといっている。真面目で重々しく、浮気などしそうにもない律義者ということである。

北の方は「人に劣りたまふべきことなし。人の御本性も、さるやむごとなき父親王（みこ）のいみじうかしづきたてまつりたまへる、おぼえ世に軽からず、御容貌（かたち）などもいとようおはしける」（三・三四九）、「本性はいと静かに心よく、児めきたまへる」（三・三五〇）とあるように、もの静かで気立てもよく、親にかしずかれて大切に育てられた人だけにおっとりとしており、しかも美人である。容貌が「父宮に似たてまつりてなまめいてい」（三・三五二）るように、性格も父宮似のようで、さがな者の母親に似ていない。北の方の人柄をこのように称揚するのは、その本性が物の怪によって荒廃させられていく哀れさを強調するためでもあろう。

家柄・人柄共に文句のない優れた二人なのである。このような人物設定をしているということは、北の方は退場するために登場させられているのではあるが、それは北の方が玉鬘に奉仕するためにのみ造られているのではなく、真木柱巻には、北の方の悲劇としての主題があったのだと考えなければなるまい。

五

そこで鬚黒北の方が家を出るに至るまでの過程をたどって、その問題を考えてみる。

北の方についてはまず藤袴巻に「年のほど三つ四つが年上は、ことなるかたはにもあらぬを、人柄やいかがおはしけむ、嫗とつけて心にも入れず、いかで背きなんと思へり」（三・三三五）と鬚黒の胸奥が明らかにされるのは、彼が玉鬘に懸想し始めた頃のことである。鬚黒が北の方に「嫗」と名付けていたのは、彼の胸中秘かに、というだけではないらしく、源氏が、玉鬘に恋する男達を評した中で、「大将は、年経たる人の、いたうねびすぎたるを、厭ひがてに、と求むなれど」（胡蝶、三・一七三）と言っていることと一致することからしても、そのようなことを口にしていたのであろう。それは源氏のことばの時期からして、鬚黒が玉鬘へ恋をする以前からのことであったと思われる。「御仲もあくがれてほど経」（三・三四九）ていて、「近き年ごろとなりては、御仲も隔りがちにてならはしたまへれど」（三・三六一）ともあり、、玉鬘事件以前に夫婦の間隙はすでに深まっていたのである。その間も鬚黒は北の方を「やむごとなきものとは、また並ぶ人なく思ひきこえたまへる」（三・三四九）、「やむごとなう立ち並ぶ方なくてならひたまへれば」（三・三六一）と立てているが、それは正妻として重んじられていることであり、主として対世間的な場合のようで、夫の情愛の深さを表わすものではない。そのように鬚黒の愛情が失せたのは、北の方が物の怪による病気になってからではあるらしいが、それでも「嫗」と称していたというのは、妻を忌み嫌い、軽侮することばであるに違いない。その頃にはすでに「いかで背きなんと思」（三・三三五）っていたのであるから、この夫妻の実質的崩壊は玉鬘事件以前に始まっており、その離別は、最終的に夫婦の形までも崩してしまうことでしかなかった。だからこそ鬚黒の、北の方に対することばは冷ややかで侮蔑的である。離婚までの経緯に従いながら北の方側から見てみよう。

鬚黒は玉鬘に懸想をしてからは「いみじくぞ心を尽くし歩」（三・三三五）くほど夢中になり、契りを持ってからは「昼もいと隠ろへたるさまにもてなして籠り」（三・三四四）と、玉鬘の許に入り浸って家には寄りつかず、やがて玉髪を屋敷に迎えるための普請を始める。

北の方の思し嘆くらむ御心も知りたまはず、かなしうしたまひし君たちをも、目にもとめたまはず、なよびかに、情々しき心うちまじりたる人こそ、とざまかうざまにつけても、人のため恥ぢがましからんことをば、推しはかり思ふところもありけれ、ひたおもむきにすくみたまへる御心にて、人の御心動きぬべきこと多かり。（三・三四八～三四九）

という事態になってくる。鬚黒は一徹で、他を思い遣る優しさを欠いている。まめ人のその視野の狭さは、他方に残酷さとして及ぼされる。鬚黒の場合、その性格に加えて、すでに北の方への愛の喪失がある。

実家へ戻るかどうかを苦悩している北の方へ鬚黒は、「世の人にも似ぬ御ありさまを、見たてまつりはてんとこそは、ここら思ひしづめつつ過ぐし来るに」（三・三五一）と、病む妻に我慢をし続けて来た己が寛容さを説くが、面と向かって、あなたは普通の状態ではない、とは冷酷なことばであった。だからそれを受けて北の方は、「みずからをほけたり、ひがひがしとのたまひ恥ぢしむる」（三・三五二）と嘆き、「耳馴れにてはべれば、今はじめていかにもものを思ひはべらず」という。鬚黒が、北の方の病気のことを明らさまに言いたてていたのは、この時だけでなく、たびたびだったのである。性格的にも実直である人は、物事の事実を明るみに晒してしまわずにはおれないのであろう。この時の鬚黒の、北の方説得の長い話の要旨は、自分はあなたを捨てるつもりはない。子供もいることだし、だから「のどむる方ありて」、玉鬘とのことは辛抱して、自分のやり方に「任せてこそいましばし御覧じはてめ」と、病気の北の方を今まで捨てなかったことと引き替えに、北の方が屋敷に留まるよう言っているのである。それを聴いていた北の方は、鬚黒が「うち笑ひてのたまへる」こともあって、「いとねたげに心やまし」と、恨み怒っている。『細流抄』は「かく大将のいひ給を、北方は嘲弄しての給と思給也」とする。北の方が口惜しがり恨むのは、一つは鬚黒が、式部卿宮への悪口めいた言い方をしたのに対して発せられたものであるが、それだけではない。鬚黒のことばはさらに続く。

自分は玉鬘と気楽に会いたいからこの家へ引き取る。あなたが嫉妬したり騒いだりしたら、あなたの名誉にかかわるだろう。だから玉鬘と、「なだらかにて、御仲よくて語らひてものしたまへ」。たとえあなたが実家に帰っても世間のもの笑いにならないよう夫婦であり続けようという。北の方からは、「人の御つらさは、ともかくも知りきこえず」、あなたの「もてないたまはんさまを見るばかり」と、憎悪をも感じる冷淡なきびしいことばが返ってくる。その後も、鬚黒は「日一日入りゐて語らひ申したまふ」たのであるが、その直後、玉鬘の許に出掛ける鬚黒に北の方は火取の灰を浴びせかけたのである。鬚黒の長い長い慰撫のことばは結局何の役にも立たなかった。というより実は北の方の心情を逆撫でしていたとしか思えない。それは鬚黒のことばの内容が極めて自己中心的であるからである。玉鬘と結婚はしても北の方を捨てるつもりではない、一生添い遂げるつもりだから信用してくれ、というが、北の方を凌駕する女を同じ屋敷に住まわせようとしているのである。見下げられることになる北の方に、嫉妬するな、仲良くしろ、世間にみっともない噂が流れないようにしてくれという鬚黒のことばは、愛情をなくした夫の無慈悲さと、律義さゆえに自分の側の都合を言いたてたものであった。しかしこのような考え方は、基本的には当時の貴族社会の男の愛の論理であったのである。男性達は己れに都合のよい論理を女達に押し付けた。しかし北の方は納得できなかった。悲しみと怒りに心がかきたてられて物の怪が発動するすることになったのである。

先に「御心動きぬべきこと多かり」とあった。これは六条御息所の苦しみが生霊となっていくところの「人の御心の動きにける」(二・二七)という表現と一致することに注目したい。心動くとは、本来身体と共にあるべき心が動き出して、身から離れて行くことである。とすれば、北の方は物の怪に憑かれている方ではあるが、その物の怪と北の方の心とはどのような関係にあるのだろうか。

物の怪に憑かれるのは、従来怨みを持つ者が生霊や死霊となって祟っている場合が多い。だから物の怪が憑けば加持祈禱をし、憑り坐しにその怨霊を乗り移らせて怨みの筋を言わせるのであるが、この北の方の場合、火取事件以前に加持祈禱をしたようなことは一切記されず、一体何が北の方に祟っているのかということは追求していない。火取事件の後加持が始まるが、「夜一夜、打たれ引かれ泣きまどひ明かしたまひて」（三・三五八）と、本人に折檻が加えられていて、憑り坐しのことなどまったく記述されないのも不思議である。

北の方への物の怪の発動を見てみると、鬚黒が玉鬘を家に入れることになって、父宮が北の方に実家へ戻るよう勧めた時、「思ひ乱れたまふに、いとど御心地もあやまりて」（三・三五〇）病状が悪くなっている。また物の怪が最も激しく跳梁したのが、火取の灰を浴びせた事件においてであるが、これは鬚黒が玉鬘の許へ出かける時なのである。雪降る宵にさえ出かけようとする夫。「いと心苦し」く端近で「うちながめてゐ」る北の方。「今は限り、とどむとも、と思ひめぐらしたまへる気色、いとあはれなり」と記される。言い訳をする鬚黒に対し、「立ちとまりたまひても、御心の外ならんは、なかなか苦しうこそあるべけれ。よそにても、思ひだにおこせたまはば、袖の氷もとけなんかし」（三・三五五）と「なごやかに言ひ」、夫の身仕度のため香を焚きしめさせている。夫が他の女、しかも正妻の自分の座にとって替わるかもしれない女の許へ、「心も空に浮きたちて」（三・三五四）出かけようとしている時、「いとおいらかにつれなう」「らうたげ」にしているものの、それは自制し、克己して「もてなし」ているのであり、「いみじう思ひしづめて」いるのである。そうしてついに火取を投げつける。それを「例の御物の怪の、人にうとませむとする事」と記す。物の怪の仕業とするが、北の方の押さえに押さえた苦しみがついにヒステリーの発作を生じさせたのだとの解釈もできよう。先の例と合わせても、北の方の物の怪は、北の方の心理に密着していて、北の方の苦悩に応じて発動している。苦悩の最たる時は心も衰弱しているので、そのような時に物の怪が跳梁するのだともいえるが、北の方は物の怪に憑かれている方であるが、逆に苦悩の果てに物の怪になった六条御息所を思わせられる。そして北の方の数年来の物の怪による病気も、その原因として、鬚黒の、夫としての有り方が関わっているのではないかと考えたくもなる。

北の方は「嫗」と言われて夫から疎まれ、玉鬘が入りこまなくても、いずれ夫に背かれたかもしれないが、それは物の怪による病気の故であり、さらにその物の怪によって正妻の座を失った。北の方の造型にとって物の怪は一身同体の影の部分のようでもある。伊藤博氏は「ここには男女の愛に内在する本質的悲劇の胚芽がはらまれかけながら、物怪という不透明な要素が絡みついて、凝視の深化を妨げ[10]」ているとされた。しかし北の方の人格外の物の怪が、本人の苦悩の時に反応し発動する以上、北の方が押さえ隠している苦悩の深さを物の怪によって測ることができるのである。物の怪という媒体を置くことによって、北の方の心の隈がはぎ取られ、悲劇はより深化させられた面があるのではなかろうか。

六

真木柱巻から三帖後の、第二部の始発若菜上巻において、源氏は女三宮と新たに結婚し、今まで北の方的地位にあった紫上は、その座を譲らなければならなくなる。源氏が紫上にその結婚の告白をする辺りから、源氏の新婚三ヵ月の間の叙述と、真木柱巻の鬚黒と北の方の離婚に至る辺りのそれとに、ひじょうに類似した文や発想が見られる。その一部についてはは、すでに指摘されているが[11]、も少し詳しく見て、その意味することを考えてみたい。

A、鬚黒および源氏についての叙述

（□印は真木柱巻、△印は若菜上巻、ａｂ……は□と△の共通する発想、傍線は□と△に一致する語、↑印はａ・ｂ……の符号の至る所）

(1) □「かく恨みわたりたまふ。[a]一わたり見はてたまはぬほど、↑さもありぬべきことなれど」（三・三五一）

△「[a]見定めたまはざらむほど、↑いかに思ひ疑ひたまはん」（四・四五）

（私の愛情について、今は恨まれたり、疑われたりもしようし、ａ一通り事の決着がつくまではそれは判っていただけないだろう）

(2) □「[a]なだらかにて、御仲よくて語らひてものしたまへ↑…[b]忘るることははべらじ↑」（三・三五三）

△「[a]我も人も心得て、なだらかにもてなし過ぐしたまはば↑、[b]いよいよあはれになむ↑」（四・四六）「[b]御ため、あるより変ることはさらにあるまじきを↑…[a]誰も誰ものどかにて過ぐしたまはば↑」（四・四六）

（ａ新しく妻となる人と仲良くやってほしい。ｂそうすれば元からの妻への思いは変らない）

(3) □「[a]とてもかうても↑、[b]今さらに心ざしの隔たることはあるまじけれど↑…[c]年ごろの契り違へず、かたみに後見むと思せ↑」（三・三五三）

△「[a]いみじきことありとも↑、[b]御ため、あるより変ることはさらにあるまじきを↑、[c]心なおきたまひそよ↑」（四・四六）

（ａどのようなことになっても、ｂあなたに対する愛情は変らないので、ｃ私との関係は今までどおりであってほしい）

(4) □「[a]なほこのころばかり↑…[b]大臣たちも左右に聞き思さんことを憚りてなん↑」（三・三五五）

△「[a]今宵ばかりはことわりとゆるしたまひてんな↑…[b]またさりとて、かの院に聞こしめさんことよ↑」（四・五七）

（a当分の間新しい妻の許へ通うことについて大目に見てほしいとの言い訳。b身分・権威ある後妻の父への気兼ね）

B、鬚黒北の方および紫上についての叙述

(1)　□「やむごとなきものとは、また並ぶ人なく思ひきこえたまへるを、めづらしう御心移る方の、なのめだにあらず、人にすぐれたまへる御ありさま」（三・三四九）「やむごとなう立ち並ぶ方なくてならひたまへれば」（三・三六一）

△「こよなく人に劣り消たるることもあるまじけれど、また並ぶ人なくならひたまひて、華やかに生ひ先遠くあなづりにくきけはひにて移ろひたまへるに」（四・五六）

（aこれまで正妻（格）として、他に肩を並べる妻はなかったこと、b後妻はあなどれない優れた条件を持った女であること）

(2)　□「いとおいらかにつれなうもてなしたまへる」（三・三五四）

△「おいらかなる人の御心」（四・四七）「いとおいらかにのみもてなしたまへり」（四・四八）

（□は鬚黒が玉鬘の許へ出かけようとする時、△は女三宮との結婚を告げられた時で、共に大きな衝撃を受けている時に、a外目にはおっとりとしているが、bそれはたいへんな努力をしているのである）

(3)　□「うち背きたまへる、らうたげなり」（三・三五二）

△「つれなくのみもてなして…いとらうたげなる御ありさま」（四・五六）

（□は夫の言い訳、なだめのことばを聞かされている時、△は女三宮婚儀の間の紫上の様子を源氏が見てのこと。いじらしいと受け止められるのは、妻の座を蹴落とされてゆく者への憐みからでもある）

(4)　□「御火取召して、いよいよ焚きしめさせたてまつりたまふ…しめりておはする…（この後鬚黒の反省）」（三・

三五六）

△「御衣どもなど、[a]いよいよたきしめさせたまふものから、[b]うちながめてものしたまふ…[c]（この後源氏の後悔）」（四・五七）

（aは新しい妻の許へ出掛ける夫の身仕度を指図して女房にさせている、bその時の様子、沈みこんでいる北の方、放心したように苦しげな紫上、共に苦衷がにじみ出ている。これに続いてcで、鬚黒は「なごりなく移ろふ心のいと軽きぞや、とは思ふ思ふ」と反省をしており、源氏は「あだあだしく心弱くなりおきにけるわが怠りに、かかる事も出で来るぞかし」と後悔をしている）

(5)

□「[a]いかにせむと思ひ乱れつつ…うちながめてゐたまへり…夜も更けぬめりやと[b]そそのかしたまふ」（三・三五五）

△「[a]とみにもえ渡りたまはぬを、いとかたはらいたきわざかなと[b]そそのかしきこえたまへば」（四・五八）

（□鬚黒は雪降る悪天候をついて出かけるのも、そして北の方が恨み言をいわないのもかえって気が引けて逡巡しているのを北の方が急き立てるのである。△紫上の心中を思い遣ってためらう源氏を促す。他の女の所へ愛の時間を持ちに出かけようとしている夫を引き留めるどころか、それを促す妻の思いは、北の方が「今は限り、とどむとも」、夫がたとえ留まっても、心は向こうに行ってしまっていてはかえって辛いと嘆き、紫上は「目に近く移ればかはる世の中を行くすゑとほくたのみけるかな」と源氏への不信感をにじませる。自尊心、絶望、いずれにしても夫を促すことばの裏には、たいへんな辛い思いが隠されている）

(6)

□「[a]よそにても、思ひだにおこせたまはば、[b]袖の[c]氷もとけなんかし」（引歌＝思ひつつ[d]寝なくに明くる冬の[c]夜の袖の氷はとけずもあるかな）（三・三五五）

△「風うち吹きたる夜のけはひ冷やかにて、ふとも寝入られたまはぬを…夜深き鶏の声の聞こえたるも、ものあはれなり…かの御夢に見えたまひければ…雪は所どころ消え残り…すこし濡れたる御単衣の袖」（四・六一～六二）

（□で北の方はaあちらでもせめて思い出していただきたいと、引歌を口にする。△b紫上も夜を明かし、源氏はa紫上のことを思うから夢に見えた。c氷、雪、冬の夜、冷やかなど、寒々とした感じもひとしい）

C、召人達の同情

(1)□「中将、木工など、あはれの世やなどうち嘆きつつ、語らひて臥したるに、正身はいみじう思ひしづめて、らうたげに寄り臥したまへり」（三・三五六）

△「さこそつれなく紛らはしたまへど、さぶらふ人々も、思はずなる世なりや…など、おのがじしうち語らひ嘆かしげなるを、つゆも見知らぬやうに、いとけはひをかしく」（四・五九）

(2)□「御召人だちて、仕うまつり馴れたる木工の君、中将のおもとなどいふ人々だに、ほどにつけつつ、安からずつらしと思ひきこえたる」（三・三五一）

△「中務、中将の君などやうの人々…昔は、ただならぬさまに、使ひ馴らしたまひし人どもなれど、年ごろはこの御方にさぶらひて、みな心寄せきこえたるなめり」（四・六〇）

（cは北の方、紫上に同情をする女房達についてのものであるが、その女房達は夫の召人であった女ということが共通していて注目される。ここに召人が出されたのは、かって自分もその御主人との契りもあったので、何がしかは己が心の痛みとして妻達の苦衷を実感する人である。また夫の召人ということは、必ずしも北の方達に同情をする立場の人ではない。そのような人までが北の方や紫上の悲哀を我がことのように嘆いているということは、他の女房達は当然であ

るということでもあろう）

D、背景

□「いかで出でなんと思ほすに、雪かきたれて降る」（三・三五四）「心さへ空にみだれし雪もよにひとり冴えつるかたしきの袖」（三・三五八）

△「雪うち降り、空のけしきものあはれに」（四・四五）「雪は所どころに消え残りたる」（四・六二）「猶残れる雪」（四・六二）「今朝の雪に心地あやまりて」（四・六三）「中道をへだつるほどはなけれども心みだるるけさのあは雪」（四・六四）

（□は玉鬘の許へ出かけようとする時の情景、および火取事件で行けなかった時の言い訳の歌、△は女三宮との結婚を告白する日、および結婚三日目の朝のことで、それぞれ重要な局面の時である。その背景が共に雪であり、新しい妻の許に行かなかったことにどちらも雪を関わらせた歌を詠んでいる。これらの場面に雪がキーワードとなっているのは、北の方、紫上の心象風景を雪によって表わしているからである）

右の分類で、Aは夫が妻に語った言い訳や、二人妻としての心得である。それは当時の男の愛の論理であった。すでに北の方への愛情を喪失させていた鬚黒のことばには欺瞞の匂いはあるが、実直な性格からか優しげな契りも忘れてはいない。一方源氏の紫上へのことばは真実の愛に依ったものである。そのように二人のことばの基底の心情には大きな差違があるにも拘らず、重婚を成り立たせようとすればこのような論理となるのである。

Bはその男の愛の論理に取り籠められながら、なお同化できずに胸奥で悶え悲泣する妻の姿である。けだしいつの時代にあっても埋没させることのできなかった女の心の真実の部分であろう。

このAとBには、一夫多妻（妾を含む）を成り立たせようとする男の思考と、その体制下で女の有らねばならない形がほぼ示されているといってよい。ゆえに右にあげた両巻の発想や叙述の合致は、当時の規範に拠っている面も大きい。たしかにＡＢの内容はそれほど特殊な事柄ではない。しかしそれが両巻に取り込まれ、記述されたことまでも一般性に帰する訳にはゆかない。しかも類似設定はＣの召人達の扱いや、Ｄの妻達の心象風景に連なる背景にまでも及んでいるのである。

七

鬚黒物語の当初の構想としては、玉鬘物語の終結のため、さらには継子物語としても話型を完結させるべく、鬚黒北の方離婚のプロットを設定したと思われる。そして真木柱巻でその構想を具体化してゆく過程で、後妻の出現によって揺らぐ前妻の心理の問題が作者には強く意識されるようになったのではなかろうか。

すでに大朝雄二氏が「藤袴巻末で髭黒北の方が紫上の異母姉であると記したとき、作者は紫上を越える女性の出現をすでに何らかの形で考えていたことを意味するのではなかろうか（略）そして、髭黒の北の方の悲運、つまり年若い後妻の出現によって浮き上ってしまう前妻の問題を実際に紫上の身に当てはめて語る意図を具体的に持ったことを意味していると思われるのである。[12]」と述べておられるが、女三宮降嫁の構想の主題は、それが源氏と紫上にいかに及んでいくかということであったはずであるから、第二部の女三宮降嫁影響の始発部分に、先に掲出したような鬚黒物語が濃厚に重ね合せられた意味は大きいのである。鬚黒北の方と紫上との立場は、その夫の愛の有無によって大きく異なるようでありながら、内在させている本質的な問題は合致していることが明らかになってくる。それは作者にとって、一夫多妻的現実の中で喘ぐ妻達という問題が鬚黒北の方を造型することで、より凝視されるようになったということであろう。第二部の紫上の主題は、鬚黒北の方によって浮上させられた問題の延長線上にあるといってよい。鬚黒北の方は継子物語の話型の中で、玉鬘物語を合流させる役柄として構想され、物の怪という本人以外の物の責任においてその任務を終えた。その物の怪はかえって北の方の内面を浮き彫りすることになったといえよう。鬚黒物語そのものが『源氏物語』では傍系であり、しかも北の方本人に主体的な重みがあるのではない。しかし鬚黒物語、ことに北の方はその変容として、第二部の構想を生む一つの思想を与えたことにおいて、重要な意味を担うものであったと考えている。

注

（1）篠原昭二「式部卿宮家」（『講座源氏物語の世界』有斐閣　昭56）
（2）渋谷栄一「式部卿宮」（『源氏物語必携Ⅱ』学燈社　昭57）
（3）今井源衛「兵部卿宮のこと」（『古典文学鑑賞講座　源氏物語』昭32）『源氏物語の研究』所収　未来社
（4）工藤重矩「一夫一妻制としての平安文学」（文学　55号　昭62・10）に、鬚黒北の方が居ては「玉鬘は妾の立場にならざるをえない」とされるとおりである。
（5）牛島定信　福岡大学医学部精神神経科教授「神経性無食欲症にみるかぐや姫コンプレックス」（季刊精神療法　50号　昭62・7）、「三島由紀夫にみる自殺願望と創造性」（日本病跡学雑誌　34号　昭62・11）等病跡学関係の研究も多い。
（6）クレッチマー『ヒステリーの心理』（吉益脩夫訳　みすず書房　昭36）
（7）玉上琢彌『源氏物語評訳　六巻』（角川書店　昭41　二一一頁）
（8）工藤重矩　前掲4に同じ
（9）左大臣致仕（賢木、二・一三〇）後、朱雀帝外祖父の右大臣が太政大臣に昇格した後を受けたのであろう。

(10)(11)　伊藤博「「野分」の後―源氏物語第二部への胎動―」(文学　昭42・8)『源氏物語の原点』所収　明治書院

(12)　大朝雄二「源氏物語論―女三宮の降嫁をめぐって―」(人文科学論集　10　昭48・12)『源氏物語正篇の研究』所収　桜楓社

あとがき

七十九歳の今、目も不自由となってしまった。退職後、他の大学の非常勤や、文化サークルなどで楽しく教えながら、一方でこの本に収めている論文に手を加えてもいたが、怠けすぎて、目が待ってくれなかった。やむなく仕事のまとめを諦め、目の不安もあって眠れぬ夜を過ごしていたが、一昨年の暮れのある真夜中、突然、本にしてみては、と何かがささやいてくれたような気がした。どん底に沈み込んでいた私の心に、一筋の光が見えた。わずかこの程度の量と内容の仕事を今更さらけ出す恥ずかしさもあるが、それでも私が存在したという、小さな小さな足跡を残しておきたいという願いでもある。

思いおこせば、修士課程を終えた頃、「斎宮女御集」に取りくんだが、その伝本系統の複雑さに調べは進まず、それでも、非常勤講師や子育て、主婦業との間に細々と続け、何とか自分なりに納得する整理ができた。三十九歳で専任勤務になり、ますます忙しくなったが、いくつかの論文は書けた。その内ある経緯から、慈円の「拾玉集」の伝本調査に携わらなくてはならなくなり、それに数年ついやした。ついで授業で扱った「檜垣嫗集」のとりことなり、九州を舞台にした珍しく貴重なこの作品の注釈を本にまとめることができた。その間にも恩師今井源衛先生は、長い間研究会や調査、出版をいくつも企画指導してくださり、そのすべてに参加させていただき、その成果は共著となっている。

斎宮女御徽子は、出自、経歴への自負と歌人としての自信から、多妻を持つ夫、村上天皇への痛烈な感情を詠んだ。徽子没後まもなく、紫式部は「源氏物語」に、唯一モデルが特定できる造型方法で、徽子を六条御息所に用いた。なぜか？　女御徽子についてはまだ謎が多い。この本が、徽子について興味を持つ方への役に立てば嬉しいのだが。

凡愚の私には、年老いてからいろいろ見えてくるものもある。もし「目くらう」（「紫式部日記」）ならなければ、調べてみたかった事柄の一つに、〈藤壺は光源氏の義母ではない。従って近親相姦でもない〉ということがある。天皇の場合、その后妃は、他の皇妃の子供たちとは義母義子の関係ではない。しかし光源氏の罪は重い。皇室尊崇の当時、天皇に所属するもの（后妃も）を犯す（盗む）罪。また儒教道徳の当時、父に属するもの（妻も）を犯す罪。これらは思想的に最高に重い罪である。それらを背負った主人公光源氏の特異さを、歴史・文学で明らかにしたかった。もう一つは、光源氏はいかにして巨万の富を手にしていたのか。物語のフィクションとしてしまうには、当時の読者は納得するまい。光源氏が建造した三つの建物はすべて、源融（徽子の五代前の祖）の建物をモデルとして描かれた。源融は親王とはいえ、なぜ抜きんでた大富豪でありえたのか。九州平戸の松浦氏の系図の冒頭に源融の名があり、後世、融の子孫が松浦氏に入っている。松浦氏は平戸以前、今福（松浦市）に居をかまえていた。今福には、昔の帆船が停泊するには格好の入江がある。そこを拠点として、融は中国や朝鮮半島と貿易をして、蓄財したのではないか。こんな空想も実証してみたかった。

本文の校正は九州大学大学院人文科学研究院教授、辛島正雄さんに、語彙索引の検証と校正は西丸佳子（甲南女子大学大学院文学研究科国文学専攻博士後期課程単位取得後満期退学、息子の妻）にお願いした。深く感謝しております。

夫と私が入る墓を十数年前に造った。その石に〈松風〉と墓碑銘代りに記した。徽子の代表歌「琴の音に峰の松風通ふらしいづれのをよりしらべそめけん」から採った。三方を林に囲まれたその石の下で松風を聴くのもそう遠い日ではあるまい。

西丸妙子

初出一覧

一　『斎宮女御集』伝本系統に関する考察　「語文研究」三十一・三十二合併号　昭和四六年（一九七一）十月
二　『斎宮女御集』の成立年代について　「福岡女子短大紀要」十　昭和五〇年（一九七五）十二月
三　『斎宮女御集』への徽子本人の関わりかた　『王朝日記の新研究』共著　笠間書院　平成七年（一九九五）十月
四　斎宮女御徽子の周辺―後宮時代考察の手がかりとして―　「福岡女子短大紀要」十一　昭和五一年（一九七六）三月
五　斎宮女御徽子の入内後の後宮の状況　「福岡女子短大紀要」十二　昭和五一年（一九七六）十二月
　　原題：斎宮女御徽子の周辺（二）―村上朝後宮時代―
六　斎宮女御徽子の村上天皇への心情表現　「福岡女子短大紀要」五十　平成七年（一九九五）十二月
七　斎宮女御徽子ならびに娘の規子親王の交友関係　「福岡国際大学紀要」七　平成一四年（二〇〇二）二月
八　尚侍藤原登子について―斎宮女御徽子との関連において―　「福岡国際大学紀要」二　平成一一年（一九九九）七月
九　斎宮女御徽子の義母登子への心情　「福岡国際大学紀要」五　平成一三年（二〇〇一）二月

十　斎宮女御徽子の六条御息所への投影　「文学論叢」　昭和五七年（一九八二）六月
十一　『源氏物語』に引かれた『斎宮女御集』の歌　「福岡女子短大紀要」二十四　昭和五七年（一九八二）十二月
十二　『源氏物語』六条院の史的背景　「中古文学」二十一　昭和五三年（一九七八）四月

◇

十三　藤壺中宮への額田王の面影　『平安文学論集』共著　風間書房　平成四年（一九九二）十月

十四　『源氏物語』の夕顔と松浦地方　「語文研究」一〇四　平成一九年（二〇〇七）十二月

十五　鬚黒北の方造型の意義　『源氏物語とその周縁』共著　和泉書院　平成元年（一九八九）六月

斎宮女御集語彙索引　「福岡女子短大紀要」十三　昭和五二年（一九七七）三月・「福岡女子短大紀要」十四　昭和五二年（一九七七）十二月

斎宮女御集語彙索引

凡　例

1．この索引は『私家集大成　中古Ⅰ』（明治書院）に収められた４種類の『斎宮女御集』と、『村上御集』の斎宮女御関係の歌を底本として用いた。
2．本索引は、和歌篇と詞書篇に分けた。
3．４種類の「斎宮女御集」は『私家集大成』の掲載順に従って記号で示した。すなわちⒶは『私家集大成』番号96番の書陵部蔵本、Ⓑは同97番の西本願寺蔵三十六人集本、Ⓒは同98番の正保版本の歌仙家集本、Ⓓは同99番小島切、Ⓔは『村上御集』同84番である。その記号に続いて記す数字は、それぞれの系統本における歌番号である。
4．和歌篇では、全系統本の同一歌の同一語（一首の中で同じ位置に使用されている場合のみ）は「・」印をもって続けて掲げた。例えば、ある見出し語の項で〔A10・B35・E19〕とあれば、まずＡ本の10番とＢ本の35番とＥ本の19番の歌は同じ歌であること、さらにその見出しの語はＡ・Ｂ・Ｅの３本では、それぞれ１首の中の同じ所に用いられている語であることを示している。
5．上の例〔A10・B35・E19〕でＣとＤが入っていないのは、Ａ・Ｂ・Ｅとの同一歌がＣとＤ本には入っていない場合であるか、または同一歌と認められる歌がＣやＤ本にあっても、その見出し語の所がＡ・Ｂ・Ｅ本とは異なった語を用いている場合である。A～E 本の同一歌の番号対照表は最後に掲げる。その表によって同一歌の存否を知ることにより、その見出し語の項に出てない場合は、歌がその系統本に入っていない場合であるのか、または本文異同によるのかが判る。
6．１項目の中の掲載は、Ａ→Ｅの記号の順に、また同一記号の中では歌番号の順とした。
7．見出し語については単語を単位としているが、通常、和歌的成語とされているようなものを１項目としている場合もある。それらについては、適宜造語成分を→「　」で示している。
8．活用語は終止形をもって見出しとし、未然形は（未)、連用形は（用)、終止形は（終)、連体形は（体)、已然形は（已)、命令形は（命）の略号をもって示した。
9．見出し語の意味が判別できる程度に、(　）内に漢字を記している。
10．表記は底本の本文をすべて歴史的仮名遣いに直している。
11．懸詞・縁語の場合は、主として、その語の前後が文法上の法則にかなって文の態をなしている方をとっている。

第１部　和歌篇　自立語

〔あ〕

〔い〕

〔う〕

〔え〕

〔お〕

〔か〕

〔き〕

〔く〕

〔け〕

〔こ〕

〔さ〕

〔す〕

〔せ〕

〔そ〕

〔た〕

〔ち〕

〔つ〕

〔て〕

〔と〕

〔の〕

〔は〕

〔へ〕

〔ほ〕

〔む〕

〔め〕

〔も〕

〔や〕

〔ゐ〕

〔ゑ〕

〔を〕

第２部　詞書篇　自立語

〔か〕

〔こ〕

〔さ〕

〔ね〕

〔の〕

〔は〕

〔ひ〕

〔み〕

〔注〕

1．定型の歌とは異なり，詞書は5系統の本の語句を対照することは不可能であるので，諸本の同一歌の詞書であっても和歌部のような連続した記載はしていない。
2．諸本のかな書きで特殊なものは別項目をたてているものもある。
3．接頭語の「御」または「おほん」がつくものは，その接頭語を除いた項目に入れた。
4．記号Dで後に＊印をつけているものは，Dが断簡であることにより，詞書はあっても歌が見出されていないものである。ゆえに便宜上その詞書の前の歌番号を＊印で示した。
5．対照表は，まず索引記号A（書陵部本）の番号をすべて並べ，つぎにそのA本に収めない歌をB本に拠り，以下E本までそのような配列に従っている。

各系統本の同一歌番号対照表（空白は歌が存在していないことを示す。）

A 書陵部本	1	2	3	4	5	6	7	8	9	10	11	12	13	14	15	16	17	18
B 西本願寺本	5	6		7	8	9	10	78	79	80	81	82	83	84	85	86	87	88
C 歌仙家集本																		
D 小島切																		
E 村上天皇御集	7	8		9 137	10	11	12	13	14	15	16⌒	16	17	18 127	19	20	21	25

A	19	20	21	22	23	24	25	26	27	28	29	30	31	32	33	34	35	36	37	38	39
B	89	90	91	92	93	94	95	96	97	98	99	100	101	102	103	104	105	106	107	108	109
C																					
D																					
E	26	27	28	29	30	31	32	33	34	35	36	37 134	37	38	39	40	41	42	43	44	45

A	40	41	42	43	44	45	46	47	48	49	50	51	52	53	54	55	56	57	58	59	60
B	110	111			112	113	114	115	116	117	118	119	120	18	19	20	21	24	25	26	27
C								89						14	15		16			21	
D								43												9	
E	46	47	48	49	50	53	54	55	56	58	59	60			66	67		73	78	64	65

A	61	62	63	64	65 163	66	67	68	69	70	71	72 162	73 155	74	75	76	77	78	79	80	81
B	28	29	30	31		121	122	35 123	124	125	126		142	32	33	1	2	3	4	11	145
C	22		23			20		17		19			102	24	25	1	2	3	4		5
D						8				7			46		10					1	2
E			74	75	79	62	63	68	69	70	71	77	80							57	

A	82	83	84	85	86	87	88	89	90	91	92	93	94	95	96	97	98	99	100	101	102
B	12	135	13 136		14	15	41	42	149	43	44	45	46	47	48	49	50	51	52	53	54
C	6	90	7 91		8	9	32	33	34	35	36	37	38	39	40	41	42	43	44	45	46
D	3	44⌒4	4 45			5													13	14	15
E		51	52	22	23	102															

A	103	104	105	106	107	108	109	110	111	112	113	114	115	116	117	118	119	120	121	122	123
B	55	56	216	57	58	59	60	61	62	63	64	65	263	264	66	67	196		203	204	68
C	47	48	49			50	51	52	53	54	55	56	57	58	59	60	61	62	63	64	65
D	16	17	18 84	68	69	19	20	21	22	23	24	25				26	27	28	29	30 76	
E																					

A	124	125	126	127	128	129	130	131	132	133	134	135	136	137	138	139	140	141	142	143	144
B	69	70	71	72	73	74	218	219	75	76	77	260	265	127	128	129	130	131	132	223	197
C	66	67	68	69	70	71	72	73	74	75	76	77	78	79	80	81		82	83	84	85
D						31	32	33						34	35			36	37		39 70
E																					

A	145	146	147	148	149	150	151	152	153	154	73 155	156	157	158	159	160	161	72 162	65 163		
B		133	134	147	137	138	139	140		141	142					143				16	17
C	86	87	88	92	93	98	99	100		101	102	94		95	96	97				10	13
D	40	41	42								46		47							6	
E			24	104	105	84	85	106		81 109	80						76	77	79		

A																					
B	22	23	34	36	37	38	39	40	144	146	148	150	151	152	153	154	155	156	157	158	159
C		18	26	27	28	29	30	31		11	12										
D			11	12																	48
E		72								103											

A																					
B	160	161	162	163	164	165	166	167	168	169	170	171	172	173	174	175	176	177	178	179	180
C																					
D	49								50	51		52	53		54	55	56	57	58	59	60
E																					

A																				
B	181	182	183	184	185	186	187	188	189	190	191	192	193	194	195	198	199	200	201	202	205
C																					
D			61	62	63							64	65	66	67	71	72	73	74	75	
E																					

A																					
B	206	207	208	209	210	211	212	213	214	215	217	220	221	222	224	225	226	227	228	229	230
C																					
D	77				78	79	80	81		82		85									86
E																					

A																					
B	231	232	233	234	235	236	237	238	239	240	241	242	243	244	245	246	247	248	249	250	251
C																					
D	83														87	88	89	90			91
E																					

A													
B	252	253	254	255	256	257	258	259	261	262			
C													
D	92	93	94	95	96	97	98	99			38		
E												6	61

西丸 妙子（にしまる たえこ）
一九三五年生れ。
一九六三年九州大学文学部国語学国文学科修士課程修了。
元福岡国際大学、福岡女子短期大学教授。
平安文学専攻
著書
『檜垣嫗集全釈』（風間書房　一九九〇年）
共著
『我身にたどる姫君　1～7巻』（桜楓社　一九八三年）
『平安朝漢文学総合索引』（吉川弘文館　一九八七年）
『纂題集　本文と索引』（明治書院　一九八七年）
『源兼澄集全釈』（風間書房　一九九一年）
その他

斎宮女御集と源氏物語

二〇一五年二月六日　初版第一刷発行

著　者　西丸妙子
発行者　大貫祥子
発行所　株式会社青簡舎
〒一〇一-〇〇五一
東京都千代田区神田神保町二-一四
電　話　〇三-五二一三-四八八一
振　替　〇〇一七〇-九-四六五四五二
印刷・製本　株式会社太平印刷社

ISBN978-4-903996-80-6　C3093